Suzanne Enoch

Originaire de Californie du Sud, elle a obtenu un diplôme de lettres à l'université d'Irvine. Autrice à succès de romances historiques et contemporaines, elle affectionne tout particulièrement la période de la Régence.

Ses livres, pleins d'humour et aux dialogues enlevés, ont été récompensés par le *Romantic Times* et figurent régulièrement sur la liste des meilleures ventes du *New York Times* et de *USA Today*.

La dame
de ses pensées

DE LA MÊME AUTRICE AUX ÉDITIONS J'AI LU

Au bord de la crise de nerfs

Les rebelles

1 – *Partie d'échecs*
2 – *Étrange complicité*
3 – *La duchesse aux pieds nus*
4 – *Laisse-moi t'aimer*

Scandaleux Écossais

1 – *Un diable en kilt*
2 – *Le quadrille*
3 – *La fleur des Highlands*
4 – *La flamboyante des Highlands*

Leçons d'amour

1 – *La dame à l'éventail*
2 – *La femme au charme discret*
3 – *La dame de ses pensées*

Les héros

1 – *Le héros des Highlands*
2 – *Au cœur de la tourmente*
3 – *Un loup en Écosse*

Les MacTaggert

1 – *Trop anglaise, mais si adorable*
2 – *Un diable d'Écossais*
3 – *L'héritier du clan*

La famille Griffin

1 – *Drôle de chaperon*
2 – *Invitation au péché*
3 – *Une vision de rêve*

SUZANNE

ENOCH

LEÇONS D'AMOUR – 3

La dame de ses pensées

Traduit de l'anglais (États-Unis)
par Agathe Nabet

J'AI LU

J'AI LU
POUR elle

Titre original
ENGLAND'S PERFECT HERO

Éditeur original
Avon Books, an imprint of HarperCollins Publishers, New York

Pour Nancy Bailey, Sheryl Law,
Sally Wulf et Sharon Lyon, le meilleur groupe
de soutien de tous les temps.
Merci, les filles.

Prologue

La pluie se mit à tambouriner plus fort contre les carreaux, comme si elle cherchait à se faire entendre malgré le bruit de conversation qui régnait dans le salon de Lucinda Barrett.

— Nous devrions mettre cela par écrit, déclara Lucinda, élevant la voix pour se faire entendre malgré l'averse et le débat animé.

Avec ses amies, elles étaient tombées d'accord pour déclarer que les jeunes gens de leur époque n'avaient pas la moindre idée de la façon dont un gentleman doit se comporter, ce qui n'avait servi qu'à les irriter. Il était temps de passer à l'action.

Elle sortit quelques feuilles de papier du tiroir de son secrétaire, en remit une à Georgiana, une autre à Evelyn et en garda une pour elle-même.

— À nous trois, nous exerçons une grande influence, surtout vis-à-vis des prétendus gentlemen à qui ces règles s'appliqueront.

— En outre, nous rendrons ainsi service à d'autres ladies, approuva Georgiana Halley, son expression fâchée se faisant pensive.

— Je ne vois pas en quoi une telle liste pourrait servir à qui que ce soit excepté nous-mêmes, objecta Evelyn en acceptant néanmoins le crayon que lui tendait Lucinda. Si tant est qu'elle nous soit d'une quelconque utilité, d'ailleurs.

— Oh, elle le sera – une fois que nous mettrons ces règles en pratique, répliqua Georgiana. Je propose que nous choisissions chacune l'homme auquel nous enseignerons ce qu'il doit savoir pour courtiser une dame comme il convient.

— J'approuve, déclara Lucinda en plaquant sa main sur la table.

Georgiana émit un sombre ricanement tandis qu'elle commençait à écrire.

— Nous pourrions même envisager de faire publier ces règles : « Leçons d'amour, par trois dames de qualité. »

Liste de Lucinda

1. Lorsqu'il converse avec une dame, un gentleman doit veiller à ne pas regarder autour de lui, comme s'il espérait la venue d'une personne plus intéressante.

2. Quand un bal est donné, un gentleman est censé danser et participer. Assister à un événement à seule fin d'être vu ou d'observer les autres – surtout lorsque certaines dames sont dépourvues de cavalier – est grossier.

3. Un gentleman devrait chercher à s'intéresser à autre chose qu'à la dernière mode. L'élégance d'esprit le distinguera davantage qu'une cravate bien nouée.

4. Un gentleman qui courtise une dame ne doit pas nécessairement approuver tout ce que dit le père de celle-ci. Il doit cependant toujours le respecter, celui-ci fût-il ou non présent.

— C'est amusant, déclara Evelyn en soufflant sur sa feuille pour en chasser la poudre de crayon.

— J'ai une question, dit Lucinda en relisant ce qu'elle avait écrit. Si nous créons trois parfaits gentlemen, rendrons-nous service à la société ou bien priverons-nous de tout espoir de mariage tous les butors qui n'auront pas profité de nos leçons ?

Georgie gloussa.

— Oh, Luce ! Je crois que la question est surtout de savoir si un homme est susceptible de modifier son comportement afin de gagner l'admiration et le respect d'une dame.

— Oui, mais si nous nous chargeons de réformer ces hypothétiques gentlemen, nous devrions au moins avoir une idée de ce que nous ferons d'eux ensuite, objecta Lucinda. Après tout, nous partons dans l'idée de parvenir à nos fins.

Evie sourit.

— Tu es plus confiante que je ne le suis, Luce. Il est vrai que Georgie et moi avons des frères. Non qu'il y ait lieu de s'en vanter, d'ailleurs.

— Oui, et je te rappelle que j'ai un père général.

— Je nous déclare donc toutes trois également parées pour relever ce défi.

Georgie fit glisser sa feuille vers sa voisine de droite et prit celle de Lucinda à la place. Chacune lut les listes des deux autres, et Lucinda fut frappée par le caractère très... personnel de celles-ci.

— Alors, qui commence ? demanda Evelyn.

Les trois amies se regardèrent, puis éclatèrent de rire.

— Je suis au moins sûre d'une chose, déclara Lucinda. C'est que le cheptel d'élèves qui se trouve à notre disposition ne risque pas de diminuer !

1

Je n'avais encore jamais vu un homme aussi défait[1].

Robert Walton, *Frankenstein*

Quatorze mois plus tard

— Non, je ne pense pas que tu aies triché, Evie. J'aimerais que tu cesses de dire cela.

Lucinda Barrett lança à son amie un regard exaspéré et affermit son assise sur le rebord intérieur de la fenêtre.

— Je sais, répondit Evie. Mais... j'avais seulement l'intention de faire l'éducation d'un débauché, et me voilà mariée avec lui !

Fronçant les sourcils, elle se leva et se mit à aller et venir entre le fauteuil et le refuge de Lucinda.

— Enfin, tout de même, poursuivit-elle, il n'y a pas deux mois, j'étais encore cette bonne vieille et ennuyeuse Evie, et me voilà soudain marquise de St. Aubyn. Je n'arrive toujours pas à croire que...

— Tu n'as jamais été cette bonne vieille et ennuyeuse Evie, l'interrompit Georgiana en apparaissant dans la pièce, avant de faire signe au majordome de refermer

1. Toutes les traductions de Mary Shelley sont de la traductrice. *(N.d.T.)*

la porte derrière elle. Et si l'heure est aux excuses, c'est d'abord à moi d'en faire. Je suis en retard à mon propre thé, et il semblerait que j'aie moi aussi épousé l'objet de mes leçons.

— Aucune de ces offenses ne mérite que tu présentes des excuses, Georgie, affirma Lucinda en souriant.

Georgiana lui rendit son sourire et invita du geste Evie à venir prendre place auprès d'elle sur le sofa.

— Peut-être, mais il y a un peu plus d'un an, je n'aurais pas hésité à tirer sur quiconque aurait suggéré que je puisse épouser Tristan Carroway. Et voilà que je me retrouve lady Dare, à deux mois de mettre au monde un nouveau Carroway.

— Ce sera peut-être une fille, gloussa Evie.

— Cela mettrait un peu d'équilibre dans cette famille, soupira Georgie en s'adossant aux coussins du sofa, visiblement gênée par l'ampleur de son tour de taille. Je ne comprendrai jamais comment la mère de Tristan a trouvé le courage de produire quatre autres garçons après lui avoir donné le jour. Sans les tantes de Tristan, je serais la seule femme de la maison – et elles m'ont abandonnée pour aller prendre les eaux à Bath.

— Puisqu'il est question des frères Carroway, dit Lucinda, ne t'ai-je pas entendue dire que le lieutenant Carroway serait bientôt de retour à Londres ?

— Oui, le navire de Bradshaw devrait arriver à Brighton en fin de semaine, et il espère une nouvelle affectation pour les Indes occidentales. Mais en quoi le retour de Brad t'intéresse-t-il, Luce ? ajouta-t-elle en plissant les yeux. Aurais-tu décidé d'en faire ton élève ?

— Juste Ciel, non, répondit Luce en rosissant. Je te laisse imaginer la réaction de mon père si je m'avisais de m'intéresser à un officier de la marine... Loin de moi l'idée d'épouser mon élève, de toute façon, s'empressa-t-elle d'ajouter.

Evie s'esclaffa.

— La balance semble pourtant pencher dans ce sens.

— Et tu ne peux pas non plus rejeter cette possibilité, renchérit Georgie avec plus de sérieux.

Elle sirota son thé, puis étudia longuement Lucinda par-dessus le rebord de sa tasse, telle une diseuse de bonne aventure à la chevelure blonde.

— Toi, tu as déjà choisi ton élève, devina-t-elle.

— Oh, je le savais ! s'exclama Evie en battant des mains. De quel débauché s'agit-il ?

Lucinda hésita, son regard passant de l'une à l'autre de ses amies désormais mariées. Qu'auraient-elles dit si elles avaient su qu'elle avait suivi leurs péripéties avec un mélange d'intérêt et d'envie ? Se doutaient-elles qu'elle s'était mise en quête d'un élève juste après le mariage d'Evie et de St. Aubyn ? Pas tant d'un élève que d'un éventuel époux, d'ailleurs. Elle soupira. Ses deux meilleures amies l'avaient certainement déjà deviné.

— J'ai rétréci le champ de mes recherches, biaisa-t-elle.

C'était vrai. Elle l'avait rétréci à un seul nom.

— Dis-nous tout, demanda Georgie. L'idée venait de toi, à l'origine. Tu ne peux plus reculer.

— Je sais, mais...

— Pas de prétextes, l'interrompit Evie.

— Très bien, dit-elle avant de prendre une grande inspiration. Geoffrey Newcombe, lâcha-t-elle avant de guetter la réaction de ses amies.

Lord Geoffrey, quatrième fils du duc de Fenley, était certainement le plus beau jeune homme qu'elle eût jamais vu. D'autres dames, également de cet avis, se référaient à lui en l'appelant « l'adonis ». Boucles dorées, yeux vert pâle, larges épaules et sourire à charmer un cobra – il n'était guère étonnant que toutes les femmes rêvent de se jeter dans ses bras.

Et c'était bien là le problème. Le choix de Lucinda était évidemment inspiré par l'idée du mariage plutôt que par celle de l'apprentissage des bonnes manières. Or les gentlemen célibataires au comportement douteux ne manquaient pas à Mayfair, c'était le moins qu'on puisse dire. John Talbott, par exemple – quelle importance cela avait-il que ses sourcils fournis semblent n'en former qu'un ? Il y avait aussi Philip R...

— Lord Geoffrey, répéta Georgiana d'un ton pensif. Excellent choix.

— Tout à fait, renchérit Evie avec un sourire malicieux.

Lucinda poussa un soupir de soulagement, et ses épaules s'affaissèrent.

— Merci. J'ai longuement considéré la question, croyez-moi. C'est un héros de guerre – ce que mon père approuvera certainement – et il est plutôt bien fait de sa personne, mais il pourrait avantageusement profiter de mes leçons de bienséance. Il est arrogant, insensible...

Elle laissa sa phrase en suspens.

— Je crains que les raisons de mon choix ne soient affreusement évidentes, conclut-elle.

— Pas du tout, objecta Evelyn. Tu es brillante, comme toujours. Tu sais que Georgie et moi avons fini par épouser nos élèves après être tombées amoureuses d'eux, tu dois donc le prendre en considération.

Georgie hocha la tête.

— Et tu n'ignores pas non plus, ton père et toi étant très proches, qu'il est indispensable que le général Barrett apprécie au moins un peu ton élève – que tu envisages ou non quoi que ce soit au-delà des leçons que tu lui donneras.

— Exactement, répondit Lucinda, souriant face aux efforts que ses amies déployaient pour justifier son choix. Pour autant que je sache, mon père tient lord Geoffrey en haute estime, et il s'inquiète à l'idée de me laisser seule le jour où il « passera l'arme à gauche », comme il dit.

Georgiana gloussa tandis qu'elle se levait avec difficulté pour servir le thé à Lucinda.

— Je ne t'ai jamais vue commettre le moindre faux pas, Luce. En quoi pourrions-nous t'aider ?

— Laisse donc, je vais m'en char... commença Lucinda.

Le thé déborda de sa tasse, remplit la soucoupe et aspergea le devant de sa robe.

— Georgie !

La vicomtesse sursauta, redressa la théière et détacha les yeux de la fenêtre.

— Oh, pardon. C'est juste que... Regardez !

Devant la maison, le plus jeune des beaux-frères de Georgiana – Edward, âgé de seulement dix ans – tentait de grimper sur le siège de cocher haut perché d'un phaéton. Et le nouvel époux d'Evie, lord St. Aubyn, lui prêtait main-forte.

— Saint, souffla Evie, horrifiée, avant de s'empresser de gagner la porte. Les chevaux pourraient arracher les bras d'Edward !

Georgie s'était élancée derrière elle.

— Edward, je t'interdis...

Lucinda reposa délicatement sa tasse qui débordait en pouffant de rire.

— Ne vous souciez surtout pas de moi, marmonna-t-elle en se levant. Je viens seulement de recevoir un litre de thé brûlant sur mon corsage.

Ses fréquentes visites l'ayant amenée à connaître Carroway House aussi bien que sa propre maison, elle jeta un coup d'œil à la fenêtre pour s'assurer que personne ne s'entre-tuait devant puis gagna l'étage des chambres.

Elle ne savait pas comment Georgie parvenait à supporter Dare, ses quatre frères cadets et ses deux tantes, mais son amie semblait s'épanouir parmi ce chaos – tout comme Evie face aux perpétuelles effronteries de Saint. Depuis que Lucinda avait cinq ans, il n'y avait plus à Barrett House que son père, le général Augustus Barrett, pour lui tenir compagnie, et elle était davantage habituée au calme qu'au vacarme qui entourait Georgiana.

Dans une des chambres d'amis, elle trempa un linge dans la bassine d'une table de toilette et en tapota la tache qui couvrait son corsage.

— Peste, peste, peste ! maugréa-t-elle devant le miroir en examinant l'auréole qui assombrissait le devant de sa robe de mousseline vert pâle.

Soudain, un léger mouvement dans le miroir attira son attention. Des yeux aussi bleus qu'un lac sans fond en plein été la contemplaient. Elle se retourna dans un sursaut.

— Ô mon Dieu ! Je suis absolument navrée. Je ne voulais pas…

C'était un des frères Carroway, bien sûr. Celui qui alimentait toutes les conversations des amateurs de cancans. Il se tenait assis près de la fenêtre, un livre ouvert sur les genoux.

Robert. Le troisième de la fratrie. Celui qui avait été blessé à Waterloo et dont on disait qu'il n'était plus tout à fait lui-même. Lucinda aurait pu compter sur les doigts d'une main le nombre de fois qu'il était apparu en public depuis son retour de la guerre. Elle n'avait pas échangé plus de deux mots avec lui, pas même au mariage de Tristan et de Georgie.

Il referma son livre et se redressa lentement.

— C'est ma faute, lâcha-t-il d'une voix enrouée. Pardon.

— Ne partez pas, dit-elle en écartant le linge de son corsage, rougissant à l'idée de ce qu'il l'avait vue faire. Je tentais simplement de nettoyer cette tache. Je crains que votre frère Edward ne se soit mis en tête de conduire un phaéton, en dépit des objections de Georgie.

Il s'immobilisa à mi-chemin de la porte.

— Est-ce lui qui a renversé du thé sur vous ?

— Oh, grands dieux, non ! Georgie l'a vu par la fenêtre, s'apprêtant à faire une bêtise avec la complicité de lord St. Aubyn et, de stupeur, elle en a renversé le thé.

Elle gloussa et tapota le linge sur une partie plus digne de son anatomie. Comment avait-il deviné qu'il s'agissait de thé ? On murmurait que ses yeux bleus pouvaient voir clair à travers vous. *Sornettes.* Il en avait sans doute perçu l'arôme.

Les yeux bleu sombre l'étudiaient attentivement. La maigreur de son visage s'était atténuée depuis son retour, mais il était toujours fin et méfiant – comme un loup, songea-t-elle abruptement. Assurément, son regard avait quelque chose de... dérangeant.

La mâchoire de Robert se crispa soudain, et elle le vit détendre les épaules au prix d'un effort visible.

— Avez-vous arrêté votre choix ?

Lucinda le regarda sans comprendre.

— Je vous demande pardon ?

Il détacha son regard du sien avec une sorte de grimace.

— Rien. Bonne journée.

En quelques enjambées, il franchit le seuil de la chambre ; Lucinda constata qu'il boitait légèrement. Elle contempla un moment l'embrasure déserte, puis jeta un coup d'œil au livre qu'il avait abandonné sur le rebord de la fenêtre. *Frankenstein ou le Prométhée moderne*, par Mary Shelley. Le coin des pages était corné et le dos de l'ouvrage marqué de nombreux plis, comme si on l'avait lu maintes et maintes fois.

— Luce ?

— Je suis là ! répondit-elle.

Un instant plus tard, Georgie entra dans la pièce.

— Parviens-tu à faire partir la tache de thé, Luce ?

Lucinda se ressaisit et se remit à tapoter son corsage.

— À peu près. Comment va Edward ?

Lady Dare soupira.

— Il zigzague dangereusement vers le bas de la rue avec St. Aubyn qui tient les rênes. Je suis vraiment navrée d'avoir renversé ce thé sur toi.

— C'est sans importance, assura Lucinda. Mais dis-moi, Georgie, ajouta-t-elle d'un ton hésitant, as-tu parlé de nos leçons à quelqu'un ?

La vicomtesse fronça les sourcils.

— Seulement à Tristan. Et uniquement ce qui me concerne. Pourquoi ?

Pourquoi, en effet ? La question de Robert Carroway pouvait-elle concerner le choix de son élève ? Il aurait fallu pour cela qu'il fût vraiment capable de lire dans les pensées.

— Pour rien. Je me posais la question, c'est tout. Bon, je n'arriverai pas à faire mieux, déclara-t-elle en abandonnant le linge humide sur la table de toilette.

Lucinda suivit Georgiana dans le couloir. Avant de s'engager dans l'escalier, elle jeta un coup d'œil derrière elle, juste à temps pour voir une haute silhouette disparaître dans une chambre.

— Georgie, reprit-elle à voix basse comme elles atteignaient le bas des marches, comment va le frère de Tristan, ces temps-ci ? Robert, je veux dire.

— Rob ? Je crois qu'il va bien, répondit la vicomtesse. Sa jambe ne le fait presque plus souffrir. Pourquoi ?

— Je viens de l'apercevoir, à l'étage. Il...

— Il est intimidant, je sais. J'espère qu'il ne t'a pas effrayée...

— Non ! Bien sûr que non. Simplement surprise.

Pourtant, alors qu'elles regagnaient le salon, elle ne put s'empêcher de lancer un nouveau coup d'œil derrière elle. Que lui avait demandé Robert, au juste ? Et si ses soupçons étaient fondés, comment pouvait-il être au courant de leurs leçons ?

Robert Carroway s'avança de nouveau sur le palier tandis que Georgiana et Mlle Barrett rejoignaient lady St. Aubyn dans le petit salon. Il entendit Georgie prendre sa défense. Elle, ses frères et ses tantes avaient toujours une réponse toute prête quand on les questionnait à son sujet – ou plutôt au sujet de son absence.

Tristan avait pris la peine de lui demander s'il voulait l'accompagner chez Tattersall, ce matin-là. Et lorsqu'il ne lui proposait pas de se joindre à lui, Georgiana le faisait à sa place. Robert se demandait combien de temps il faudrait pour que ses refus répétés finissent par les décourager. Il lui arrivait parfois d'accepter pour qu'ils n'abandonnent pas complètement.

Les membres de sa famille ne le comprenaient pas, mais ils ne le dérangeaient pas quand il avait envie d'être tranquille et le laissaient sortir lorsqu'il avait l'impression d'étouffer entre quatre murs. Affronter des étrangers, en revanche, l'obligeait à échanger des propos polis au sujet de la mode et du temps qu'il faisait. « Quelle perte de temps ! » se dit-il en frissonnant à cette pensée.

Serrant son livre dans sa main, il regagna la chambre d'amis en boitillant. Il aurait été plus à l'aise dans sa propre chambre, mais depuis cette pièce, il pouvait entendre les trois jeunes femmes quand elles riaient au salon, entendre le rire de Lucinda. Qu'aurait-elle dit si elle avait su qu'il s'arrangeait pour ne jamais se trouver bien loin chaque fois qu'elle rendait visite à Georgiana ?

— Quelle importance ? soupira-t-il à voix haute avant de jeter machinalement un coup d'œil vers la porte.

Arrête. Il était chez lui. En Angleterre. À Londres. Personne n'allait le priver de boire ou de manger, ni le battre comme plâtre parce qu'il avait osé parler. Personne n'avait plus fait cela depuis trois ans. Il était libre. Il était en sécurité.

— Arrête, dit-il en forçant son regard à rester sur son livre, refusant de s'avouer qu'il était soulagé qu'il fasse encore jour et qu'il avait furieusement envie de courir s'enfermer dans sa chambre. Arrête, arr...

— Quel choix devrais-je avoir fait ?

Il tourna vivement la tête vers la porte et bondit machinalement sur ses pieds.

— Mademoiselle Barrett.

Jusqu'à ce qu'elle s'avance dans le rayon de soleil qui baignait la pièce, il avait toujours cru que ses cheveux étaient bruns. Or des reflets roux faisaient étinceler l'enchevêtrement de boucles savamment agencé sur sa tête ; une mèche s'en était échappée pour venir caresser sa joue, dont la peau lisse semblait si douce...

— Je suis désolée, dit-elle en rosissant. Je n'avais pas l'intention de vous surprendre.

Plusieurs secondes s'écoulèrent avant que Robert ne se rende compte qu'il était en train de la dévisager et qu'elle attendait une réponse.

— J'aurais dû vous entendre arriver.

Elle l'observa, et il attendit qu'elle prononce quelque inévitable commentaire sur le temps qu'il faisait. Généralement, arrivé à ce stade de la conversation, il percevait chez son interlocuteur de l'embarras, du mépris, de la crainte ou, pire encore, de la pitié. Lucinda Guinevere Barrett lui adressa pourtant un gentil sourire.

— La semaine dernière, le général a lu une étude sur les tactiques des Indiens d'Amérique – les Iroquois, plus précisément. Il admire leur aptitude à se déplacer furtivement, aussi me suis-je entraînée à bouger sans faire de bruit pour le surprendre. Il semblerait que je sois plus douée que je ne le pensais.

Le général Augustus Barrett – une autre des raisons pour lesquelles Robert évitait les événements mondains. Il dut faire un effort pour chasser les souvenirs de tirs de mousquet, de fumée et de cris qui lui venaient à l'évocation de ce nom et reporta son attention sur l'élégante jeune femme qui avait le malheur d'être la fille de Barrett.

— Votre élève, laissa-t-il échapper avant de serrer les dents, comme pour se retenir de proférer cette bêtise avec un temps de retard.

— Je vous demande pardon ? dit-elle avec un battement de cils.

« Explique-toi, se hurla-t-il à lui-même. Pour l'amour du Ciel, tu es quand même encore capable d'articuler une phrase complète ! »

— Je voulais savoir si vous aviez arrêté votre choix sur un élève.

Ses joues d'un rose délicat pâlirent soudain.

— Comment... Qu'est-ce... Comment êtes-vous au courant de cela ?

L'expression horrifiée de Lucinda lui permit de se sentir un peu moins embarrassé. Depuis trois ans, il était habitué à provoquer ce genre de réaction, mais cela signifiait généralement qu'il avait dit quelque chose de trop direct, voire de grossier, et qu'il était temps pour lui de disparaître. Là, il n'en était pas question puisqu'elle bloquait la seule issue. Et il n'avait pas envie de partir, d'ailleurs, mais plutôt de rester là tant qu'elle y serait.

— Je suis attentif à ce qui se passe, répondit-il. Georgie a choisi Tristan et votre amie Mlle Ruddick a jeté son dévolu sur St. Aubyn, ce qui vous a d'ailleurs fort inquiétées, ma belle-sœur et vous.

— Nous... Avons-nous manqué à ce point de discrétion ?

Il fut heureux qu'elle ne cherche pas à nier.

— Vous avez été d'une absolue discrétion, assura-t-il.

Elle s'éclaircit la gorge.

— En avez-vous parlé à quelqu'un ?

Robert sentit les coins de sa bouche se relever, lui qui ne souriait jamais.

— Vous savez bien que je ne dis jamais rien à personne, mademoiselle Barrett.

L'expression de Lucinda s'adoucit d'un sourire qui devait nettement surpasser le sien en élégance et en beauté.

— Merci. Ce serait très embarrassant pour nous si quelqu'un venait à parler des listes que nous avons établies.

Des listes. Robert ne savait rien de ces listes. Il se demanda ce que disait celle de Lucinda et réprima un froncement de sourcils avec l'aisance que confère une longue pratique. Mais il fallait qu'il lui réponde – elle devait avoir l'habitude de converser avec des personnes capables d'aligner deux phrases.

— Votre secret sera bien gardé, affirma-t-il avant de marquer une pause. L'avez-vous fait ?

— Quoi donc ? demanda-t-elle avant de baisser la tête, visiblement gênée. Oh. Choisi un élève, vous voulez dire. Oui, c'est fait.

Il hésita de nouveau, craignant de paraître inepte et désespéré dans sa pitoyable tentative de faire la conversation. Il trouvait pourtant cela si simple autrefois.

— Me permettez-vous de vous demander sur qui votre choix s'est porté ?

Alors qu'il se félicitait de sa formulation polie, convenable et grammaticalement correcte, Lucinda frémit et amorça un mouvement de recul. *Malédiction.* Il aurait pourtant dû comprendre depuis son retour qu'il n'avait plus la moindre idée de la façon de se comporter de manière civilisée. D'ordinaire, d'ailleurs, il n'en avait aucune envie. Mais il souhaitait sincèrement poursuivre cette conversation avec Lucinda Barrett.

— Je suis dés…

— Lord Geoffrey Newcombe, dit-elle, interrompant ses excuses.

— Vous voulez épouser Geoffrey Newcombe ? répondit-il, surpris. Pourquoi diable ?

Elle rougit, plus vivement cette fois.

— Nous avons décidé de choisir un élève à qui nous apprendrons à se comporter en véritable gentleman. Il s'agit de le convaincre de se conformer aux différents points de ma liste. Rien de plus.

— L'enjeu n'est donc pas le maria...

— Non ! J'espère que vous n'avez pas imaginé que je puisse envisager de piéger un homme de la sorte !

— Je...

— Je n'ai nul besoin de m'abaisser à une manœuvre aussi vile, monsieur. Et je n'apprécie guère vos sous-entendus.

Elle tourna les talons et quitta la pièce d'un air très digne. Un instant plus tard, le bruit de ses pas retentit dans l'escalier. Il était clair qu'elle ne cherchait plus à se déplacer furtivement.

Robert resta un instant figé, puis s'accroupit pour ramasser le livre qu'il avait fait tomber sans s'en rendre compte. Il n'était visiblement pas près de renouer avec la bonne société. Jusqu'alors, excepté quelques vagues rêveries incluant la jeune femme qu'il venait d'insulter, il n'en avait jamais eu envie.

Robert rouvrit son livre et contempla la page d'un regard aveugle. Il s'était senti presque... humain quand Lucinda avait souri. Une sensation à laquelle il se serait volontiers habitué. Il se rassit et regarda par la fenêtre. Logiquement, s'il voulait qu'elle recommence à sourire en sa présence, il allait devoir lui présenter des excuses. Et très vite, tant qu'il en était encore temps.

2

Il avait sans nul doute été une noble créature dans ses meilleurs jours car, malgré son état de délabrement, il demeurait attirant et aimable.

Robert Walton, *Frankenstein*

Lucinda arriva à la soirée des Wellcrist en compagnie de son père. Un an plus tôt, le général Barrett aurait déclaré ces festivités ennuyeuses et aurait passé la soirée à son club en compagnie de ses amis politiques. Mais, désormais, sa fille ne pouvait plus compter sur la présence de ses amies pour assister avec elle aux événements de la saison.

À l'époque, Lucinda, Georgiana et Evelyn étaient inséparables – les Trois Sœurs, les surnommait-on alors. Mais, même si elles restaient très proches, Georgie et Evie avaient désormais trouvé l'amour et avaient d'autres occupations. Le général avait compris cela avant sa fille et, en bon stratège, avait opéré un changement tactique pour s'adapter à la situation. Il s'inquiétait pour elle, et même si Lucinda ne l'avait pas déjà su, sa simple présence ce soir le lui aurait assez dit. Et le fait qu'il s'inquiète l'inquiétait en retour.

Raison pour laquelle son choix s'était arrêté sur Geoffrey Newcombe.

Le prétexte des leçons lui permettrait d'approcher celui-ci. Le général voulait la voir heureuse, et Lucinda souhaitait apaiser ses inquiétudes tout en continuant à veiller sur lui. Une tâche qu'elle s'était assignée après le décès prématuré de sa mère et dont l'ampleur n'avait fait que croître au fil du temps.

Au terme de longues réflexions, elle avait estimé qu'un mariage avec le quatrième fils du duc de Fenley constituait la solution idéale. Il lui plaisait, il plaisait à son père, et sa dot, ajoutée aux revenus du jeune homme, leur permettrait de vivre confortablement. En outre, il ne semblait affligé d'aucun vice particulier ni de dettes de jeu. C'était un gentleman sain et stable, aimable et facile à vivre, peu susceptible d'ajouter un nouveau fardeau à sa vie ou de lui reprocher ses devoirs envers son père et son affection pour lui.

— Ah, j'aperçois l'amiral Hunt en compagnie de ce jeune arriviste de Carroway, dit le général, un éclat martial animant soudain son regard d'acier. Il est temps d'aller montrer à la marine de quel bois nous nous chauffons.

Bradshaw Carroway s'était donc arrangé pour rentrer à Londres plus tôt que prévu, ce qui ne surprenait guère Lucinda. De fait, s'il n'avait pas fait carrière dans la marine, le charmant lieutenant aurait sans doute figuré en tête de sa liste de candidats ; malheureusement, son père en aurait eu une attaque.

— Tiens-toi correctement avec l'amiral, papa, dit-elle, ne plaisantant qu'à demi. Pas de bagarre.

— Fais-moi confiance. Toute violence restera purement verbale. Mais si tu préfères… ajouta-t-il d'un ton hésitant.

— Va, dit-elle en agitant la main, peu désireuse de le voir rester près d'elle toute la soirée.

Il déposa un rapide baiser sur sa joue et s'empressa d'aller affronter son plus vieil ami et plus grand rival. Le pauvre lieutenant Bradshaw Carroway allait se retrouver pris entre deux feux. Lucinda sourit, puis porta son regard vers la table des rafraîchissements et son sourire s'élargit. Elle s'avança pour aller saluer Evelyn, mais ralentit quand St. Aubyn apparut auprès de son épouse, tenant à la main deux verres de vin de Madère.

— Mademoiselle Barrett, dit une voix masculine derrière elle.

Elle se retourna et découvrit le visage rond et souriant du plus assidu de ses prétendants.

— Monsieur Henning, répondit-elle.

— Je vous en prie, appelez-moi Francis. Nous pouvons nous passer de ces formalités, n'est-ce pas ?

Son regard se posa sur le carnet de bal qu'elle tenait à la main avant qu'elle ait eu le temps de le dissimuler.

— Ah ! Je vois qu'il vous reste une valse. Splendide ! Me ferez-vous l'honneur ? Ma grand-mère est ici – vous devez absolument venir la saluer. Elle est complètement entichée de moi, et me voir en compagnie d'une jeune femme aussi ravissante que vous lui fera forcément plaisir.

Se retrouver piégée dans une conversation avec la tyrannique Agnès Henning était bien la dernière chose dont Lucinda avait envie, mais elle acquiesça tout de même.

— Laissez-moi le temps de me repoudrer et je passerai la saluer, répondit-elle en décochant à Francis son plus éblouissant sourire, avant de s'éclipser sans lui laisser le temps de reparler de la valse.

— Vous l'avez échappé belle, commenta près d'elle une voix masculine, moins familière que celle de Francis.

Lucinda eut tout à coup l'impression que la soirée prenait meilleure tournure.

— Lord Geoffrey, dit-elle en lui faisant sa révérence, ravie de sentir un frisson passer dans son dos.

Un sublime regard émeraude s'attarda sur son décolleté, puis remonta vers son visage.

— Lucinda Barrett, permettez-moi de vous complimenter pour la brillante stratégie que vous venez d'opposer à Henning. J'étais sur le point de vous porter secours, mais à vous seule, vous avez réussi à lui échapper sans avoir à l'inscrire sur votre carnet de bal.

Elle rougit, regrettant que Francis Henning ait choisi un lieu aussi visible pour l'accoster. Elle n'avait surtout pas voulu l'embarrasser.

— Oh, mais je n'ai pas...

— Ce qui signifie, si je ne m'abuse, qu'il vous reste une valse. Vous permettez ? dit-il en prenant de ses mains son crayon et son carnet pour y inscrire son nom. Notre mission ce soir, ajouta-t-il en adressant un hochement de tête au groupe de jeunes gens qui entouraient la jeune débutante Elizabeth Fairchild, consiste à maintenir Henning en dehors de la piste de danse. Cet homme est un véritable danger public.

— Il peut lui arriver d'écraser un ou deux orteils, reconnut Lucinda, troublée d'apercevoir Georgie qui l'observait en souriant depuis le fond de la salle, mais il est loin d'être le seul...

— Un seul bouffon à la fois, Lucinda. Une fois qu'il aura compris la leçon, nous passerons au suivant.

Lord Geoffrey s'inclina au-dessus de sa main, une boucle de ses cheveux dorés retombant devant un de ses yeux malicieux.

— Je vous retrouve pour la valse.

Alors qu'il s'éloignait, tous ses amis assaillirent Lucinda pour remplir son carnet de bal jusqu'à ce qu'il ne lui reste plus qu'une danse pour le pauvre Francis Henning. Lucinda n'aimait guère danser avec lui, mais l'idée de le voir ainsi exclu des festivités ne lui plaisait pas non plus, d'autant que la grand-mère de ce pauvre garçon était venue depuis le Yorkshire pour le voir danser.

Elle observa les larges épaules de lord Geoffrey, qui avait réussi à s'emparer du carnet de bal d'une autre jeune femme. Le comportement de celui qu'elle avait choisi pour élève n'était guère brillant. Au moins cela lui permettrait-il de justifier son choix.

— Luce, dit Georgiana en attirant son amie vers elle. Un bon début, dirait-on, murmura-t-elle en déposant un baiser sur la joue de Lucinda.

— Tais-toi donc.

— Je viens de voir le général en grande conversation avec l'amiral Hunt, poursuivit la vicomtesse en se redressant. Faut-il que nous intervenions ?

— Surtout pas, déclara lord Dare. Bradshaw semble littéralement pétrifié. Une petite frayeur ne fera pas de mal à mon cher frère.

— Papa m'a promis qu'il n'y aurait pas d'effusion de sang, glousa Lucinda avant de considérer plus attentivement Georgiana. Je pensais que tu resterais à la maison, dans ton état, lui dit-elle. Il fait très frais, ce soir.

— Je le lui ai dit, répondit Dare en portant la main de son épouse à ses lèvres pour baiser ses doigts. Mais elle ne résiste pas au plaisir de danser avec moi.

— Vous vous leurrez, mon pauvre ami, riposta Georgiana avec un sourire amusé en passant sa main à son bras. Je ne suis ici que pour les desserts.

— Pour les desserts, hein ? releva-t-il, visiblement enchanté de sa pique. Figurez-vous que je connais un savoureux... commença-t-il avant de s'interrompre brusquement, le regard fixé derrière l'épaule de sa femme. Que diable fait-il donc ici ?

Lucinda se retourna pour suivre son regard à la fois surpris et grave. Sur le seuil de la salle de bal, vêtu d'un élégant habit gris sombre, le regard froid et hanté, se tenait Robert Carroway.

— Mon Dieu, murmura Georgiana. Croyez-vous qu'il se soit produit quelque chose de fâcheux à la maison ?

— Je vais vite le savoir.

Mais avant que Dare ait pu faire un pas, Robert les aperçut et se fondit parmi la foule des invités avec une aisance qui surprit Lucinda. Alors qu'elle se demandait pourquoi il avait pris la peine de faire une apparition pour disparaître aussitôt sans un mot, il s'immisça entre lord Northrum et lady Bryce et surgit auprès d'eux.

— Rob ? dit Dare à voix basse, visiblement moins surpris par le comportement de son frère que Lucinda. Tout va bien ?

Il hocha la tête.

— J'étais invité, tu sais.

— Je le sais, répondit son frère. Mais…

— Rob ! s'exclama Bradshaw en fendant la foule. Par mon ancre ! Que diable fais-tu ici ?

— « Par mon ancre » ? répéta Dare en gloussant. Te voilà bien nautique, Brad.

— Je voulais dire un mot à Mlle Barrett, déclara Robert sans laisser le temps à Bradshaw de répliquer.

Lucinda remarqua le haussement de sourcils de Dare et l'expression ouvertement surprise de Bradshaw et de Georgiana. Mais le lugubre désespoir qu'elle lut dans le regard de Robert la poussa à répondre :

— Certainement, monsieur Carroway.

Il l'invita du geste à le précéder.

— Je comprends que les gens vous comparent à un fantôme, dit-elle. J'avoue avoir été surprise par le côté furtif de votre arrivée.

Il ne répondit pas et ne lui offrit pas non plus son bras, mais elle ne s'en formalisa pas ; se trouver près de lui la déstabilisait déjà bien assez. Le toucher lui aurait sans doute brûlé la peau.

Les regards des plus curieux des invités les suivirent jusqu'à ce que Robert ralentisse le pas et jette un regard derrière lui. Ils se retrouvèrent bientôt au pied du grand escalier. Robert se tourna alors vers elle et l'observa longuement, ses yeux bleu sombre étincelant sous l'éclairage tamisé d'un lustre.

— Je suis venu m'excuser, dit-il finalement. Pour hier.

Sa première impulsion – lui dire qu'il n'avait pas besoin de s'excuser et qu'elle n'avait pas même repensé à leur brève conversation – ne franchit pas ses lèvres. Lui y avait repensé, visiblement. Sinon, il ne serait pas venu la trouver.

— Merci, répondit-elle. Vous avez été direct, mais étant donné ce que vous savez de notre petit défi, votre conclusion était parfaitement logique.

— J'ai été grossier.

Elle ne put s'empêcher de sourire face à cet homme intimidant qui insistait pour se déprécier devant elle.

— Vous m'avez prise au dépourvu, comme tout bon soldat se doit de le faire.

Un frisson le secoua.

— Je ne suis pas un bon soldat. Bonsoir, ajouta-t-il en inclinant brièvement la tête avant de jeter un coup d'œil vers les invités qui se pressaient sur le seuil de la salle de bal.

— Il reste un quadrille sur mon carnet de bal, dit-elle comme il lui tournait le dos. S'il vous plaît de vous joindre à moi...

— Offrez-le à Henning, murmura-t-il sans se retourner. Les autres le rejettent.

— Je sais, et j'allais justement lui garder cette danse. Mais je me suis dit que vous...

Avant qu'elle ait fini de parler, il s'était évaporé. Il aurait aussi bien pu se trouver derrière elle, pour ce qu'elle en savait. Lucinda jeta un coup d'œil par-dessus son épaule. Il n'y était pas.

Quand elle avait fait ses débuts à Londres, six ans auparavant, Robert Carroway, alors âgé de vingt et un ans, avait dansé un quadrille avec elle. Elle se demanda s'il se le rappelait. Elle se souvenait de lui comme d'un excellent danseur au charme dévastateur, un jeune homme populaire et plein d'esprit à l'avenir prometteur. Mais il avait rejoint l'armée pour aller se battre contre Bonaparte.

— Tout va bien, Lucinda ? s'enquit Georgiana en arrivant près d'elle.

Lucinda se ressaisit.

— Oui, répondit-elle. Il pensait m'avoir offensée hier et voulait s'excuser.

— L'avait-il fait ? Je veux dire, t'avait-il offensée ?

— Juste Ciel, non. Simple divergence d'opinions.

— D'opinions, répéta Georgiana.

Lucinda sourit et prit le bras de son amie.

— Oui. Et maintenant, j'aimerais boire un verre de vin de Madère. Rends-toi compte : j'ai discuté avec Robert Carroway par deux fois cette semaine ! gloussa-t-elle, se préparant à affronter de nouveau le brouhaha de la salle de bal alors qu'elle aspirait seulement au calme. Qui sait ? Cela rendra peut-être lord Geoffrey jaloux.

— Quand on parle du loup... répondit son amie avec un discret mouvement du menton sur le côté.

L'adonis à la chevelure d'or émergeait de la foule pour rejoindre Lucinda.

— Notre valse va commencer, déclara-t-il d'un ton vibrant de charme et de bonne humeur.

— Oh, je suis désolée. Je ne m'en étais pas rendu compte.

— Parfaitement compréhensible, vu la situation.

Il glissa le bras autour de sa taille et elle réprima un sourire. Elle n'avait fait que plaisanter en disant à Georgiana qu'elle souhaitait le rendre jaloux, mais, à dire vrai, Robert Carroway n'était vraiment pas déplaisant à regarder.

— Quelle situation ?

— La soudaine apparition du muet, pour commencer, et puis le fait qu'il parle – et que ce soit à vous, expliqua-t-il en prenant sa main pour l'entraîner dans le tourbillon de la valse. J'étais à moitié persuadé qu'il était mort et que Dare l'avait enterré dans la cave ou quelque chose de ce genre.

— C'est absurde, répondit-elle, ennuyée que son insensibilité manifeste – partagée par la majorité de la bonne société – prouve une fois de plus qu'il avait grandement besoin de ses leçons de conduite. Ce n'est qu'un soldat blessé.

— J'ai moi-même reçu une balle dans le bras à Waterloo, répliqua-t-il avec un sourire fier. Cela m'a fait un mal de tous les diables. Voulez-vous que je vous narre mes actes de bravoure ?

Lucinda savait qu'il avait été blessé ; tout le monde le savait. Mais elle le regarda sourire et décida que l'écouter raconter un de ses amusants exploits héroïques lui permettrait d'élaborer sa stratégie et d'oublier le troublant regard d'un autre soldat.

— Volontiers, répondit-elle.

Robert fit un détour pour rentrer à Carroway House et s'attarda longuement sur Tolley, sa monture, devant l'entrée de Hyde Park. À plus de minuit, il ne risquait pas de croiser des personnes honorables. Avec un soupir qui forma un petit nuage de brume dans l'air froid de la nuit, il relâcha les rênes de son cheval et lui tapota le flanc. Les muscles dissimulés par la robe baie se contractèrent, et l'animal s'élança d'un bond.

Tolley chargea à fond de train sur l'allée et Robert plaqua le torse contre son encolure, fermant à moitié les yeux pour résister au vent. Tout était immobile et silencieux autour d'eux. Les craquements du cuir de la selle, le martèlement des sabots et le souffle de Tolley semblaient être les seuls bruits au monde.

Des nuits comme celle-ci, quand il quittait la maison sombre et silencieuse pour aller chevaucher dans les allées désertées du parc, il arrivait à tout oublier. Il n'était alors plus rien qu'un cavalier solitaire, fendant l'air sur son rapide destrier avec le monde qui s'épanouissait autour de lui. Les murs, les barreaux, les gémissements, les cris et la mort n'existaient plus. On ne pouvait plus le rattraper. Plus rien ne pouvait l'atteindre.

Finalement, quand il sentit le souffle de Tolley devenir laborieux et sa foulée ralentir, il le remit au pas et reprit le chemin de la maison. Les garçons d'écurie dormaient, mais il préférait cela de toute façon. Il brossa sa monture en silence, lui donna une pomme et la reconduisit dans sa stalle. La porte d'entrée n'était pas verrouillée, en prévision du retour de ses frères et de Georgiana, aussi put-il regagner la maison sans faire de bruit.

— Où étais-tu passé ?

Il se figea, puis força ses muscles à se détendre en reconnaissant la voix enfantine.

— Que diable fais-tu debout à cette heure-ci ? répondit-il en se tournant vers la frêle silhouette qui se tenait sur la dernière marche de l'escalier.

— J'ai demandé le premier, répliqua Edward avec toute l'autorité que lui conféraient ses dix ans. Voilà plus d'une heure que je suis assis ici pendant que tu étais Dieu sait où, à faire Dieu sait quoi.

Si un autre de ses frères l'avait questionné de la sorte, Robert aurait déjà regagné sa chambre et refermé la porte, mais face à Edward, frissonnant dans sa chemise de nuit, un soldat de plomb serré dans un de ses petits poings, c'était une autre histoire.

— J'avais une course à faire, le Gnome, répondit-il en le soulevant dans ses bras.

L'enfant enlaça étroitement son cou de ses bras menus, et Robert se sentit gagné par une vague d'émotion qu'il s'empressa de refouler.

— Je me suis inquiété pour toi. Je ne suis pas encore assez grand pour être l'homme de la maison, et tous les autres sont partis.

Robert cala son petit frère contre lui et grimpa l'escalier en se retenant de grimacer malgré son mauvais genou qui l'élançait. Edward était le seul à considérer qu'il n'avait pas changé, et il se serait damné plutôt que de le laisser penser autrement.

— Qu'est-ce qui t'a réveillé ?

— J'ai rêvé que le vaisseau de Brad coulait.

— Brad danse au bal des Wellcrist en ce moment. Tu pourras crier contre lui demain matin, une fois qu'il se sera couché aux aurores.

— C'est ce que je ferai, répondit Edward d'une voix ensommeillée comme ils atteignaient sa chambre à coucher. Tu ne vas pas ressortir ?

Robert le déposa sur le lit et le borda pendant que le garçonnet se blottissait contre ses oreillers.

— Non. Bonne nuit, le Gnome.

— Bonne nuit, Rob.

Alors qu'il longeait le couloir pour regagner sa chambre, Robert se demanda ce qui pouvait bien inciter le Gnome à lui accorder une telle confiance. Sans doute était-il heureux de le trouver toujours à la maison alors que les autres se moquaient de lui parce qu'il avait peur de rester tout seul. Mais il n'était jamais vraiment seul, puisqu'il y avait toujours les domestiques, sans parler des tantes, quand elles ne prenaient pas les eaux. D'où lui venait donc cette impression de solitude ?

Cinq ans auparavant, Robert n'aurait sans doute pas su répondre à cette question. Mais, à cette époque-là, il ne connaissait pas le château Pagnon, ni le comte général Jean-Paul Barrère.

Une fois dans sa chambre, il se débarrassa de sa veste tout en gagnant la fenêtre, qu'il ouvrit aussitôt en grand. Le courant d'air attisa le rougeoiement des braises dans la cheminée, mais Robert ignora le frisson qui le saisit. Il fallait vraiment qu'il neige pour qu'il ferme sa fenêtre la nuit. Il avait besoin d'air frais – si tant est que cela pût exister à Londres.

Il s'allongea sur son lit et croisa les bras derrière la tête. Lucinda Barrett était donc sérieuse quand elle lui avait confié avoir choisi pour élève lord Geoffrey Newcombe. Il s'était attardé pour la regarder et les avait vus danser ensemble. Ils semblaient parfaitement à l'aise. Elle surtout, quand elle riait avec ses nombreuses amies, tel un diamant parmi des pierres précieuses.

Robert soupira. Il n'aurait pas dû dénigrer son choix, en parler comme s'il savait encore qui était acceptable ou non. Elle avait eu la grâce d'accepter ses excuses et l'avait même invité à danser. Mais le simple fait de se présenter à cette soirée et de lui adresser la parole en respectant les convenances était un exploit pour lui.

Il se retourna sur le flanc, face à la fenêtre. La veille seulement, il ne se serait pas cru capable d'assister de son plein gré à un événement aussi futile et vain que le bal des Wellcrist. La chose avait été difficile, très difficile, mais il avait réussi. Et il savait pourquoi.

Il n'avait pas pensé à la sensation d'étouffement et aux conversations insipides. Il n'avait pensé qu'à Mlle Barrett. Et maintenant, il songeait à la prochaine fois qu'il lui parlerait. Cela faisait trois ans qu'il l'observait derrière les barreaux de son enfer privé, et voilà qu'ils s'étaient parlé. Elle ne s'en était pas aperçue, évidemment, mais elle l'avait attiré un peu plus près de la lumière. Et désormais, tout semblait… différent.

Pour la première fois depuis trois ans, il s'endormit sereinement, un doux sourire aux lèvres, au lieu de céder au sommeil dans la terreur, en se demandant s'il reverrait la lumière du jour le lendemain.

3

Nous avons l'espoir, le vaste monde s'étend au-devant de nous et nous n'avons aucune raison de désespérer. Mais moi – moi, j'ai tout perdu et je ne puis recommencer.

Victor Frankenstein, *Frankenstein*

Lucinda laissa aller son épaule contre l'encadrement de la porte du bureau.

— Non, papa, dit-elle, je ne crois pas que lord Milburne soit un anarchiste. Pourquoi ?

Le général Augustus Barrett jeta un coup d'œil sévère à sa fille, mais son regard, plutôt que de lancer ces éclairs terrifiants qui avaient incité bien des jeunes recrues à reconsidérer leur choix de carrière, brillait d'amusement.

— Regarde-le, Lucinda, répondit-il en lui faisant signe de le rejoindre près de la fenêtre. Jaquette rouge, gilet jaune, pantalon rouge. Si ce n'est pas un anarchiste, c'est le drapeau espagnol.

Lucinda baissa les yeux vers la rue en gloussant.

— Mon Dieu ! Heureusement que l'Espagne est notre alliée.

— Elle ne le serait plus si elle voyait un Anglais tourner ainsi ses couleurs en ridicule. Mais... voilà qu'il agite la main vers nous, à présent ! Ce n'est pas un de tes prétendants, j'espère ? Parce que s'il s'approche de la maison, je devrai lui tirer dessus.

Lucinda s'écarta de la fenêtre en secouant la tête.

— Non, ce n'est pas un prétendant. Je n'ai pas l'intention d'épouser un porte-drapeau. Je venais te demander si tu n'avais pas un nouveau chapitre pour moi, ajouta-t-elle en désignant le bureau d'acajou recouvert de piles de notes et de feuillets noircis d'encre.

— Pas encore. Je n'ai pas eu le temps de mettre au propre les notes que j'ai prises à Salamanque. Mais ne change pas de sujet.

— Quel sujet ?

Il tapota le dossier du fauteuil qui faisait face à son imposant bureau.

— Tes prétendants.

Merveilleux.

— J'espère que tu ne vas pas recommencer à inviter tes amis officiers, papa. Assise à une table avec toi et trente messieurs en rouge et blanc, j'ai l'impression d'être le drapeau français assiégé !

Le général s'assit à son bureau.

— Mes notes sont bien plus confuses que je ne le croyais. C'est ennuyeux. Et ma mémoire n'est plus ce qu'elle était, ajouta-t-il après une hésitation.

— Tes responsabilités dans les Horse Guards ainsi qu'au bureau de la Guerre me font grandement douter de cela.

— J'apprécierais un peu de compassion, ma fille.

— À vos ordres, général. Tu sais, ajouta-t-elle, choisissant de tirer parti de ce feint aveu de faiblesse, je crois que lord Geoffrey Newcombe s'est battu à Salamanque. Il sera présent ce soir, à l'*Almack's*. Je pourrais lui demander de venir voir s'il peut t'aider à déchiffrer ton journal.

— Ah, lord Geoffrey. Un jeune gaillard impétueux et plein d'entrain. Il a été touché au bras à Waterloo. Je t'ai vue valser avec lui, hier soir…

Il fit glisser son regard sur elle, mais elle feignit d'être occupée à redresser une pile de livres.

— J'ai dansé avec une bonne douzaine de gentlemen, répondit-elle. Comme toujours. Mais lord Geoffrey a mentionné la guerre, et je me dis qu'il pourrait peut-être t'aider.

— Tu as sans doute raison, Lucinda, approuva-t-il après un instant de réflexion. Je vais lui adresser un message afin de solliciter son aide.

— Parfait.

Il parut soudain remarquer la vieille robe de mousseline bleue et le chapeau de paille qu'elle portait.

— Sais-tu que nous avons un jardinier ?

— Oui, mais j'aime soigner mes roses. Et oui, je mettrai des gants pour éviter de me piquer.

— Tu es bien comme ta mère, marmonna le général. Marie et ses roses...

— Je confectionnerai un bouquet pour ton bureau, promit-elle en souriant.

Une fois munie de ses gants de jardin et de son sécateur, elle attendit que le majordome lui ouvre la porte.

— Je serai dans la roseraie, Ballow, annonça-t-elle en sortant.

Worley, le jardinier, avait déjà préparé pour elle un seau à mauvaises herbes, et c'est en fredonnant une valse qu'elle longea la maison pour gagner le jardin. À dater de la naissance de Lucinda, sa mère avait planté chaque année une nouvelle variété de rose, et Lucinda prenait plaisir à perpétuer la tradition. La vingt-quatrième rose, un splendide spécimen jaune à pétales doubles qui dégageait un parfum de cannelle, était arrivée de Turquie la semaine précédente.

— Comment allez-vous, mes chéries ? demanda-t-elle en s'agenouillant pour vérifier l'état du terreau. Vous avez soif, n'est-ce pas ?

Elle se remit à fredonner et entreprit de couper les feuilles qui n'avaient pas supporté le voyage. Les mémoires de son père n'étaient qu'un prétexte pour faire venir lord Geoffrey chez elle – une véritable idée de génie, estimait-elle.

Un arrosoir apparut soudain près d'elle.

— Merci, Worley. Vous lisez dans mes pensées.

Elle s'apprêtait à soulever l'arrosoir quand un détail arrêta son geste. Worley ne portait pas ses lourdes bottes de jardinier, mais d'élégantes bottes d'équitation parfaitement cirées. Le regard de Lucinda remonta le long d'une culotte chamois, d'une veste noire, d'une lavallière éclatante de blancheur, d'un menton fin, d'une bouche qui ne souriait pas et s'arrêta sur des yeux d'un bleu profond surmontés d'une chevelure aussi brune que désordonnée.

— Monsieur Carroway ! s'exclama-t-elle en s'empressant de se redresser.

Dans sa hâte, elle trébucha sur ses jupons et chancela vers le rosier.

— Oh !

Robert s'avança et l'empêcha de tomber en plaçant les mains sous ses bras. Il la relâcha dès qu'elle eut retrouvé l'équilibre, recula et noua les mains dans son dos comme si le fait de l'avoir touchée le mettait mal à l'aise.

— Je ne mords pas, pour l'amour du Ciel, marmonna-t-elle en époussetant sa jupe pour se donner une contenance.

— Je sais.

« Sois aimable », s'ordonna-t-elle. S'il était venu la voir, il devait avoir une bonne raison. Georgiana ne lui avait pas dit grand-chose au sujet de son beau-frère, mais sa réticence à assister aux événements mondains lui faisait deviner la difficulté qu'il devait éprouver à s'aventurer dans le monde.

— Je ne voulais pas vous rabrouer, dit-elle. C'est juste que je ne m'attendais pas à vous voir.

— Je m'exerce aux déplacements furtifs, répondit-il de sa belle voix grave. Je crois que c'est un talent que vous appréciez.

Elle l'observa d'un regard perçant. Son expression demeurait impassible, mais une subtile étincelle faisait briller ses yeux. Il n'avait donc pas entièrement perdu le sens de l'humour.

— Eh bien, vous êtes visiblement plus doué que moi. Il me semble que nous devrions convenir de ne plus chercher à nous surprendre à l'avenir, sous peine de nous infliger des dommages permanents.

— Entendu, acquiesça-t-il avant de porter le regard vers la maison. J'ai réfléchi, hier soir, déclara-t-il lentement, comme à regret.

— Oui ? fit-elle pour l'inciter à poursuivre.

Il prit une longue inspiration.

— Vous perdez votre temps avec Geoffrey Newcombe.

— Vraiment ? répondit-elle en haussant les sourcils. Qu'entendez-vous par là ?

Il étudia son visage.

— Je vous ai offensée.

Puisqu'il se montrait aussi direct, rien ne l'empêchait d'en faire autant.

— En effet. Mais je vous en prie, expliquez-moi cela.

— C'est un individu arrogant et un malappris.

Lucinda n'aurait su dire si cette déclaration l'ennuyait ou l'intriguait.

— D'où la nécessité de lui enseigner les bonnes manières. À quoi bon choisir un élève aux manières parfaites ?

Sa logique ne parut pas produire grande impression sur Robert.

— Je...

— Je croyais qu'un gentleman ne devait jamais médire d'un autre gentleman en présence d'une dame, l'interrompit-elle.

— C'est vrai. Mais je ne suis pas un gentleman, et vous êtes l'amie de Georgiana. J'ai simplement estimé que vous devriez garder à l'esprit que si Tristan et lord St. Aubyn étaient eux aussi arrogants, ce n'étaient ni l'un ni l'autre des malappris. Quelles que soient les leçons que vous avez l'intention de lui donner, je doute que lord Geoffrey en tienne compte, à moins que cela ne serve ses intérêts. Il est persuadé que le monde entier doit se plier à ses caprices.

— Pour quelqu'un qui évite de fréquenter ses pairs, il semble que vous estimiez bien les connaître, déclara-t-elle sèchement, certaine cette fois d'être ennuyée par son propos. Et quelle analyse avez-vous faite de moi, je vous prie ?

Cette question l'arrêta net.

— De vous ?

— Oui. De moi. Vous avez analysé la personnalité de lord Geoffrey, de St. Aubyn et de votre propre frère, vous avez donc certainement une opinion à mon sujet.

Alors qu'elle se penchait pour ramasser le sécateur qu'elle avait laissé tomber, elle se rendit compte qu'elle était curieuse d'entendre ce que Robert Carroway avait à dire sur elle. Elle se montrait peut-être trop directe avec lui, mais elle ne lui avait pas demandé de venir lui donner son avis sur son futur époux potentiel.

— Vous méritez bien mieux que Newcombe, dit-il d'un ton tranquille. Je sais cela de vous.

— Je vous remercie de votre sollicitude, répondit-elle en se redressant, mais nous n'allons pas être d'acc…

Il était parti. Lucinda pivota sur elle-même. Il s'était littéralement volatilisé, comme s'il n'avait jamais été autre chose qu'un spectre né de son imagination.

— Bonté divine, marmonna-t-elle. Vous auriez pu attendre que je vous aie dit ce que je pensais de vous, grossier personnage.

— Te parlerais-tu à toi-même ?

Son père, qui venait de franchir le coin de la maison, s'avançait pour la rejoindre parmi les rangées de rosiers.

— Non, je... je parlais au nouveau rosier, balbutia-t-elle en se sentant rougir.

— Ah. Et que t'a-t-il répondu ?

— Je crois qu'il est timide.

— S'il te répond un jour, tu me le diras, n'est-ce pas ?

— Très drôle.

Le général tendit la main vers elle, une lettre coincée entre ses doigts.

— On vient d'apporter ceci pour toi.

— Et tu as décidé que tu devais me l'apporter parce que tous les domestiques se sont cassé la jambe, je suppose ? répondit-elle en prenant la lettre. Je ne peux quand même pas te soupçonner de l'avoir fait parce que tu ne sais pas comment terminer ton troisième chapitre.

— J'ai déjà toutes les peines du monde à en rédiger la première partie, je te remercie. Organiser des batailles était simple, finalement, ajouta-t-il en souriant. Les décrire, en revanche, se révèle aussi compliqué que la politique.

Lucinda gloussa et chassa la troublante visite de Robert Carroway de ses pensées – du moins s'y efforça-t-elle. Il avait vécu comme un ermite pendant trois ans, et voilà qu'en trois jours, ils avaient trouvé le moyen de se rencontrer à trois reprises.

— Je te crois doué pour l'un comme pour l'autre. Tu peux m'aider à tailler les rosiers, si tu veux.

— Non, ma chérie. Je crois que je vais m'incliner face à ton expertise et m'en retourner à mes griffonnages.

— Sage stratégie, mon général.

Un fois son père parti, Lucinda regarda autour d'elle pour s'assurer que personne n'approchait furtivement et décacheta la lettre. Elle avait déjà reconnu l'écriture d'Evelyn et ne fut pas surprise de lire que son amie l'invitait à assister en compagnie de son père au dîner qu'elle donnerait avec lord St. Aubyn le samedi suivant.

Lucinda parcourut l'invitation en souriant jusqu'à ce qu'elle découvre le post-scriptum qui figurait au bas de la lettre. Evie précisait que lord Geoffrey Newcombe serait également invité.

Elle fourra la lettre dans la poche de sa pelisse. Ses amies cherchaient à l'aider, mais elle ne pouvait s'empêcher de penser que toute cette histoire de leçons – qu'elle avait elle-même initiée, par-dessus le marché – n'était qu'une imposture. Georgie et Evelyn avaient au moins choisi leurs élèves dans la véritable intention d'en faire des gentlemen. Mais désormais, toutes trois – et même un reclus comme Robert Carroway – savaient qu'il ne s'agissait que d'un prétexte. Et le pire de tout, c'était que ses amies semblaient disposées à lui servir lord Geoffrey sur un plateau d'argent sans même se cacher d'agir en marieuses.

— Malédiction, souffla-t-elle, recourant à un des jurons les moins colorés qu'elle ait appris auprès de son père et des amis de celui-ci.

Les sourcils froncés, elle arrosa les rosiers avec l'eau que lui avait apportée Robert. Ce n'était pas ainsi qu'elle avait envisagé les choses.

Mais, ainsi que disait le proverbe, « comme on fait son lit on se couche ». Il ne lui restait donc plus qu'à se glisser dedans. Et si Robert Carroway croyait qu'elle avait besoin de son avis, il se trompait grandement. Elle n'avait nul besoin de se justifier, surtout pas auprès d'une sorte d'ermite qui ne se donnait pas même la peine de s'excuser avant de prendre congé. Il pouvait s'estimer heureux qu'elle n'ait pas décidé de le choisir comme élève, parce qu'il semblait avoir grand besoin d'une ou deux leçons de savoir-vivre.

Robert mit Tolley au pas quand il arriva en vue de Carroway House. Devant l'écurie, Edward et Bradshaw inspectaient la selle que le plus jeune des Carroway avait reçue en cadeau pour son anniversaire. Il prit une inspiration et s'engagea dans l'allée. Après la façon dont il avait mené la conversation avec Mlle Barrett, il ne pouvait rien lui arriver de plus affreux, de toute façon.

— Rob ! s'exclama Edward en courant jusqu'à lui pour encercler ses jambes de ses bras. Connais-tu la nouvelle ? Brad va avoir son propre vaisseau ! Il est capitaine !

— Presque capitaine, rectifia Bradshaw, son regard bleu croisant celui de Robert. Dans un mois. Si Bonaparte ne se déchaîne pas d'ici là.

Robert réprima un frisson et hocha la tête.

— Félicitations.

Il descendit de cheval et remit à regret les rênes au valet d'écurie qui attendait. Il lui arrivait parfois de regretter l'ambiance qui régnait à Carroway House avant que l'union de Tristan et de Georgiana ne les sauve de la ruine. Il pouvait alors prendre lui-même soin de Tolley et n'avait pas besoin d'attendre qu'il soit plus de minuit pour sortir de la maison en catimini.

— Où es-tu allé ? demanda Edward.

— Faire une course, répondit-il selon son habitude.

Une course qui n'avait d'ailleurs servi à rien. Il ne savait plus vraiment ce qui l'avait poussé à sortir, mais il aimait la façon dont Lucinda Barrett lui parlait. Peu de gens prenaient la peine de le faire, désormais, même quand il leur en donnait l'occasion. Il ne savait plus trop comment, mais il s'était mis en tête de lui venir en aide – lui qui n'était pas capable de s'aider lui-même !

— Tu viens chevaucher avec nous au parc ? reprit le Gnome.

— Je dois m'occuper de ma correspondance.

Il avait surtout horreur de la foule qui emplissait Hyde Park à cette heure de la journée. Il tourna les talons et se dirigea vers la maison.

— Rob, attends ! lança Bradshaw en passant les rênes du poney à son petit frère. Je reviens tout de suite, le Gnome.

— Dépêche-toi, sinon il ne restera plus de sorbets au citron.

Robert ralentit quand Brad arriva à sa hauteur.

— Je vais bien, déclara-t-il aussitôt, pour couper court à l'interrogatoire que lui faisaient invariablement subir les membres de sa famille au terme d'une de ses absences.

— Je voulais seulement t'annoncer qu'un poste de troisième lieutenant sera disponible sous mon commandement, dit Brad en regardant le majordome ouvrir la porte d'entrée. Rien ne t'empêche de…

— Non, l'interrompit-il sèchement.

Il tenta d'enrayer le processus mental qui venait de s'enclencher, mais son frère l'avait pris à brûle-pourpoint et il se voyait déjà prisonnier d'une minuscule cabine de vaisseau étouffante, isolé au beau milieu de l'océan, coincé pour au moins un an.

— Le fait que tu aies quitté l'armée ne t'empêche pas de faire quelque chose d'utile.

Robert s'immobilisa et se tourna vers son frère aîné.

— Comme si parcourir le globe à bord d'un navire était utile.

Brad rapprocha son visage du sien.

— Tu n'as pas la m…

— Laisse-moi tranquille. Je ne veux pas de ta vie.

— Pourquoi ? Tu n'en as aucune.

Robert passa devant le majordome et gagna l'escalier de son pas inégal.

— Je le sais, Bradshaw, maugréa-t-il en prenant la direction de sa chambre.

— Ce n'est pas une fatalité ! lança son frère dans son dos.

— Si, c'en est une, marmonna-t-il, le souffle oppressé.

Du calme. Il avait seulement besoin de calme et de solitude quelques minutes. De calme et d'arrêter de penser qu'il était piégé dans un espace confiné et sans issue.

Dans sa chambre cependant, une fois la porte verrouillée, il eut l'impression que les murs se refermaient autour de lui tandis qu'il arpentait la pièce de long en large. Ses mains se mirent à trembler, et il serra les poings. Maintenant que cela avait commencé, il savait qu'il serait incapable de l'arrêter – la panique, noire, aveugle et irraisonnée. Maudit Bradshaw !

Il ferma les yeux et se laissa tomber par terre, devant la fenêtre. Il en avait trop fait, voilà tout – deux sorties en public en deux jours, affronter tous ces regards qui le dévisageaient et ce bruissement de murmures confus, tout en s'efforçant de mener une conversation courtoise après trois ans de quasi-solitude et de silence.

Du calme. Calme-toi. Il ne pouvait rien lui arriver. Rien. Il était en sécurité. Tranquille. Calme. Il se répéta ces mots, encore et encore, jusqu'à ce qu'ils se fondent ensemble et ne forment plus qu'une psalmodie incohérente qui envahit sourdement le fond de son esprit.

— Rob ? Robert ?

Tristan frappait à sa porte. Quand il ouvrit les yeux, la fenêtre ne laissait plus entrer aucune lumière et il était assis par terre, recroquevillé dans l'obscurité. Lentement, il étira ses doigts gourds, puis se releva, la raideur de ses membres lui arrachant une grimace.

— Tout va bien, Rob ?

Il se sentit vaguement nauséeux quand il atteignit la porte, mais cela signifiait que le pire était passé. Sa peau semblait trop étroite pour contenir ses os, et il avait l'impression d'avoir cent ans. Il prit une longue inspiration et ouvrit la porte.

— Tout va bien, maugréa-t-il en scrutant le visage inquiet du plus âgé de ses frères.

— Puis-je entrer ?

— Non.

— Tu as une mine épouvantable.

— J'en suis bien conscient.

La bouche de Tristan se durcit.

— Brad m'a parlé de la proposition qu'il t'a faite.

L'effroi le saisit. Il ne pouvait pas revivre cela alors qu'il venait à peine d'émerger de sa crise.

— Et tu penses que je devrais accepter ? se força-t-il à articuler.

— Non, je pense que Brad est un imbécile. Je le lui ai dit, d'ailleurs.

— Tant mieux.

Le vicomte observa un instant de silence.

— J'aimerais que tu me parles, dit-il à voix basse. J'aimerais... faire quelque chose pour t'aider.

Robert recula d'un pas, la main crispée sur la poignée de la porte.

— Je fais des efforts, tu sais, murmura-t-il, craignant que sa voix ne tremble s'il parlait plus fort.

— Je sais. Tu peux tout me demander. N'importe quoi, n'importe qui. Je te l'obtiendrai.

— Je n'ai besoin de...

— Tu sais à quoi j'ai pensé ? l'interrompit Tristan.

— À quoi donc ? demanda Robert, poursuivant la conversation parce qu'il ne se sentait pas plus prêt à affronter sa chambre vide et obscure que le reste de sa famille au rez-de-chaussée.

— Je crois qu'il te faudrait un passe-temps, un hobby. Je sais que tu lis... et je sais aussi que Tolley fait régulièrement de l'exercice. Je ne te parle pas de te mettre à la broderie ni rien de ce genre. En fait, je ne sais pas de quoi je te parle. J'imagine quelque chose de simple, pour commencer. Quelque chose qui...

— Quelque chose qui m'occupe, acheva Robert à sa place.

— Ne te fâche pas, Rob. Je...

— Je ne suis pas fâché. Tu as sans doute raison, soupira-t-il.

— Tu... Vraiment ? Ce n'est pas quelque chose que je t'entends souvent dire, tu sais. Il faudra que tu le racontes à Georgie ; elle n'en reviendra pas.

En voyant la surprise et le soulagement sur le visage de son frère, Robert éprouva un pincement de culpabilité et se força à sourire. Il jeta un coup d'œil derrière lui, ouvrit tout grand la porte et sortit dans le couloir.

— J'imagine que vous ne m'avez pas attendu pour dîner.

— C'est justement la raison de ma venue, figure-toi. Le Gnome a tellement faim qu'il menace de manger ses couverts.

Robert haussa les sourcils.

— Il ne fallait pas m'attendre.

— Bien sûr que si. Allons, viens.

Dans la salle à manger, il garda les yeux baissés jusqu'à ce qu'il ait pris place à table. Tous auraient vu son visage, autrement ; ils se seraient inquiétés et auraient cherché quelque chose d'encourageant à dire. Brad devait être fâché, tant contre lui-même que contre Robert – après tout, il n'avait rien fait d'autre que lui offrir une nouvelle carrière.

— Evie et Saint nous ont tous invités à dîner samedi prochain, annonça Georgie pour briser le silence.

— Cela signifie-t-il tout le monde ou bien tous les adultes ? s'enquit Edward.

— Tout le monde, mon cher. Il y aura aussi Luce, le général et lord Geoffrey Newcombe.

— Oh, j'aime beaucoup lord Geoffrey ! Il raconte de bonnes histoires. Et il connaît Wellington en personne !

— Saint aussi, intervint Brad.

Robert sentit les autres convives tourner le regard vers lui, se demandant s'il avait l'intention de participer à la conversation. Il garda la tête baissée et se concentra sur le contenu de son assiette. Il n'avait pas besoin de parler. Bientôt, quelqu'un changerait de sujet et ils continueraient à bavarder sans lui.

— Et toi, Rob ? Connais-tu Wellington ? demanda Edward.

Il n'avait pas envie de répondre. Mais il ne pouvait pas faire cela au Gnome, sinon il ne lui adresserait plus la parole et le dernier rempart qui empêchait Robert de devenir fou s'effondrerait.

— Je l'ai vu sur son cheval. Et nous avons partagé une bouteille de whisky, une fois. Mais je ne le connais pas plus que cela.

— Pourquoi avez-vous partagé une bouteille de whisky ? répéta Edward en faisant de petits bonds sur sa chaise, curieux d'en apprendre davantage.

— Il neigeait. Il se trouve que j'avais sur moi une bouteille, et il m'a demandé de lui offrir un verre parce qu'il se gelait les couilles.

— Wellington a dit « couilles » ?

— Edward ! glapit Georgiana.

— Rob l'a dit le premier !

Brad se mit à tousser dans sa serviette tandis que Dawkins, le majordome, apercevait soudain quelque chose d'extrêmement intéressant par la fenêtre. Robert tourna les yeux vers Tristan et Georgie, qui semblaient amusés.

Il eut envie de fermer les yeux ; après trois heures d'enfer à crisper les muscles, il était aussi épuisé que s'il avait fait l'aller-retour au pas de course jusqu'à Newcastle. L'idée de s'endormir, cependant, le plongeait dans une nouvelle forme de malaise. Il semblait n'être jamais assez fatigué pour rêver. Tristan avait peut-être raison. Il fallait qu'il se trouve une activité routinière et inoffensive pour s'occuper.

— Un jardin, marmonna-t-il.

Il n'eut pas conscience de s'être exprimé à voix haute avant de découvrir l'expression perplexe de son frère aîné.

— Je te demande pardon ? dit Tristan.

Les fleurs, les plantes, des choses qui poussaient. Des choses qui ne hurlaient pas, ne saignaient pas quand elles mouraient. Des choses qui ne vous jetaient pas des regards étranges lorsque vous ne saviez plus ce que vous faisiez. Par Dieu, cela tombait sous le sens.

— J'aimerais faire un jardin, expliqua-t-il.

— Quel genre de jardin ? s'enquit Bradshaw avec une légère pointe d'hésitation.

« Il ne faudrait pas effrayer le muet », se dit Robert en luttant pour détacher cette idée de son esprit.

Un jardin, loin des regards et des silences prudents... Lucinda avait un jardin, songea-t-il. De quelles fleurs s'occupait-elle quand il l'avait trouvée agenouillée par terre, qu'elle s'était sentie piquée par ses conseils et qu'elle s'était querellée avec lui comme s'il était une personne normale ?

— Des roses, grommela-t-il.

— Des roses ? répéta Georgiana, son regard pensif croisant le sien. Ma foi, il serait temps qu'un des frères Carroway s'avise de cultiver autre chose que sa mauvaise réputation.

— Je n'ai pas mauvaise réputation, objecta Edward d'un air stupéfait avant de reporter son attention sur Robert. Des roses ? Tu ne préférerais pas te promener à cheval avec moi ?

Seigneur, était-il donc devenu à ce point pitoyable et inutile ? Il s'imagina tel un vieillard gâteux marchant en traînant les pieds, tenant à la main un pauvre bouquet de fleurs à moitié fanées auquel il débitait des sornettes. Mais s'il ne parvenait pas à accomplir ce premier pas, il resterait pour toujours enfermé dans sa chambre et deviendrait vraiment ce vieillard.

Soudain oppressé, il se leva de table.

— Veuillez m'excuser.

— Promettez-moi seulement de planter des rosiers blancs, dit Georgie comme il gagnait la porte. J'adore les roses blanches.

4

Jugez-moi romantique si vous voulez,
ma chère sœur, mais j'éprouve
l'amer besoin d'un ami.

Robert Walton, *Frankenstein*

— Georgiana, dit Lucinda, s'empressant d'aller au-devant de son amie qui entrait dans le petit salon. Aurais-je perdu la tête ? Je croyais que c'était demain que nous devions aller faire des emplettes.

— Non, tu n'as pas perdu la tête, répondit Georgie en étreignant les mains que Lucinda tendait vers elle. C'est pour une tout autre raison que je viens te voir.

Elle ne semblait pas alarmée, mais Luce se souvint de la manière abrupte dont sa conversation avec Robert s'était achevée la veille. Georgie était-elle venue lui demander de se montrer plus courtoise vis-à-vis de son beau-frère ?

— Que puis-je faire pour toi ? s'enquit-elle.

— Cela te semblera peut-être étrange, mais j'ai besoin de ton soutien, Luce.

— Il t'est tout acquis.

— Voilà : Tristan s'efforce de trouver une activité qui puisse apporter un peu de paix à son frère Robert. Ma requête te paraîtra sûrement déplacée, mais…

— Pas du tout, affirma Lucinda, qui avait réprimé un léger sursaut en l'entendant mentionner le nom de Robert. Continue, je t'en prie.

— Merci. Hier soir, Rob a dit qu'il aimerait faire pousser des roses et...

— Des roses ? l'interrompit Lucinda, saisie d'un frisson.

— Oui. Je ne sais pas d'où lui est venue cette idée, mais il doit avoir ses raisons. J'ai envisagé de lui proposer mon aide, puis je me suis dit que cela risquait de l'effaroucher. Je ne suis pas censée parler de lui aux étrangers, ajouta Georgiana en se tordant les mains, mais tu sais que je te considère comme une sœur, Luce.

— Et moi pareillement, assura-t-elle. Je pourrais préparer des boutures et quelques ouvrages sur la culture des roses, les apporter à Carroway House et piéger ton beau-frère.

— Le piéger ? répéta Georgiana. Je ne sais pas si ce serait une bonne idée...

— Il lui sera ainsi plus difficile de refuser, répondit Lucinda en souriant.

— Je... D'accord. Je suis prête à prendre le risque qu'il se fâche contre moi. J'aimerais tant qu'il aille mieux. L'entendre rire, enfin !

Lucinda se rapprocha de son amie et la prit dans ses bras.

— Il a été blessé à Waterloo et il a dû voir toutes sortes d'horreurs là-bas, Georgie. Comment pourrait-il ne pas en avoir été affecté ?

Georgiana pâlit, puis se ressaisit.

— Bien sûr, dit-elle en détournant les yeux, comme gênée par le regard de Lucinda. J'apprécie toute l'aide que tu pourras lui apporter, Luce.

La réaction de son amie intrigua Lucinda, mais ce n'était pas le moment d'insister. Elle découvrirait plus tard ce que Georgiana ne voulait pas dire.

— Je passerai chez vous avant l'heure du déjeuner.

Une fois lady Dare repartie, le général entra dans le salon.

— Ton idée va peut-être bien sauver mon chapitre sur Salamanque, ma chérie, annonça-t-il en empochant une lettre. Lord Geoffrey m'écrit qu'il veut bien m'aider à relire mon journal pour voir ce qu'on peut en faire.

— C'est merveilleux.

— Il doit venir après le déjeuner et j'aimerais que tu sois présente pour prendre des notes.

— Je serai ravie de vous apporter mon concours, dit-elle en déposant un baiser sur la joue de son père comme elle gagnait la porte. Je serai rentrée à son arrivée.

— Où t'en vas-tu donc ?

— Je vais apporter des boutures de roses à Robert Carroway. Il veut se mettre au jardinage.

La main du général se posa sur son épaule pour l'empêcher d'aller plus loin.

— Robert Carroway ? Ce n'est pas un de tes prétendants, n'est-ce pas ?

— Non, juste un ami. Pourquoi ? demanda-t-elle en fronçant les sourcils face à son expression sérieuse.

— Ce n'est pas mon genre de soldat. Ni mon genre d'homme.

— Papa, tu...

— Je sais que c'est le beau-frère de ton amie Georgie, désormais, mais garde tes distances avec lui. Ne sois pas trop amicale. Sa réputation rejaillirait sur toi. Ainsi que sur moi.

— Quelle réputation ? Voilà trois ans qu'il ne fait pratiquement aucune apparition publique, et il a été blessé à Waterloo. C'est un héros.

— Certains le disent, répondit son père après un silence. Cependant, d'autres que lui ont été blessés là-bas et n'ont pas peur de leur ombre. Lord Geoffrey, par exemple. Carroway est un être brisé, Luce. Ne l'oublie pas et garde tes distances.

Lucinda n'estimait pas nécessaire qu'il le lui rappelle, mais elle acquiesça néanmoins.

— Je serai prudente.

— Merci. Tu rassures un vieil homme.

Lucinda sourit et passa la main autour de son bras.

— De quel vieil homme peut-il bien s'agir ? Il faudra que tu me le présentes.

Du fait des impératifs de chacun, les Carroway prenaient rarement le petit déjeuner tous ensemble. Robert n'ayant aucune obligation, il ne fut guère surpris, quand il pénétra dans la salle à manger vers 9 h 30, de ne trouver là que deux valets.

Il aimait le matin ; il en était venu à considérer le lever du soleil comme une sorte de miracle. Un exemplaire fraîchement repassé du *London Times* reposait à la place située en bout de table, destiné à Tristan, mais il ne s'y intéressa même pas. Peu lui importait ce qui se passait dans le reste du monde, ou même à Londres. Il s'approcha du buffet, plaça des toasts et du jambon sur son assiette et alla s'asseoir à l'autre bout de la table. Il découpa une portion de jambon et le portait à sa bouche quand le majordome apparut sur le seuil.

— Milord Robert, vous avez de la visite, annonça Dawkins, visiblement mal à l'aise.

Les domestiques n'aimaient guère s'adresser à lui, et Robert s'arrangeait pour qu'ils n'aient jamais à le faire. S'efforçant d'ignorer les battements de son cœur, il termina sa bouchée.

— Je ne suis pas là.

— Très bien, monsieur, dit Dawkins avant de se retirer.

Robert reprit son petit déjeuner. Personne ne lui rendait plus jamais visite. Il s'agissait probablement d'une erreur, de quelqu'un venu voir Bradshaw. Le majordome allait régler cela.

Mais Dawkins réapparut sur le seuil.

— Monsieur, Mlle Barrett aimerait savoir s'il vaut mieux qu'elle laisse ici son paquet ou s'il est préférable qu'elle revienne l'apporter plus tard.

— Mlle Barrett ? Quel paquet ?

— Je ne sais pas, monsieur. Dois-je m'enquér...

— Je m'en charge, déclara Robert en se levant.

Lucinda Barrett se tenait dans le hall, une petite caisse de bois posée à ses pieds. Robert détacha les yeux de la caissette pour s'intéresser à sa silhouette, notant sa robe de mousseline jaune et verte assortie à son élégant bonnet jaune qui dissimulait partiellement sa chevelure auburn. S'il ne se trompait pas, une lueur amusée faisait briller son regard.

Il sortit de sa contemplation. Bien qu'elle se soit présentée à l'improviste, Mlle Barrett était son invitée, et il était donc tenu de lui adresser la parole le premier.

— Que faites-vous ici ?

Elle lança vers lui une paire de gants de jardinage qu'il attrapa par réflexe.

— Ramassez ceci, dit-elle en désignant la caissette de bois, et suivez-moi.

Il fut sur le point de lui obéir, mais se ressaisit alors qu'il s'apprêtait à se baisser.

— Non, répliqua-t-il.

Mlle Barrett croisa les bras sur le galbe de son impertinente poitrine.

— Estimez-vous ou non avoir fait preuve de grossièreté vis-à-vis de moi, hier ?

— Que cherchez-vous à insinuer ?

— Je prends ma revanche, répondit-elle avec un sourire plein d'assurance, poussant la caisse vers lui du bout du pied. Allons, venez, reprit-elle. Ce n'est qu'à quelques pas, et je promets de ne pas vous mordre. Si vous restez prudent, bien sûr.

Dawkins était revenu dans le hall, escorté des valets de la salle à manger, et Robert sentait rôder au moins une femme de chambre sur le palier du premier étage, tendant l'oreille. Avec un haussement d'épaules, il laissa tomber les gants sur la caisse, puis se baissa et la souleva.

Lucinda ouvrit la porte d'entrée avant que Dawkins ait pu l'atteindre. Plutôt que d'inviter Robert à la précéder, elle descendit les marches du perron d'un pas décidé et s'engagea dans l'allée.

La situation, si étrange fût-elle, lui permettait d'échapper aux regards inquisiteurs du personnel. Il la suivit tandis qu'elle se dirigeait vers l'écurie, soulevant ses jupes au-dessus de la terre humide lorsqu'elle quitta l'allée.

— Ici, cela me semble bien, dit-elle en s'arrêtant près du mur de l'écurie. C'est ensoleillé, mais à l'abri du vent. Vous pouvez poser cela, ajouta-t-elle en se tournant vers lui, avant de sortir une paire de gants de jardinage de son sac.

Robert l'observa et comprit ce qu'elle voulait dire quand il la vit enfiler ses gants. L'envie d'aller trouver Georgiana pour lui faire savoir ce qu'il pensait d'elle l'effleura. Mais, quoi que sa belle-sœur ait pu dire à son amie, Mlle Barrett avait choisi d'accepter.

Il plaça délicatement la caisse sur le sol et recula d'un pas.

— Je vous laisse à votre ouvrage, dit-il. Et la prochaine fois, demandez plutôt l'aide d'un valet. Bonne journée.

— Monsieur Carroway, lança-t-elle dans son dos. Quand une personne prend la peine de vous faire cadeau de boutures d'une rare variété de roses, il est de bon ton de la remercier de ses efforts.

Il s'immobilisa.

— Je ne vous ai rien demandé.

— C'est bien pour cela que j'ai employé le terme de « cadeau ». J'ai également apporté des ouvrages sur l'art de cultiver les roses. Pour vous éviter de tuer ces roses par ignorance, j'ai pensé vous livrer une brève introduction et quelques instructions générales.

Robert revint vers elle.

— Je ne veux pas de vos roses, de vos instructions ou de votre charité, grinça-t-il.

Il comprit à son battement de cils qu'il l'avait choquée. Tant mieux. Il n'aimait pas les surprises.

— C'est *vous* qui êtes venu me voir, hier, répliqua-t-elle en soutenant posément son regard. Quand j'ai vu Georgie ce matin et qu'elle a parlé de roses, j'ai pensé que vous étiez peut-être venu dans l'intention de me demander des boutures. Je ne vois donc pas cela comme de la charité, mais comme une réponse à une question que vous m'avez presque posée.

Seigneur, comment le voyait-elle donc pour se donner la peine de justifier ainsi sa démarche ? Mais s'il lui tournait le dos maintenant, il n'aurait plus jamais l'occasion de lui rendre visite ou de parler avec elle de quelque sujet que ce soit.

Il devait adopter une meilleure tactique s'il voulait qu'elle cesse de le voir comme un infirme – le fait même qu'il se soucie de cela était en soi surprenant.

— Je pensais vous suggérer un échange, mentit-il tout en faisant défiler dans sa tête plusieurs scénarios possibles.

— Un échange, répéta-t-elle d'un air sceptique. Quel genre d'échange ?

Robert retint son souffle. C'était ce qu'il avait eu l'intention de lui dire la veille. Il était parti quand il avait entendu son père approcher, mais alors même qu'il franchissait le portail, il avait compris que l'apparition du général Barrett n'était qu'un prétexte. Il n'avait pas osé parler parce qu'il n'était pas certain d'assumer sa proposition jusqu'au bout.

« C'est maintenant ou jamais », se dit-il. S'il voulait faire son retour dans le monde, il ne pouvait pas espérer y arriver sans appui. Mais Lucinda lui faisait oublier ses peurs. Et elle semblait persuadée qu'il était un être humain.

— Je me disais que si vous m'aidiez à créer un jardin de roses, dit-il en s'efforçant de maîtriser sa voix, je pourrais vous aider avec lord Geoffrey Newcombe.

— Lord Geoff... En quoi pourriez-vous m'aider, en ce qui le concerne ?

Seigneur. Il n'en avait pas la moindre idée.

— Que vous ayez l'intention de lui donner une leçon ou... quoi que ce soit d'autre, en ma compagnie, vos rencontres sembleraient plus... fortuites.

— Je...

— Maintenant que vos amies sont mariées, elles ne sont plus en mesure de vous aider autant qu'elles le voudraient et, en tant que gentleman célibataire, je suis en mesure de vous apporter un éclairage sur lord Geoffrey qui vous donnera un avantage sur lui.

Mlle Barrett inclina la tête et l'observa.

— Vous me donneriez donc des conseils et vous m'escorteriez quand j'aurais besoin de rencontrer lord Geoffrey « par hasard », au cours d'une promenade à cheval ou d'une excursion ?

— Tout à fait.

Lucinda se pencha et ramassa la seconde paire de gants de jardinage.

— Il est temps de s'y mettre, ne pensez-vous pas ? répondit-elle en lui tendant les gants.

Tristan ne retrouvait plus sa femme. Elle était sortie tôt ce matin, et il savait qu'elle était rentrée, mais elle n'était dans aucune des pièces où elle avait l'habitude de se tenir.

Malédiction. Elle était enceinte de bientôt huit mois, et si elle ne se décidait pas à se calmer, il l'emmènerait à Dare Park, son domaine du Devon, de gré ou de force.

— Georgiana !

— Chut, lui répondit-on depuis la bibliothèque. Je suis là. Ne faites donc pas tant de bruit, pour l'amour du Ciel.

Dévoré de curiosité, Tristan entra dans la pièce. Sa femme se tenait près du mur, à côté de la fenêtre entrouverte, et regardait au-dehors.

— Que diable faites-v...

Elle plaqua une main sur sa bouche pour le faire taire.

— Regardez, murmura-t-elle.

Tristan suivit son regard jusqu'au mur de l'écurie – et se figea.

Lucinda Barrett se tenait au milieu d'un carré de mauvaises herbes, un livre ouvert entre les mains. Face à elle, agitant au gré de son discours la poignée de feuilles mortes et de ronces qu'il serrait dans sa main, se tenait Robert.

— Que se passe-t-il ? murmura Tristan, incapable de détacher les yeux de son frère.

— Les roses, répondit Georgie sur le même ton. J'ai demandé à Lucinda d'apporter quelques boutures.

— Mais... il lui *parle*.

Georgiana enlaça le bras de son époux et laissa aller sa joue contre son épaule.

— Oui, dit-elle. Il lui parle.

Tristan continua d'observer la scène. Rob se tenait à distance de Lucinda, mais il discutait bel et bien avec elle. Et c'était elle qu'il était venu trouver à la soirée des Wellcrist.

— Georgie, est-ce qu'il... Je veux dire, comment... Lucinda l'apprécie-t-elle ?

— Lucinda apprécie tout le monde, souffla-t-elle, sa main se crispant sur le bras de son époux. Et tout le monde l'aime.

— Mais...

— Je ne pense pas, Tristan. Je ne puis en dire davantage, mais je crois qu'elle a arrêté ses vues sur quelqu'un d'autre.

— Nous devons les rejoindre et mettre un terme à cet entretien, dans ce cas.

— Non, répondit-elle en secouant son bras. Laissez-les. Si vous intervenez, Rob sera fâché. Ils ne font que parler. Et vous ne savez rien. Vous ignorez tout de cela. Comprenez-vous ?

Tristan soupira. De toutes les fibres de son être, il voulait protéger son frère et veiller à ce qu'il ne lui arrive rien… Mais, à l'évidence, il avait plus de trois ans de retard pour cela. Et il savait que Georgiana avait raison, comme d'habitude.

— Pour l'instant, je ne sais rien, acquiesça-t-il en déposant un baiser sur sa joue. Et vous non plus. Mais j'exige d'être mis au courant s'il arrive quoi que ce soit.

— Souhaitons-nous de persister dans cette bienheureuse ignorance.

Il l'attira dans ses bras.

— Je baignais dans une bienheureuse ignorance jusqu'à il y a cinq minutes. Et cette histoire ne me dit rien qui vaille, mon amour.

— Je sais. Mais Robert ne serait pas là-bas s'il n'avait pas envie d'y être. Et s'il a envie d'y être, c'est peut-être le signe qu'il a envie de revenir vers nous.

— Puissiez-vous dire vrai.

Tout en écoutant Mlle Barrett lui expliquer quelles étaient les meilleures variétés de poissons utilisées pour fertiliser les roses, Robert jeta un coup d'œil à la fenêtre de la bibliothèque du premier étage. Georgie et Tristan faisaient de pitoyables espions. Il savait que Georgiana s'était arrangée pour que Lucinda passe le voir ce matin, mais il espérait qu'elle n'avait pas l'intention de le manipuler.

S'il avait été celui qu'il était avant la guerre, Robert aurait pensé que Georgiana jouait les marieuses, et il n'aurait pas hésité à faire la cour à Lucinda, déjà séduit par son apparence. Mais la jeune femme avait jeté son dévolu sur quelqu'un d'autre, et c'étaient la sérénité et la paix qui émanaient d'elle qui l'attiraient, telle une brise tiède par temps froid. Il aimait être auprès d'elle, mais il résistait à l'attirance qu'il éprouvait pour elle parce qu'il n'était plus le Robert d'autrefois. Il était Rob, désormais, l'ombre tronquée de celui qu'il avait jadis été.

Certes, il aurait été absurde de nier qu'il la trouvait belle, d'une beauté presque médiévale, avec sa peau d'une blancheur de lait qui faisait ressortir ses cheveux et ses yeux sombres. Sa chevelure avait le parfum des roses, et il pouvait aisément l'imaginer baignant dans un bassin rempli de pétales rouges et soyeux. Mais cela faisait des années qu'il n'avait pas été avec une femme, et celle-ci était la plus proche amie de Georgiana, la seule étrangère à sa famille à qui il ait adressé plus d'une phrase depuis ce qui lui semblait être des décennies. Il fronça les sourcils. Il était donc devenu une sorte de moine reclus dans sa cellule – mais sa religion ne lui interdisait pas de regarder.

— Monsieur Carroway, dit Lucinda d'un ton de reproche qui le tira de ses pensées. Je suis en train de dire que trop de poisson nuit au terreau.

— Je comprends.

Il tordit entre ses doigts un court rameau de Félicité Parmentier. D'après Lucinda, il ne devrait pas s'étonner si la moitié des boutures qu'elle avait apportées ne prenaient pas. Hors de terre et dépourvues de racines, ces choses épineuses ne semblaient même pas vivantes. L'étaient-elles ? Étaient-elles éveillées ou endormies ? Sentiraient-elles quelque chose si elles venaient à mourir ? S'il les tuait ?

— Je ne pense pas que ce soit une bonne idée, dit-il en s'empressant de replacer le rameau dans la caisse.

— Pourquoi cela ?

— Je n'ai pas le temps d'aller acheter du poisson et de retourner la terre, déclara-t-il en reculant, se concentrant sur sa respiration.

Il venait de sentir la panique s'immiscer en lui, profitant de ce qu'il s'était autorisé à laisser dériver ses pensées. Il vit Mlle Barrett retenir son souffle un instant.

— Très bien. Je comprends. Le général Barrett n'aime pas jardiner non plus.

La mâchoire de Robert se crispa instinctivement quand il l'entendit mentionner son père.

— Ce n'est pas que je n'aime pas…

— Je suppose que cela signifie que notre arrangement est rompu, reprit-elle en posant son livre par terre pour retirer ses gants. Ce n'est pas plus mal, j'imagine.

Robert la regarda se diriger vers la maison.

— Et vos boutures ?

Elle agita la main vers le carré d'herbes folles.

— Je n'ai pas la place de créer une nouvelle roseraie. Vous n'aurez qu'à les jeter.

Robert resta un long moment à regarder dans le vide après qu'elle fut montée dans la voiture qui l'avait attendue. Leur échange lui laissait une impression étrange. Ces plantes faisaient visiblement sa fierté et sa joie, et elle lui en avait présenté certaines comme étant des spécimens très rares. Se moquait-elle réellement de ce qu'il en ferait ou bien avait-elle deviné son malaise, alors que lui-même n'aurait pas su dire ce qui l'avait dérangé ?

Avec un soupir, il cala la caissette de boutures à l'ombre du mur de l'écurie, puis regagna la maison pour enfiler de vieux vêtements plus adaptés au jardinage que ceux qu'il portait.

Une fois qu'il eut arraché les mauvaises herbes et retourné la terre, il se souvint qu'il avait à peine touché au petit déjeuner et se rendit compte que l'heure du déjeuner était passée depuis longtemps. À contrecœur, il alla ranger la pelle à l'écurie.

Il était trop tard pour qu'il puisse espérer trouver la quantité de poisson frais dont il avait besoin, ce qui voulait dire qu'il lui faudrait aller sur les docks, le long de la Tamise, le lendemain dès l'aube. Lucinda avait dit que les boutures se conserveraient un jour ou deux, entreposées au frais. Il ramassa donc les livres et la caissette et rapporta le tout dans la maison.

Il avait eu raison sur un point : la terre et les plantes n'avaient pas besoin qu'on leur fasse la conversation. Elles semblaient même préférer le silence, contrairement aux membres de sa famille.

Chaque jour, l'un d'entre eux venait s'enquérir de sa santé et lui proposer une promenade. Pourtant, alors qu'il venait de passer la journée dehors, il avait à peine aperçu un ou deux domestiques, ce qui signifiait que les Carroway savaient où il était, mais n'avaient pas voulu le déranger.

Tant qu'ils ne lui demandaient pas de s'expliquer et qu'ils faisaient comme s'ils ne voyaient pas qu'il était en train d'essayer d'émerger du puits sans fond où il se débattait depuis son retour, ce subterfuge lui convenait parfaitement.

La partie difficile consisterait à décider s'il voulait ou non annoncer à Lucinda qu'il avait décidé de planter ses roses. Car, une fois qu'elle le saurait, il serait obligé de remplir la part de leur arrangement – et ce test déciderait de ses chances à redevenir ou non un être humain à part entière. Il aurait aimé pouvoir connaître la réponse à cette question.

Et il aurait aimé pouvoir se convaincre que ce que Lucinda pensait de lui n'avait aucune importance.

5

L'acquisition du savoir ne fit que révéler à mes yeux l'infirme et le déclassé que j'étais.

Le Monstre, *Frankenstein*

Une fois de retour chez elle, Lucinda se dépêcha de monter dans sa chambre afin d'enfiler une robe plus convenable pour recevoir de la visite. Son père avait dit que lord Geoffrey passerait après le déjeuner, mais elle s'était attardée plus longtemps que prévu à Carroway House et n'eut que le temps de manger une pêche que sa femme de chambre descendit lui chercher en cuisine.

Elle avait fait de son mieux avec Robert Carroway et refusait de se sentir coupable de l'avoir planté là. À lui de décider s'il voulait ou non cultiver des roses, se dit-elle. Mais elle savait qu'il ne s'agissait pas pour lui d'un simple projet de jardinage.

Elle ignorait ce que ce besoin recouvrait précisément, mais passer du temps en sa compagnie lui avait permis d'entrevoir la profondeur hantée de son saisissant regard bleu, et elle espérait que son cadeau l'aiderait… Lucinda se rendit compte soudain qu'elle contemplait son reflet dans le miroir de sa coiffeuse d'un œil aveugle et se força à sortir de sa rêverie.

Alors qu'Helena agrafait son collier sur sa nuque, elle entendit la porte d'entrée s'ouvrir et la voix grave et mélodieuse de lord Geoffrey répondre aux paroles de bienvenue de Ballow. Les battements de son cœur s'accélérèrent. Il était là. Ses leçons de bienséance allaient pouvoir commencer.

Elle s'attarda volontairement dans sa chambre, rectifiant l'agencement de sa coiffure tout en décidant de sa stratégie. Elle aurait aimé pouvoir y consacrer plus de temps, mais son entrevue avec Robert l'avait privée de toute capacité d'attention. Étonnant. Elle n'aurait pas cru que converser avec quelqu'un qui parlait aussi peu puisse se révéler aussi... prenant. Sauf qu'il lui avait parlé, se révélant même presque bavard.

On frappa discrètement à la porte, et la femme de chambre alla ouvrir.

— Mademoiselle Barrett ? dit le majordome. Votre père demande que vous le rejoigniez dans son bureau.

— Certainement, Ballow. J'arrive.

« Concentre-toi », s'ordonna-t-elle. Il ne s'agissait pas d'une simple visite de politesse, contrairement à celle qu'elle avait faite à Robert Carroway. Avec lord Geoffrey, c'était son avenir matrimonial qui était en jeu.

Tandis qu'elle suivait Ballow au rez-de-chaussée, elle s'efforça de chasser de ses pensées les événements de la matinée.

— Bonjour, papa, dit-elle en entrant dans le bureau. Lord Geoffrey, ajouta-t-elle avec une révérence.

— Mademoiselle Barrett, répondit le fils du duc de Fenley en se levant pour saisir délicatement sa main. Le général Barrett me disait justement que vous aviez accepté de nous seconder dans nos efforts.

— En effet, acquiesça-t-elle en s'écartant pour aller déposer un baiser sur la joue de son père. Je resterai près de la fenêtre pour éviter d'interrompre votre travail, ajouta-t-elle, invitant du geste les deux hommes à se rasseoir.

— Surtout pas, déclara lord Geoffrey en tirant la chaise qui se trouvait près de lui. Je ne raconte jamais aussi bien une histoire qu'en présence d'un public. Surtout quand il s'agit d'un public attentif au point de prendre des notes.

Armée d'un crayon et de papier, Lucinda prit place sur la chaise tandis que le général ouvrait le journal à moitié calciné, aux pages cornées et gondolées d'humidité, qui contenait ses notes sur Salamanque.

— Maudit incendie de cuisine sur le vaisseau qui me ramenait en Angleterre, juste après que Bonaparte a quitté l'île d'Elbe, maugréa-t-il d'un ton de nonchalance bourrue en feuilletant les pages de son manuscrit. Mon journal de Pampelune a été complètement détruit. Tout cela à cause d'un satané colonel qui voulait un toast pour enrayer le mal de mer.

— J'espère que vous l'avez rétrogradé, commenta lord Geoffrey. Figurez-vous que j'ai également participé aux événements de Pampelune. Pas autant que vous, assurément, mais je serais ravi de vous faire part de mes souvenirs, si vous pensez qu'ils peuvent vous être utiles.

— C'est fort aimable à vous, milord.

— Je vous en prie, appelez-moi Geoffrey. J'ai trois frères aînés, mes chances de devenir l'héritier du titre sont infimes.

Le général sourit.

— C'est entendu, Geoffrey. Salamanque a été votre première affectation, si je ne me trompe ?

— Oui. Sacré début ! La balle d'un mousquet français m'a dépouillé de mon chapeau deux minutes après mon arrivée sur le champ de bataille !

Lucinda écouta les deux hommes tout en prenant note des dates, conditions climatiques, mouvements de troupes et observations personnelles. Elle eut presque l'impression de sentir le feu de la bataille, de voir la fumée, les avancées et les replis des troupes de Wellington qui suivaient les forces du maréchal de Marmont, lequel commandait l'armée du Portugal.

Quand Geoffrey raconta qu'il avait failli être emporté par le courant alors que son escouade traversait le Tormes vers la fin de la bataille, elle retint bruyamment son souffle.

— Pardon, murmura-t-elle en rougissant alors que les deux hommes tournaient les yeux vers elle. Vous racontez cela avec un tel réalisme !

— J'espère seulement que ce n'est pas trop effrayant pour une jeune fille de votre qualité, répondit Geoffrey en baissant la tête.

— Je puis vous assurer, milord, que bien que je n'aie jamais assisté à une bataille, j'ai lu toutes les notes et la correspondance de mon père, ainsi que le brouillon des chapitres de ses mémoires. J'ai aussi été volontaire à l'hôpital pour soigner les blessés à l'issue de la guerre. Quand on est la fille du général Augustus Barrett, on a forcément entendu parler des conflits et de la guerre.

— Et on connaît l'art de raconter une histoire, ajouta son père avec un sourire attendri. Ma Lucinda n'a pas froid aux yeux, c'est un fait.

— Au temps pour moi, concéda lord Geoffrey, mais en toute honnêteté, et je crois que votre père m'approuvera sur ce point, un gentleman n'abordera jamais certains aspects de la guerre en présence d'une dame.

— Je...

— Après tout, pourquoi les soldats se battent-ils, si ce n'est pour préserver la paix et l'harmonie du foyer ? poursuivit-il.

— Bien dit, Geoffrey, déclara le général. Vous ne voyez pas d'objection à ce que Lucinda en prenne note ?

— Aucune, assura le jeune homme en tirant sa montre de sa poche, comparant l'heure qu'elle indiquait à celle de la pendule. Je crains de m'être engagé à rejoindre mon chargé d'affaires à 16 heures, annonça-t-il.

— Bien sûr, dit le général en insérant un marque-page dans son journal, qu'il referma soigneusement.

Nous avons déjà bien commencé. Vous plairait-il de poursuivre cette conversation mardi, à l'heure du déjeuner ? Ma cuisinière s'y entend à merveille pour rôtir les volailles.

— Ce serait avec plaisir, répondit lord Geoffrey en adressant à Lucinda un coup d'œil chaleureux.

— À midi, dans ce cas ? demanda-t-elle en se levant.

— Midi, c'est entendu.

Quand lord Geoffrey prit de nouveau sa main, elle ne put s'empêcher de remarquer qu'il la gardait un peu plus longtemps que ne le voulait l'usage.

— Un garçon bien honnête, commenta le général en regardant lord Geoffrey s'éloigner dans l'allée sur son cheval.

— C'est tout à fait l'impression qu'il donne, n'est-ce pas ?

— Et toujours capitaine, même s'il n'est pas en service actif. Si Bonaparte avait gagné à Waterloo, il pourrait être major à présent. Peut-être même lieutenant-colonel. Il en a l'étoffe. Pas assez de guerres, en ce moment...

Un regard bleu troublé traversa un bref instant les pensées de Lucinda.

— Il y en a bien assez, selon moi. Je préfère te savoir employé par les Horse Guards ou en train de rédiger tes mémoires plutôt que sur un champ de bataille, merci bien.

— Oui, oui, ma fille, répondit le général en retournant s'asseoir à son bureau. Quoi qu'il en soit, je suis content que tu m'aies suggéré de m'associer son concours.

— Moi aussi, murmura Lucinda en se dirigeant vers la bibliothèque, où elle avait l'intention de consulter une carte d'Espagne pour situer la ville de Salamanque.

Elle se demanda si Robert y avait combattu et si ses souvenirs étaient semblables à ceux de lord Geoffrey et de son père. Elle se demanda aussi si elle aurait le courage de lui poser la question.

Alors qu'il venait d'enfiler son pardessus et ses gants, Robert entendit Edward dévaler bruyamment l'escalier derrière lui. *Malédiction.* Il avait plus d'une raison pour préférer les chevauchées au clair de lune...

— Où vas-tu ? demanda son petit frère.

— Faire une course.

Il prit son chapeau des mains du majordome et le vissa sur sa tête, notant au passage le regard désapprobateur de Dawkins pour ses cheveux trop longs.

— Tu réponds toujours cela, se plaignit Edward. Je veux venir avec toi.

— Tu t'ennuierais, répondit Robert en attendant impatiemment que le majordome ouvre la porte.

— Je veux venir quand même. Brad va à un piquenique avec une fille, Tristan au Parlement et Georgie doit aller faire des emplettes.

Faire des emplettes, escortée de Lucinda Barrett, si Robert avait bien entendu.

— Et M. Trost ? demanda-t-il, bien qu'il sût pertinemment que c'était le jour de repos du précepteur.

— Il rend visite à sa mère. Et il n'est pas question que j'étudie mes leçons sans raison.

Quant à Andrew, leur autre frère, il ne rentrerait pas de Cambridge avant une semaine.

— C'est bon, soupira Robert. Va chercher ton manteau.

— Hourra ! s'exclama Edward en filant à l'étage, où il s'immobilisa soudain. Tu ne vas pas partir sans moi, n'est-ce pas, Rob ?

Cette pensée lui avait effectivement traversé l'esprit.

— Non. Rejoins-moi aux écuries. Je vais faire seller Tolley et Tempête.

— J'arrive tout de suite !

Robert sortit et inspecta son carré de jardin en attendant qu'on prépare les chevaux. Sa famille n'avait pas fait la moindre allusion à ses travaux de désherbage au dîner de la veille, mais Edward finirait sans nul doute par lui en parler.

Il s'était couché fourbu et avait trouvé les muscles de ses épaules endoloris au réveil, surpris et heureux d'avoir dormi d'une traite et de ne pas se souvenir de ses rêves. Ce seul fait lui donnait envie de continuer à cultiver son jardin.

Il enfourcha Tolley à l'instant où Edward sortait en courant de la maison.

— Où allons-nous ? demanda le Gnome, prenant appui sur les mains de John, le garçon d'écurie, pour se mettre en selle.

— Jusqu'au fleuve.

Ils quittèrent Carroway House puis se dirigèrent vers le sud-est. Quand ils atteignirent Pall Mall, Robert résista à l'envie de lancer Tolley au galop. Il était encore tôt, mais Mayfair était déjà noir de monde. Des laitiers, des mendiants, des marchands des quatre-saisons, des domestiques et quelques rares aristocrates lève-tôt emplissaient les rues, poussant, criant, hurlant et chantant à qui mieux mieux.

— Pourquoi allons-nous jusqu'au fleuve ? demanda Edward.

— Poisson.

— Nous allons pêcher ?

Robert réprima un froncement de sourcils face à l'enthousiasme de son frère.

— Non, j'ai besoin de poisson frais pour le jardin.

— On ne peut pas faire pousser de poissons dans un jardin. Je ne suis plus un bébé, Rob. Tu ne peux plus m'attraper avec ce genre de bêtise.

— Ils servent d'engrais pour aider les rosiers à prendre racine, expliqua Robert. C'est du moins ce que l'on m'a dit.

— Oh, souffla le garçon, coulant vers lui un regard oblique.

— Quoi, « oh » ?

— Je ne suis pas censé te questionner à propos du jardin de roses. Je ne dois même pas prononcer le mot « rose » en ta présence.

— Qui t'a dit cela ?

— Tout le monde. Georgie, pour commencer, et puis Tristan et Brad. Je crois bien que je déteste les roses, maintenant.

— Avec un peu de chance, d'ici la fin de la matinée, tu détesteras encore davantage le poisson.

— Est-ce que tu me laisseras t'aider à ton jardin de roses, alors ? Parce que Georgie a dit que je ne devais même pas te demander cela.

Ils avaient quitté Mayfair, mais les rues semblaient encore plus encombrées. Robert commença à se sentir oppressé et dut lutter pour conserver un rythme de respiration régulier. S'il se laissait gagner par la panique, il ne serait plus en mesure de veiller sur Edward. Il devait se ressaisir tant qu'il avait encore le contrôle de ses émotions.

— Est-ce vraiment ce que tu souhaites – m'aider au jardin ? J'aurais pensé que tu préférerais aller chevaucher avec Brad ou Tristan.

— J'aime aussi chevaucher avec toi. Tu te sers à peine des rênes de Tolley. J'aimerais apprendre à faire de même avec Tempête. Mais vu que les autres ne veulent pas en entendre parler, je préfère t'aider au jardin, ajouta Edward avec sérieux. Je ne vois pas pourquoi tu devrais le faire tout seul.

— Merci, le Gnome.

Edward eut un sourire rayonnant – celui d'un enfant pleinement satisfait et convaincu de la justesse du monde. Robert l'envia. Il se souvenait d'avoir ressenti cela un jour, mais le fait de savoir ce qu'il avait perdu le déprimait encore davantage. Il ne pourrait jamais expliquer à personne à quel point il s'était éloigné de la lumière du monde et qu'à cause de ce qu'il avait fait, il ne pourrait plus jamais la retrouver.

— N'est-ce pas un vendeur de poisson, là-bas ?

Robert cligna des yeux.

— Si, dit-il en descendant de cheval pour s'approcher en boitillant de la charrette d'un vieux vendeur de poisson au dos voûté.

— Il me faudrait du poisson, dit-il.

— Oui, milord. J'en ai de toutes sortes, et bien frais. Cabillaud, maquereau, mor…

— Il m'en faudrait deux douzaines, l'interrompit-il, souhaitant que les poissons ne sentent pas aussi mauvais que l'homme lui-même.

— Deux douzaines ? Très bien, milord. Lesquels…

— À peu près de cette taille-là, ajouta-t-il en écartant les mains d'une trentaine de centimètres l'une de l'autre.

— Certains conviennent mieux que d'autres à la table d'un gentleman. Et bien sûr, les meilleurs sont les plus chers.

— C'est pour faire de l'engrais, annonça Edward, qui n'était pas descendu de son poney.

— De l'eng…

— De cette taille-là, répéta Robert.

— Vous voulez mettre mes bons poissons dans la terre ? glapit le vieil homme. Si on apprend que mes poissons ne sont bons qu'à être enterrés, plus personne ne v…

— Nous ne sommes tous bons qu'à être enterrés, tempêta Robert. Combien ?

Il devait rentrer. Vite.

Le vendeur déglutit.

— Dix shillings.

— Huit, dit Robert en sortant l'argent de sa poche.

— Bien, milord. Mais, à ce prix-là, je ne garantis pas la qualité.

Une fois les poissons rangés dans le sac de toile qu'il avait apporté à cet effet, Robert remonta sur son cheval.

— En route, le Gnome, tonna-t-il en attachant le sac au pommeau de sa selle.

Plusieurs minutes passèrent avant qu'il ne remarque le silence inhabituel de son frère. Il tourna les yeux vers lui. L'enfant avait le regard rivé sur les oreilles de sa monture et pinçait les lèvres.

— Qu'est-ce qui ne va pas, Edward ?

— Ce n'est pas bien, ce que tu as dit, marmonna le Gnome en évitant son regard. Tu as fait peur à cet homme.

Robert ravala sa réponse, surpris d'avoir songé à en faire une. Tout aurait été plus simple si Edward l'avait vu comme le déchet à moitié humain que tout le monde voyait en lui. Presque tout le monde, rectifia-t-il en songeant brièvement au sourire de Lucinda Barrett.

— Je suis désolé, dit-il. Je ne me sens pas très bien. J'ai hâte d'être à la maison.

— Je me souviens du jour où tu es rentré après avoir combattu Napoléon, déclara soudain son frère. Brad disait que tu allais mourir, mais je savais que ce n'était pas vrai.

— Comment le savais-tu ?

— Grâce à la lettre que tu m'avais écrite, dans laquelle tu disais que tu m'enseignerais le saut d'obstacles quand je serais en âge de le faire. Andrew a voulu me montrer comment faire quand nous étions en Écosse, l'année dernière, mais j'ai refusé. Je veux que ce soit toi.

Robert déglutit. Il avait oublié cette lettre. La dernière qu'il ait écrite et qu'il ait déposée dans la sacoche du courrier, le soir où... le soir où tout avait changé. Le soir où l'enfer s'était refermé sur lui.

Il aperçut enfin la maison.

— Tu aurais dû laisser Andrew t'apprendre, marmonna-t-il avant de presser les talons contre les flancs de Tolley pour l'inciter à aller plus vite.

Quand ils atteignirent l'écurie, Robert glissa à bas de sa selle, détacha le sac de poissons du pommeau et le laissa tomber à côté de la caissette de boutures. Il s'empressa alors de gagner la maison et ouvrit la porte avant que Dawkins ait pu l'atteindre.

— Où diable étais-tu donc passé ? s'enquit sèchement Tristan en émergeant de son bureau.

— Dehors, répondit Robert en gagnant l'escalier, ignorant le regard fâché de son frère.

— Avec Edward.

— Oui.

En dessous de lui, Tristan lâcha un juron.

— Tu ne dois pas sortir avec lui sans dire à personne où vous avez l'intention d'aller !

— D'accord.

— Robert ! Je n'ai pas fini de te parler !

Robert ne partageait pas cet avis. La panique s'était de nouveau emparée de lui, plantant ses griffes dans sa poitrine et serrant si fort qu'il n'avait plus assez d'air pour respirer.

— Peste, siffla-t-il en pénétrant dans sa chambre, refermant précipitamment la porte derrière lui. Arrête, arrête, arrête !

La foi qu'Edward avait en lui ne tenait donc qu'à cette lettre qu'il avait naïvement écrite avant de savoir ce qui l'attendait. Il s'en souvenait, à présent. Il y parlait du froid qu'ils avaient enduré à la frontière espagnole et de leur optimisme à l'annonce de l'abdication de Bonaparte. Ils avaient cru la bataille finie et espéraient être bientôt de retour, à condition que leur régiment ne fasse pas partie de ceux qui seraient appelés à rester sur place pour maintenir la paix. Il l'avait été, mais à ce moment-là, Robert ne se trouvait plus au sein de son régiment.

— Robert !

Il ignora le martèlement du poing de Tristan contre sa porte. En fait, il l'entendit à peine, occupé qu'il était à arpenter sa chambre tout en s'efforçant de garder à distance l'obscurité qui menaçait de l'engloutir.

Il avait soumis une demande de permission qui lui avait été accordée. Ce qui restait de son régiment l'avait donc cru reparti en Angleterre, pendant que sa famille le pensait toujours en Espagne.

— Robert, ouvre cette porte ! Je ne plaisante pas !

La colère et la peur dans la voix de Tristan le ramenèrent brutalement au moment présent. Il bondit jusqu'à la porte et l'ouvrit à la volée.

— Je ne permettrai jamais qu'il arrive quoi que ce soit à Edward, déclara-t-il d'une voix rauque.

Tristan, qui s'apprêtait à ajouter quelque chose, referma brusquement la bouche avant de demander :

— Mon Dieu, Rob, es-tu blessé ? Tu es pâle comme un…

Robert claqua la porte.

— Va-t'en ! grinça-t-il en calant son front contre le panneau de bois frais. Je veux seulement être tranquille.

— Très bien.

Un instant plus tard, il entendit les pas de Tristan s'éloigner dans le couloir.

Robert avala une douloureuse gorgée d'air et se retourna. Il allait se remettre à marcher de long en large quand son regard tomba sur les vêtements de jardinage qu'il avait abandonnés sur le dossier d'une chaise. Il devait enterrer le poisson avant qu'il n'attire tous les chats errants de Mayfair, et s'il ne plantait pas les boutures le jour même, il n'aurait plus qu'à faire ce que lui avait conseillé Mlle Barrett et les jeter.

Il avait les mains tremblantes quand il retira son pardessus pour l'accrocher au montant du lit. Sa veste et son gilet suivirent, et il réussit à se concentrer assez pour les suspendre dans l'armoire.

Tristan ne cessait d'insister pour lui adjoindre un valet, incapable de comprendre qu'il était essentiel que personne ne puisse jamais avoir librement accès à ses appartements privés et à ses affaires. S'habiller et s'occuper lui-même de ses vêtements était un des rares moyens qu'il avait de se prouver qu'il était toujours un être humain.

Une fois qu'il eut enfilé sa plus vieille paire de bottes et ramassé les gants que Lucinda lui avait prêtés, il constata avec surprise que les battements de son cœur s'étaient calmés et que sa respiration était redevenue presque normale.

Robert jeta un regard autour de lui, puis ouvrit la porte de sa chambre et sortit dans le couloir. Il ressentait encore le contrecoup de la panique – une lourde fatigue et des tremblements – mais, cette fois, il l'avait fait reculer. Il n'avait pas laissé l'obscurité gagner. Il devait cette victoire aux roses… et au sourire de Mlle Barrett.

6

À dater de ce jour, un nouvel esprit de vie anima la charpente putrescente de l'étranger.

Robert Walton, *Frankenstein*

Alors qu'elle atteignait le perron d'Halboro House au bras du général, Lucinda ne put s'empêcher de ralentir le pas. Avant le mariage d'Evie et de St. Aubyn, elle n'avait franchi qu'une fois le seuil de cette demeure, et ce soir, elle allait pénétrer dans les entrailles d'une maison où, quelques semaines plus tôt seulement, aucune femme vertueuse n'aurait voulu entrer. Mais ce serait pour participer à un dîner intime en compagnie d'amis – et d'un futur époux potentiel.

— Lord et lady St. Aubyn sont au salon, annonça le majordome en les invitant à entrer après les avoir cérémonieusement salués.

— Merci, Jansen.

La porte du salon était fermée aux trois quarts, et Lucinda se rappela soudain qu'Evie et St. Aubyn n'étaient mariés que depuis un mois. Elle s'éclaircit bruyamment la gorge.

— Tu sais, papa, dit-elle en faisant volontairement porter sa voix, je n'ai pas pu m'empêcher de remarquer que tu avais apporté du madère à Mme Hull à deux reprises, au bal des Wellcrist.

— C'est qu'il faisait une chaleur étouffante dans cette salle de bal, et Mme Hull avait oublié d'apporter son éventail. Si...

La porte du salon s'ouvrit.

— Bonsoir, dit Evie en déposant un baiser sur la joue de son amie. Vous êtes les premiers, ajouta-t-elle en les faisant entrer.

— Et vous arrivez à point nommé, déclara St. Aubyn en venant se placer près de sa femme, glissant la main le long de son dos d'un geste possessif. J'étais sur le point de remporter une dispute.

— Absolument pas, répliqua Evelyn en rougissant.

— Nous reparlerons de cela plus tard, déclara suavement le marquis en faisant peser sur son épouse le feu de son regard vert. Général Barrett, permettez-moi de vous proposer une partie de billard. Je crois que ces dames ont envie de bavarder entre elles.

Le général haussa les sourcils.

— Au vu de l'amitié qui unit Lucinda et Evelyn, je crois que vous pouvez m'appeler Augustus.

Le marquis acquiesça.

— Il semblerait que j'aie rejoint une famille plus vaste que je ne le pensais. Par ici, Augustus. Si je gagne, vous pourrez m'appeler Saint. Au cas fort improbable où je perdrais, j'insisterai pour que vous m'appeliez « Votre Bienveillante Grâce, marquis de Saint Aubyn ».

— N'allez pas croire que cela me fait hésiter, mon garçon, gloussa Augustus.

Les deux hommes disparurent dans le couloir, et Lucinda resta à contempler le seuil qu'ils venaient de franchir d'un air songeur.

— Quelque chose persiste à m'échapper.

— À quel sujet ? demanda Evie en s'asseyant sur le canapé.

— Sa Bienveillante Grâce, répondit Lucinda avec un sourire. Michael Halboro. Je sais jusqu'où il est allé pour te conquérir, mais... mon Dieu, tu as tout de même épousé le marquis de St. Aubyn !

— Ma mère n'arrive toujours pas à le croire, répondit Evie avec une petite grimace. Et c'est à peine si mon frère daigne nous adresser la parole.

— Je sais. Tu m'en vois désolée.

— Oh, je ne le suis pas. Michael croit lui aussi que cela me dérange. Mais il faudra bien que ma famille comprenne que je suis courageuse et indépendante et que j'aime Michael autant qu'il m'aime. Parce que je ne vais pas changer d'avis ; arriver jusqu'ici m'a demandé trop d'efforts.

Des efforts.

— Crois-tu que je sois une tricheuse ? demanda soudain Lucinda. Et je te supplie de me répondre franchement.

Evie prit les mains de son amie et la fit asseoir auprès d'elle.

— Franchement, dit-elle en la regardant en face, je ne vois pas en quoi le fait d'opter lucidement pour le bonheur pourrait faire de toi une tricheuse.

— Je n'ai pas besoin d'un époux pour être heureuse, répliqua Lucinda.

— Ce n'est pas ce que je voulais dire, soupira Evie. Certes, je suis plus heureuse avec Saint. Mais je le suis aussi parce que ma famille ne contrôle plus ma vie.

— C'est peut-être là que se situe mon problème, déclara posément Lucinda. Mes ambitions se limitent à veiller au bien-être de mon père et à repousser le chaos le plus loin possible de ma vie.

— Estime-toi heureuse de ne pas être tombée amoureuse de Tristan Carroway, gloussa Evie.

Une pensée fugitive du frère cadet de lord Dare fit froncer les sourcils à Lucinda, mais elle s'empressa de se reprendre avant qu'Evie remarque quoi que ce soit. Pour quelqu'un qui cherchait à éviter les ennuis, elle consacrait beaucoup de temps à rêvasser au sujet du troublant regard bleu de Robert...

— Ou de ton Saint, répondit-elle. Mais je commence à l'apprécier.

— Tu ne recherches pas la même chose que Georgiana et moi. Cela ne fait pas de toi une tricheuse pour autant.

Lucinda considéra longuement son amie.

— Je te dois des excuses, Evie, dit-elle finalement.

— Pourquoi donc ?

— J'ai toujours su que tu étais bonne, sincère et généreuse. Mais je n'avais pas encore remarqué à quel point tu étais sage.

— Qu'ai-je donc encore manqué ? s'enquit Georgiana depuis le seuil du salon. C'est la faute de Tristan, il a insisté pour que nous...

— Georgie, je vous en prie, l'interrompit le vicomte en apparaissant derrière elle, inutile de mentionner cela. Contentez-vous de leur demander où se trouvent les autres gentlemen.

— Tristan ! s'exclama Georgie en devenant toute rouge.

Evelyn ne fit cependant que rire de la grossièreté manifeste de lord Dare.

— Dans la salle de billard, lui apprit-elle.

— Hourra ! s'exclama Edward depuis le fond du couloir. Saint va m'apprendre à tricher !

— Ô mon Dieu, marmonna Georgiana en disparaissant de nouveau. Edward ! Il n'est pas question que vous...

— Je n'envie vraiment pas Georgie, parfois, déclara Evie, riant toujours.

— Une fois qu'Andrew sera revenu de Cambridge, elle devra s'occuper des cinq frères Carroway, renchérit Lucinda.

Elle se surprit à se demander si Robert était venu, lui aussi, ce soir-là, mais s'empressa de chasser cette idée. Elle devait se concentrer sur d'autres sujets – comme apaiser les soupçons qu'aurait peut-être lord Geoffrey sur les raisons de son invitation à ce dîner.

S'il avait l'intention d'y assister, bien sûr.

— Evie, murmura-t-elle, est-ce que tu attends encore quelqu'un ?

— Oui, répondit son amie d'un air malicieux. D'un instant à l'autre.

À peine venait-elle de prononcer ces mots qu'une haute silhouette sombre s'encadra sur le pas de la porte. Lucinda leva les yeux, s'attendant à voir lord Geoffrey, mais le regard bleu qui se posait sur elle ne pouvait appartenir qu'à un homme.

— Monsieur Carroway, laissa-t-elle échapper d'une voix haletante, le souffle coupé par son apparition.

— Lady St. Aubyn, dit-il à voix basse. Mademoiselle Barrett.

Evie paraissait au moins aussi surprise qu'elle.

— Monsieur Carroway. Je suis ravie que vous ayez décidé de venir. Souhaitez-vous vous joindre à nous ?

Il jeta un coup d'œil à Evie, puis regarda de nouveau Lucinda.

— Pourrais-je d'abord m'entretenir un instant avec vous, mademoiselle Barrett ?

— Certainement.

Elle se leva en évitant de croiser le regard intrigué d'Evie et suivit Robert dans la relative tranquillité du couloir. Il était entièrement vêtu de gris, à l'exception de sa lavallière blanche, sobrement nouée. Associée à l'éclairage tamisé, la couleur de sa tenue donnait à son regard une teinte crépusculaire, et elle eut une fois de plus l'étrange sensation qu'il pouvait lire dans ses pensées.

— J'ai planté les boutures, déclara-t-il de but en blanc. Avec le poisson.

— Vraiment ? Je m'en réjouis.

— Et je vous avais proposé un marché.

Ô mon Dieu.

— Monsieur Carroway, vous n'avez pas besoin de...

— Robert, l'interrompit-il.

— Robert. J'apprécie votre offre, mais ce n'est vraiment pas la...

Tandis qu'elle parlait, il avait lentement tendu la main vers elle pour toucher sa joue, ses doigts effleurant très délicatement sa peau, comme s'il redoutait que Lucinda ne s'évapore.

— J'ai dit que je vous aiderais, murmura-t-il. Et je tiens à le faire.

Lucinda sentit un long frisson parcourir sa colonne vertébrale. Qu'il plante ou non les roses, elle ne s'était pas attendue qu'il reparle de leur arrangement. Et elle s'était encore moins attendue à ressentir un tel... trouble au contact de ses doigts. Elle leva les yeux et croisa son regard sérieux.

— Rob...

— Bonsoir, Lucinda, fit la voix suave de lord Geoffrey comme il arrivait à leur hauteur. Carroway. Je suis surpris de vous trouver ici.

Robert laissa retomber sa main. Lucinda comprit que lord Geoffrey avait vu son geste et que Robert s'était arrangé pour être vu de lui. Le regard de Robert passa d'elle à Geoffrey, puis il tourna les talons et disparut en direction de la salle de billard.

— Voilà qui est intéressant, dit Geoffrey en s'inclinant au-dessus de sa main.

— Oui, répondit-elle, réprimant à grand-peine une envie de s'éclaircir la gorge. C'est... un de mes amis.

— C'est ce que j'ai vu. Voulez-vous bien m'aider à retrouver nos hôtes ?

— Certainement. Par ici.

Lord Geoffrey lui offrit son bras. Elle replia les doigts sur sa manche et le guida au salon. La soirée prenait un tour inattendu. Cinq minutes plus tôt, elle aurait parié que Robert Carroway ne viendrait pas et que sa proposition d'aide était désormais caduque.

Elle porta discrètement la main à sa joue pour toucher l'endroit qu'il avait caressé. Sa peau était tiède. Un tour très inattendu, vraiment.

Robert laissa échapper un léger soupir quand il pénétra dans la salle de billard. Un brouhaha de voix masculines le saisit tout d'abord, comme si tout le monde parlait en même temps. Il ne tarda guère à repérer l'intonation plus douce de Georgie, la jeune femme tentant comme d'habitude de discipliner le chaos. Il concentra son attention sur elle, cherchant à s'accorder un ultime instant de répit avant de se retrouver face à l'homme qui se tenait au fond de la pièce. Il s'était répété toute la journée qu'il ne pouvait pas espérer respecter le marché passé avec Mlle Barrett en restant claquemuré à Carroway House et qu'il ne devait pas se soucier de ceux qu'il croiserait forcément en chemin.

— Je peux donc compter sur votre parole, Saint ? disait Georgie.

— Elle vous est tout acquise. Je n'enseignerai à Edward que des astuces de jeu socialement acceptables.

— Georgie, je n'apprendrai rien de valable dans ces conditions, se plaignit Edward.

— Je m'efforce au contraire de veiller à ce que vous n'appreniez que cela, répliqua-t-elle avant de repartir vers la porte, gratifiant au passage Tristan d'un baiser sur la joue.

Robert fit un pas de côté pour la laisser passer.

— Georgiana, la salua-t-il en lui tenant la porte.

Elle lui toucha brièvement l'épaule avant de quitter la pièce. Georgiana connaissait une partie de ce qui lui était arrivé, parce qu'il le lui avait dit. Et elle l'avait sans doute raconté à Tristan, mais ce n'était pas sorti de Carroway House. Après tout, quelle famille a envie qu'on sache que son héros de guerre n'a pas été blessé à Waterloo parce qu'il n'a jamais participé à la bataille ? Qu'il a été retenu prisonnier pendant sept mois et qu'il n'est en rien responsable des deux retraites de Bonaparte ?

Il retint son souffle. Et que penserait sa propre famille si elle venait à apprendre ce qui s'était passé pendant ces sept mois ? Robert frissonna et leva délibérément les yeux vers l'homme qu'il avait, à un moment donné, rêvé de tuer.

— Ne t'en fais pas, mon garçon, disait le général Augustus Barrett à Edward. Moi, je n'ai rien promis à ta belle-sœur. Reste près de moi et tu apprendras une chose ou deux.

Lord Geoffrey entra à cet instant dans la pièce, et Robert se rangea le long du mur. Il ne fut pas surpris de voir le général s'avancer pour être le premier à saluer Newcombe.

— Geoffrey, vous connaissez tout le monde, n'est-ce pas ? demanda Barrett en serrant la main du quatrième fils du duc de Fenley. Notre hôte, lord St. Aubyn, et...

— Saint, l'interrompit le marquis avec un sourire en coin.

— Oui, bien sûr, répondit Geoffrey. Je vous remercie de me recevoir. Votre invitation m'a surpris autant que ravi.

— J'aime les surprises, répondit Saint.

Le général intervint de nouveau :

— Les autres sont les Carroway. Tristan, lord Dare, et ses frères. Le lieutenant Bradshaw, qui a malheureusement choisi de servir dans la marine de Sa Majesté, Edward, et...

— Appelez-moi le Gnome, déclara fièrement Edward. Je suis le plus jeune.

— Enchanté, le Gnome, dit Geoffrey en serrant solennellement la main que le garçon tendait vers lui.

— Et l'autre, là-bas, c'est Robert, acheva le général en décochant à peine un coup d'œil à ce dernier.

Geoffrey se tourna vers lui.

— Oui, nous nous sommes croisés tout à l'heure.

Robert inclina la tête sans détacher les yeux du général. Ce qu'il était pour Barrett se résumait donc à cela – « l'autre ». Au moins leur mépris était-il mutuel.

— Merci, glissa discrètement une voix, tout près de lui. Le marquis de St. Aubyn ajustait l'angle de tir de sa queue de billard, le regard à ras du tapis.

— De quoi donc ? marmonna Robert en retour.

— De vous être joint à nous. Je commençais à penser que c'était moi que vous cherchiez à éviter lors de nos réunions, poursuivit le marquis à voix basse. Mais ce n'est pas moi, n'est-ce pas ? C'est Barrett.

— J'ignore de quoi vous parlez.

— À votre guise. Il ne me déplairait pas d'apprendre pourquoi, cependant. Je me fie généralement à la première impression que j'ai des gens et, chose rare, vous m'avez tous deux fait bonne impression. J'aimerais savoir si je me suis trompé.

— Vous vous fourvoyez, répondit Robert. Dans les deux cas.

— Comme c'est intéressant. Vous comprendrez, dans ce cas, que je continue à vous observer.

Robert fut tenté de lui rétorquer de se mêler de ses affaires, mais il avait assez entendu parler du marquis pour ne pas avoir envie de s'en faire un ennemi.

— Faites comme bon vous semble.

— Je n'y manque jamais, répondit Saint en souriant. D'ici là, ajouta-t-il en faisant signe à un valet d'approcher, je vais devoir apporter un changement au plan de table, car je crains qu'Evie ne vous ait placé à côté du général.

Malédiction. Il avait réussi à venir là en se concentrant sur l'idée d'aider Lucinda, mais il n'avait pas songé un seul instant au plan de table. Il fallait dire aussi qu'il restait rarement jusqu'au dîner où que ce soit.

— Merci, murmura-t-il.

— Je crois savoir que vous avez servi sur le *Dreadnought*, disait Geoffrey à Bradshaw.

— En effet, répondit celui-ci. Nous avons essuyé une bonne douzaine de combats, pendant la guerre.

— Une douzaine ? répéta le général en relevant la tête. Combien contre des navires français qui tentaient de faire le blocus ?

— Quelques-uns, répondit le lieutenant de marine avec un fin sourire.

— Assez pour que Brad soit fait capitaine, déclara Edward, toujours loyal.

— Félicitations, Carroway, dit Geoffrey. J'aurais peut-être dû tenter ma chance dans la marine, finalement.

— Ne dites pas d'absurdités, admonesta le général. Les possibilités d'avancement sont bien meilleures dans l'armée.

— Rob a rencontré Wellington, une fois, avança Edward en ajustant son tir.

Des yeux gris acier se tournèrent vers Robert.

— Je n'en doute pas, concéda le général. Sa Grâce mettait un point d'honneur à rendre visite aux officiers blessés.

— C'était avant cela. Ils ont partagé une bouteille de whisky.

Geoffrey haussa les sourcils.

— Vous m'en direz tant. Racontez-nous donc cela, Carroway.

Robert soutint tranquillement son regard.

— Non.

Tristan et Bradshaw s'avancèrent au même instant.

— Ce n'est pas ton tour, le Gnome, déclara le vicomte en se plaçant entre Robert et lord Geoffrey.

— J'aimerais souligner que j'ai perdu exprès, claironna Saint en se déplaçant, s'interposant, volontairement ou non, entre Robert et le général. Ce qui fait de moi la crème des hôtes, n'êtes-vous pas d'accord ?

Le majordome entra alors dans la pièce, adressa un léger signe de tête au marquis et ouvrit tout grand la double porte.

— Le dîner est servi, annonça-t-il.

Tandis qu'ils s'apprêtaient à rejoindre les dames au salon, Edward s'approcha de Robert.

— Qui donc suis-je censé escorter ? murmura le garçon.

Robert effectua un rapide calcul. Avec trois femmes présentes, il reviendrait forcément à Newcombe d'escorter Lucinda Barrett.

— Tu peux m'escorter, répondit-il à voix basse.

— D'accord, répondit Edward. Heureusement que tu es venu, sinon j'aurais été tout seul.

Ce qui signifiait qu'une personne, au moins, se réjouissait de sa présence. Robert rectifia cependant ce jugement une fois qu'ils eurent rejoint les couples qui prenaient le chemin de la salle à manger. Georgie mit un point d'honneur à lui adresser un sourire, tandis que Tristan et Brad lui jetaient un coup d'œil discret. Les Carroway étaient donc heureux qu'il ait réussi à rester jusqu'au dîner. Peut-être parviendrait-il grâce à eux à y assister jusqu'à la fin.

Il jeta un coup d'œil vers Lucinda, qui observait le profil de Geoffrey. À la place de ce dernier, Robert ne serait pas allé perdre son temps dans la salle de billard. Toute envie de se comparer au fils de Fenley disparut cependant quand il découvrit la place qu'avait décidé de lui attribuer St. Aubyn.

— Mademoiselle Barrett, dit-il en prenant place à côté d'elle.

Elle semblait si élégante, et en même temps si parfaitement à l'aise, qu'il ne put que l'admirer. Il lui était arrivé de ressentir la même chose autrefois, il s'en souvenait, même s'il n'espérait plus éprouver cela de nouveau. Il se demanda si, malgré les efforts qu'elle faisait pour parler avec lui, elle ne regrettait pas leur première entrevue, dans la chambre d'amis. Mais elle avait cessé de respirer quand il avait touché sa joue... Il le savait, parce qu'il avait eu l'impression que son cœur cessait de battre lorsque son souffle s'était interrompu. Était-ce le signe qu'il n'était pas tout à fait mort ? Ou cela signifiait-il seulement qu'il était obsédé par Lucinda Barrett ?

Qui cherchait-il à aider, en fait : elle ou lui-même ? Quelle que soit la réponse à cette question, il ne devait pas se contenter de suivre Lucinda comme une ombre, mais faire figure de véritable rival. Il avait certes amorcé le processus ; toutefois une simple caresse, si troublante fût-elle, ne suffisait pas.

— Il m'est venu à l'esprit, murmura-t-il une fois que le bruit des conversations commença à s'élever autour d'eux, que je serais plus à même de vous aider si je savais ce qui figure sur votre liste.

— Ma liste ? Certainement pas ! siffla-t-elle aussi bas qu'elle put.

« Tu peux y arriver », se cria-t-il à lui-même avant de réussir à plaquer un sourire sur ses lèvres.

— Si vous ne voulez pas me le dire, je peux essayer de le deviner.

Lucinda prit une longue gorgée de vin de Madère.

— Monsieur Carroway – Robert –, j'apprécie votre offre, mais je ne puis accepter votre aide. Les boutures étaient un cadeau, rien de plus.

Il eut sans doute l'air aussi désespéré qu'il l'était.

— Imaginez que je vous dise, murmura-t-il, que Geoffrey se prend pour un héros et que c'est seulement son opinion qui en a convaincu tout le monde ?

Elle lui jeta un coup d'œil en coin, puis porta son regard sur Geoffrey, en grande conversation avec le général, son voisin de table. Les coups d'œil furieux qu'Evelyn adressait à son époux trouvaient là leur explication. Elle avait voulu placer Lucinda à côté de Geoffrey, mais le nouvel arrangement de St. Aubyn se mettait en travers de ses plans. Robert se retrouvait donc l'obligé du marquis, apparemment.

— Lord Geoffrey aide mon père à reconstituer les parties manquantes de ses journaux de campagne, déclara-t-elle. Je vous renouvelle donc mes remerciements, mais j'ai les choses bien en main.

— Très bien. Confiez-moi un seul élément de votre liste, et je cesserai de vous importuner.

— Je ne vous confierai rien de t...

Elle referma les lèvres. Robert se dit qu'elles devaient être très douces.

— Un seul point, alors, concéda-t-elle.

— Rien qu'un.

— Très bien, dit-elle en lissant sa serviette sur ses genoux. Je vous confierai ce seul point si vous acceptez de me dire une chose.

Robert sentit son sang se glacer dans ses veines. Que se passerait-il si elle lui posait une question à laquelle il ne pouvait répondre ? S'il se murait de nouveau dans le silence ? Il avait mis plus de trois ans pour arriver jusqu'à la margelle, et il n'était pas question qu'il replonge dans ce puits de ténèbres. Pour rien ni personne au monde.

— Eh bien ? s'impatienta-t-elle. Êtes-vous d'accord, oui ou non ?

« Arrête », se dit-il. Elle voulait seulement savoir s'il acceptait de relever son petit défi.

— Oui, dit-il d'une voix rauque.

— Vraiment ?

Lucinda, qui venait de surprendre un bref sourire sur les lèvres de Robert, fut surprise par la douceur de son expression. Elle en eut même un instant le souffle coupé. Seigneur, s'il n'avait pas été aussi brisé par la guerre, il aurait été irrésistible.

— Vous ne vous attendiez pas que j'accepte, dit-il.

Lucinda surprit le regard dont Geoffrey les couvait, Robert et elle. C'était absurde. Jouer avec Robert ne ferait que retarder ses projets avec Geoffrey et risquait même de les faire échouer. Mais Robert Carroway l'intriguait.

— Non, je ne m'y attendais pas, avoua-t-elle. Très bien. Le premier point de ma liste est le suivant : quand il converse avec une dame, un gentleman doit veiller à ne pas regarder autour de lui, comme s'il espérait la venue d'une personne plus intéressante.

— C'est tout ? demanda Robert en faisant peser son regard sur elle.

Elle se sentit rougir.

— Ce n'est que la première leçon. Et *je* trouve que c'est important. Pas seulement pour moi, mais pour toutes les dames. Et maintenant, à votre tour de me confier quelque chose.

— Que voulez-vous donc savoir ?

Elle perçut la tension dans sa voix et décida de ne pas lui poser la question qu'elle avait prévue. Sa curiosité concernant le mal qui le rongeait de l'intérieur pouvait attendre. Elle n'avait pas envie de le blesser.

— Puisque vous avez maintenant des roses, saurez-vous me dire d'où sont tirés ces mots : « Le printemps s'annonce, les mauvaises herbes ne sont pas trop profondément enracinées : si nous les laissons croître, elles envahiront le jardin tout entier[1]. » ?

— Je vous demande pardon ? répondit Robert en clignant des yeux.

— Vous m'avez entendue.

Il resta à l'observer si longtemps qu'elle se demanda s'il finirait par lui répondre – certes, ce n'était pas la plus célèbre des citations de Shakespeare. Puis un sourire releva lentement le coin de ses lèvres.

1. La traduction de Shakespeare est de la traductrice. *(N.d.T.)*

— C'est tiré de la deuxième partie d'*Henri VI*. Mais il s'agit d'une métaphore ; Shakespeare ne parlait pas de plantes.

— Je sais, mais cela m'a semblé approprié.

Soulagée, étrangement heureuse de l'avoir surpris et de constater qu'il connaissait l'origine d'une de ses citations préférées, elle lui rendit son sourire.

— Vous ne lisez donc pas seulement *Frankenstein* ?

— Je lis tout ce q...

— Lucinda ? Luce, écoute donc cela, dit Evelyn en lui faisant signe. Lord Geoffrey nous raconte comment il a traversé le Tormes, quand il était en Espagne.

— Oui, écoutez donc cet amusant récit, murmura Robert en se fermant de nouveau, baissant la tête au-dessus de son assiette.

— Quel vilain commentaire, répondit-elle sur le même ton. Il n'y a rien de mal à être un héros.

— Les héros ne racontent pas leur propre histoire, souffla-t-il. Mais je veillerai à ce qu'il vous prête attention.

Lucinda n'accorda qu'un intérêt distrait au récit de Geoffrey. Le choisir lui avait paru la chose la plus simple à faire, mais maintenant que Robert Carroway s'en mêlait, le déroulement de la partie n'était plus le même. Elle prit une nouvelle gorgée de vin de Madère, troublée par la chaleur qui émanait du corps ferme et puissant de son voisin de table. Oui, le jeu n'était plus le même – il prenait un tout nouvel attrait.

7

Ils étaient tranquilles et sereins,
alors que mes émotions devenaient
chaque jour plus tumultueuses.

Le Monstre, *Frankenstein*

Alors qu'il s'apprêtait à rejoindre la salle à manger, Robert s'immobilisa. Il s'était levé plus tard que d'habitude, car ses cauchemars, qui n'étaient jamais bien loin, étaient revenus le hanter presque jusqu'à l'aube et que, en se réveillant, il avait pris le temps de savourer le bruit doux et apaisant de la pluie.

— ... sais pas pourquoi vous vous imaginez toujours que j'ai des arrière-pensées, disait Georgiana.

— Parce que c'est toujours le cas, répondit Tristan. Je ne suis pas aveugle, vous savez. Je sais que vous avez choisi une nouvelle victime pour vos leçons de savoir-vivre, avec vos petites amies conspiratrices.

— Je ne vois pas de qu...

— Allons. J'ai mis un certain temps à comprendre qu'Evelyn avait jeté son dévolu sur St. Aubyn, mais comme il ne reste plus que Lucinda, il n'est g...

— Cessez, Tristan, dit-elle d'un ton plus amusé qu'irrité. Vous n'êtes pas censé avoir entendu parler de ces leçons, de toute façon.

— Vous procédez toutes les trois de la même manière, répondit le vicomte. Difficile de ne rien voir quand on connaît les signes. Et puis, cette invitation de Geoffrey Newcombe au dîner des St. Aubyn ! J'espère seulement, pour le bien de Lucinda, que la manœuvre aura été moins évidente aux yeux de Geoffrey qu'aux miens.

— Mon Dieu, gloussa Georgiana, vous avez bel et bien vu la lumière. Vous compatissez au sort de Lucinda...

— Je ne compatis au sort de personne. Ne m'associez pas à cela, je vous prie. Ce que je ne comprends pas, en revanche, ajouta-t-il après un instant de réflexion, c'est le rôle de Rob dans cette histoire.

Dans le couloir, Robert se plaqua contre le mur. L'opinion publique avait beau condamner le fait d'écouter aux portes, il appréciait depuis longtemps les mérites de cette pratique.

— Robert n'est pas impliqué, répondit Georgiana. Je ne le mêlerais jamais à cela, pas plus que Luce, d'ailleurs. C'est vous qui lui avez suggéré de trouver un passe-temps. Lucinda est une experte en matière de roses, et elle est... inoffensive.

Inoffensive. Si Georgiana entendait par là que Lucinda était sereine, perspicace et pleine de compassion, Robert partageait cet avis. Cela faisait trois ans qu'il l'observait de loin. Se trouver près d'elle, parler avec elle lui donnait l'impression de voir enfin la lumière du jour après une nuit interminable et très sombre. Il ne pouvait résister à l'envie de déployer un peu ses ailes, mais restait malgré tout dans l'ombre, craignant que le soleil ne le réduise en cendres. Il avait quand même réussi à passer un marché avec elle, car elle l'attirait autant que la flamme attire le papillon de nuit.

Il se détacha du mur et entra dans la salle à manger.

— Bonjour.

— Bonjour, Robert, répondit Georgiana, levant les yeux vers lui en même temps que son époux. Comment vous sentez-vous ?

— Affamé, répondit-il en se dirigeant vers le buffet, troublé de constater une fois de plus à quel point le comportement qui lui était autrefois familier lui paraissait désormais hors d'atteinte. Tristan, reprit-il après s'être éclairci la gorge, comptes-tu toujours déjeuner au *Society*, tout à l'heure ?

Il sut, sans avoir besoin de se retourner, que lord et lady Dare échangeaient un regard.

— Toujours, oui.

— Puis-je venir avec toi ?

Silence.

— Oui, bien sûr.

— Merci.

Son appétit s'envola à l'idée de ce qu'il avait décidé d'endurer, mais il déposa malgré tout quelques tranches de pain et de fruits dans son assiette – avoir faim ne ferait qu'accroître sa nervosité.

Alors qu'il prenait place à table, Bradshaw entra dans la salle à manger, Edward jeté en travers d'une de ses épaules.

— Je pèse plus lourd qu'un sac de marin ! protestait le Gnome.

— Tu es en tout cas plus remuant que n'importe quel bagage, déclara Brad en le déposant à terre. Bonjour tout le monde, ajouta-t-il en se redressant. Dis-moi, Tristan, tu ne vois pas d'inconvénient à ce que Perkins vienne déjeuner avec nous ? Voilà une éternité qu'il cherche à se faire parrainer au *Society*.

Tristan s'éclaircit la gorge, et Robert fit mine de ne pas remarquer l'hésitation de son frère aîné. Déjeuner au club allait mettre ses nerfs à rude épreuve, et il n'était pas certain de réussir à accomplir cet exploit si des inconnus partageaient leur table.

— Nous resterons entre nous, aujourd'hui, Brad, répondit le vicomte. Rien que Rob, toi et moi.

— Mais... très bien. Tu as raison, la splendeur des Carroway se suffit à elle-même.

— Voyez-vous cela, pouffa Georgiana.

— Je veux venir, déclara Edward en venant se planter près de Robert pour chaparder un quartier d'orange sur son assiette. Je participe à la splendeur des Carroway.

— Il faut peser plus lourd qu'un sac de marin pour être admis au *Society*, le Gnome.

— Mais je pèse plus l...

— Je peux t'inviter à déjeuner avec Lucinda et Evelyn, suggéra Georgie.

— Mais il n'y aura que des femmes !

— Nous déjeunons au musée, ajouta la vicomtesse.

— Et nous irons voir les momies ?

— C'est ce qui est prévu, oui. Evie doit venir avec quelques-uns de ses pupilles.

— Des orphelins ? demanda Edward en recouvrant si généreusement une tranche de pain de confiture que celle-ci déborda sur son assiette.

— Une dizaine des plus jeunes, oui.

— Je serai donc le plus grand.

— Oui, vous serez le plus grand, confirma Georgie avec un sourire.

— Bon, alors d'accord. Je viendrai déjeuner avec vous.

— Merci, Edward.

Robert porta un toast à sa bouche en s'efforçant de ne pas penser à ce qui l'attendait. Il avait décidé de faire ce sacrifice parce qu'il ne pouvait pas espérer venir en aide à Mlle Barrett s'il continuait à vivre en reclus. Ce déjeuner lui permettrait de sortir de l'ombre, d'attirer l'attention sur lui et d'inciter la bonne société à se demander quelle femme pourrait bien l'intéresser. Or, si la bonne société se posait cette question, Geoffrey Newcombe en ferait autant. Et si Robert ne se brûlait pas trop cruellement en s'exposant à la lumière du soleil, qui savait où le mènerait l'étape suivante ?

— J'ai besoin de m'asseoir un instant.

Georgiana trouva un banc à l'entrée du département des antiquités égyptiennes du British Museum et s'y assit avec un soupir.

Lucinda la rejoignit et observa Evie qui, assistée d'Edward, expliquait les théories de la momification. D'après leurs exclamations et la façon dont ils retroussaient le nez, les enfants prenaient beaucoup de plaisir à la visite.

— J'obligerai Tristan à me masser les pieds pendant au moins une heure, soupira Georgie en sortant discrètement le pied d'un de ses souliers.

— Tu n'aurais pas dû venir.

— Ah non, tu ne vas pas t'y mettre, toi aussi ! Il ne me reste plus que trois semaines avant d'être envoyée en confinement à Dare Park.

— Trois semaines ?

— Oui, je sais. Cela n'aurait pas pu plus mal tomber. Tu viens de choisir ton élève, Bradshaw va entrer en possession de son vaisseau, et Robert s'est enfin décidé à aller déjeuner au *Society*. S'il se sent prêt à... enfin s'il a besoin de mon soutien ou de celui de Dare, je préférerais rester ici.

Lucinda en resta sans voix. Robert avait délibérément choisi de sortir en public ? Sa décision était-elle liée à leur marché ? *Ô mon Dieu.* S'il lui arrivait quoi que ce soit de déplaisant, elle en serait responsable. Il fallait qu'elle empêche cela... Mais, en même temps, l'attention qu'il lui prêtait faisait paraître sa vie plus... importante. Elle fronça soudain les sourcils. Sa vie n'était pas médiocre ; elle était ordonnée, voilà tout. Robert dérangeait cet ordre. Mais alors, pourquoi ne cherchait-elle pas à l'éviter ? Et pourquoi pensait-elle constamment à lui ?

— Luce ?

— Mmm ? Je te prie de m'excuser. Mes pensées se sont égarées.

— S'étaient-elles engagées dans une direction précise ?

Elle regarda Georgiana. L'expression de son amie était devenue très sérieuse.

— Que veux-tu dire ?

— Je parle de Robert.

Georgie était une de ses plus chères amies, et elle se souciait sincèrement du bien-être de son beau-frère. Tout comme elle-même, songea Lucinda. Mais seulement parce qu'ils étaient amis. Oui, Robert était son nouvel ami. Un ami inattendu, alors qu'elle pensait avoir planifié le reste de sa vie jusque dans les moindres détails.

— Ce que je vais te confier doit rester entre nous, Georgie.

— Cela va de soi.

— Je suis sérieuse : rien que nous deux.

Georgiana baissa les yeux un instant.

— Rien que nous deux, acquiesça-t-elle finalement.

— Quand j'ai proposé mon aide à Robert pour son jardin de roses, déclara Lucinda, il a d'abord refusé. Il a dû penser que je faisais cela par pitié. Il a ensuite proposé que nous procédions à un échange de services. Alors, nous avons passé un marché.

— Un marché ?

— Oui. En échange de mes boutures et de mes conseils, Robert a proposé de m'aider à faire en sorte que lord Geoffrey se plie aux différents points de ma liste.

Malgré l'état avancé de sa grossesse, Georgiana bondit sur ses pieds.

— Tu lui as parlé de nos listes ? demanda-t-elle, soudain très pâle.

— Non ! Bien sûr que non. C'est lui qui a abordé le sujet. Il savait déjà pour les leçons, Georgie – et pour Dare et St. Aubyn.

Georgiana se rassit lentement.

— Malédiction. J'aurais dû m'en douter. Il est toujours au courant de tout ce qui se passe.

— C'est un des avantages qu'il y a à paraître invisible.

— Tu veux dire qu'il se comporte comme un espion ?

— Je ne pense pas qu'il agisse ainsi pour nuire à quiconque. Simplement par curiosité, dit-elle en passant le bras autour des épaules de son amie. J'ai tenté de lui dire que les roses étaient un cadeau, mais il persiste à vouloir m'aider avec lord Geoffrey.

— C'est pour cela qu'il a changé. Et il sait donc que tu as choisi lord Geoffrey comme élève ?

Lucinda hocha la tête.

— Il était persuadé que nous avions décidé de jeter à tour de rôle notre dévolu sur un homme en vue de l'épouser.

Georgiana fronça les sourcils.

— Et il est venu te trouver pour te dire cela… fit-elle d'un ton pensif. Robert et moi allons avoir une petite conversation, ce soir, ajouta-t-elle en se levant comme les enfants sortaient de la salle des momies.

— Non ! Ne lui parle pas de ce que je viens de te dire. Je ne sais pas ce qu'il a l'intention de faire pour me venir en aide, mais je ne veux pas être tenue pour responsable s'il… s'il devait rechuter.

Le jeune Edward apparut, fermant la marche derrière la file des orphelins. Lucinda se demanda quel effet cela devait faire d'avoir quatre grands frères aussi impressionnants que les siens. Le garçon ne semblait pas manquer d'assurance – comment l'aurait-il pu, au sein d'une telle famille ?

— Mademoiselle Lucinda ?

— Oui, Edward ?

— J'ai failli oublier ; je suis censé vous remettre ceci.

L'enfant tira de sa poche une lettre passablement froissée et la lui tendit.

— Je vous remercie.

Lucinda ouvrit la lettre, qui révéla l'écriture appliquée de Robert, comme s'il avait longuement pesé chacun de ses mots avant de les tracer sur le papier. Il se contentait pourtant de proposer une promenade à cheval le lendemain matin. Le message était sobrement signé de ses initiales, R. C.

Lord Geoffrey devait venir déjeuner chez elle le lendemain midi, et elle faillit refuser. Mais la visite de Geoffrey lui fournirait justement un prétexte pour que cette promenade avec celui qui insistait pour se faire son complice ne dure pas.

Elle tira un crayon de son réticule et griffonna sa réponse au bas de la feuille avant de la replier.

— Je te saurais gré de lui retourner ceci, dit-elle en tendant la lettre à Edward.

Georgiana la regarda d'un air interrogateur, mais elle fit mine de ne pas s'en apercevoir. Si Robert avait choisi Edward comme messager, il devait avoir ses raisons.

Deux gentlemen lui rendraient donc visite le lendemain ; l'un pour l'aider à ferrer le second et l'autre sans se douter qu'il était leur proie. Et dire qu'elle se targuait de fuir les complications... Il y avait vraiment de quoi rire.

Quand Robert atteignit le rez-de-chaussée, Tristan et Bradshaw, qui se tenaient déjà dans le hall, adoptèrent une attitude faussement détendue. Ils savaient aussi bien que lui qu'il n'avait pas mis les pieds dans un club depuis qu'il avait quitté l'Angleterre pour rejoindre son régiment en Espagne, cinq ans auparavant.

— J'ai fait atteler la voiture, annonça Tristan quand Robert les rejoignit. Mais tu préfères peut-être y aller à cheval...

Ce n'était pas un choix facile : rester enfermé un quart d'heure dans une cabine sombre et étroite, ou bien s'octroyer la liberté de s'échapper quand le cœur lui manquerait.

— La voiture me convient.

— Très bien. Dans ce cas, allons-y.

Non. Robert acquiesça alors que tous les muscles de son corps lui ordonnaient de battre en retraite. Il s'obligea à respirer lentement. Il pouvait y arriver. Cela ne durerait qu'une heure ou deux, après quoi il pourrait concentrer ses pensées sur la promenade à cheval qu'il ferait le lendemain matin en compagnie de Lucinda… ou sans elle, si elle avait assez de bon sens pour refuser sa proposition.

Le majordome lui-même semblait inquiet quand il leur ouvrit la porte. Robert laissa monter Bradshaw et Tristan dans la voiture. Il savait qu'il pouvait encore faire demi-tour et que ses frères ne lui en reparleraient jamais.

Mais, se souvenant que Brad lui avait reproché de ne rien faire de sa vie, il prit une longue inspiration et grimpa dans la voiture. Ses frères verraient qu'il était hésitant et tendu, mais ils ne comprendraient pas qu'il était terrifié – non pas à cause de la voiture ou du club, mais à l'idée d'être incapable de refouler les ténèbres et que cela puisse se produire en public.

— Il m'est venu une pensée, dit soudain Bradshaw.

— Incroyable, répliqua Tristan.

— Très drôle. J'allais simplement dire que maintenant que St. Aubyn fait partie de nos proches, nous pourrions lui demander, ainsi qu'au duc de Wycliffe, d'intercéder pour notre réadmission au *White's*.

Tristan haussa les sourcils.

— Pour autant que je m'en souvienne, je suis le seul à en avoir été banni, et cela par *ta* faute.

— C'est bien pour cela que je cherche à te faire réadmettre.

— Ne te donne pas cette peine, Brad. Il me plaît d'être banni. Cela rappelle à Georgiana à quel point je l'aime.

Ravi de la distraction, Robert s'autorisa un trait d'humour noir.

— Cela risque aussi de lui rappeler à quel point elle était furieuse contre toi.

— C'est vrai, admit Brad.

— Peu importe, fit leur aîné. D'ici quelques semaines, je serai père et, croyez-le ou non, c'est la seule chose qui compte pour moi.

Robert étudia l'expression attendrie de son frère. Tristan était visiblement impatient et ravi à l'idée de sa future paternité. Attendre fébrilement la venue d'un événement lui semblait assez étrange, lui qui redoutait chaque soir de s'endormir, doutant même que le jour puisse se lever.

L'attelage s'arrêta, et un laquais portant la livrée du *Society* ouvrit la portière et abaissa le marchepied. Une fois de plus, Robert laissa passer ses frères devant lui, puis descendit à son tour. Il pouvait le faire. Il *voulait* le faire.

— Bienvenue, lord Dare. Monsieur Carroway, les salua le domestique, avant de jeter un coup d'œil à Robert et de les guider jusqu'à la grande salle à manger du club.

— Près de la fenêtre, murmura Robert, saisi par une impression d'étouffement dès qu'ils pénétrèrent dans la salle lambrissée de bois sombre.

L'endroit était bondé, et les tables très rapprochées les unes des autres.

— Watson, près de la fenêtre, je vous prie, demanda Tristan, tout en saluant d'un hochement de tête quelques connaissances.

Un muscle tressauta sur la joue rebondie du laquais, et il changea de direction.

— Très bien, dit-il en faisant signe à deux valets de desservir une table qui venait de se libérer. Celle-ci vous convient-elle ?

— Rob ? murmura le vicomte.

Robert acquiesça d'un bref hochement de tête, et les trois Carroway prirent place autour de la table. Il l'avait fait. Il avait réussi à pénétrer à l'intérieur du club. Maintenant, il n'avait plus qu'à manger et à partir.

— Carroway ! s'exclama une puissante voix d'homme derrière lui. Il paraît que les félicitations sont à l'ordre du jour. Capitaine, m'a-t-on dit ? ajouta l'homme, tendant devant lui sa main épaisse à l'intention de Brad.

— Ce n'est pas encore officiel, mais c'est en cours. Je crois que vous connaissez mes frères, Hedgely ? Dare et Robert ?

— Je connais Dare, oui. Et voilà donc l'autre ! répondit Hedgely, tirant une chaise de la table voisine pour y prendre place. Il paraît que vous avez perdu une jambe ou je ne sais quoi à Waterloo... à moins que ce ne soit la tête. Vous n'avez pourtant pas l'air d'un fou.

Le regard de Robert passa de la main charnue d'Hedgely à son visage. Deux yeux bruns, dans un visage rond et doux, croisèrent son regard, puis se détournèrent. Si Hedgely se révélait être son plus puissant adversaire, il s'était fait beaucoup de souci pour rien.

— Je me souviens que nous nous sommes croisés au bal des Devonshire il y a quelques années. Lady Wedgerton était à votre bras. Son époux a-t-il eu vent de votre flirt, finalement ?

Hedgely rougit violemment et resta un instant bouche bée. Une vague de commentaires traversa la salle, mais Robert attendit sans broncher la réplique d'Hedgely. Le fait de ne plus rien avoir à perdre lui donnait un étrange sentiment de puissance, comme s'il s'était trouvé si fermement agrippé à la paroi d'une falaise que rien, absolument rien au monde, n'aurait pu l'en déloger.

— Je ne sais pas de quoi vous parlez, bredouilla finalement Hedgely.

— Et je ne sais pas non plus de quoi vous parlez, répondit Robert. Cela nous fait un point commun.

— Inutile de vous montrer insultant. Je me contente de manifester un peu de charité à un estropié, et…

— Et vous n'avez pas idée de la charité dont je fais preuve avec vous en cet instant précis, l'interrompit Robert, conscient que Brad avait fait mine de se lever et que Tristan lui avait enjoint de ne pas bouger. Comment se portent vos dettes de jeu, ces temps-ci ?

— Je ne puis tolérer cela, déclara Hedgely en se levant. Dare, vous feriez bien de contrôler votre frère ou de le remettre dans sa cage.

Tristan tira un cigare de sa poche.

— J'appréciais la conversation, mais si elle vous importune, je vous souhaite le bonjour, Hedgely.

Bradshaw regarda Hedgely regagner sa table, où il fut accueilli par les commentaires compatissants de ses amis.

— Ce fut intéressant, murmura-t-il en gloussant dans son verre de porto.

— Je me suis borné à lui poser une question, déclara Robert d'un ton faussement léger. Je suis désolé.

Il desserra le poing pour faire circuler le sang au bout de ses doigts. Ses frères s'étaient rangés de son côté. Il n'avait jamais douté de leur loyauté, mais cela lui mit tout de même du baume au cœur.

— Une journée n'est jamais complètement réussie tant qu'on ne me menace pas de me bannir d'un club, dit Tristan. Cette algarade m'incite cependant à me demander ce qui t'a poussé à vouloir déjeuner ici. Tu devais bien te douter que les gens se montreraient curieux.

— Qu'ils me dévisagent autant que cela leur chante, répondit Robert, à condition qu'ils gardent leurs distances. J'ai voulu déjeuner ici parce que j'en avais envie. Et si cette raison n'est pas suffisante…

— Elle l'est amplement. Et je pense qu'après ce qui vient de se produire, personne n'osera venir s'enquérir de ta santé, si cela peut te consoler.

— En effet.

Brad s'éclaircit la gorge.

— À ce sujet, je tiens à ce que tu saches que je ne cherchais pas à te blesser, l'autre jour.

Robert caressa d'un geste plein de regrets le verre de porto que Tristan avait placé devant lui et haussa les épaules.

— Je ne sais jamais ce qui risque de provoquer…

Il laissa sa phrase en suspens et pâlit. Il avait été sur le point de leur révéler ses crises de panique. Cela aurait suffi à l'expédier chez les fous en moins de temps qu'il n'en fallait pour le dire.

— J'accepte tes excuses, dit-il en écartant lentement son verre.

— J'ai pensé que cela te rendrait les choses plus faciles, dit Tristan en tapotant son doigt contre le verre pour le faire tinter.

Robert constata que ses mains s'étaient mises à trembler et les serra l'une contre l'autre.

— Sans doute, mais je préfère ne pas boire. Je crois que je ne saurai pas m'arrêter si je commence.

Tristan fit signe à un valet d'approcher.

— Agneau rôti pour tout le monde, commanda-t-il. Et de la limonade.

— Très bien, milord.

Alors que le valet s'éloignait en direction des cuisines, Tristan alluma son cigare et se cala confortablement contre le dossier de sa chaise.

— J'ai reçu une lettre d'Andrew, hier. Il arrivera de Cambridge demain après-midi avec la malle-poste.

— Parfait.

Andrew s'amusait sans doute beaucoup plus avec ses camarades de classe, mais Robert aimait sentir tous ses frères autour de lui. Si absurde que ce soit, il avait besoin de sentir sa famille en sécurité, d'avoir le sentiment qu'il pouvait les protéger. Comme s'il avait été en mesure de protéger qui que ce soit !

— Viendras-tu avec nous à Dare Park quand Georgiana et moi partirons là-bas ?

— Emmènerez-vous Edward ?

— Oui, ainsi que les tantes. Elles sont persuadées que leur aide sera indispensable.

— Je ne sais pas, répondit Robert en haussant les épaules.

Un visage traversa alors son esprit, un doux visage ovale avec des yeux noisette et une chevelure aussi étincelante que le bronze au soleil. Lucinda serait à Londres, non loin de Geoffrey Newcombe. Cela ne le regardait pas, bien sûr, mais c'était quand même pour elle qu'il était venu au *Society*.

— Tu n'as pas besoin de te décider tout de suite.

— Je serai reparti en mer à ce moment-là, intervint Brad, et savoir que votre enfant portera mon nom me réconfortera.

— Je ne crois pas que « nigaud » sera du goût de Georgiana, mais je lui ferai part de ta suggestion.

Lorsque les plats arrivèrent, Robert se sentait assez calme pour avoir un semblant d'appétit. Ce simple fait représentait à lui seul une victoire – minuscule, certes, au point qu'il aurait fallu une loupe pour la distinguer, mais une victoire tout de même.

Le premier signe indiquant qu'il s'était montré trop confiant survint lorsqu'il entendit Tristan étouffer un juron. Robert leva les yeux et vit son frère aîné qui fronçait les sourcils, le regard tourné vers la porte d'entrée.

Comme la foule s'écartait, il comprit la raison du mécontentement de son frère : le duc de Wellington venait d'apparaître, escorté d'une poignée d'officiers des Horse Guards. Ils prirent place à une table située à quelque quatre mètres de la leur. Le général Augustus Barrett jeta un regard vers eux et salua Tristan d'un hochement de tête tandis qu'il s'asseyait à droite du duc.

La première impulsion de Robert fut de se lever et de partir – immédiatement, avant qu'un de ces officiers bardés de médailles se mette à raconter des anecdotes à la gloire de la guerre. Il regarda ses frères, qui s'étaient remis à manger sans dire un mot, attendant clairement de voir ce qu'il allait faire.

S'il partait, ils partiraient avec lui, mais quitter le club une minute après l'arrivée de Wellington pouvait avoir de sérieuses répercussions politiques. « Ignore-les, s'ordonna-t-il en se remettant délibérément à manger. Tu es invisible à leurs yeux, de toute façon. »

— Rob, siffla Brad entre ses dents.

— Je vais très b...

— Capitaine Robert Carroway, dit la voix du duc de Wellington, juste derrière lui.

— Votre Grâce, répondit-il en se retournant, lui-même surpris par la fermeté de sa voix.

Comparé à ce qu'il avait enduré au château Pagnon, ce qu'il vivait là était sans importance – c'était cette certitude qui lui donnait de l'assurance.

— Je crois vous être toujours redevable d'une bouteille de whisky, dit le duc.

— Ce n'est pas nécess...

— Et de remerciements au nom du royaume, poursuivit Wellington d'un ton chaleureux.

Il ne savait pas. Wellington ne savait rien de rien.

— Merci, Votre Grâce.

Des applaudissements parcoururent la salle. Polis, ceux-ci s'adressaient davantage au duc qu'au destinataire des remerciements, Dieu merci. Pourvu que le duc ne lui demande pas de se lever pour échanger une poignée de main, sinon il risquait de vomir. Heureusement, après lui avoir tapoté l'épaule, Wellington retourna s'asseoir.

— Robert ? murmura Tristan.

La panique menaçait de le gagner ; il la sentait lécher ses talons. Elle avait le pouvoir de le submerger, de l'engloutir, sans que personne n'en sache rien, pas même ses frères. S'il voulait garder la tête hors de l'eau, il ne pouvait compter que sur lui-même. Luttant pour retrouver son souffle, il secoua la tête.

— Mange.

Un quart d'heure. S'ils restaient encore un quart d'heure, ils pourraient partir sans offenser personne. Il entreprit de compter chaque seconde de chaque minute. Une seconde à la fois, il pouvait survivre. Il décompta ainsi neuf minutes. Il avait passé sept mois de sa vie à compter les secondes. Ce n'était pas facile, mais c'était faisable et tant qu'il comptait, il ne pouvait pas se noyer. Et puis, le lendemain, il ferait une promenade à cheval avec Lucinda Barrett, une jeune femme qui avait le don de transformer les minutes en secondes.

Il atteignit finalement quinze minutes.

— Je pars, annonça-t-il en s'écartant de la table.

— Nous partons avec toi, répondit Tristan en faisant signe à un serveur d'apporter la note.

Il griffonna hâtivement sa signature pour qu'on ajoute la note à son compte, puis tous trois se levèrent.

— C'était plutôt aimable, cette attention de Wellington, commenta Brad en grimpant à bord de leur voiture. Je doute qu'il remercie tout un chacun pour sa participation à la bataille de Waterloo.

Robert referma la portière dès qu'il fut assis, heureux pour une fois de passer de l'air libre à un espace confiné.

— Il ne sait rien, grommela-t-il en calant ses mains entre ses cuisses pour que ses frères ne puissent pas les voir trembler.

— Ne te sous-estime pas, Rob. S'il t'a remercié, c'est que tu méritais...

— Brad, intervint Tristan d'un ton de mise en garde. N'insiste pas.

— Je n'étais pas à Waterloo, lâcha Robert avant de fermer les yeux pour ne pas voir l'expression choquée de ses frères.

8

Vous vous réjouirez d'apprendre qu'aucun désastre n'a accompagné le commencement d'une entreprise que vous envisagiez avec un tel mauvais pressentiment.

Robert Walton, *Frankenstein*

— Mon père m'a rapporté que Wellington vous avait distingué, hier.

Lucinda enfila ses gants tout en regardant Robert parcourir nerveusement l'allée de sa maison. Son cheval le suivait, un pas derrière lui, imitant parfaitement chacun de ses demi-tours bien que les rênes fussent rabattues sur sa selle et que rien ne les reliât l'un à l'autre.

— Il vous a remercié pour vos services à Waterloo, poursuivit-elle, voyant qu'il ne répondait pas. C'était fort aimable de sa part.

— Pourquoi cela ? protesta-t-il avant de se remettre à marcher, un valet d'écurie approchant avec Isis.

— Le fait que quelqu'un vous remercie pour vos efforts est généralement perçu comme un geste aimable, répondit-elle.

Robert jeta un coup d'œil au valet, puis s'avança vers elle en boitillant pour l'aider à monter en selle.

— Il a surtout mis en avant le fait que c'était *lui* qui commandait à Waterloo et que c'était à *lui* que la nation devait des remerciements, dit-il à voix basse. Il plante sûrement des jalons pour devenir Premier ministre. Mes états de service n'ont absolument rien à voir là-dedans.

Lucinda cala son pied au creux de ses mains, et il l'aida à monter en selle.

— Êtes-vous sûr de cela, ou bien s'agit-il d'une hypothèse de votre part ?

Comme il s'éloignait pour grimper souplement en selle, elle crut qu'il ne lui répondrait pas. Aux yeux de Lucinda, le point le plus important demeurait que ces félicitations publiques avaient incité son père à mentionner le nom de Robert Carroway sans froncer les sourcils.

— Simple déduction, répondit-il une fois qu'il eut rapproché sa monture de la sienne. Voulez-vous vraiment chevaucher ou seulement aller à Hyde Park ?

Lucinda comprit ce qu'il voulait dire. À cette heure de la matinée, le parc serait noir de monde. Une vraie chevauchée impliquait cependant de sortir de Londres et de passer plus de temps en compagnie de Robert, risquant ainsi de la mettre en retard pour la visite de Geoffrey.

Ses yeux bleu sombre l'observaient. Il était sans doute au courant de cette visite, puisqu'il semblait toujours tout savoir, et il la mettait au défi de faire un choix. Défi qui aurait pu être justifié s'il avait été son prétendant, mais Robert était censé l'aider avec Geoffrey. Pourtant...

— J'aimerais une vraie chevauchée, annonça-t-elle.

Une lueur passa au fond de son regard avant qu'il n'acquiesce.

— Je vous ramènerai pour l'heure du déjeuner, dit-il avant de faire avancer son cheval d'une pression des genoux.

— Hum... Robert ?

Il immobilisa sa monture.

— Vous avez changé d'avis ?

— Avez-vous amené un chaperon ?

Il la considéra un moment sans rien dire. Puis il eut un sourire qui le métamorphosa, le coin plissé de ses yeux brillants lui conférant un air joyeux qui donna envie de soupirer à Lucinda – et de lui rendre son sourire.

— Je n'ai pas... commença-t-il avant de s'éclaircir la voix. Toutes mes excuses, je n'y ai pas pensé.

Elle tourna la tête vers la maison.

— Benjamin ? Faites seller un cheval et joignez-vous à nous, je vous prie.

— Bien, mademoiselle, répondit le valet en se précipitant vers l'écurie.

— Ce n'est pas très correct de ma part, n'est-ce pas ? reprit Robert, un reste d'amusement dansant encore dans ses yeux.

— D'une certaine façon, c'est flatteur, répondit-elle en souriant.

— Comment cela ?

— Un chaperon est censé protéger la faible créature que je suis contre le vilain prédateur que vous êtes. Si vous n'y avez pas songé, c'est que vous envisagez nos rapports sur un pied plus égalitaire.

— Une façon aimable de dire que je manque de mordant.

Lucinda fut surprise de constater que cette idée ne semblait pourtant pas l'offenser. Lord Geoffrey, s'il avait proposé de l'emmener quelque part, aurait probablement émis un commentaire sur le fait qu'il lui fallait un chaperon pour protéger sa vertu de son audace virile.

— Ce n'est pas cela, répondit-elle, vous ne manquez pas de mordant. Mais vous avez aussi de l'honneur.

Il l'observa un instant, et son regard perdit toute chaleur.

— Vous vous trompez sur ce point, mais je vous remercie.

Benjamin réapparut, juché sur sa monture, et ils franchirent le portail de la maison pour se diriger vers le nord, le domestique les suivant quelques pas en arrière.

— Georgiana avait vanté vos talents de cavalier, et je constate qu'elle n'avait pas menti, commenta-t-elle après qu'ils eurent parcouru plus d'un kilomètre en silence.

À dire vrai, son cheval et lui semblaient si parfaitement unis qu'elle doutait qu'il ait jamais besoin d'utiliser ses rênes.

— Quand je suis revenu d'Espagne, je n'étais pas certain que Tolley me reconnaîtrait, mais si, dit-il en tapotant affectueusement l'encolure de l'animal. Mieux que moi, en fait, ajouta-t-il plus bas.

Lucinda déglutit. Elle avait l'impression que, pour la première fois, cet homme réservé et solitaire avait accepté de se dévoiler un peu. Et, brusquement, elle douta d'être digne de se trouver auprès de lui. Elle n'accomplissait pas un acte de charité ; un homme très secret lui faisait l'honneur de lui laisser entrevoir un aperçu de sa vie.

— Puisque nous travaillons déjà à donner sa première leçon à lord Geoffrey, enchaîna-t-il du ton de la conversation, peut-être pourriez-vous me dire quelle sera la suivante.

Sa question tira Lucinda de ses réflexions. Songer qu'il s'agissait d'autre chose que d'un échange de services était trop perturbant.

— Attendez un instant. Comment allons-nous faire pour amener lord Geoffrey à ne prêter attention qu'à la femme à laquelle il s'adresse ?

— À ne prêter attention qu'à *vous*, vous voulez dire, répliqua-t-il.

Elle ne lui avait encore jamais avoué qu'elle ambitionnait de se marier avec lord Geoffrey. Mais, au point où ils en étaient, le nier n'aurait pas servi à grand-chose.

— Très bien, rien qu'à moi, acquiesça-t-elle. Comment ferez-vous cela ?

Robert hésita.

— C'est compliqué.

— Je ne suis pas plus sotte qu'une autre, répliqua-t-elle.

Il s'éclaircit la gorge.

— Je vous renouvelle mes excuses. Je... Vous devez trouver que je choisis bien mal mes mots, même si je n'en utilise que très peu.

Un rire franchit les lèvres de Lucinda avant qu'elle puisse le retenir. Son trait d'humour était si inattendu ! Elle avait eu l'intuition qu'il en avait, mais ne s'était pas attendue qu'il y recoure avec elle. Une fois de plus, elle se sentit honorée. Et surprise de constater qu'elle prenait plaisir à badiner avec lui.

— Ne vous excusez pas, dit-elle en souriant. Je vous ferai savoir si je me sens offensée. Mais ne changez pas de sujet. Comment aborderons-nous la première leçon ?

— Regardez sur votre droite, murmura-t-il en rapprochant Tolley de sa jument.

Elle obéit. Ils passaient devant le *Gentleman Jackson's*, l'établissement de boxe. Le comte Clanfeld et William Pierce, qui se tenaient sur les marches, interrompirent leur conversation pour les regarder passer.

— Lord Clanfeld et M. Pierce ?

— Ce sont de bons amis de votre lord Geoffrey, et le hasard fait qu'ils sont justement en route pour le *White's*, où ils doivent le retrouver.

— Comment savez-vous cela ?

— Je suis attentif, répondit-il avec un léger haussement d'épaules.

Remarquable. Lucinda se demanda s'il gardait en mémoire les emplois du temps de chacun et quelle quantité d'informations il parvenait à glaner grâce à son habileté à se fondre dans le décor. Il n'était guère surprenant que plusieurs personnes prétendent qu'il pouvait lire dans les pensées.

— Ils vont donc le retrouver au *White's* – en quoi cela nous concerne-t-il ?

— Ils savent que lord Geoffrey doit déjeuner chez vous. Il sera donc fait mention de vous à un moment ou à un autre de la conversation et du fait que vous avez passé la matinée avec un autre homme. Nous nous arrangerons également pour arriver légèrement en retard à Barrett House, de façon qu'il vous voie arriver avec moi.

— Nous cherchons donc à le rendre jaloux ? Ne pensez-vous pas qu'une telle tactique soit un peu prématurée ?

— Nous ne cherchons pas à titiller sa jalousie. Nous faisons en sorte qu'il voie en vous autre chose que la secrétaire de votre père. À ses yeux, vous devez être une dame entourée d'admirateurs.

D'admirateurs. Robert se plaçait-il dans cette catégorie ? Ou bien s'agissait-il seulement d'un remerciement de sa part pour les boutures de rosiers ? Lucinda concentra son regard sur les oreilles d'Isis. Peu importaient les motivations de son compagnon. Ils avaient passé un marché, voilà tout.

— Qu'auriez-vous fait si j'avais décidé d'aller à Hyde Park plutôt que de sortir de Londres ?

— Je savais que vous ne le feriez pas.

— C'était bien présomptueux de votre part, répondit-elle en fronçant les sourcils. Comment pouviez-vous en être aussi certain ?

— Parce que vous êtes une personne attentionnée et que vous saviez que je détesterais aller à Hyde Park au beau milieu de la matinée. Mais, au cas où vous auriez malgré cela opté pour le parc, ajouta-t-il, son léger sourire resurgissant, je savais que la marquise d'Eaton, qui se trouve être la belle-sœur de lord Geoffrey, vient au parc avec son entourage tous les mardis et jeudis. C'était un plan de secours, cependant, car elle ne verra pas lord Geoffrey et la famille Newcombe avant après-demain soir.

— Vous êtes machiavélique ! Sachez néanmoins que je n'aime pas du tout Hyde Park, moi non plus.

— Je veillerai à m'en souvenir.

Lucinda savait qu'il le ferait. Elle secoua la tête d'un air désinvolte, s'efforçant d'ignorer l'accent intime de cette voix calme qui lui desséchait la gorge et faisait s'emballer son cœur.

— Y a-t-il quelqu'un d'autre que nous devrions impressionner ce matin ? s'enquit-elle d'un ton faussement léger.

— Non, je ne crois pas. Nous pouvons nous comporter aussi mal qu'il nous plaira.

— C'est rassurant. Quoique j'aie remarqué qu'il est plus facile de bien se comporter quand on n'y est pas obligé.

Ils laissèrent bientôt la ville derrière eux pour aborder une étendue de prairies et de clairières.

— C'est ce que je ressens à l'idée de prendre la parole, dit-il en tournant la tête vers elle, ralentissant l'allure de son cheval. Il m'est plus facile de parler quand je n'y suis pas obligé. Je crois que j'en ai tellement perdu l'habitude que je passe trop de temps à réfléchir à ce que je vais dire, laissant ainsi passer l'occasion de parler.

— Vous parlez avec moi, pourtant.

— Avec vous, c'est simple.

Lucinda se sentit rougir. Pour l'amour du Ciel, elle n'avait pas cherché à recevoir un compliment. Avant qu'elle ait pu trouver quelque chose à dire, Robert fit passer Tolley au trot pour traverser la prairie. Soulagée de ne pas avoir à lui répondre, elle s'élança derrière lui.

Lucinda était bonne cavalière. Certes, elle avait de toute évidence consacré plus de temps aux promenades paisibles qu'aux folles galopades, mais elle avait assez de pratique pour connaître ses limites. Après l'avoir observée un moment, Robert se sentit raisonnablement certain qu'elle ne risquait pas de faire une chute.

Pour Tolley et lui, cette promenade constituait un agréable changement. À la lumière du jour, l'impression de détachement du monde réel n'était pas aussi puissante que la nuit, mais la douceur de l'air et les rayons du soleil offraient une agréable compensation.

Ils chevauchèrent pendant deux bonnes heures, presque sans parler. Ce fut pour Robert l'expérience la plus libératrice de ces trois dernières années, et quand il tira sa montre de sa poche, un sourire lui vint spontanément aux lèvres.

Il en referma le couvercle et la remit en place, puis incita Tolley à décrire un cercle autour d'Isis, la jument de Lucinda.

— Il est temps de prendre le chemin du retour.

Sa sombre chevelure aux reflets roux s'était échappée de son chapeau d'écuyère et une torsade de cheveux venait caresser sa joue.

— Pour aborder la deuxième phase de votre plan ? répondit-elle en lui souriant.

Il acquiesça tout en ouvrant la marche jusqu'à la route. « Ne la regarde pas comme cela, imbécile », se dit-il. Lucinda était une amie, une rareté ces temps-ci. De plus, elle lui avait clairement dit qu'elle en avait déjà choisi un autre.

Elle ne prit pas la peine de lui faire la conversation sur le chemin du retour. S'il ne s'était pas trompé, Geoffrey Newcombe serait déjà là, guettant leur arrivée.

Il inspira profondément et, tout en regrettant qu'ils ne puissent passer toute cette journée ensemble, se rapprocha d'elle.

— Vous alliez me dire sur quel point devait porter la deuxième leçon.

— Pas le moins du monde, répondit-elle en gloussant. Je n'ai pas encore pu constater les effets de votre méthode sur la première leçon.

— Mais il faut bien que j'élabore une stratégie pour l'étape suivante. Vous comprenez certainement tout le travail de préparation que cela représente…

Lucinda sentit le rouge lui monter aux joues.

— C'est assez absurde, maintenant que j'y pense. Et cette leçon-là n'est pas seulement conçue pour moi, mais pour toutes les dames.

— Dites-le-moi, insista-t-il, sa voix se faisant presque enjôleuse alors qu'ils arrivaient en vue de Barrett House.

— Très bien, soupira-t-elle. La deuxième leçon stipule que si un gentleman assiste à un bal, c'est pour y danser, surtout lorsqu'il y a plus d'hommes que de femmes. C'est embarrassant d'être la seule à ne pas danser alors qu'un groupe de messieurs est occupé à bavarder.

— Geoffrey a déjà dansé avec vous.

— Oui, mais il danse selon son caprice. Toutes les jeunes femmes devraient être invitées au moins une fois. Les jeunes gens les plus beaux et les plus populaires n'adressent pas même un regard à la pauvre jeune fille qui fait tapisserie sur sa chaise ou à celle qui feint d'être occupée à la table des rafraîchissements.

— Vous, en revanche, vous les avez remarquées.

Ce n'était guère surprenant. Ne l'avait-elle pas remarqué, lui ? Pour ce qui était de danser, cependant, lord Geoffrey avait définitivement l'avantage. Mais Robert avait promis de l'aider, et il trouverait un moyen de tenir parole.

— Je chercherai une idée, dit-il en lui faisant signe de le précéder dans l'allée, soudain déçu à l'idée de devoir la quitter.

Il eut pourtant la surprise de la voir s'arrêter entre deux grands massifs qui les préservaient des regards venant de la maison. Elle posa la main sur son bras.

— Robert, cette leçon ne sera pas simple pour vous, déclara-t-elle d'un ton presque solennel.

Avant qu'il ait eu le temps de se convaincre de la bêtise de son impulsion ou de s'assurer que leur chaperon ne pouvait pas les voir, il se pencha vers elle et effleura ses lèvres des siennes. L'espace d'une seconde, à peine un battement de cœur, le temps s'arrêta. Il se redressa alors, avant qu'elle ait pu s'écarter.

— Je sais, répondit-il quand il eut repris son souffle. Vous ne pensiez pas à moi quand vous avez fait cette liste.

Elle semblait aussi stupéfaite que lui. Robert donna une tape sur le flanc d'Isis, et la jument avança. Il remonta l'allée derrière elle, remarquant les rideaux écartés d'une des fenêtres du rez-de-chaussée. Ah, leur public était au rendez-vous.

Il descendit de cheval et s'approcha d'Isis en boitillant pour offrir sa main à Lucinda.

— Encore toutes mes excuses, dit-il en se forçant à sourire tandis qu'il l'aidait à mettre pied à terre. Vous me raconterez comment avance la première leçon.

Avant qu'elle ait pu répondre, il était remonté sur son cheval, et Lucinda le regarda redescendre l'allée.

— Je vous ferai savoir si vous m'avez offensée, murmura-t-elle pour elle-même en effleurant ses lèvres du bout des doigts.

Robert reprit le chemin de Carroway House. Il n'avait pas eu l'intention de l'embrasser. Il avait prétendu vouloir être son ami et lui rendre service, mais le besoin de la toucher l'avait tout simplement submergé. Il aurait pu se dire que c'était parce qu'il n'avait touché personne depuis longtemps, mais cela n'aurait rien excusé.

— Imbécile, marmonna-t-il.

En guise de réponse, Tolley agita les oreilles. Ce baiser avait sans doute mis fin au marché qu'il avait passé avec Lucinda. Elle aurait été stupide de vouloir poursuivre leur association après cela, et Lucinda Barrett était loin d'être sotte. Pour un simple baiser, pour un instant fugace, tendre et hésitant, loin de l'enfer, Robert venait de perdre la possibilité de son retour dans le monde.

Mais il ne le regrettait pas.

John, le maître palefrenier, sortit de l'écurie pour s'occuper de Tolley une fois que Robert eut mis pied à terre. Ce dernier prit une dernière carotte dans sa poche et l'offrit au hongre. L'un dans l'autre, la matinée avait été excellente.

À cette heure-ci, les membres de sa famille seraient éparpillés un peu partout, occupés à vaquer à leurs diverses activités. Le Gnome, entre autres, avait décidé de passer l'après-midi au zoo avec son précepteur, M. Trost.

— Dois-je dire à Mme Haller de préparer quelque chose pour votre déjeuner ? demanda le majordome après l'avoir salué.

— Juste un sandwich. Je serai dans la bibliothèque.

— Très bien, milord.

En passant devant la porte du bureau de Tristan, Robert hésita un instant, puis se glissa dans la pièce. Les cartons des invitations acceptées par la famille se trouvaient sur un coin du bureau. Qu'il ait ou non gâché son amitié avec Lucinda, Robert ne pouvait pas nier qu'il avait envie de la revoir. Il méritait probablement une gifle. Mais la deuxième leçon impliquait de danser, il devait donc assister à un bal.

Danser. Mis à part la douleur qu'il ressentait perpétuellement au genou gauche, il n'était pas certain de se souvenir des pas d'une simple gigue. Il allait offrir un beau spectacle, dansant gauchement au bras de la charitable Mlle Barrett, puis se cassant la figure. Il grimaça à cette idée. Cela inciterait peut-être les autres gentlemen à prendre une cavalière, ne serait-ce que pour éviter à ces demoiselles d'avoir à danser avec lui.

Il parcourut cependant les cartons d'invitation. Savoir ce qu'il y avait de prévu ne pouvait pas faire de mal, et deux ou trois bals lui parurent un peu moins courus et formels que les autres. Au bruit de la porte d'entrée qui s'ouvrait, il s'empressa de remettre les cartons à leur place, mais interrompit son geste en entendant un objet pesant tomber sur le dallage du hall.

— Maître Andrew ! s'exclama Dawkins. Nous ne vous attendions pas avant ce soir !

— Je me suis arrangé pour faire le trajet à cheval avec un camarade. Qui est à la maison ?

— Seulement maître Robert, pour le moment. Vous le trouverez dans la bibliothèque.

— Merci, Dawkins. Et si Mme Haller pouvait me préparer quelque chose, cela m'éviterait de manger le mobilier.

— Bien, maître Andrew, gloussa le majordome.

Andrew s'engagea dans le couloir, et Robert fronça les sourcils. Il ne pouvait plus quitter le bureau pour aller dans la bibliothèque sans être vu. Il adopta donc un air détaché et sortit dans le couloir.

— Rob ! s'exclama son frère en avançant vers lui.

Andrew leva les bras dans l'intention de lui donner l'accolade, puis les laissa brutalement retomber, comme s'il se souvenait soudain que Robert était incapable de serrer qui que ce soit dans ses bras.

— Tu as grandi, dit Robert en lui tendant la main.

Un éclair de surprise dans ses yeux bleus, Andrew lui serra la main.

— J'ai pris presque cinq centimètres. Je crois que je dépasse Brad.

Son regard alla se poser au-delà de l'épaule de Rob sur la porte du bureau de Tristan, puis revint sur son frère.

— Je suis allé voir quelles invitations avaient été acceptées, expliqua Robert – après tout, il n'avait rien à cacher. Passons dans la bibliothèque ; tu me raconteras comment s'est passé ce semestre.

— Tu veux… Excellent, répondit Andrew avec un grand sourire. J'ai vu qu'on avait désherbé une parcelle, près de l'écurie. De quoi s'agit-il ?

— De mon jardin de roses.

— De ton…

Andrew ralentit le pas et se tourna vers lui.

— Tu reviens d'une promenade à cheval, dit-il en désignant la veste de Robert.

— Je suis allé chevaucher avec une amie, répondit-il, bien qu'il ne fût plus tout à fait certain que Lucinda soit toujours son amie.

— Avec… Par tous les diables ! s'exclama Andrew avant d'enlacer spontanément son frère.

Le premier instinct de Robert fut de s'écarter, de se détacher de l'entrave de ses bras. « Calme-toi, ce n'est qu'Andrew », se dit-il en se forçant à respirer profondément. Finalement, il parvint à tapoter le dos de son frère.

— Pardon, dit celui-ci. Je t'ai…

— Tu m'as surpris, déclara Robert en hochant la tête.

— Et toi donc ! Pense à prévenir, la prochaine fois, dit Andrew en l'observant attentivement, l'air vaguement inquiet.

Ils s'installèrent dans la bibliothèque et, pendant près d'une heure, Andrew régala son frère de la chronique des principaux événements de son semestre à Cambridge. Après sa promenade avec Lucinda et la stupidité de l'acte qui avait suivi, Robert aurait eu grand besoin d'un moment de solitude. Mais Andrew était si visiblement ravi de ses « progrès » qu'il répugnait à le décevoir.

L'effort qu'il devait fournir pour écouter ce récit d'une vie si différente de la sienne ne tarda pas à faire trembler ses mains. Il attrapa un livre, l'ouvrit et crispa ses doigts sur ses genoux pour dissimuler sa faiblesse aux yeux de son frère. Peu après, cependant, il fut gagné par l'impression que les murs de la pièce se rapprochaient et sentit sa peau se tendre sur ses muscles. *Malédiction.* S'il restait là plus longtemps, il serait incapable de lutter contre la panique.

Il se leva brusquement, et Andrew interrompit son récit.

— Il faut que j'y aille, tonna Robert en se dirigeant vers la porte.

— As-tu besoin de quelque chose ? s'enquit Andrew dans son dos.

— Non. Je te reverrai au dîner.

Robert gagna sa chambre et claqua la porte.

Respire. Contente-toi de respirer.

Il se força à arpenter lentement sa chambre, de la porte à la fenêtre, tout en se concentrant sur son souffle. Il fut surpris de constater qu'il se calmait peu à peu et finit par s'immobiliser devant la fenêtre.

Dehors, le soleil déclinait. Son regard alla se poser sur le carré de terre retournée, près de l'écurie, et il se souvint tout à coup qu'il devait arroser ses boutures. Mais quitter sa chambre signifiait affronter les domestiques et les membres de sa famille, échanger des politesses et…

— Cesse tes enfantillages, s'irrita-t-il à voix basse.

Tout ce qu'il avait à faire, c'était arroser quelques plantes. Il marcha résolument jusqu'à la porte. « Ce sera simple, se dit-il. Longer le couloir, descendre l'escalier, franchir la porte et aller jusqu'à l'écurie. »

Dawkins lui ouvrit la porte, comprenant d'instinct qu'il devait le faire sans attendre d'en recevoir l'ordre.

Maintenant, prends un seau, va au puits et remplis-le.

Une fois qu'il fut dehors, il eut moins de mal à bouger, et son esprit commença à s'apaiser. Il alla remplir son seau au puits et arrosa soigneusement chacun des plants. Il arracha ensuite les mauvaises herbes qui avaient trouvé le moyen de sortir de terre en trois jours, puis lissa les empreintes qu'il avait laissées sur le sol meuble à l'aide d'un râteau.

— Rob ?

Il sursauta, se retourna et découvrit Tristan qui se tenait à la limite du jardin.

— Oui ?

— Dîneras-tu avec nous, ce soir ?

Robert battit des cils, puis tourna les yeux vers le ciel. Il ne restait plus la moindre lueur de soleil, et sans la pleine lune, il aurait été plongé dans l'obscurité.

Mais cette obscurité-là ne lui faisait pas peur. Il avait réussi. Deux fois de suite, il avait réussi à vaincre les ténèbres.

— Andrew est là, dit-il en calant son râteau contre le mur de l'écurie.

— Je sais. Il proclame qu'Edward est désormais le seul Carroway à être plus petit que Brad.

— Je parie que cela ne réjouit pas particulièrement Brad.

— Non, mais cela m'amuse et c'est l'essentiel, répondit Tristan avant de marquer une pause. Tu es allé dans mon bureau ?

— Oui, répondit Robert en se dirigeant vers la maison.

— Andrew a mentionné ce détail quand il nous a raconté son arrivée. Il ne l'a pas fait à mauvais escient, tu sais.

— Je voulais voir quelles invitations avaient été acceptées.

— Oui, il a dit cela, aussi. Nous devons assister au bal des Montrose, demain. Tu peux venir avec nous, si tu veux.

— Toute la famille viendra ?

— Edward restera avec M. Trost. Tous les autres viendront. Nous retrouverons Evie et Saint, Lucinda et le général ainsi que Wycliffe et Emma.

Si le duc se rendait à cette soirée, il ne s'agissait pas d'une quelconque petite réception. Mais plus tôt il saurait si Lucinda était ou non fâchée contre lui, mieux ce serait.

— Je viendrai.

9

Un être humain parfait devrait toujours
veiller à garder un esprit calme et paisible,
ne jamais autoriser ni passion ni désir transitoire
à perturber cette tranquillité.

Victor Frankenstein, *Frankenstein*

La main endolorie, Lucinda reposa sa plume avec soulagement et souffla sur sa dernière feuille de notes pour sécher l'encre. Lord Geoffrey et le général sirotaient un cognac. Ils en étaient à discuter des mérites – ou de leur absence – de différents officiers avec qui ils avaient servi.

— Le major Scoggins ? répéta Geoffrey en gloussant. N'est-ce pas lui qu'il fallait ligoter chaque matin à la selle de son cheval ?

— Je n'ai jamais su si cette mesure était due à ses piètres talents de cavalier ou au fait qu'il était perpétuellement soûl.

Le général jeta un coup d'œil à la pendule.

— Fichtre ! Resterez-vous dîner avec nous, Geoffrey ?

— J'aurais bien aimé ; malheureusement, j'ai d'autres engagements, dit le jeune homme en reposant son verre. Je me vois d'ailleurs dans l'obligation de prendre congé.

Augustus Barrett se leva pour lui serrer la main.

— Merci encore pour votre aide.

— Ne me remerciez pas, Augustus. J'accueille avec plaisir toutes les occasions de me vanter de mes actes de bravoure, répondit Geoffrey avant de faire glisser son regard sur Lucinda. Et la présence d'un auditoire féminin ne gâche rien...

— Un auditoire qui apprécie vos récits, croyez-le bien. Je vous raccompagne, milord.

— Appelez-moi Geoffrey, je vous en prie.

Il lui fit signe de le précéder, et Lucinda ouvrit la marche dans le couloir qui menait au hall. Tout l'après-midi, Geoffrey avait mis un point d'honneur à l'inclure dans la conversation et s'était même levé à deux reprises pour lire ses notes par-dessus son épaule.

— Merci encore de votre générosité, dit-elle en se plaçant près du majordome, qui attendait à la porte d'entrée. Je n'avais encore jamais vu le général aussi enthousiaste à la perspective de ce projet d'écriture.

— Je suis heureux de pouvoir l'aider, dit-il en prenant sa main pour l'effleurer de ses lèvres. Peut-être pourrais-je vous revoir sans que vous ayez une plume et du papier à la main... Je crois savoir que vous aimez les promenades à cheval, ajouta-t-il en levant vers elle son beau regard vert.

Robert ne s'était donc pas trompé : soit il avait guetté leur retour, soit ses amis lui avaient rapporté ce qu'ils avaient vu. Ou les deux.

— En effet.

— Dans ce cas, me feriez-vous l'honneur d'une promenade à Hyde Park ? Demain matin, peut-être ?

Mon Dieu.

— J'ai un déjeuner prévu, mais...

— 10 heures ?

— C'est entendu.

Il sourit, ses doigts pressant légèrement les siens avant de relâcher sa main.

— Je passerai vous chercher à 10 heures. À demain.

— Au revoir, lord... Au revoir, Geoffrey.

— Lucinda.

Elle le regarda demander son cheval, puis remonter l'allée jusqu'au portail. Elle regagna ensuite le bureau de son père, qu'elle trouva déjà occupé à relire et à corriger ses notes.

— J'ai réfléchi, dit-il sans lever les yeux. Crois-tu que je puisse demander à Geoffrey de m'aider à relire l'intégralité de mes journaux ? Ne risque-t-il pas de considérer que j'abuse de sa gentillesse ?

— Il m'a invitée à faire une promenade avec lui demain matin, répondit Lucinda en s'asseyant en face de lui.

— Et tu as accepté ?

— Oui. Par conséquent, si c'est pour moi que tu souhaites prolonger ce travail avec lui, ce n'est pas nécessaire.

Le général posa sur elle son regard gris acier, qu'il s'efforça vainement de rendre sévère.

— M'accuserais-tu de cultiver une amitié avec Geoffrey Newcombe pour l'encourager à te faire la cour ?

Lucinda soutint le regard de son père sans ciller.

— Je sais quel habile stratège tu es, mon cher père.

Il rit.

— C'est toi qui m'as suggéré de faire appel à lui.

— Certes, admit-elle.

— Le fait est qu'il m'est réellement utile. Ses souvenirs confirment les miens.

— Dans ce cas, abuse de ses services autant qu'il te plaira.

— Merci.

Le sourire du général s'estompa et il se pencha en avant, calant ses coudes sur les piles de notes qui jonchaient son bureau.

— Tu es aussi allée te promener avec Robert Carroway.

Lucinda acquiesça, s'empressant de chasser de son esprit le souvenir du sidérant baiser de Robert, aussi léger qu'une plume...

— Oui. Et tu n'as pas besoin de faire appel à ses souvenirs de guerre dans mon intérêt non plus.

— Je ne le ferai pas, répondit-il en lui tapotant la main. Je sais que tu as grandi parmi les officiers et leurs récits de bataille, Lucinda, mais pour l'amour du Ciel, tu n'as aucune raison de t'intéresser à Robert Carroway. Pas avec tous les beaux partis qui t'entourent.

Lucinda écarta sa main.

— Je suis allée me promener avec lui, papa. C'est le beau-frère d'une de mes meilleures amies, et il a parfois du mal à s'ouvrir aux autres. Il ne me courtise pas et il ne me régale certainement pas de récits de bataille, fascinants ou non.

Le général se leva en soupirant.

— Fais œuvre de charité si tu le souhaites. J'espère seulement, pour le bien de Carroway, qu'il ne s'imagine pas autre chose.

— Bien sûr que non.

Après que son père eut quitté le bureau, Lucinda resta assise un long moment. Le baisemain que lui avait fait lord Geoffrey relevait du simple flirt et ne devait en aucun cas être pris au sérieux. Robert Carroway, en revanche, jouait à un tout autre jeu. À moins qu'il ne joue pas du tout.

Elle toucha de nouveau ses lèvres, puis s'empressa de plaquer ses mains sur ses genoux. Seigneur, on pouvait à peine appeler cela un baiser ! Mais, si bref qu'il ait été, ce baiser indiquait qu'elle devait mettre un terme à leur marché avant que les choses ne se compliquent davantage. Elle avait elle-même déjà compris que le plaisir qu'elle prenait à leurs échanges n'avait rien à voir avec la charité. Mais elle ne pouvait pas imaginer ce soldat meurtri comme prétendant, encore moins comme époux. Son père ne l'accepterait jamais et, quoi qu'il en soit, toute relation avec Robert compliquerait affreusement sa vie.

Tout ce qu'elle souhaitait, c'était un époux gentil, simple et attentionné qui l'aiderait à prendre soin de son père quand celui-ci vieillirait et qui ne lui reprocherait pas l'attention qu'elle consacrerait au général. *La tranquillité.* Était-ce trop demander ?

Et si c'était la tranquillité qu'elle voulait, il valait mieux pour elle ne plus songer à Robert et à son baiser.

Après quelques recherches, Robert trouva trois boîtes à musique – deux au grenier et la troisième dans le petit salon des tantes. Il les prit et gagna la salle à manger.

— Bonjour, lui dit Georgiana en levant les yeux.

— Bonjour.

Robert regarda autour de lui en fronçant les sourcils. Il avait espéré que Georgiana serait là, mais Tristan était également présent, ce qui ne l'arrangeait pas. Il avait besoin d'aide, mais surtout pas de celle de son frère.

— Que tiens-tu donc là ? demanda ce dernier.

— Rien, répondit Robert en se débarrassant des lourdes boîtes. As-tu bientôt fini de manger ?

Tristan repoussa son assiette.

— J'ai terminé. Puis-je faire quelque chose pour toi ?

— J'aimerais que tu quittes la pièce, répondit Robert.

— Que je quitte la pièce ?

— Oui.

Georgiana gloussa.

— J'ai de la correspondance qui m'attend, de toute façon, annonça-t-elle.

— Non, pas vous, ajouta Robert, saisi d'une envie de sourire qui ne lui était guère familière. Seulement Tristan.

— Seulement moi ?

La vicomtesse tapota l'épaule de son époux.

— Navrée, mon cher. Donnez-moi un baiser et partez.

— C'est donc ainsi que cela se passe ? fit Tristan d'un ton blessé en se levant. Le patriarche banni de sa propre table, sans cérémonie ?

— Adieu, répondit Georgiana en gloussant de nouveau.

— Oh, je sais sentir quand je suis de trop, répondit-il en jetant un coup d'œil aux deux valets qui se trouvaient dans la pièce. Vous ne pouvez pas rester alors que je suis forcé de quitter la pièce ; allez, ouste ! Dehors, vous deux !

Sur ces mots, il déposa un baiser sur la joue de sa femme, rafla une orange sur le buffet et quitta la salle à manger derrière les domestiques.

— Que puis-je pour vous, Rob ? s'enquit Georgie.

Robert lui dévoila l'objet de sa requête comme on se jette à l'eau.

— J'ai besoin de savoir si je peux danser sans me couvrir de ridicule.

Constatant que sa belle-sœur n'éclatait pas de rire, il ouvrit l'un après l'autre les couvercles des boîtes à musique.

— J'ai trouvé une valse et deux danses folkloriques. Croyez-vous...

— Je crois que nous ferions mieux de passer au petit salon, l'interrompit-elle. Vos autres frères n'ont pas encore pris leur petit déjeuner, et nous n'aimerions pas qu'ils fassent irruption pendant notre leçon, n'est-ce pas ?

Elle prit une des boîtes à musique, lui laissant le soin de se charger des deux autres, et quitta la pièce d'un pas décidé. Tristan, qui rôdait dans le couloir, fit mine d'être plongé dans la contemplation d'un vase au motif floral quand ils passèrent devant lui. Robert commençait à penser qu'il avait eu une mauvaise idée, mais il s'efforça d'ignorer la sensation glacée qui menaçait d'envahir son crâne.

Il avait au moins besoin de savoir s'il en était capable. Il déciderait ensuite s'il se sentait ou non de taille à danser en public.

— Qu'est-ce que vous faites ? demanda Edward en émergeant du couloir qui desservait l'aile gauche.

— Du rangement, répondit Georgiana. Allez prendre votre petit déjeuner.

Ils parvinrent au petit salon des tantes – véritable bonbonnière au décor rose et mauve – sans croiser d'autres Carroway. Robert posa les boîtes à musique sur le rebord de la fenêtre puis se tourna vers sa belle-sœur.

— Il faut que je vous prévienne que j…

— Ne vous excusez pas, coupa-t-elle. Voulez-vous que nous commencions par la valse ?

Sans attendre qu'il réponde, elle ouvrit une des boîtes à musique, plaça ses mains en l'air et attendit.

Robert s'efforça de se souvenir que Georgiana était ce qu'il avait qui ressemblait le plus à une sœur. Et elle comprenait une part du mal qui le rongeait, car il lui avait fait suffisamment confiance pour lui révéler un peu de son passé. Danser avec elle ne présentait aucun danger.

Il déglutit, prit sa main dans la sienne et plaça l'autre sur sa taille. Avec un sourire d'encouragement, elle posa sa main restée en l'air sur son épaule.

Son corps était tiède, vivant et féminin, et un sentiment de répulsion – non vis-à-vis d'elle, mais de lui-même – le saisit. Un grondement étranglé remonta dans sa gorge et il s'écarta d'elle, serrant si fort les poings que ses phalanges blanchirent.

— Rob ?

— Pardon, articula-t-il avec peine. C'était une erreur, ajouta-t-il en fuyant vers la porte.

— Ce n'était pas une erreur, répliqua fermement Georgiana. Je serai là pour vous chaque fois que vous voudrez vous entraîner.

L'assaut de panique qui le saisit fut si violent qu'il l'obligea presque à se courber en deux avant qu'il ait pu regagner sa chambre.

Il pénétra d'un pas titubant dans son sanctuaire et claqua la porte.

Comment avait-il pu croire qu'il pouvait redevenir celui qu'il avait été ? Qu'il pouvait danser, rire et trouver une femme attirante comme si rien ne s'était passé ? Il n'avait plus droit à tout cela. Pour l'amour du Ciel, il aurait dû être mort à l'heure qu'il était ! Et les morts ne connaissent rien d'autre que les ténèbres.

Il s'accroupit dans un coin de la pièce, balançant le haut de son corps d'avant en arrière. *Arrête, arrête, arrête.*

— Que diable lui avez-vous donc fait ? demanda Tristan, arpentant le couloir devant la porte close de Robert.

— Je n'ai rien fait, répondit Georgiana, veillant à parler plus bas que son époux. Il a voulu tenter une chose pour laquelle il n'était pas prêt. Rien de plus.

— Mais…

— Baissez la voix, Tristan. Il n'a pas besoin de savoir que nous débattons de son cas.

— Il progressait, siffla Tristan.

— Il continue à progresser. Enfin, je crois, soupira-t-elle. Voilà près de deux semaines qu'il n'a pas eu une de ses… attaques.

Dare continua de marcher en silence un moment.

— Je sais ce que l'on fait aux femmes qui souffrent d'hystérie.

— Tristan, voyons… Votre frère n'est pas une femme et il n'est pas hystérique.

Robert se redressa et se plaqua contre la porte pour écouter, s'efforçant de contrôler suffisamment le tremblement de sa main pour la poser sur la poignée. La nausée le gagna malgré tout, mais il ne voulait pas être découvert recroquevillé par terre.

« Pense à autre chose », se hurla-t-il à lui-même. Cela avait déjà fonctionné. En vérité, ce n'étaient pas les sept mois de captivité, de souffrance et de terreur qu'il avait endurés, pas plus que les cinq balles qui lui avaient transpercé le corps, qui le hantaient. Non, ce qui le hantait, c'était ce qu'il était devenu après avoir lâché prise – quand il s'était disloqué.

Le fait de ne pouvoir en parler à personne, aussi. La façon dont on le regardait était déjà bien assez douloureuse. Si on découvrait ce qui lui était réellement arrivé...

Il ouvrit brusquement la porte.

— Allez-vous...

Le contenu d'un seau d'eau glacée atterrit sur son visage. Il resta un instant stupéfait, puis, l'instinct reprenant le dessus, arracha le seau des mains de son agresseur et le lança contre le mur du couloir.

— Rob ! Robert ! C'est moi ! cria Tristan en tentant d'écarter les mains dont son frère enserrait son cou.

Robert cligna des yeux pour en chasser l'eau.

— Je sais que c'est toi, protesta-t-il en le relâchant d'un air dégoûté. Ne fais plus jamais cela !

Il s'écarta en passant les mains dans ses cheveux mouillés. Il était trempé de la tête aux pieds. Il sentait même des filets d'eau couler à l'intérieur de ses bottes.

— Je lui ai dit de ne pas le faire, dit Georgiana en essorant un coin de son châle qui avait été éclaboussé. Il faut que vous enleviez vos vêtements.

— Je m'en charge, répondit Robert en reculant.

Bizarrement, en dépit des battements précipités de son cœur, il se sentait... normal, alors qu'un instant auparavant, il était sur le point de sombrer. La panique rôdait toujours à la périphérie de son esprit, mais c'était comme si elle avait précipitamment battu en retraite.

Il leva les yeux vers Tristan, à bout de souffle, lui aussi. Sa lavallière était mouillée et froissée, là où les mains de Robert avaient cherché à l'étrangler. Il n'avait pas l'air inquiet, pourtant. Il semblait… vaguement amusé.

— Je retire ce que je t'ai dit, annonça Robert.

— Quoi donc ?

— Quand je t'ai ordonné de ne jamais recommencer. J'ai changé d'avis.

— Oh. Ma foi, j'ai pensé que cela pourrait t'aider d…

— Je vais me changer.

Robert regagna sa chambre et claqua la porte. Il ôta lentement sa veste, déboutonna son gilet et les laissa tomber tous les deux sur le plancher. Cette matinée lui avait permis de comprendre deux choses, songea-t-il en cherchant une chemise propre dans l'armoire. La première, c'était qu'il allait avoir beaucoup de travail s'il voulait danser ce soir avec Lucinda. Et la seconde, qu'il connaissait à présent une autre méthode pour arrêter ses crises de panique. Penser à Lucinda et à son jardin de roses endommagerait moins sa garde-robe, mais un seau d'eau froide serait certainement efficace en cas d'urgence.

— Merveilleux, grommela-t-il en dénouant sa cravate trempée pour la jeter sur le tas de ses vêtements. Il ne me reste plus qu'à trouver le moyen de garder toujours un seau d'eau à portée de main.

— … j'ai donc décidé qu'il était plus sage de se retirer.

Lucinda gloussa.

— Plus sage, en effet.

Lord Geoffrey haussa les sourcils.

— J'aurais pu me tromper.

— Si une centaine de cavaliers français établissaient leur camp à vingt pas de l'endroit où vous preniez votre déjeuner, se retirer était la sagesse même.

Ils n'avaient pas pu chevaucher autrement qu'au pas parmi la foule qui encombrait Hyde Park et atteignaient à présent la grille est. Lucinda fut obligée de reconnaître que, une fois de plus, Robert Carroway avait vu juste : Geoffrey n'avait eu d'yeux que pour elle toute la matinée.

Il fallait dire qu'elle avait décidé de porter sa tenue d'équitation rouge vif, au style d'inspiration militaire, afin d'encourager son intérêt. Se montrer charmante et attentive avec Geoffrey était simple, et à moins qu'elle ne se trompe grandement, l'intérêt qu'il lui portait ne se limitait pas à sa tenue.

Toutefois, une chose la troublait. Elle détestait devoir le reconnaître, mais une paisible promenade à Hyde Park ne pouvait pas se comparer à un galop échevelé en pleine nature. Et se montrer charmante l'obligeait à calculer la moindre de ses paroles, alors qu'avec Robert, elle n'avait même pas besoin de parler si elle n'en avait pas envie.

Lucinda réprima un soupir. C'était absurde. Une chevauchée et un confortable silence ne suffisaient pas à faire de Robert un beau parti. Elle devait impérativement se ressaisir. Elle venait d'une famille respectable et disposait de revenus confortables ; quant à Geoffrey, il était issu du meilleur monde. Une union entre eux serait avantageuse pour chacun d'eux. Il était en outre aussi charmant que beau, et une centaine d'autres jeunes filles ne songeaient qu'à l'épouser.

— Irez-vous au bal des Montrose, ce soir ?

— J'en ai l'intention, oui.

— Promettez de me garder une valse, Lucinda.

— Je vous en garderai une, répondit-elle en souriant.

— Et un quadrille.

Danser deux fois avec le même gentleman au cours d'une soirée n'était pas inhabituel, mais c'était faire savoir publiquement à la haute société qu'il la tenait en haute estime.

— Et un quadrille, acquiesça-t-elle.

— Et une danse folklorique.

— Vous risquez de priver quelqu'un d'autre de votre compagnie, répondit-elle, réprimant un léger plissement de sourcils – trois danses, cela aurait risqué d'écorner sa réputation.

— Je suis allé trop loin, dit-il. Je vous prie de m'excuser.

— Oh, pour l'amour du Ciel, Geoffrey. Vous saviez que je refuserais. Vous cherchez seulement à me flatter.

Il rit.

— Dites-moi au moins que j'y suis parvenu.

— En effet... à condition cependant que vous ne m'ayez pas mise en retard pour le déjeuner.

Il tira sa montre de sa poche, fronça les sourcils et fit signe à son valet d'approcher – il avait pris la précaution de l'amener avec lui pour leur tenir lieu de chaperon.

— Je suppose que vous ne m'autoriserez pas à envoyer Isaac au-devant de nous afin de prévenir que vous serez un peu en retard ?

— Je ne le pense pas, non.

— Dans ce cas, nous ferions mieux de rentrer.

— Sans doute, oui, répondit-elle avec un léger rire.

Arrivé devant la porte de Barrett House, il insista pour l'aider à descendre de selle. Si Lucinda avait été une débutante de dix-huit ans, elle aurait sans doute défailli de tant d'attentions, mais elle n'avait jamais été sujette aux vapeurs. Du haut de ses vingt-quatre ans, elle en fut néanmoins flattée et ressentit même une petite pointe de satisfaction.

Les choses progressaient dans le sens souhaité : le général appréciait Geoffrey, et celui-ci était à l'évidence attiré par elle. De plus, nulle perspective de trahison, de peine de cœur ou de perturbation malvenue ne se profilait à l'horizon. Sans la distraction que représentait Robert, tout aurait été parfait.

— J'ai passé un merveilleux moment, Geoffrey. Je vous en remercie.

Il porta sa main gantée à ses lèvres.

— C'est moi qui vous remercie, Lucinda. J'espère que cette matinée n'aura été que la première d'une longue série.

Elle se contenta d'un sourire. Pour l'amour du Ciel, elle n'allait pas succomber au charme de sa langue habile, même si elle appréciait ses efforts. C'était très agréable à entendre, mais ce n'était pas pour cela qu'elle l'avait choisi.

Ils se séparèrent, et ce ne fut qu'une fois à l'intérieur de la maison qu'elle constata que ses amies étaient déjà là à l'attendre.

— Suis-je en retard ? demanda-t-elle en suivant le majordome au petit salon.

Evelyn s'avança vers elle, le regard rieur.

— C'est nous qui sommes en avance.

— Et nous espérons que ce sera la première fois d'une longue série, ajouta Georgiana en adoptant une expression trop lisse pour être honnête.

— Très drôle, bougonna Lucinda en rougissant. La prochaine fois, je demanderai à Ballow de fermer les fenêtres.

— Les choses semblent bien se passer, dit Evie en déposant un baiser sur sa joue. Allons-y, veux-tu ? Je suis venue avec mon barouche.

— Puis-je me changer, avant ? Je ne serai pas longue.

— Bien sûr. Nous resterons à bavarder ici en t'attendant.

Lucinda fit appeler sa femme de chambre et grimpa à l'étage. Une fois dans sa chambre, elle se débarrassa de son chapeau et de sa veste de cavalière. La robe qu'elle avait choisi de porter pour déjeuner avec ses amies l'attendait déjà sur le lit.

Quelqu'un frappa à la porte, mais au lieu de sa femme de chambre, Lucinda eut la surprise de voir entrer Georgiana, visiblement mal à l'aise.

— Laisse-moi t'aider, offrit son amie.

— Inutile, Helena va arri...

— Non. Je lui ai dit que je la remplaçais.

— Pourquoi donc ?

— Parce que je veux te parler en privé.

Lucinda comprit aussitôt qu'il s'agissait de Robert.

— J'apprécie Robert, déclara-t-elle aussitôt, posément. Comme un ami. Mais avec le général, ma vie est déjà assez compliquée. Cela peut sembler égoïste, mais je souhaite un mari qui me simplifiera la vie et non l'inverse.

Georgiana prit une longue inspiration.

— Ce n'est pas égoïste, Luce, c'est du simple bon sens. Tu es une femme sensée, et je ne viens pas jouer les entremetteuses. Mais Rob souffre depuis longtemps, et il semble voir en toi une personne à qui il peut parler.

— Je me querelle avec lui, dit Lucinda. Ou plutôt, je ne suis pas hostile à l'idée de me quereller avec lui.

Georgiana hocha la tête.

— C'est peut-être là que réside le secret. Nous craignons tous tellement de l'effaroucher davantage par une parole malheureuse...

— Georgie, je serai heureuse de me quereller avec lui chaque fois qu'il le souhaitera.

— Merci, répondit son amie avec un petit sourire. Bien. C'est extrêmement compliqué, et sois sûre que je ne t'oblige à rien.

Lucinda éprouva un pincement de culpabilité. Elle aurait volontiers changé de sujet. Si Robert ne l'avait pas embrassée et si elle ne l'avait pas trouvé aussi intéressant, elle n'aurait pas dit un mot de plus. Elle soupira.

— Je me suis moi-même demandé pourquoi je l'avais vu plus souvent ces dix derniers jours que ces trois dernières années.

— Je crois qu'il essaie de sortir de sa coquille, dit Georgiana en l'aidant à passer sa robe de mousseline bleue. Je n'en sais que très peu sur ce qui lui est arrivé, mais... c'était affreux, Luce. C'est pourquoi j'apprécierai tout ce que tu pourras faire pour lui.

Au fond d'elle-même, Lucinda mourait d'envie de savoir quelles étaient les terribles épreuves que Robert avait endurées. Mais si elle l'interrogeait et découvrait la vérité, tout changerait. Les choses avaient déjà changé, mais elle pouvait encore s'arranger pour juguler l'intérêt qu'elle portait à Robert.

— Je ferai ce que je pourrai, promit-elle.

Andrew passait devant la bibliothèque quand Robert l'attrapa par le bras pour l'attirer dans la pièce.

— J'ai besoin de ton aide, déclara-t-il précipitamment. Mais si tu en parles à qui que ce soit, je te...

— Je ne dirai pas un mot, assura Andrew.

— Tends les bras devant toi.

Perplexe, Andrew lui obéit. Sans se laisser le temps de se demander s'il allait réussir ou échouer, Robert saisit une des mains de son frère et plaça l'autre sur son épaule. Il l'enlaça ensuite par la taille et amorça maladroitement un pas de valse.

— Tu m'écrases les pieds ! se plaignit Andrew, manquant perdre l'équilibre.

Robert ferma les yeux, s'efforçant d'imaginer la musique et de se souvenir des pas.

— Ne cherche pas à mener.

— Oh. D'accord.

Même s'il pouvait assez difficilement être confondu avec une femme, son frère faisait un partenaire idéal. Rapidement, Robert se détendit et ses pas devinrent plus souples et aisés. Son genou ne le faisait pas plus souffrir qu'à l'ordinaire, et il le sentait fiable. Sa dernière crise de panique l'avait laissé un peu chancelant, mais cela, il savait le dissimuler.

Il rouvrit les yeux quand Andrew se mit à fredonner un air qui, s'il correspondait bien au rythme de la danse, sonnait affreusement faux.

— Je ne suis pas trop... ridicule ? demanda Robert, s'immobilisant et relâchant son frère.

— Excepté l'impression de tourner dans le mauvais sens, je n'ai rien remarqué de fâcheux.

Son frère le gratifia de ce lent sourire charismatique qui était l'apanage de tous les frères Carroway.

— Tu n'es pas un mauvais danseur, en fait, ajouta-t-il.

— Merci.

Le sourire d'Andrew s'évanouit brusquement.

— Tu ne vas pas m'obliger à m'habiller en fille pour danser avec toi ce soir, n'est-ce pas ?

— Non, je ne t'obligerai pas à t'habiller en fille, répondit Robert en souriant. Je voulais seulement m'assurer que je me souvenais des pas.

— Tu t'en souviens parfaitement. Mais je suis censé aller retrouver des amis et... ajouta-t-il en jetant un coup d'œil vers la porte close.

— J'en ai fini avec toi, dit Robert. Tu peux y aller.

— D'accord. Merci.

Après avoir refermé la porte derrière son frère, Robert s'exerça encore à quelques figures de quadrille. Il se sentait un peu rouillé, en dépit des assurances d'Andrew, mais il pourrait y arriver. Par comparaison avec la façon dont s'était déroulée la matinée, il ne put s'empêcher d'éprouver une légère satisfaction.

Cette agréable sensation dura près de trente secondes, jusqu'à ce qu'il se rappelle que l'enjeu ne consistait pas à aller trouver Lucinda et à danser avec elle. Pour l'aider dans sa deuxième leçon et conserver ainsi une raison de la revoir, il allait devoir donner l'exemple et danser avec d'autres cavalières toutes les danses de la soirée.

Il se laissa tomber sur le banc de fenêtre. Il n'y arriverait jamais. Laissant échapper un violent juron, il frappa du poing contre l'encadrement de la fenêtre. Il resta assis un long moment, se détestant et détestant ce qui n'allait pas chez lui, quand il se souvint tout à coup de ce qu'avait dit Lucinda. Sa leçon était destinée à aider les jeunes filles qui faisaient tapisserie – celles qui n'avaient pas de dot ou étaient dépourvues du charme, de l'esprit ou de la grâce requis pour qu'on les courtise. Les délaissées. Les désespérées.

Celles qui auraient le choix entre faire tapisserie et accepter son invitation à danser hésiteraient certainement un peu avant de refuser, mais si quelqu'un pouvait comprendre les désespérés, c'était bien Robert. Heureusement, celles qui accepteraient n'attendraient pas grand-chose de lui, et il lui resterait une chance de passer inaperçu aux yeux de tous, sauf de ceux de Lucinda – et de Geoffrey Newcombe, bien sûr, qui serait bien fou de ne pas garder un œil sur ce rival aussi inattendu qu'improbable.

Un rival. Lui. C'était inimaginable, et pourtant... Lucinda Barrett. Il appréciait sa compagnie, mais il y avait autre chose. Il avait désespérément besoin de sa présence, de sa sérénité, de son indépendance, de l'image qu'elle avait d'elle-même – elle représentait un tel espoir aux yeux d'un homme qui en manquait depuis si longtemps.

Il savait qu'il aurait dû garder ses distances, ne fût-ce que par égard pour elle. Il ne pouvait pas s'empêcher d'avoir envie d'entrapercevoir le paradis, mais de là à vouloir attirer un ange dans son monde...

S'il osait faire cela, ils s'enflammeraient et se consumeraient.

Non, elle ne les voyait pas autrement que des amis, et c'était ce qu'ils resteraient – dût-il en périr. Cela ne lui serait pas trop douloureux. Il était déjà mort depuis des années.

10

On m'encourageait à espérer que mes efforts présents poseraient au moins les fondations de mes succès futurs.

Victor Frankenstein, *Frankenstein*

— Est-ce un effet de mon imagination, ou bien tous les habitants de Mayfair sont-ils présents, ce soir ? demanda le général Barrett.

— Je ne pense pas que ce soit ton imagination, répondit Lucinda, qui se trouvait à son bras. Juste Ciel ! Est-ce un jongleur que je vois là-bas ?

Cela ne la surprenait pourtant pas tant que cela ; lady Montrose tâchait depuis quatre ans d'être reconnue comme l'hôtesse des plus brillantes réceptions de la capitale. Sans succès, jusque-là.

— Je vois que Geoffrey a mis un point d'honneur à arriver à l'heure, remarqua son père.

— En toute honnêteté, il n'est pas le seul, papa, répondit-elle. Tu viens toi-même de dire que tout Mayf...

— Tu sais ce que je voulais dire, ma petite fille. Je ne le monopoliserai pas ce soir. Sa compagnie te revient.

— Je n'ai l'intention de monopoliser personne.

Balayant l'assistance du regard, elle avisa une connaissance et sourit.

— Ah, regarde. Il semble que Mme Miller soit de retour de son tour des galeries de Venise.

— Lillian ? Où donc ?

D'un léger coup de coude, elle l'incita à regarder du côté des fenêtres et lâcha son bras.

— N'oublie pas que tu m'as promis une valse, dit-elle.

— Je te la garde précieusement, mais je suis disposé à céder ma place, si nécessaire.

Voilà qui en disait long sur ce qu'il pensait de ses perspectives avec lord Geoffrey, songea Lucinda. Elle sourit quand l'adonis de la saison s'avança vers elle.

— Bonsoir, Geoffrey.

— Lucinda.

Il déposa un baiser sur sa main avant de la caresser du regard de la tête aux pieds.

— Vous êtes ravissante.

— Merci.

Sa robe de soie bleu nuit rehaussée d'un liseré d'argent était une de ses toilettes préférées, et elle trouva plaisant qu'il l'apprécie.

— M'avez-vous réservé deux lignes sur votre carnet de bal ?

— Mon père excepté, vous êtes le premier gentleman à m'avoir réclamé une danse.

Geoffrey prit son carnet et inscrivit son nom en face de la valse et du quadrille de son choix.

— Je crains qu'il n'y ait pas assez d'hommes présents ici ce soir pour tenir Francis Henning à distance de la piste de danse, dit-il. Êtes-vous certaine de ne vouloir m'accorder que deux danses ?

Bien qu'agacée à l'idée que lord Geoffrey et ses amis persistent à exclure le pauvre Francis, elle se dit qu'il avait cependant raison sur un point : les dames étaient nettement plus nombreuses que les gentlemen, et un bon nombre d'entre elles passeraient la soirée à faire tapisserie.

— Deux danses, répéta-t-elle avec un sourire destiné à adoucir son refus. Mais ne désespérez pas, je suis certaine que vous ne manquerez pas de cavalières.

— Aucune ne saurait se comparer à vous.

Il prit congé d'elle pour aller saluer le général et, en un rien de temps, le carnet de bal de Lucinda se trouva rempli. Finalement, elle aperçut parmi la foule les hautes silhouettes de lord Dare et lord St. Aubyn, escortés de leurs épouses, et se dirigea vers eux.

— Luce, cette soirée n'est-elle pas éblouissante ? s'exclama Evie. Oh ! Je t'avais bien dit que ce bleu serait divin sur toi.

— Oui, je reconnais que tu avais raison, répondit-elle.

Elle s'apprêtait à saluer Georgiana quand Evie glissa son bras sous le sien et se pencha pour lui murmurer :

— Attends. Dare voudrait déjà rentrer. Il a peur que l'ambiance ne soit trop étouffante pour elle avec cette foule.

— Il a sans doute raison.

Elle leva les yeux vers Georgiana, qui plaçait justement l'index en travers des lèvres de son époux avant de le remplacer par un baiser.

— Si je ressens le moindre malaise, je vous le ferai aussitôt savoir.

— Vous me le promettez ?

Saint s'était penché pour murmurer quelque chose à l'oreille d'Evie, qui rougit violemment. Sans lui laisser le temps de répondre, il s'éloigna pour aller chercher du punch auprès d'un valet.

— Qu'a-t-il dit ? demanda Lucinda.

— Rien d'important, répondit son amie avant de s'éclaircir la gorge. Tu ne devineras jamais qui se trouve ici ce soir.

Mais Lucinda, qui avait promené son regard parmi la foule, le savait déjà.

— Robert Carroway.

Il se tenait de face par rapport à elle, les boucles de sa chevelure sombre et désordonnée effleurant son col, l'une d'elles retombant devant un de ses splendides yeux bleus. Son habit noir faisait ressortir la fermeté de son corps, les revers entrouverts de sa veste laissant apparaître un gilet rouge sang. Et il avait de nouveau cet air de loup affamé qui vient de flairer une piste.

Elle crut qu'il allait approcher, mais il se contenta de la saluer d'un bref hochement de tête avant de disparaître de nouveau dans la foule. Lucinda en conçut un léger dépit. Il aurait au moins pu venir la saluer. En voyant son regard de près, elle aurait su s'il avait ou non l'intention de l'embrasser de nouveau.

— Qui est ton cavalier pour la première danse ? demanda Georgiana en les rejoignant.

— Lord Geoffrey, répondit Lucinda. J'ai jugé que ce serait une bonne stratégie : la première danse et la dernière valse.

— Absolument, approuva Georgiana. Mais si l'on se réfère aux points de ta liste, on peut dire que lord Geoffrey s'est admirablement acquitté de la première de tes leçons.

— Oh, j'ai une question, dit Evie en baissant la voix comme lord Geoffrey approchait. Si lord Geoffrey te présente sa demande avant que tu aies le temps de lui donner les quatre leçons de ta liste, devrons-nous t'autoriser à accepter ?

— Tu me taquines, répondit Lucinda en souriant, mais je me souviens que tu n'étais pas aussi sûre de toi quand tu as commencé à donner des leçons à St. Aubyn.

— Assez parlé de moi, Luce. C'est ton tour, à présent.

L'orchestre signala qu'il allait entonner la première danse et, au même instant, Geoffrey apparut auprès de Lucinda.

— Lady St. Aubyn, lady Dare, je suis au regret de vous priver de la compagnie de Lucinda.

— Mais certainement, acquiesça Georgiana.

— Amusez-vous bien, lança Evie comme ils s'éloignaient, en envoyant un baiser à son amie.

— L'amitié qui vous lie toutes les trois est tout à fait remarquable, dit Geoffrey en la guidant jusqu'à la file des danseurs.

Le quadrille débuta, les premiers pas de la danse les amenant à se séparer le temps d'exécuter les figures imposées.

— Je dois vous dire que le général est très satisfait de vous, lui dit-elle quand ils se retrouvèrent. De votre mémoire, surtout.

Geoffrey gloussa.

— Je suis ravi de lui rendre ce serv... Peste ! s'exclama-t-il soudain. Que je sois damné !

Lucinda suivit son regard et resta elle-même stupéfaite. Mlle Margaret Haywater s'était jointe à la danse. Dépourvue de dot et affligée d'une tendance à loucher et à minauder, elle semblait à cet instant presque jolie, les joues rosies par l'émotion dans sa robe de bal démodée. Et Lucinda sut sans l'ombre d'un doute que celui qui était à l'origine de ce miracle était l'homme qui se trouvait à sa droite. Il la tenait par la main et lui souriait tout en exécutant les pas avec une élégance rouillée qui lui fit presque venir les larmes aux yeux.

De nombreux regards s'étaient tournés vers eux, et la façon dont Mlle Margaret relevait le menton conférait à son profil une élégance qu'il n'avait pas d'ordinaire. Quant à Robert, rien dans son attitude ne laissait paraître qu'il était conscient de ce que la moitié de l'assistance les regardait avec des yeux ronds.

Quand Lucinda faillit heurter lord Charles Daymore, elle se ressaisit vivement et attrapa sa main juste à temps pour éviter de le renverser et de provoquer le chaos dans la file des danseurs. Les deux rangées d'hommes et de femmes tournaient l'une autour de l'autre, se prenant et se lâchant la main avant d'enchaîner avec le danseur suivant.

Quand elle prit celle de Robert, elle se rendit compte qu'elle retenait son souffle.

— Bonsoir, dit-elle lorsque leurs doigts se rencontrèrent.

Il eut un léger hochement de tête, et son regard bleu croisa le sien.

— Leçon numéro deux, murmura-t-elle avant de relâcher sa main.

Les couples d'origine se reformèrent finalement, et elle vit Geoffrey jeter un coup d'œil à Robert et à Mlle Margaret.

— Cet estropié ne danse jamais, d'habitude, marmonna-t-il. Que pourrait-il savoir sur Margaret Haywater que je ne sache pas déjà moi-même ?

— Je vous en prie, ne l'appelez pas ainsi. Et peut-être se contente-t-il d'être courtois.

— Son carnet de bal doit être vide, de toute façon. Ce ne sera guère difficile d'en avoir le cœur net.

Lucinda réprima un sourire. Robert avait réussi à accomplir un deuxième miracle car, une fois que lord Geoffrey aurait invité Mlle Margaret à danser, tous les autres gentlemen voudraient en faire autant pour tâcher de comprendre le fin mot de l'histoire.

Geoffrey serra soudain plus fermement sa main.

— N'allez surtout pas croire qu'une autre femme pourrait détourner mon attention de vous.

— Bien sûr que non, répondit-elle tout en réfléchissant à cette déclaration.

S'était-il attendu qu'elle soit jalouse ? Était-elle censée l'être ?

— Vous n'avez vraiment pas la moindre idée de ce qui l'incite à danser avec elle ?

— Non, mentit-elle. Pas la moindre.

— Je le croyais votre ami ?

— Je ne lui ai pas posé la question, pas plus qu'il ne m'a demandé pourquoi je dansais avec vous, répondit-elle, gagnée par une pointe d'agacement. La clé consiste donc pour vous à l'inviter à danser et à le découvrir par vous-même.

Il la regarda par-dessus leurs mains jointes et sourit.

— Je dois vous renouveler mes excuses, Lucinda. Je danse avec vous, et vous devriez être l'unique objet de mon attention.

Elle lui rendit son sourire pour lui faire savoir qu'elle n'était pas offensée.

— Je vous ai promis deux danses, le reste de la soirée vous appartient.

Dès la fin de la danse, cinq ou six gentlemen, dont Geoffrey, approchèrent Margaret. Robert, cependant, avait disparu de nouveau. Sans doute était-il parti accomplir une autre bonne action. Les jeunes filles habituées à faire tapisserie allaient désormais avoir un partenaire pour chaque danse. Quant aux gentlemen qui, d'ordinaire, parlaient chevaux ou paris, ils allaient enfin pouvoir s'occuper utilement.

— Madère ? demanda Saint près de son épaule.

— Volontiers, répondit-elle en acceptant le verre qu'il lui tendait. Où est Evie ? demanda-t-elle après avoir savouré une longue gorgée.

— Elle éprouve ma patience avec Bradshaw, répondit le marquis en désignant le couple, qui prenait ses marques pour la danse suivante.

Lucinda chercha des yeux son partenaire, mais Charles Weldon faisait toujours partie du groupe qui entourait Margaret.

— Danserez-vous ce soir ? demanda-t-elle à Saint.

— Seulement avec Evelyn, à moins que vous n'ayez besoin de moi, cela va de soi.

— Je ne pense pas, mais je vous remercie.

Lucinda en était venue à apprécier la vivacité d'esprit et l'intelligence du marquis depuis son mariage avec Evelyn, mais elle n'était jamais certaine de ce qu'il allait dire.

— Il y a une chose qui m'intrigue, dit-il sans détacher les yeux de Bradshaw et d'Evie.

— Laquelle ?

— Votre famille est proche des Carroway, mais que s'est-il donc passé au juste entre Robert et votre père ?

Elle se tourna vers lui, gagnée par une insidieuse sensation de malaise. Elle savait que son père n'aurait jamais fait part des doutes qu'il avait à propos de Robert à un intime des Carroway.

— Je ne vois pas de quoi vous parlez.

— Je me suis sans doute mépris sur le comportement de Robert, répondit Saint avec un haussement d'épaules. J'ai tendance à voir le mal partout, ajouta-t-il en la gratifiant d'un sourire sombre.

Saint était très fin observateur. Certes, son père ne tenait pas Robert en haute estime, mais Lucinda n'avait pas imaginé que ce puisse être réciproque. Elle eut un froncement de sourcils.

— Que pensez-vous que je sache, Saint ?

Le sourire du marquis s'accentua.

— Je pense que votre cavalier vous attend, répondit-il avant d'incliner la tête pour lui parler presque à l'oreille. J'aime satisfaire ma curiosité, murmura-t-il, mais je ne partage jamais mes renseignements.

Lucinda laissa échapper un petit soupir dédaigneux.

— C'est bien commode.

Elle accepta le bras de Charles Weldon, qui venait d'apparaître auprès d'elle, et ils allèrent se placer dans la file du quadrille. Alors que celui-ci débutait à peine, elle aperçut de nouveau Robert, cette fois en compagnie de Hyacinth Styles. La présence sur la piste de danse de cette jeune fille d'aspect plutôt plaisant, mais excessivement timide, était presque aussi surprenante que celle de Robert. Le couple faisait partie du groupe situé en milieu de file, ce qui ennuya Lucinda, forcée de s'avouer qu'elle aurait aimé pouvoir parler à Robert Carroway.

— Lucinda, avez-vous l'intention d'aller à Vauxhall, samedi ? lui demanda son cavalier.

L'enjouement forcé avec lequel il avait posé sa question lui rappela qu'elle lui avait à peine adressé la parole. Il sourit quand elle leva les yeux vers lui.

— Il paraît que le régent compte y faire une apparition, ajouta-t-il.

— J'ai prévu d'y aller avec un groupe d'amis.

— Vraiment ? fit-il avec un sourire plein d'espoir.

— Oui, confirma-t-elle tout en cherchant un moyen de lui dire avec tact qu'il n'était pas invité. Quel dommage que nous n'ayons réservé qu'un petit kiosque. Si nous avions su que Prinny viendrait, nous en aurions pris un plus grand, de façon à inviter du monde.

— Bien sûr.

Elle ne put s'empêcher de se demander si Robert serait là aussi et soupira. C'était de la présence de lord Geoffrey qu'elle aurait dû se soucier en priorité. Tristan était censé inviter ce dernier ; il faudrait qu'elle s'en assure auprès de Georgiana.

Quand la danse s'acheva, Charles la raccompagna auprès de lord et de lady Dare. Une fois qu'elles furent seules, Georgiana noua son bras au sien.

— Qu'as-tu révélé à Rob, précisément, au sujet de nos listes ? murmura-t-elle.

— J'ai sans doute fait mention du fait qu'il était embarrassant que des jeunes filles n'aient pas de cavalier quand il y a encore des gentlemen disponibles, avoua-t-elle.

— Je vois.

Lucinda se rembrunit. Georgiana risquait de penser que c'était elle qui avait conseillé à Robert d'inviter des jeunes femmes à danser.

— Il m'a demandé de le lui dire, reprit-elle. Il sait que j'ai choisi Geof...

Georgiana déposa un baiser sur sa joue.

— Il est ici et il danse, dit-elle d'une voix émue. Quoi qui ait pu causer ce miracle, je m'en félicite.

Une main se posa sur l'épaule de Lucinda et, à sa grande surprise, Tristan déposa un baiser sur son autre joue.

— J'ignore de quoi il s'agit, mais Georgiana semble penser que vous en êtes partiellement responsable.

Elle s'éclaircit la gorge.

— Je crois que Robert en avait envie et que je lui ai fourni un prétexte. Mais, pour l'amour du Ciel, c'est Robert qu'il convient de remercier. Ou vous-mêmes. Pas moi.

Le reste de la soirée passa dans un tourbillon de robes multicolores et d'habits de soirée. Robert participa à toutes les danses – et ne dansa pas une seule fois avec elle. Plus l'heure avançait, plus ses traits se tiraient et ses épaules se crispaient, crut remarquer Lucinda. Grâce à ses efforts, plusieurs jeunes femmes qui n'auraient sans doute pas dansé sans lui virent leur carnet de bal se remplir et reçurent diverses invitations à des pique-niques ou à des promenades.

Elle vit presque aussi peu Geoffrey que Robert. Pendant les nombreuses pauses destinées aux rafraîchissements, l'adonis de Mayfair fut occupé à inscrire son nom sur les carnets de jeunes femmes à qui il n'aurait sans doute jamais adressé la parole auparavant. Elle se demanda si cet éloignement ne faisait pas partie du plan, mais c'était peut-être accorder un trop grand pouvoir de stratège à Robert.

La dernière danse de la soirée était une valse. Geoffrey se décida à la rejoindre et prit sa main.

— Regardez, il recommence, fit-il en désignant Robert, qui escortait Jane Melroy.

Il se mit à ricaner.

— L'estropié semble avoir décidé d'inviter tous les laiderons à danser. Peut-être ne peut-il rien espérer de mieux.

Lucinda dégagea sa main. Geoffrey savait que Robert était son ami, elle le lui avait dit plusieurs fois.

— Vous m'excuserez, Geoffrey, dit-elle en s'écartant, mais mon père est assez fatigué. Il est temps que nous rentrions à la maison.

Le sourire de son cavalier retomba.

— Je vous ai offensée. Je vous prie de m'excuser, Lucinda.

— Je vous ai demandé de ne pas appeler Robert ainsi. Ce n'est pas moi que vous avez offensée, Geoffrey.

Il agrippa son bras.

— Je vous verrai à Vauxhall, n'est-ce pas ?

— Je ferai partie de l'assistance, soupira-t-elle, déçue que la soirée se termine de cette façon. Bonsoir, Geoffrey.

Elle ne pouvait tolérer qu'un de ses amis en offense un autre.

— Lucinda, protesta-t-il sans relâcher sa manche.

Elle dégagea son bras.

— Je suis certaine que vous cherchiez à être amusant, mais je n'apprécie pas l'humour qui s'exerce aux dépens d'autrui. Bonne soirée.

Le général dut sentir qu'il se passait quelque chose, car il abandonna le groupe de ses amis pour la rejoindre.

— Que se passe-t-il, ma chérie ?

— J'exprime simplement une opinion. Es-tu prêt à rentrer, papa ?

— Je suis prêt à tout, si cela te permet de souligner ton opinion, répondit-il.

— Merci, dit Lucinda en prenant son bras.

— Nous ne renonçons pas à Geoffrey, n'est-ce pas ? murmura le général en la guidant parmi la foule vers les portes de la salle de bal.

— Non. Non, mais nous l'encourageons à manifester plus de considération vis-à-vis de ceux qui ne sont pas aussi parfaits que lui.

— Il ne semblait guère content.

— Tant mieux.

Alors qu'ils franchissaient la double porte de la salle de bal, elle ne put résister à la tentation de jeter un coup d'œil par-dessus son épaule. Le dos raide de colère, Geoffrey se dirigeait vers la porte opposée. Plus près, Robert tendait le cou vers elle au-dessus de la tête de sa partenaire. Il lui adressa un petit sourire complice quand leurs regards se croisèrent.

Lucinda fronça les sourcils quand elle grimpa dans la voiture avec son père. Robert était peut-être réellement capable de lire dans les esprits. Si tel était le cas, elle allait au-devant de grands ennuis.

11

Les différents accidents de la vie ne produisent pas autant de changements que les affections de la nature humaine.

Victor Frankenstein, *Frankenstein*

Quand Robert s'éveilla le lendemain matin, le jour était levé depuis longtemps. Il s'était attendu à ne pas pouvoir trouver le sommeil après avoir passé la soirée parmi une telle foule, mais il s'était seulement senti fatigué, détendu et vaguement satisfait. Il avait réussi. Il avait tenu jusqu'au bout de la soirée et avait participé à toutes les danses. Certes, sa conversation avait été assez pauvre, mais il saurait améliorer cela.

Il s'assit, fit passer ses jambes au-dessus du lit, se leva… et s'écroula aussitôt par terre.

— Malédiction !

Son genou palpitant de douleur refusa de supporter son poids quand il se redressa en s'aidant du montant du lit. Ce n'était pas étonnant. Il s'était tellement inquiété à l'idée qu'une de ses crises de panique le surprenne au beau milieu de la salle de bal qu'il n'avait pas pris le temps de considérer l'effet que quatre heures de danse auraient sur son genou blessé.

Il gagna son armoire à cloche-pied tout en laissant échapper de nouveaux jurons. Il attrapa un pantalon et se laissa tomber sur la chaise de sa table de toilette pour l'enfiler. S'il avait eu un valet, les choses auraient été plus simples, regretta-t-il pour une fois.

La chose n'était cependant pas même envisageable. Il leva les yeux vers le miroir. Ce n'était pas ses cheveux emmêlés et sa barbe naissante qui l'inquiétaient ; il avait l'habitude de voir cela. Mais, habituellement, quand il se regardait dans la glace, il avait déjà enfilé une chemise.

Comme il était torse nu, son regard se porta automatiquement sur la blessure qui lui avait été infligée. La petite cicatrice ronde située juste en dessous de son épaule gauche trouvait sa réplique dans son dos, là où la balle était ressortie. Une autre cicatrice, plus grande, formait une tache blanche au-dessus de sa hanche gauche, là où les chirurgiens espagnols avaient fouillé sa chair pendant vingt interminables minutes, à la recherche d'une balle de plomb. Elle était toujours logée en lui, quelque part.

Une estafilade blanche marquait aussi le haut de son bras droit, souvenir du premier tir qui l'avait frôlé. La dernière balle s'était logée dans son genou gauche, et c'était à cause d'elle qu'il s'était écroulé.

Robert se pencha vers la commode et parvint à en sortir une chemise en tendant le bras. Se détournant du miroir, il enfila le vêtement de fine batiste. Voilà. C'était invisible, à présent. Invisible, mais pas oublié. Jamais oublié.

Une fois rasé et lavé, il finit de s'habiller, plongea le buste en avant pour attraper ses bottes et se retrouva une fois de plus par terre, à côté de son lit. La canne qu'il avait choisi d'abandonner deux ans plus tôt lui manqua, tout à coup.

Alors qu'il se demandait comment il allait faire pour descendre l'escalier jusqu'à la salle à manger, on frappa à sa porte.

Edward ouvrit la porte, le regard tourné vers l'appui de fenêtre où Robert se tenait habituellement assis pour lire. Un bref froncement de sourcils plissa le visage juvénile du garçon avant qu'il n'aperçoive son frère assis par terre.

— Qu'est-ce que tu fais ?

— Je m'habille. Et toi ?

— Je viens te chercher. Tu es assis par terre.

— Crois-tu ? répondit Robert en enfilant ses bottes. J'ai dû rater le lit. Qui est ici, ce matin ?

— Tout le monde. Et j…

— Parfait. Va m'appeler Brad ou Andrew, veux-tu ? Il préférait ne pas avoir affaire à Tristan, qui poserait trop de questions.

Le Gnome poussa un soupir.

— Est-ce que je peux d'abord te dire quelque chose ?

Robert s'adossa au lit et croisa les bras.

— Je t'écoute.

— Tu as de la visite au rez-de-chaussée. C'est ce que je suis venu te dire.

Le cœur de Robert manqua un battement.

— Qui est-ce ?

— Lucinda. Elle bavarde avec Georgiana. Elle a dit qu'elle avait le temps, mais…

Robert rampa jusqu'au montant du lit et réussit à se mettre debout. Il ne ressentait aucun effroi à l'idée de devoir converser avec quelqu'un, mais le frisson d'impatience qui passa sur sa peau le mit tout aussi mal à l'aise.

— Merci de me prévenir, dit-il en se redressant, remarquant soudain que son frère le regardait bouche bée. Va chercher Brad ou Andrew, veux-tu ?

— Est-ce que ta jambe s'est de nouveau cassée ?

— Non, elle est juste fatiguée. Et je n'ai pas envie de me montrer grossier en faisant attendre Lucinda. Tu veux bien aller me chercher un frère plus grand que toi, le Gnome ?

— Je vais t'aider, déclara Edward en s'approchant de lui.

— Edward... soupira Robert. Je risque de t'écraser, et nous serons deux à avoir besoin d'aide.

Son frère ferma un œil et l'évalua.

— Oui, tu as sans doute raison. D'accord. Ne bouge pas, je reviens tout de suite, annonça-t-il en filant vers la porte.

— Et s'il te plaît, sois...

— Brad ! Andrew ! Rob a mal à la jambe ! Il a besoin d'aide !

— ...discret, acheva Robert dans un soupir, amusé malgré lui.

Il n'eut pas le temps de compter jusqu'à cinq qu'un bruit de pas précipités s'éleva dans l'escalier. Robert fit la grimace. Il n'avait pas envie d'alarmer toute sa famille. Il en avait déjà assez fait voir aux siens depuis son retour.

— Rob, qu'est-ce...

Bradshaw s'immobilisa sur le seuil, le souffle court. Son expression inquiète céda la place à la stupéfaction quand il découvrit Robert agrippé au montant du lit, une jambe légèrement repliée de façon à ne pas poser le pied par terre.

— Je vais b...

— Que se passe-t-il ? demandèrent en chœur Tristan et Andrew, écartant Bradshaw pour entrer dans la pièce.

Le majordome ainsi que trois valets s'amassèrent dans le couloir derrière eux. Une pensée alarmante surgit dans l'esprit de Robert.

— Dites-moi que Georgiana n'est pas aussi en train de monter.

— Non, je lui ai dit de rester en bas avec Lucinda. Que diable t'arrive-t-il ?

— Rien. Vraiment, assura-t-il face à l'air sceptique de ses frères. Mon genou s'est un peu raidi pendant la nuit, et j'ai demandé au Gnome d'aller chercher quelqu'un pour m'aider à descendre. Edward a un peu exagéré, c'est tout.

— Je vais t'aider, annonça Tristan. Andrew, reste aussi.

— Très bien, dit Brad. Nous autres, on redescend, déclara-t-il en faisant signe à Edward de le suivre.

— Vous l'avez entendu ? fit Tristan avec impatience. Dawkins, Henry, tout le monde en bas.

— Bien, milord, répondit le majordome en organisant devant lui le troupeau des valets et des femmes de chambre qui s'était formé dans le couloir.

— Cela te fait-il souffrir ? demanda le vicomte à Robert.

— Non, mentit-il – il souffrait tant depuis des années qu'il s'y était habitué.

— Nous allons t'aider à descendre, et je ferai venir un médecin pour qu'il examine ton genou. Tu n'aurais pas dû forcer autant, hier s…

— Non, l'interrompit Robert en frissonnant. Pas de médecin.

— Rob…

— Non.

Il avait assez entendu le refrain des hommes de science, qui accompagnaient leurs douloureuses palpations de claquements de langue compatissants.

— Pas de médecin, c'est entendu, soupira Tristan. À moins que cela ne s'aggrave.

Robert ne répondit pas à cela. Ils se seraient querellés, et Robert aurait eu le dernier mot parce que son frère n'aurait pas voulu prendre le risque de le mécontenter. De toute façon, pour le moment, il préférait descendre au rez-de-chaussée.

— Contente-toi de m'aider, veux-tu ?

Andrew passa un bras sous son épaule droite, Tristan sous la gauche, et Robert réussit à descendre l'escalier à cloche-pied sans perdre toute sa dignité. Quand ils entrèrent dans la salle à manger, Brad avait déjà manifestement informé tout le monde que Rob n'était pas à l'article de la mort et sermonné le Gnome du danger qu'il y avait à alarmer inutilement les siens.

Robert se dégagea de ses frères dès qu'il put s'appuyer au dossier d'une chaise. Il leva alors les yeux vers Lucinda. Il avait eu envie de la regarder dès qu'il était entré dans la pièce, mais avait résisté à la tentation par crainte de manifester trop ouvertement le plaisir qu'il éprouvait à la revoir. Après tout, ils n'étaient que des amis l'un pour l'autre.

Ses beaux yeux noisette glissèrent jusqu'à son genou meurtri, puis remontèrent sur son visage. « Eh oui, songea-t-il, difficile d'oublier que Carroway est un estropié, n'est-ce pas ? Un fou qui a décidé d'aller danser et qui ne peut plus marcher. » Voilà qui allait sans doute décider Lucinda à prendre rapidement congé.

Elle sourit.

— J'étais venue vous demander de me faire admirer les progrès de votre jardin de roses, dit-elle, mais étant donné les circonstances, je comprendrais que vous vous contentiez de me le décrire.

Robert déglutit. Sa robe de mousseline jaune la faisait ressembler à un rayon de soleil.

— La canne de promenade de tante Milly doit être dans sa chambre, dit-il. Va me la chercher, veux-tu, le Gnome ?

Le garçon parut enchanté à l'idée de s'enfuir.

— Je reviens tout de suite.

— Robert, siffla Tristan à son oreille, tu dois te repos...

— J'avais justement une question à vous poser au sujet des boutures, mademoiselle Barrett.

— Je vous écoute, répondit Lucinda, dont le sourire s'accentua. J'adore jouer les expertes.

Edward réapparut un instant plus tard avec la canne. Robert la prit, s'y appuya et testa prudemment le poids de son corps dessus. La canne était trop courte et son genou lui faisait un mal de chien, mais il saurait endurer la douleur. Il savait presque tout endurer.

— Allons-y, voulez-vous ? dit-il en invitant du geste Lucinda à passer devant lui.

Il parvint miraculeusement à franchir la porte et à descendre les marches du perron. Malgré ses efforts pour se contrôler, la souffrance dut se lire sur son visage car Lucinda saisit soudain son bras libre.

— Je peux y arriver, maugréa-t-il, frissonnant à son contact. Je n'ai pas besoin d'aide.

Son regard noisette croisa le sien, et il sentit sa bouche devenir sèche.

— Je ne vous aide pas, déclara-t-elle. Je vous force à vous comporter en gentleman et à m'escorter.

Elle posa la main sur sa manche. Les courtes manches bouffantes de sa robe laissaient ses bras nus jusqu'aux poignets, et des gants de dentelle arachnéens couvraient ses doigts. La tiédeur de sa peau traversa l'étoffe de sa veste, échauffant la sienne.

— S'agit-il d'une autre de vos leçons ? demanda-t-il.

— Non, c'est une règle d'ordre général.

Grâce à son aide, il réussit à remonter l'allée, et ils atteignirent son jardin de roses sans qu'il ait chuté.

— Elles ont l'air de très bien se porter, commenta-t-elle d'un ton approbateur.

— J'ai utilisé des soles.

— Les roses méritent ce qu'il y a de mieux. Je vois même de nouvelles feuilles apparaître. Regardez, là et là…

Robert ne détachait pas les yeux de son visage, bien conscient du mouvement des rideaux de la bibliothèque – toute sa famille devait les espionner.

— Vous n'êtes pas venue ici pour évaluer la poussée des feuilles.

— Non, répondit-elle sans marquer la moindre hésitation. Je suis venue vous remercier pour hier soir. Quelle que soit la façon dont je m'y serais prise pour donner cette leçon, je n'aurais pas pu mieux faire. C'était merveilleux. Vous avez été merveilleux.

Il haussa les épaules.

— C'est grâce à vous que cela a marché. Si Geoffrey n'avait pas été persuadé que vous vous intéressez à moi, il n'aurait rien remarqué de ce que j'ai fait.

Vous vous intéressez à moi. Il s'agissait plutôt d'un engouement d'écolière – ce qui n'aidait en rien. Lucinda garda le regard posé sur les roses et se demanda si Robert n'avait vraiment pas conscience du numéro éblouissant qu'il avait accompli la veille. Geoffrey et elle n'avaient pas été les seuls à l'observer toute la soirée. Avec sa crinière sombre et indisciplinée et son intense regard bleu, Robert ressemblait à un poète. Et le mystère qui l'entourait ne faisait que le rendre plus attirant. Pas seulement aux yeux de Lucinda. Elle avait entendu assez de murmures de femmes sur son passage pour en être sûre.

— Quoi qu'il en soit, je vous remercie, dit-elle. Toutes ces jeunes filles semblaient si heureuses. Je sais que cela n'a pas dû être facile pour v...

— Je vais bien, l'interrompit-il.

La phrase semblait usée dans sa bouche, comme s'il répondait cela chaque fois que quelqu'un s'inquiétait pour lui. Lucinda fronça les sourcils.

— Non, déclara-t-elle. À l'évidence, vous n'allez pas bien. Vous vous êtes fait mal à la jambe pour pouvoir me donner ma leçon.

Il ne bougea pas d'un pouce, mais elle sentit qu'il s'éloignait.

— Ce n'est que mon genou. Il a tendance à se raidir quand je le sollicite un peu trop. Vous vous êtes querellée avec Geoffrey, ajouta-t-il à brûle-pourpoint.

Lucinda laissa échapper un battement de cils, mais ne fut pas étonnée qu'il ait remarqué son désaccord avec Geoffrey. Il voyait toujours tout.

— Il s'est permis un commentaire désobligeant au sujet d'une de vos cavalières. Cela ne m'a pas plu. Vous avez reçu une balle dans le genou qui vous fait souffrir, n'est-ce pas ? demanda-t-elle, soucieuse de changer de sujet.

Un muscle dans la joue de Robert frémit.

— Oui. Mais le commentaire de Geoffrey n'était pas dirigé contre une des danseuses, n'est-ce pas ? Il a dit quelque chose sur moi.

— Il a… C'est possible, concéda-t-elle dans un soupir. Cela ne m'a pas plu davantage.

— Mais il me voit comme un rival potentiel, objecta-t-il tandis qu'ils reprenaient lentement le chemin de la maison. S'il m'insulte, c'est plutôt bon signe.

— Ce n'est jamais bon signe d'insulter quelqu'un, rétorqua-t-elle. Vous avez traversé les mêmes épreuves. S'il n'est pas capable de compatir au sort d'un autre soldat, je…

— Nous n'avons pas traversé les mêmes épreuves, l'interrompit-il. C'est ce qu'il croit. C'est ce que tout le monde croit. C'est pour cela que…

Robert s'interrompit et s'éclaircit la gorge.

— À quoi ressemblent les pucerons ? demanda-t-il, passant du coq à l'âne.

— Vous n'aurez pas à vous soucier des pucerons avant les premiers boutons, répondit-elle en s'arrêtant. Mais vous n'avez pas achevé votre phrase : c'est pour cela que… quoi donc ?

— Rien.

— Non, pas rien. Je tiens à ce que vous alliez au bout de votre phrase.

Robert secoua la tête et porta son regard au loin, comme s'il avait envie de s'enfuir. S'il n'avait pas eu besoin de son aide pour avancer, il se serait certainement remis en marche. Mais Lucinda tenait à comprendre ce qui le faisait autant souffrir.

— J'allais dire que c'est pour cela qu'ils me méprisent, marmonna-t-il.

— Vous vous trompez, Robert. Et ils n'ont aucun droit de vous mépriser, répliqua-t-elle, aussi fâchée par cette idée que par le fait de l'avoir obligé à lui faire cet aveu. Vous avez reçu plusieurs blessures. Wellington vous a même félicité pour vos actes de bravoure à Waterloo. Vous ne pouvez pas...

Robert dégagea son bras et boitilla vers l'écurie.

— Je n'ai accompli aucun acte de bravoure à Waterloo, siffla-t-il avant de disparaître dans le bâtiment.

Elle le suivit à l'intérieur. D'un geste péremptoire, elle ordonna aux trois valets qui se trouvaient là de sortir. Ceux-ci obéirent aussitôt, les laissant seuls avec les chevaux.

— Bien sûr que si, insista-t-elle. Quelles que soient les ambitions politiques de Wellington, vous...

— Je n'y étais même pas, bon sang de bois, tempêta-t-il en boitillant jusqu'au box de son cheval.

Tolley avança la tête et se frotta au bras de Robert.

— Partez, maintenant.

Lucinda regarda son dos. Tout le monde savait qu'il avait été blessé à Waterloo. Elle se souvenait de son retour à Londres, parmi les premiers contingents de soldats. Il était arrivé trois jours seulement après la fin de la bataille. Elle fronça les sourcils. Elle savait par ailleurs qu'il avait fallu deux jours au messager de Wellington pour apporter la nouvelle au prince George, or il avait fait route à cheval et traversé la Manche sur un bateau qui l'attendait tout spécialement.

— Vous êtes en train d'évaluer le temps qu'il m'a fallu pour revenir du continent, n'est-ce pas ? demanda-t-il d'une voix sourde. Vous êtes la fille du général Barrett, vous savez comment la nouvelle de la victoire est parvenue jusqu'ici. Vous ne pouvez pas savoir combien j'étais soulagée que celle-ci soit arrivée à Londres avant moi. Personne n'a songé à se poser de questions.

« Mon Dieu, ne pouvait-elle cesser de penser. Mon Dieu. »

— Que vous est-il arrivé, Robert ? demanda-t-elle en se rapprochant lentement de lui pour poser la main sur son épaule. Comment avez-vous été blessé ?

Il se retourna vers elle et planta son regard hanté et brûlant au fond du sien.

— Vous ne voulez pas le savoir.

— Si, je le veux.

— Non, vous en parleriez à votre père.

Il tenta de la contourner, mais elle profita de sa mauvaise jambe pour le plaquer contre la porte du box, lui prit sa canne et la cacha derrière son dos.

— Je n'en parlerai pas à mon père.

— Pourquoi ?

— Parce que vous ne voulez pas que je le fasse.

Robert ferma les yeux un moment, le souffle court. Quand il la regarda de nouveau, elle fut incapable de déchiffrer son expression.

— Pourquoi voulez-vous le savoir ?

— Parce que... parce que nous sommes amis, Robert. Les amis se soucient de leurs amis.

Elle tendit la main et la posa sur son cœur. Le toucher n'était sans doute pas la chose la plus raisonnable à faire, mais elle lui apparut comme la seule qui fût susceptible de déclencher une réaction chez lui.

— Les amis savent aussi garder un secret. Alors, si vous avez envie de me le dire, faites-le. Si non, je serai toujours votre amie.

Il l'observa un long moment sans rien dire.

— Avez-vous entendu parler du château Pagnon ?

— Ce nom me dit quelque chose. C'est dans le sud de la France, je crois ?

— Oui. J'ai passé sept mois là-bas.

Il disait cela comme s'il y avait passé des vacances, mais Lucinda devina que cela n'avait pas du tout été le cas.

— Pourquoi ?

Robert ouvrit la bouche, mais au lieu de mots, le son qui sortit de sa gorge lui fit l'effet d'un râle d'agonie.

— Je... ne veux plus parler de cela, murmura-t-il avant d'incliner la tête pour capturer sa bouche.

Instinctivement, Lucinda tendit le cou vers lui et agrippa les revers de sa veste pour se plaquer contre son torse ferme. Une irrépressible sensation de faim s'empara d'elle tandis que ses lèvres épousaient sensuellement les siennes. C'était comme s'il respirait à travers elle, comme s'il la humait tout entière. Un flot de chaleur et de désir remonta le long de sa colonne vertébrale quand ses mains parcoururent son corps.

Son précédent baiser avait été hésitant, comme s'il ne se souvenait plus très bien comment faire. Celui-ci était tout l'opposé et ne laissait pas place au doute : Robert avait envie d'elle.

Son esprit lutta pour se mettre au diapason de son corps, et elle se rendit compte soudain qu'elle gémissait de plaisir.

— Arrêtez ! ordonna-t-elle en le repoussant. Je vous en prie, arrêtez.

Robert la relâcha brusquement.

— Je suis désolé, dit-il en passant sa main sur sa bouche sensuelle. Je ne voulais pas...

— Vous ne vouliez pas m'embrasser, l'interrompit-elle en reculant vers la porte, manquant trébucher sur la canne qu'elle lui avait confisquée. C'est très bien.

— Non, je ne voulais pas vous bouleverser, répondit-il, avançant en boitillant jusqu'à elle pour récupérer sa canne parmi les plis de sa jupe. Je voulais vous embrasser.

— Oh. Pourquoi ? bafouilla-t-elle, sentant sa peau s'échauffer sous la fine mousseline de sa robe.

— Si je vous le disais, je ne crois pas que nous pourrions rester amis, dit-il sans détacher les yeux de ses lèvres. Et nous le sommes toujours, n'est-ce pas ?

Elle eut envie d'objecter qu'aucun de ses amis ne l'avait jamais embrassée comme cela, au point de lui donner l'impression que son cœur allait bondir hors de sa poitrine. Mais si elle lui disait qu'il avait dépassé les limites, il se fermerait de nouveau, ne la toucherait plus jamais – et ne l'embrasserait plus jamais non plus. Et elle ne se sentait pas encore prête à abandonner tout cela.

— Oui, nous sommes amis, acquiesça-t-elle en remettant de l'ordre dans les plis de sa robe. Évidemment que nous sommes amis.

Voulait-il dire qu'il la désirait ? Si c'était cela, le sentiment était mutuel.

Il parut soudain se ressaisir et regarda autour de lui comme s'il avait complètement oublié qu'ils se trouvaient dans l'écurie.

— Je ferais mieux de vous ramener auprès de Georgiana, déclara-t-il en lui offrant son bras libre.

— Oui, votre famille risque de se demander ce que nous faisons à vos roses.

Quand ils atteignirent la porte de l'écurie, Robert s'arrêta de nouveau.

— Assisterez-vous aux feux d'artifice de Vauxhall ?

— Oui. Et vous ?

Il hocha la tête.

— J'essaierai. Vous devrez alors me révéler quelle est la troisième leçon que vous avez prévue pour Geoffrey.

Robert la laissa dans le petit salon en compagnie de Georgiana avant de disparaître dans les profondeurs de la maison. Lucinda, bien qu'elle appréciât beaucoup la compagnie de son amie, ressentit le besoin urgent de prendre congé et de rentrer chez elle.

Elle voulait réfléchir au fait étrange que Geoffrey ne l'avait pas encore embrassée, alors que Robert, lui, l'avait déjà fait deux fois. De plus, elle savait que son père n'avait pas encore commencé à transcrire certains de ses journaux et, à moins qu'elle ne se trompe, il lui semblait que l'un d'eux mentionnait le château Pagnon...

12

Il s'écoula un certain temps
avant que j'apprenne l'histoire de mes amis.

Le Monstre, *Frankenstein*

— Bonjour, mademoiselle Lucinda, dit Ballow en ouvrant la porte. Nous ne vous attendions pas avant l'heure du déjeuner.

— Le général est-il à la maison ? s'enquit-elle.

— Il a été appelé à une réunion des Horse Guards, mademoiselle. Dois-je demander à Albert de vous apporter du thé ?

— Non, je vous remercie. Je serai dans le bureau du général, dit-elle en lui remettant son bonnet et ses gants.

— Très bien, mademoiselle.

Lucinda se dirigea vers le bureau de son père d'un pas faussement nonchalant, se retenant de presser l'allure. Intérieurement, elle était aussi nerveuse que si elle avait bu dix tasses de café, mais il n'était pas question qu'elle se donne en spectacle devant les domestiques. Cela n'avait été qu'un baiser – un baiser qui n'aurait jamais dû exister et qui l'avait embrasée tout entière, certes, mais rien de plus qu'un baiser.

Les journaux que son père n'avait pas encore relus étaient empilés par ordre chronologique sur une petite table. Lucinda feuilleta le premier de la pile, son regard s'arrêtant uniquement sur les noms de lieu, mais elle trouva principalement ceux des villes où s'étaient tenus sièges et batailles – Cadix, Burgos, Tarragone…

Dans le journal suivant, daté du printemps 1814, elle découvrit enfin ce qu'elle cherchait. Après un bref récit de la bataille de Bayonne, dans les Pyrénées, le général mentionnait un château accroché au flanc d'une montagne, juste à la frontière française. Le château Pagnon ne surplombait heureusement aucun grand axe de passage car, selon le général, il aurait alors fallu les forces conjointes de la moitié de la péninsule pour parvenir à y pénétrer.

Elle tourna quelques pages, puis revint en arrière. Rien d'autre. D'après la brièveté des notes de son père au sujet de la bataille de Bayonne, celle-ci avait été particulièrement dense.

Lucinda s'assit. Elle savait à présent que le château Pagnon se trouvait juste au nord de Bayonne et qu'il était presque imprenable. Elle savait aussi que Robert Carroway avait passé plusieurs mois entre ses murs. L'avait-on envoyé là-bas en convalescence après qu'il avait été blessé ? Pourtant, d'après la façon dont le général le décrivait, il ne s'agissait pas d'un bastion britannique ou espagnol. Et les blessures de Robert étaient encore fraîches à son retour, ce qui n'aurait pas été le cas s'il avait fait un séjour de convalescence de plusieurs mois.

— Veille à bien les remettre dans l'ordre.

La voix de son père la fit sursauter, et elle tourna la tête. Il se tenait sur le seuil, les bras croisés sur le torse.

— Je cherchais juste… quelque chose, dit-elle en s'empressant de redresser la pile de ses journaux.

— Des secrets militaires ? demanda-t-il en entrant dans la pièce, refermant la porte derrière lui.

— Je doute qu'il te soit arrivé de mettre le moindre d'entre eux par écrit, dit-elle en se levant. Tu mentionnes à un moment le château Pagnon, ajouta-t-elle d'un ton qui se voulait détaché. S'agissait-il d'un genre d'hôpital militaire ?

Le visage de son père prit soudain une expression très froide.

— Pourquoi ?

— Simple question, répondit-elle en se rapprochant de la porte. Tes notes au sujet de la bataille de Bayonne sont des plus succinctes.

— Oui. C'est une partie assez confuse de la campagne, répondit-il en prenant place à son bureau, les sourcils froncés. Pas un des plus grands moments de l'armée britannique. Ni de ma carrière.

— Je ne t'avais encore jamais entendu parler ainsi, dit Lucinda en s'immobilisant devant la porte.

Son père poussa un long soupir et s'en alla rouvrir le journal de Bayonne.

— Château Pagnon. Je me rappelle avoir entendu des soldats en parler comme d'un endroit terrifiant, digne du château qui aurait inspiré Mary Shelley pour son histoire de monstre...

— *Frankenstein* ? demanda Lucinda, un tremblement gagnant ses mains.

— C'est cela. C'était une simple rumeur qui circulait. Voilà, ajouta-t-il en scrutant son journal, j'ai seulement noté que chercher à le prendre d'assaut serait un cauchemar. Qui t'en a parlé, ma fille ?

Lucinda devina qu'il en savait plus qu'il ne le disait. Elle fut tentée de le questionner davantage, mais elle avait promis à Robert de ne rien dire à son père et s'était déjà montrée très imprudente.

— Juste un ami, en passant, répondit-elle, décidée à quitter la pièce.

Pourtant, en dépit de ses préoccupations, quelque chose retint son attention dans l'attitude du général. Elle relâcha la poignée de la porte et s'approcha de lui.

— Tout va bien, papa ? demanda-t-elle.

— Comment ? Oui, oui, tout va bien. Disons qu'il y a eu quelques... complications aux Horse Guards.

— Mais rien que tu puisses me dire ?

— Non, rien d'aussi important, répondit-il avec un sourire. Et toi ? N'as-tu rien à me dire ? Au sujet de ton subit intérêt pour le château Pagnon, par exemple ? Qui est donc cet ami qui t'en a parlé ?

— Oh, je ne m'en souviens plus, répondit-elle, mal à l'aise. Tout ce que je sais, c'est que le nom a retenu mon attention parce qu'il m'a semblé familier.

— Je vois.

Lucinda comprit à l'expression de son visage qu'il avait déjà une idée assez précise de l'identité de l'ami qui lui avait parlé, mais il ne dit rien.

— Tu sais que j'aime beaucoup discuter avec toi, ma chérie, mais il est temps que tu te sauves, je dois travailler.

Lucinda quitta le bureau avec davantage de questions que lorsqu'elle y était entrée. Sachant qu'elle réfléchissait toujours mieux quand elle soignait ses rosiers, elle monta se changer dans sa chambre. Alors qu'elle s'asseyait à sa table de toilette pour se recoiffer, elle laissa son regard s'attarder sur son reflet.

Quelle mouche l'avait donc piquée d'aller fouiner dans les affaires de son père ? Ce n'était pas Robert qu'elle avait choisi comme élève. Son implication dans cette histoire n'avait été qu'un accident, de toute façon. Et pourtant, aller le remercier des efforts qu'il avait faits au bal avait été sa première pensée au réveil. Elle n'avait ensuite songé qu'à enquêter sur le château Pagnon. Et avant cela, il y avait eu ce baiser...

Lucinda soupira. Elle devait impérativement revoir son plan d'action. Pour l'amour du Ciel, elle s'était querellée la veille avec son potentiel futur époux et n'y avait même pas repensé depuis !

— Allons, dit-elle en adressant un regard sévère à son reflet. Concentre-toi sur ce que tu avais décidé de faire.

Si troublants que fussent ses baisers, Robert ne pouvait être qu'une source d'ennuis.

On frappa quelques coups discrets à sa porte, et elle s'empressa de se remettre à sa coiffure.

— Entrez.

Ballow entrouvrit la porte.

— Mademoiselle Lucinda, vous avez de la visite, annonça-t-il en lui tendant un plateau d'argent sur lequel reposait une élégante carte de visite.

Lucinda prit la carte. Lord Geoffrey Newcombe. Elle qui venait d'enfiler sa tenue de jardinage ! Elle fit la grimace.

— Dois-je lui annoncer que vous êtes sortie ?

— Non, non. Dites-lui que je descendrai d'ici quelques minutes. Et demandez à Helena de monter, je vous prie.

— Bien, mademoiselle, répondit le majordome avant de refermer la porte.

Elle se dépêcha de choisir une nouvelle robe, que sa femme de chambre l'aida à l'enfiler dès qu'elle arriva, avant d'arranger une nouvelle fois ses cheveux. En moins de cinq minutes, Lucinda fut prête et se dépêcha de descendre au petit salon.

— Lord Geoffrey a rejoint votre père dans son bureau, lui annonça le majordome quand elle atteignit le hall.

Évidemment. Geoffrey était plus désireux de se lier avec le général qu'avec elle. Lucinda n'en prit pas ombrage – n'avait-elle pas passé la matinée en compagnie de Robert au lieu d'envisager le moyen de se réconcilier avec son soupirant ?

— Bonjour, dit-elle en entrant dans le bureau.

Les deux hommes interrompirent aussitôt leur conversation, et Geoffrey se leva.

— Lucinda. Je suis si heureux de vous trouver chez vous.

— Je suis revenue d'une visite de bonne heure.

Geoffrey jeta un coup d'œil à son père.

— J'espérais vous convaincre de vous joindre à moi pour le déjeuner.

Il ne manquait pas d'audace. Mais Lucinda n'avait plus d'autre engagement pour la journée.

— Considérez-moi comme convaincue, dans ce cas.

Lucinda mit son bonnet, et ils quittèrent la maison dans le cabriolet de Geoffrey, Helena s'installant à l'arrière. Pendant les premières minutes, elle eut l'impression d'être assise près de Robert Carroway, car lord Geoffrey ne desserrait pas les lèvres, se contentant de remuer la mâchoire sans émettre le moindre son.

Elle savait qu'elle était censée lancer la conversation, parler du temps qu'il faisait ou de la dernière pièce d'Edmund Keane au Drury Lane, mais l'image d'un château de pierre noyé dans le brouillard avec Robert à l'intérieur ne cessait de la hanter. Comment, pourquoi s'était-il retrouvé là ? Seul Robert pourrait répondre à cette question.

— Vous êtes toujours fâchée contre moi, n'est-ce pas ? demanda soudain Geoffrey en lui jetant un coup d'œil, avant de reporter son regard sur les chevaux qu'il conduisait.

— Je…

— Je m'excuse encore, sincèrement, l'interrompit-il. Dites-moi ce qu'il faut que je fasse pour que vous me pardonniez et je le ferai.

Elle faillit lui dire que ramper de la sorte ne lui serait d'aucun secours, mais elle n'était pas la fille du général Barrett pour rien. Geoffrey allait peut-être pouvoir répondre à certaines questions, puisque personne d'autre ne semblait disposé à le faire.

— J'aimerais que vous éclaircissiez un point pour moi.

— Tout ce que vous voudrez.

— Pourquoi êtes-vous ici ?

Geoffrey lui décocha son éblouissant sourire.

— Pourquoi nous trouvons-nous dans mon cabriolet, voulez-vous dire ? Parce que je vous ai irritée au b...

— Vous savez ce que je veux dire.

— Une dame ne pose pas ces questions, Lucinda.

Sans doute pas.

— Répondez-moi, Geoffrey. C'est important. Et soyez franc, je vous prie.

Une légère grimace perturba fugitivement l'harmonie de ses traits, puis il hocha la tête.

— Très bien. Nous sommes ici pour deux raisons. La première, c'est que vous êtes jolie, charmante et sensée, que vous êtes familiarisée avec la vie militaire et que je vous désire.

— Et la deuxième ? demanda-t-elle, presque certaine de déjà connaître la réponse.

— La deuxième raison, répondit-il en jetant un coup d'œil alentour pour s'assurer qu'aucun véhicule n'approchait, est quelque peu... embarrassante, et j'aimerais pouvoir compter sur votre discrétion.

— Bien sûr.

Son sourire réapparut.

— C'est que vous êtes la fille de votre père et que je suis le fils de mon père. Le quatrième fils, pour être précis. Je suis toujours dans l'armée, vous savez, ajouta-t-il après s'être éclairci la gorge.

— Mon père l'a mentionné.

— Je suis en permission volontaire prolongée, avec une demi-solde. Sur le conseil de mon supérieur, comme vous ne l'ignorez pas, Sa Majesté a eu besoin d'un plus grand nombre de soldats et d'officiers pendant la guerre d'indépendance espagnole. Maintenant que la guerre est finie, je me retrouve... dans une situation difficile.

— Du point de vue financier, je suppose.

— C'est cela. Les fonds que je reçois de ma famille sont limités. J'étais censé faire fortune grâce à ma carrière et j'avais de bonnes chances d'y parvenir, mais la fin de la guerre est survenue avant que ma promotion ait été officialisée. Or, comme vous le savez, l'avancement militaire en temps de paix est presque impossible. Si vous et moi formions... une alliance, la situation de votre père dans les Horse Guards décuplerait mes chances de passer major avec un poste de commandement aux Indes.

C'était donc cela. Lord Geoffrey cherchait un protecteur influent. Elle avait donc vu juste, c'était son père qu'il courtisait avant tout. Elle choisit de ne pas considérer l'idée qu'il veuille servir aux Indes.

— Vous voilà encore plus fâchée, à présent, soupira-t-il. Vous m'avez demandé d'être franc.

— Je sais. Et...

— Sachez que j'ai l'intention de gagner votre cœur, Lucinda.

— Geoffrey, je ne peux pas vous reprocher d'être plein de bon sens quand vous dites apprécier ce trait chez moi.

— Vous n'êtes donc pas fâchée ? demanda-t-il en se tournant vers elle.

— Je ne suis pas fâchée.

— Et je peux continuer à vous rendre visite ?

— Bien sûr que vous le pouvez.

Le cabriolet s'engagea dans Pall Mall, et il fit ralentir les chevaux pour arrêter l'attelage devant le café préféré de Lucinda. Il sauta à terre, la réserve qu'il avait manifestée jusqu'alors semblant s'être envolée, et contourna le véhicule pour venir lui offrir sa main.

Lucinda se leva, mais avant qu'elle ait pu accepter son aide, il plaça les deux mains autour de sa taille et la déposa sur le sol.

— Ce n'était pas...

Il pencha la tête et pressa ses lèvres contre les siennes.

— Geoffrey ! glapit-elle en s'écartant.

— De cela, je ne m'excuserai pas, dit-il en lui prenant la main pour la poser sur son bras. J'ai l'intention de jouir et de profiter de votre beauté.

Un serveur les guida jusqu'à une table. Lucinda s'assit, tout en saluant d'un hochement de tête plusieurs connaissances attablées non loin. Elle avait demandé à Geoffrey d'être franc, et il ne s'était pas privé de l'être. Il l'avait complimentée pour sa beauté car si elle avait été laide, il n'aurait pas pris tant de plaisir à la courtiser – mais il l'aurait fait malgré tout.

Était-elle comme lui ? Ou pire que lui ? Ne l'avait-elle pas, elle aussi, choisi comme élève pour des raisons de convenance personnelle ? Et puis, le fait d'être sensée ne l'avait pas empêchée d'apprécier la qualité de son baiser. Il s'était plutôt bien acquitté de sa tâche, avec un savoir-faire évident, choisissant l'instant précis où personne ne pourrait les voir et ponctuant avec habileté la conversation qu'ils étaient en train d'avoir.

Elle prit une longue gorgée de madère dès que le serveur eut rempli leurs verres. Pour fêter tout le succès qu'elle avait remporté, décida-t-elle, et non pour oublier qu'elle tentait désespérément de trouver quelque chose de charmant et d'anodin à dire.

Tout se passait à merveille ; elle ne pensait pas au fait qu'elle allait revoir Robert Carroway le samedi soir et devoir lui annoncer qu'elle abandonnait ses leçons avec Geoffrey parce qu'elle était parvenue à un accord avec lui. Et elle ne pensait certainement pas à son baiser, ni à la façon dont elle s'était liquéfiée comme de la cire chaude sous ses lèvres ardentes. Elle ne voulait pas se consumer. Elle voulait la paix et le calme. Et donc non, elle ne pensait pas à Robert. Pas du tout.

Robert lisait un livre, à demi étendu sur le divan de la bibliothèque pour reposer sa mauvaise jambe. Sa famille avait enfin cessé de venir lui demander comment il se sentait. Andrew, le dernier à l'avoir fait, était parti depuis une heure pour rendre visite à des amis.

Expliquer aux siens comment il se sentait devenait de plus en plus difficile, de toute façon. Côté genou, c'était simple : la douleur cuisante du réveil avait cédé la place à une douleur sourde. Pour la première fois depuis longtemps, cependant, un agréable flot tiède semblait parcourir son corps, répandant dans ses veines, ses os et ses muscles un fluide vital.

C'était cela. Il se sentait vraiment vivant. Quand il avait embrassé Lucinda, il s'était souvenu de choses qu'il croyait oubliées depuis longtemps : la saveur de la bouche d'une femme, la douceur de sa peau, le parfum suave de la moiteur du désir.

— Tu es fou, Robert, se murmura-t-il à lui-même en tournant la page de son livre.

Quand Lucinda était tombée sur lui par hasard dans la chambre où il s'était caché pour l'écouter parler avec ses amies, il avait été sincèrement curieux de découvrir quelles leçons elle avait l'intention de donner à Geoffrey. Le choix de son élève l'avait à la fois surpris et déçu. Mais ce choix la rendait inaccessible et la mettait ainsi à l'abri de lui.

Ils pouvaient être amis et il pouvait se raconter qu'il l'aidait, d'autant que cela lui offrait l'occasion de s'aventurer de nouveau dans le monde. Réussir ou échouer prenait une tout autre importance quand on agissait pour le compte d'autrui. Sans Lucinda, il ne serait jamais parvenu à accomplir tout ce qu'il avait fait jusqu'ici.

Lucinda n'était plus inaccessible. Il n'était d'ailleurs pas certain qu'elle l'eût jamais été. Sans doute n'était-ce qu'un autre mensonge qu'il s'était raconté parce que la vérité risquait de le plonger dans la panique.

Donc, l'estropié désirait Lucinda. Cela aurait été risible s'il ne l'avait pas sentie répondre à son baiser, s'il n'avait pas senti son corps s'étirer contre le sien. Ce baiser avait donné corps à son désir et l'empêchait désormais de se réfugier derrière un mensonge.

Il entendit la porte d'entrée s'ouvrir et des voix retentir dans le hall. Celle de Dawkins, bien sûr, puis la voix grave de Tristan et, plus surprenant, celle de Greydon Brakenridge, le duc de Wycliffe. La séance du Parlement avait dû s'achever plus tôt que d'habitude.

Les deux hommes s'engagèrent dans le couloir, sans doute pour gagner le bureau de Tristan. Wycliffe et Tristan étaient d'excellents amis, sans quoi le duc aurait sûrement tué Tristan quand celui-ci avait séduit Georgiana. Robert sourit à ce souvenir. Les cousins se montraient parfois aussi protecteurs que des frères vis-à-vis de leurs cousines, et Grey et Georgiana étaient aussi proches qu'un frère et une sœur.

— Rob ?

Il tourna les yeux vers le seuil de la bibliothèque.

— Je vais bien.

— Ce n'est pas ce que je voulais te demander, répondit Tristan. Tu es resté ici toute la journée ?

— Oui, pourquoi ?

— Je ne veux pas que tu t'aventures seul dans l'escalier, c'est tout. Dis-moi, Grey aimerait emprunter l'ancienne selle du Gnome. Saurais-tu où je…

— Elle se trouve dans la sellerie, enveloppée d'une toile, l'interrompit Robert avant de saluer le duc d'un hochement de tête. C'est pour la petite Elizabeth ?

— Je tente de convaincre Emma que quatorze mois est l'âge idéal pour commencer à monter, grommela Wycliffe.

— Il n'y arrivera pas, commenta Tristan avec un grand sourire, mais je ne manquerais pour rien au monde la dispute que cela provoquera et j'ai donc proposé de fournir les accessoires.

— Le vieux cheval à bascule d'Edward se trouve toujours au grenier, si vous voulez commencer par là, dit Robert en reprenant sa lecture. Cela causera moins de disputes.

— J'ai toujours su que Tristan n'était pas le plus intelligent de cette famille, commenta le duc d'un ton railleur.

— Et je ne t'ai jamais repris sur ce point, répondit Tristan en s'apprêtant à ressortir. Qu'es-tu donc en train de lire ? demanda-t-il à son frère en s'immobilisant sur le seuil.

— *L'Art de soigner et de cultiver les roses*, répondit Robert. Un prêt de Mlle Barrett.

— Merci, Robert, dit le duc. Nous nous verrons à Vauxhall, n'est-ce pas ?

Visiblement, tout le monde assisterait aux feux d'artifice.

— J'essaierai de venir.

— Tant mieux.

Sur ces mots, les deux hommes disparurent dans le bureau de Tristan. Robert devinait que cette visite n'avait pas pour seul objet une histoire de selle et de cheval à bascule. Il avait décelé chez eux une certaine fébrilité. Et Tristan avait voulu savoir ce qu'il faisait, où il était allé. Intéressant. Il avait l'habitude qu'on prenne de ses nouvelles, mais Tristan ne le faisait jamais quand il était en compagnie d'un ami. Il haussa les épaules. Tristan pensait peut-être réellement qu'il allait mieux. C'était l'impression qu'il avait, lui aussi.

Si son genou ne l'avait pas autant fait souffrir, il aurait pu monter à l'étage pour écouter la conversation des deux hommes depuis la pièce qui se trouvait juste au-dessus. Mais s'il s'agissait de quelque chose d'important, il ne tarderait guère à le savoir par quelqu'un d'autre.

Il ne tarda pas à découvrir qu'il avait vu juste. Il obtint des éclaircissements de la bouche d'Andrew, le soir même, au dîner.

— Avez-vous entendu la nouvelle ? lança son frère à la cantonade, la bouche encore pleine.

— Voulez-vous que je demande à Dawkins d'enlever vos couverts, Andrew ? lança Georgiana d'un ton sarcastique. Vous pourrez ainsi vous servir de vos mains.

— Pardon, se reprit Andrew en se dépêchant d'avaler. Tu es au courant, Tris ? reprit-il.

— Probablement, soupira le vicomte. Où donc as-tu entendu parler de cela ?

— C'était sur toutes les lèvres à Tattersall, cet après-midi. Et tu ne me feras pas croire qu'on en sait davantage à une vente aux enchères de chevaux qu'au Parlement.

— De quoi diable parlez-vous ? demanda Georgiana en fronçant les sourcils.

— De rumeurs, répondit Andrew avec un fin sourire. À moins que celles-ci ne soient fondées.

— Dis-nous tout, Andrew ! exigea Edward.

Robert continua de manger tandis que les autres s'esclaffaient. Son appétit s'était amélioré ces dernières semaines, mais quand il leva les yeux, son ventre se noua d'appréhension. Tristan l'observait avec un sérieux de mauvais augure.

— Personne n'a encore rien confirmé, annonça-t-il prudemment. Mais il semblerait que des documents aient disparu hier, aux Horse Guards.

— Quels documents ? demanda Edward.

— Des cartes de l'île de Sainte-Hélène, révéla Andrew. Ainsi que la liste des soutiens de Bonaparte qui n'ont pas encore été capturés, entre autres choses.

Brad laissa brutalement retomber ses couverts.

— Quelqu'un essaie de libérer Bonaparte !

— Ne tirons pas de conclusions hâtives, répliqua sèchement Tristan. Il peut très bien s'agir d'une simple rumeur. C'est sans doute probablement le cas. Personne des Horse Guards n'a rien confirmé.

Robert ferma les yeux, et le brouhaha de la conversation des siens ne forma bientôt plus qu'un vrombissement à ses oreilles. La dernière fois que Bonaparte s'était enfui de l'île où il était retenu prisonnier, il avait fallu les forces alliées de l'Angleterre et de la Prusse – et la bataille de Waterloo – pour l'arrêter. Robert ne serait pas envoyé au combat cette fois-ci, mais il saurait ce que les soldats affrontaient et se demanderait si les Français occupaient de nouveau le château Pagnon.

— Rob ? Assieds-toi.

Il cligna des yeux. Tristan avait saisi son bras. Il s'était levé sans s'en rendre compte et sa chaise gisait, renversée, derrière lui. Il se dégagea de l'étreinte de son frère, récupéra sa canne et se dirigea vers la porte. *Respire.*

— Je vais bien. J'ai juste besoin de prendre l'air.

Il gagna la porte d'entrée aussi vite que le lui permettait son mauvais genou, ouvrit le battant et descendit les marches du perron. Il s'arrêta dans son jardin de roses, où il s'assit à même le sol, près des boutures.

— Robert, je suis désolé, dit Tristan depuis le bord de l'allée. J'aurais dû t'en p...

— Oui, tu aurais dû m'en parler avant, pesta Robert en rassemblant une poignée de terre dans sa main.

Il eut envie de la lancer. De la lancer et de casser quelque chose. Mais il se contenta de serrer le poing très fort et de regarder la terre couler entre ses doigts.

— Tu savais. Toi et Grey, vous saviez, tout à l'heure. Vous êtes seulement venus vous assurer que je n'avais encore entendu parler de rien, n'est-ce pas ?

— Rob, tu...

— Trop tard, Dare, l'interrompit-il. Va-t'en.

— Rob…

— Laisse-moi tranquille ! Je reviendrai plus tard, ajouta-t-il après avoir aspiré une longue goulée d'air.

Il ne bougea plus jusqu'à ce que Tristan ait quitté l'allée. Il faisait sombre ; la lune n'apparaîtrait pas avant encore une heure et de nombreux nuages obscurcissaient le ciel de la capitale, de toute façon. Ils auraient de la pluie avant minuit.

Il aimait la pluie. Quand il pleuvait, dans les Pyrénées, il faisait partie de ceux qui se battaient pour s'approcher de la fenêtre et tendaient la main à l'extérieur pour recueillir un peu d'humidité sur un vieux bout de chiffon. L'eau ainsi recueillie permettait de survivre un ou deux jours de plus.

L'annonce de ce vol de documents n'aurait pas dû le choquer autant. Après tout, il n'avait appris l'exil de Bonaparte à l'île d'Elbe et son évasion que bien après que ceux-ci s'étaient produits. Mais il savait désormais ce que la guerre lui avait fait – à lui et à tous ceux qui avaient eu moins de chance encore.

Robert froissa une feuille entre ses doigts. L'ancien empereur aurait peut-être été moins pressé de repartir en guerre s'il avait été emprisonné au château Pagnon plutôt que sur de confortables petites îles. Il aurait sans doute eu plus envie de respirer l'air pur que l'odeur métallique du sang.

Il n'aurait jamais dû mentionner Pagnon devant Lucinda. Pourvu qu'elle n'ait pas retenu ce nom… Mais peu de gens avaient entendu parler de cette forteresse. Peu de vivants, en tout cas.

Quand la pluie se mit à tomber, il était toujours assis par terre. Il renversa la tête en arrière et laissa les gouttes d'eau couler sur son visage. Il n'y avait plus que la pluie, maintenant, se dit-il. Et l'histoire d'Andrew n'était qu'une rumeur, une simple affaire de documents disparus. Il n'aurait pas à y retourner. Tristan s'était chargé de vendre sa commission avant même qu'il ait retrouvé la force de s'asseoir dans son lit.

Les rumeurs, vraies ou fausses, ne pouvaient pas l'atteindre. Il était en sécurité. Il ne pouvait rien lui arriver.

13

C'était un bel effort de l'esprit du bien, mais il fut inopérant. Le destin était trop puissant, et ses lois immuables avaient décrété mon entière et absolue destruction.

Victor Frankenstein, *Frankenstein*

Il avait plu à verse toute la nuit, mais Lucinda souhaitait presque que la pluie reprenne. Les feux d'artifice de Vauxhall marquaient le point culminant de la saison ; en outre, le régent en personne y assisterait cette année, ainsi que toute la bonne société de Mayfair. Elle avait décidé de porter ce soir une ravissante toilette bleu lavande, rehaussée de perles et de dentelle violette.

D'habitude, elle adorait ce genre d'événement, la foule et le spectacle, mais au cours des derniers jours, il lui était apparu que Robert devait détester cela. Et pourtant, il allait s'efforcer d'y assister. En échange de quoi Lucinda devrait lui annoncer que Geoffrey lui avait révélé les points de sa propre liste – une épouse et une promotion – et que leur mariage était pratiquement arrangé. Qu'elle en avait fini avec ses leçons et qu'elle n'avait plus besoin de son aide. *Merci beaucoup et adieu. Et fini les baisers.*

— Bonjour, ma chérie, dit son père en la rejoignant dans la salle à manger.

— Bonjour, papa, répondit-elle. As-tu travaillé fort tard ? As-tu seulement dormi ? ajouta-t-elle en l'étudiant attentivement.

Le général lui tendit une assiette en lui faisant signe de le précéder le long du buffet.

— Je me suis levé tôt pour tenter de résoudre un problème.

— Je croyais qu'il n'y en avait pas avec ce chapitre, dit-elle en choisissant une pêche.

— Il n'en pose aucun. Il s'agit d'autre chose. Ah, j'oubliais – Geoffrey était là ce matin. Il a laissé une lettre et une boîte de chocolats.

— Pour toi ou pour moi ? ne put-elle s'empêcher de demander.

— Nous avons bavardé un instant, mais je suis certain qu'elles te sont destinées. Il avait rendez-vous chez son tailleur, c'est pourquoi il n'a pas pu rester.

Lucinda étudia de nouveau son père. Il avait déposé quelques tranches de fruits pelés sur son assiette, mais n'avait rien pris d'autre. Quand le général perdait l'appétit, c'était signe qu'il se passait quelque chose de sérieux.

— Puis-je faire quoi que ce soit pour t'aider ?

Son père s'assit en tête de table, à sa place habituelle, et Lucinda prit place à sa gauche. Lorsqu'il signala au valet qu'il préférait du café plutôt que du thé, elle fut certaine que quelque chose le tracassait.

— Papa ?

Il tourna les yeux vers elle.

— Plaît-il ? Oh non, tout va bien, je te remercie.

— Comptes-tu toujours assister aux feux d'artifice, ce soir ?

— Je ne sais pas encore. J'essaierai certainement de venir, répondit-il avant de concentrer son regard gris acier sur son assiette. Tu sais, je crois que tu pourrais bien m'aider, en fin de compte.

— Tout ce que tu voudras, papa.

— Qui t'a parlé du château Pagnon ?

Lucinda se sentit blêmir. Elle n'avait rien à cacher, mais elle avait promis le secret à Robert. Elle comptait d'ailleurs lui en demander la raison le soir même.

— Je t'ai dit que je ne m'en souvenais plus, répondit-elle d'un ton léger. Passe-moi la confiture, veux-tu ?

Le général s'exécuta.

— Lucinda, dit-il avec sérieux, c'est important. Aucun de tes amis n'aura d'ennuis, mais il se pourrait bien que ce soit la clé d'autre chose.

— Du problème que tu cherches à résoudre ? demanda-t-elle.

— Exactement. Je pourrais facilement deviner, bien sûr. Mais j'aimerais que tu me le confirmes.

Lucinda prit une inspiration.

— J'ai promis de rester discrète, dit-elle. Je te répondrai parce que tu es mon père, mais je t'en prie... je ne veux blesser personne.

— Je comprends, répondit-il sobrement. Je souhaite simplement en avoir le cœur net. S'agit-il de Robert Carroway ?

— Oui, répondit-elle, se sentant affreusement coupable de trahir la parole qu'elle avait donnée à Robert la veille. Nous parlions de la guerre ; il a dit qu'il n'avait jamais été à Waterloo et qu'au lieu de cela, il avait passé sept mois au château Pagnon. J'ai pensé qu'il s'agissait peut-être d'un hôpital, comme il a été blessé.

Son père garda le silence un long moment.

— A-t-il précisé comment il était arrivé là et comment il en est parti ? demanda-t-il finalement, son visage revêtant une expression indéchiffrable.

— Non, répondit-elle. Tu en sais davantage au sujet de cette forteresse que tu ne me l'as dit, n'est-ce pas ?

— Ce que j'en sais est indigne des oreilles d'une lady, Lucinda.

— Papa, je ne sais pas...

Le général s'écarta de la table.

— J'ai un rendez-vous, ce matin, annonça-t-il en déposant un baiser sur le front de sa fille. Si tu dois sortir, ne parle de cette conversation à personne. Surtout pas à Carroway, ajouta-t-il en réprimant une grimace.

— Papa ! Que se passe-t-il ?

Il quitta la pièce et, un instant plus tard, elle entendit la porte d'entrée se refermer. Il n'avait même pas touché à son petit déjeuner.

Elle se sentit gagnée par un vague malaise, persuadée que son père savait quelque chose d'affreux au sujet de Robert et qu'elle le lui avait confirmé en trahissant le secret de ce dernier.

Elle reposa lentement sa serviette sur la table. Elle savait où trouver des réponses – s'il acceptait de lui parler et si elle avait le courage de le questionner.

Mais si elle allait trouver Robert ce matin, alors qu'elle l'avait déjà vu la veille, les gens se mettraient à parler. Georgiana elle-même, qui était informée de leur arrangement, douterait que Lucinda ait seulement l'éducation de lord Geoffrey en tête. Et elle aurait raison.

Lucinda monta se changer dans sa chambre. Elle était certaine de trouver Robert à Carroway House. Elle feindrait de rendre visite à Georgiana, laquelle serait en train de prendre le petit déjeuner chez sa tante, la duchesse douairière de Wycliffe. Lucinda se sentit traversée par un frisson de fébrilité et tâcha de retrouver son sang-froid en prenant une longue inspiration – son impatience n'avait rien à voir avec les questions qu'elle souhaitait poser à Robert, c'était l'idée de le revoir qui la rendait fébrile.

Quand elle arriva à Carroway House, Dawkins vint ouvrir la portière de sa voiture.

— Bonjour, mademoiselle Barrett, dit-il en lui offrant son poing ganté pour l'aider à descendre.

Comme elle s'y employait, elle aperçut Robert au bout de l'allée. Il était occupé à désherber son jardin de roses, les manches de sa chemise relevées, les bras salis par la terre, une mèche de sa chevelure brune et ébouriffée lui retombant devant les yeux. Elle le trouva si beau qu'elle sentit sa bouche se dessécher.

— Mademoiselle Barrett ? dit le majordome en lui jetant un coup d'œil perplexe.

Ressaisis-toi, voyons !

— Lady Dare est-elle à la maison ? demanda-t-elle en se faisant violence pour détacher ses yeux du jardin de roses.

Dès que le majordome lui aurait dit que Georgiana était sortie, elle aurait un excellent prétexte pour s'en approcher.

— Oui, mademoiselle Barrett, répondit Dawkins.

— Oh, eh bien, dans ce c… Oh… bredouilla-t-elle, stupéfaite. A-t-elle de la visite ? Je ne voudrais surtout pas l'importuner.

Le majordome la guida jusqu'au petit salon.

— Je vais me renseigner, mademoiselle Barrett.

Pourquoi diable Georgiana était-elle là ? Son petit déjeuner avec la duchesse était prévu depuis plus d'une semaine. Lucinda fronça les sourcils. Il lui fallait à présent trouver une excuse pour cette visite imprévue.

— Mademoiselle Barrett, lady Dare se trouve à l'étage, dans le salon de musique.

— Je connais le chemin, dit-elle en remerciant le domestique d'un hochement de tête avant de se diriger vers l'escalier.

Elle trouva Georgiana assise au piano, étendant les bras pour atteindre les touches malgré son ventre proéminent. Elle leva les yeux quand Lucinda entra et l'accueillit d'un sourire.

— Je suis si heureuse que tu sois ici, Luce, dit-elle en interrompant le morceau qu'elle était en train de jouer. Je meurs d'envie de me promener sans être escortée par de grands mâles protecteurs.

Lucinda ne put s'empêcher de rire malgré sa déception.

— Je ne corresponds sans doute pas à cette description, mais je ne peux pas te promettre de ne pas veiller sur toi, répondit-elle en lui offrant sa main pour l'aider à se relever. Figure-toi qu'à mi-chemin de chez toi, je me suis brusquement souvenue que tu devais prendre le petit déjeuner avec la duchesse, mentit-elle. Tu me vois donc surprise de te trouver là.

— Tante Frederica m'a fait parvenir un message pour annuler, répondit Georgie. Je crois qu'elle est sortie jouer aux cartes avec des amis hier soir et qu'elle a préféré dormir.

— Peut-être a-t-elle gagné.

— Elle gagne toujours.

Elles descendirent au rez-de-chaussée, Georgiana tenant la rampe d'une main et donnant le bras à Lucinda.

— Es-tu certaine de vouloir aller te promener ?

— Je suis certaine que je ne veux pas rester enfermée à la maison toute la journée pendant que ces messieurs sont allés regarder des courses de bateaux, soupira son amie. Je ne sais pas comment Rob supporte de rester seul tout le temps, mais il semble trouver cela apaisant.

— Il est dehors, en ce moment. Il s'occupe de son jardin, je l'ai aperçu en arrivant.

— Vraiment ? Son genou semblait le faire moins souffrir ce matin. Une petite promenade pourrait lui faire du bien, à lui aussi.

Lucinda n'avait pas eu l'intention de suggérer une promenade avec lui. Certes, elle voulait lui parler, mais pas en présence de Georgiana. Il ne se livrerait pas en présence de Georgie... quoiqu'il l'ait déjà fait. Georgiana savait des choses au sujet de Robert que Lucinda ignorait – une idée qui déplut soudain à cette dernière.

Oh, quelle pensée absurde. Georgiana était la belle-sœur de Robert, pour l'amour du Ciel ! Et Lucinda était son amie. Une amie qui allait épouser Geoffrey Newcombe aussitôt que celui-ci lui demanderait sa main. Une amie qui n'avait pas à rêvasser au sujet d'un autre – surtout pas Robert Carroway.

Robert leva les yeux de son désherbage une seconde avant que Georgiana et Lucinda ne franchissent le coin de la maison. Il redressa instinctivement le dos et s'en amusa. Visiblement, il lui restait des manières. Du moins celles-ci lui revenaient-elles en présence de Lucinda.

Elle était jolie comme un matin de printemps dans sa jolie petite robe de mousseline blanche et verte, sa brune chevelure coiffée d'un bonnet vert assorti. Il n'arrivait pas à détacher ses yeux d'elle. « Arrête », se dit-il. Elle ne lui appartenait pas. Il ne la méritait pas, et elle serait bien mieux sans lui.

— Rob, aimeriez-vous venir faire une petite promenade avec nous ? demanda Georgie.

Étant déjà dehors, il pouvait difficilement refuser. Il baissa les manches de sa chemise et attrapa la veste qu'il avait accrochée à la roue d'un phaéton. Son boitillement était plus marqué qu'il ne l'avait été ces derniers mois, mais il avait abandonné la canne de sa tante dès qu'il avait pu s'en passer.

Ils franchirent le portail de la maison et s'engagèrent dans la rue, passant devant d'élégants jardins et des façades de villas aux fenêtres miroitantes. Lucinda et Georgie marchaient bras dessus, bras dessous, Robert s'étant placé près de Georgie pour lui éviter tout risque de chute.

— Nous formons un bien drôle de groupe, dit Georgie au bout d'un moment. Luce, tu seras peut-être obligée de nous porter au retour.

Lucinda rit.

— L'un après l'autre, alors !

— Le général est-il lui aussi allé voir ces stupides courses de bateaux ?

— Non, il avait un rendez-vous.

Un rendez-vous. Robert imagina sans peine la raison de celui-ci. Un frisson le traversa. Si les vieux généraux des Horse Guards choisissaient de se réunir un samedi matin plutôt que d'assister aux courses de bateaux sur la Tamise, c'était que les choses étaient sérieuses.

Ils firent le tour de quatre pâtés de maisons, et quand ils regagnèrent Carroway House, Robert n'aurait su dire qui, de lui ou de Georgiana, était le plus soulagé de rentrer. S'efforçant d'ignorer la douleur aiguë de son genou, il plaça la main sous le coude de sa belle-sœur pour l'aider à gravir les marches du perron.

— Dawkins, je vous serais extrêmement reconnaissante de m'apporter un verre de limonade, soupira Georgie en se laissant tomber sur un des canapés du salon.

Robert n'avait pas besoin de la regarder pour savoir où se trouvait Lucinda, et il sut, avant même qu'elle le fasse, qu'elle s'apprêtait à le toucher. Il raidit son bras, mais ne put réprimer un battement de cils. La chaleur de sa main, à travers l'étoffe de sa veste, lui faisait l'effet d'une brûlure.

— Georgie, dit-elle, tu ne vois pas d'inconvénient à ce que nous t'abandonnions un instant ? J'ai remarqué un début de mildiou sur les rosiers, tout à l'heure. Ils sont encore très fragiles et...

— Faites, faites. Je ne bougerai pas d'ici. Plus jamais.

Robert la suivit dehors. Il savait paraître distant ; il était même passé maître à ce jeu-là. Intérieurement, cependant, il s'imaginait l'embrassant de nouveau, la débarrassant de sa petite robe printanière, faisant glisser ses mains sur sa peau lisse et tiède...

— J'ai menti, dit brusquement Lucinda en se tournant vers lui.

— Je sais, répondit-il.

— Vous savez ?

Il ne put réprimer un bref sourire.

— Je sais ce qu'est le mildiou. Mes rosiers n'en ont pas.

Lucinda rougit.

— Malgré tout, vous m'avez suivie jusqu'ici.

— J'ai pensé que vous vouliez me parler de quelque chose.

Les épaules de Lucinda se soulevèrent sous l'effet de l'inspiration qu'elle prit. Elle se mit soudain à marcher jusqu'à la grille, puis revint vers lui.

— Oui, j'ai quelque chose à vous dire. Après que nous avons parlé hier, je suis allée consulter les journaux de mon père. Je savais qu'il y était fait mention du château Pagnon quelque part, mais je ne me souvenais pas de ce qu'il en d...

— Oubliez ce que j'ai dit, l'interrompit-il, ce n'était pas important.

— Robert, pourquoi étiez-vous là-bas ? Le général a écrit dans son journal qu'il s'agissait d'une forteresse et qu'elle ne représentait pas un intérêt stratégique. Mais cet endroit a été important pour vous, sinon vous ne l'auriez pas mentionné.

Robert avait senti que cela se produirait. Face à n'importe qui d'autre, il serait parti sans répondre. Mais il pouvait parler à Lucinda. Sa présence atténuait la distance entre lui et le monde.

— J'étais prisonnier, se força-t-il à répondre.

— Pris...

— Mais cela n'a rien à voir avec l'affaire qui nous intéresse, enchaîna-t-il en fourrant ses mains dans ses poches pour qu'elle ne les voie pas trembler. Parlez-moi de votre troisième leçon, voulez-vous ? Je risque d'avoir besoin de préparation.

Lucinda se remit à marcher. Cette fois, il la suivit et lui prit le bras quand ils atteignirent le bout de l'allée. Elle se dégagea aussitôt.

— Ne changez pas de sujet, dit-elle sèchement. C'est du château Pagnon que je veux parler.

Il étudia son visage un long moment.

— Non. Leçon numéro trois.

— Vous a-t-on déjà dit que vous étiez obstiné ?

— Oui.

— Robert, je... commença-t-elle avant de s'interrompre et de lui tourner le dos. Je suis venue ici pour en apprendre plus long sur vous, avoua-t-elle.

Son bonnet l'empêchait de voir son visage.

— Pourquoi ? demanda-t-il en plaçant la main sur son épaule pour l'inciter à se tourner vers lui.

— Parce que.

Il haussa les sourcils.

— Je croyais que disposer d'un vocabulaire limité était mon privil...

— Assez ! coupa-t-elle. Racontez-moi.

Robert étudia son expression, se sentant gagné par un doute croissant. Il savait fort bien ce qui le retenait de parler, mais pourquoi Lucinda tenait-elle tant à ce qu'il le fasse ?

— Il s'est passé quelque chose, dit-il. Geoffrey vous aurait-il reproché de... tolérer ma compagnie ?

— Il ne s'agit pas de tolérance, pour l'amour du Ciel, et nous pourrons parler de Geoffrey plus tard.

À l'évidence, quelque chose la troublait.

— Vous pouvez tout me dire, Lucinda.

Elle s'immobilisa au pied des marches du perron. C'était la première fois qu'il l'appelait par son prénom, et elle en apprécia la sonorité sur ses lèvres.

— Nous sommes amis, répondit-elle en se tournant vers lui.

Une étrange paire d'amis qui s'embrassaient et qui, pour ce qui était d'elle en tout cas, pensaient beaucoup à recommencer.

— Mais si vous ne voulez pas me parler, ajouta-t-elle, pourquoi devrais-je le faire ?

Son regard bleu croisa fugitivement le sien. Elle avait déjà pu constater qu'il était fair-play et espérait qu'en présentant les choses sous cet angle, il ne tenterait plus de lui soutirer des renseignements qu'elle n'était pas pressée de lui délivrer – comme le fait qu'elle n'avait plus besoin de lui, mais ne supportait pas l'idée de ne plus le voir.

— Que voulez-vous savoir ? demanda-t-il posément.

— Peut-être serait-il préférable de rentrer, suggéra-t-elle.

Robert secoua la tête.

— J'ignore ce que je réussirai à vous dire, mais... je préfère rester dehors.

— Donnez-moi votre bras, dans ce cas. Nous allons faire une autre promenade.

Elle crut un moment qu'il allait refuser.

— Sans chaperon ? murmura-t-il finalement.

— Inutile, répliqua-t-elle. Nous allons simplement faire le tour du pâté de maisons, tout le monde pourra nous surveiller.

Il lui offrit son bras, et elle le recouvrit de sa main. Sa jambe semblait aller mieux, mais Lucinda avait ainsi un prétexte pour le toucher, s'incliner légèrement vers lui. Il sentait la terre fraîche et le cuir ; elle décela aussi une note subtile de savon à barbe. Elle se surprit à observer sa bouche sensuelle et détourna résolument les yeux. *Amis.* Ils étaient amis.

Comme ils continuaient à marcher sans rien dire, elle comprit qu'elle allait devoir lancer la conversation. La mission qu'elle s'était donnée n'était guère aisée – elle ne voulait surtout pas risquer de le blesser –, mais elle avait absolument besoin d'en savoir davantage à son sujet. Et pas uniquement pour satisfaire la curiosité qu'avaient avivée les commentaires de son père.

— Dans les journaux que tient mon père, il lui arrive d'omettre certains détails, et ce pour trois raisons. La première, c'est quand une bataille est trop acharnée et qu'il manque de temps pour tout relater. La deuxième, c'est lorsque la bataille est trop... sanglante et qu'il préfère éviter les détails. La troisième, c'est par sécurité, pour ne pas mettre ses hommes en péril au cas où ses journaux se verraient confisqués par l'ennemi.

— Il se peut aussi qu'il évite certains détails parce qu'ils sont sans importance, suggéra Robert.

— Oui, sans doute. Quoi qu'il en soit, il s'applique généralement à relater tous les faits importants.

Robert lui manifesta son approbation d'un coup d'œil oblique qui surprit Lucinda.

— Le général Barrett se doute-t-il que sa fille l'a aussi brillamment percé à jour ?

— Oh, je pense qu'il fait plus que s'en douter, dit-elle avec un sourire. Je lui pose beaucoup de questions.

— J'ai remarqué cela. Vous êtes très attachée à votre père, n'est-ce pas ?

— Oui, je le suis. Il ne m'a jamais traitée en inférieure du fait de mon sexe et a veillé à ce que je reçoive une excellente éducation.

— « J'étais entré dans la vie avec des intentions bienveillantes et j'avais soif du jour où je pourrais les mettre en pratique et me rendre utile envers mes semblables », récita-t-il, un sourire fugace passant sur ses lèvres.

— C'est extrait de *Frankenstein*, n'est-ce pas ? demanda-t-elle, se souvenant du livre maintes fois lu qu'il tenait sur ses genoux le jour où tout cela avait commencé.

— Le devinez-vous ou bien le savez-vous ?

— Simple déduction, répondit Lucinda. Je ne suis pas mauvaise à ce jeu-là, moi non plus. En procédant ainsi, j'ai pu déduire, par exemple, que si mon père était aussi avare de détails au sujet de Bayonne et du château Pagnon, c'était pour les trois raisons que je viens de vous citer : manque de temps, contenu trop perturbant, sécurité.

Elle sentit les muscles de son bras se raidir sous sa main, mais son expression ne changea pas.

— Je ne saurais deviner les pensées du général Barrett, répondit-il d'un ton grave, mais j'imagine que vous avez vu juste.

Lucinda déglutit. Elle aurait pu lui demander pourquoi il n'aimait pas son père ou le questionner au sujet de ce que son père avait qualifié d'important. D'après ce qu'elle commençait à comprendre, les deux sujets étaient liés. Après un rapide coup d'œil à son beau visage, elle décida de jouer son va-tout.

— Le château Pagnon était une prison.

— En quelque sorte.

— Expliquez-moi cela.

Robert prit une inspiration, bloqua son souffle, puis se décida à parler, d'une voix rauque et distante, presque désincarnée.

— Je n'en ai pas vu grand-chose, mais cela m'est apparu comme une prison pour officiers britanniques. Un endroit où les Français tâchaient… d'obtenir des renseignements.

Un endroit où les officiers britanniques étaient torturés. Où *il* avait été torturé.

— Je suis désolée, murmura-t-elle.

— Vous n'y êtes pour rien.

— Et vous n'en avez jamais parlé à personne, n'est-ce pas ? demanda-t-elle, sa main étreignant son bras.

— Non. Enfin si, j'en ai un peu parlé à Georgiana ; je lui ai dit qu'on m'interdisait de parler, c'est tout. Elle n'avait pas besoin d'en savoir davantage. Et elle ne l'a peut-être pas compris, mais je savais qu'elle ne *voulait* pas en apprendre davantage.

— On vous interdisait de parler ?

— Entre prisonniers. Si un garde nous entendait murmurer ne serait-ce qu'un mot à un autre, il nous tirait de la cellule pour nous frapper.

— Mais vous dites qu'ils cherchaient des renseignements. Si vous n'aviez pas le droit de parler, comment…

— Nous n'étions autorisés à parler qu'à lui seul, répondit-il, le corps traversé d'un long frisson.

— Robert ?

— Voilà trois ans que je m'efforce d'oublier tout cela. Je n'aime pas réveiller ces souvenirs.

— Dans ce cas, ne le faites pas, répondit-elle le plus sincèrement du monde.

Le besoin de renseignements de son père et sa propre curiosité pouvaient attendre.

Ils firent quelques pas en silence.

— Non, je pense que je dois en parler. C'est… étrange, mais je crois que si j'arrive à évoquer ces souvenirs sans mourir, cela m'aidera peut-être.

Mon Dieu ! Brusquement, la question ne fut plus de savoir s'il serait capable de parler de ce qu'il avait vécu, mais si elle pourrait supporter de l'écouter. Elle avait déjà entendu bien des histoires dans la bouche de son père et de ses amis officiers, mais jamais rien d'aussi horrible qu'un récit de torture.

— Dites-moi ce que vous pouvez, dans ce cas, dit-elle, la gorge soudain sèche.

Il la regarda, les yeux brillants d'une myriade d'émotions.

— Pardon, souffla-t-il.

— De quoi donc ?

— Vous n'avez pas besoin de cauchemars, Lucinda. Vous me parlez comme à un être humain, et cela suffit.

Ils passaient à ce moment-là entre un massif de rhododendrons roses et un attelage vide qui stationnait le long du trottoir, et Lucinda éprouva brusquement le besoin de le toucher, de le réconforter, de faire quelque chose pour lui. Elle raffermit la prise de sa main sur son bras, le fit pivoter vers elle, enfouit ses mains dans sa chevelure, attira son visage vers le sien et l'embrassa. Un flot de chaleur s'éleva en elle. Robert laissa échapper un gémissement ténu et la plaqua contre le côté de la voiture à l'arrêt.

L'esprit de Lucinda ne parvenait à se raccrocher à rien d'autre qu'au besoin d'être encore plus près de lui. La souffrance de Robert, sa fierté blessée et sa colère se communiquaient à elle, prenaient corps en elle. Si elle avait pu l'en décharger complètement, elle aurait volontiers accepté son fardeau.

Les mains de Robert glissèrent sur ses épaules, frôlèrent ses flancs, puis se refermèrent, fermes et solides, sur sa taille. Dans le même temps, il avait détaché ses lèvres des siennes pour tracer un chemin de baisers le long de son cou. Lucinda sentit ses genoux faiblir et songea fugitivement que si elle n'avait pas été appuyée contre la voiture, elle n'aurait pas réussi à rester debout.

Robert s'écarta d'elle.

— Lucinda, cess...

— Chut... Embrassez-moi.

Elle essaya de l'attirer plus près, mais elle aurait aussi bien pu chercher à faire bouger une statue.

— Une calèche approche, murmura-t-il en s'écartant de nouveau.

Une seconde plus tard, elle entendit effectivement le bruit d'un attelage qui descendait la rue dans leur direction. Heureusement que Robert avait l'ouïe fine. Elle reposa vivement la main sur son bras et, résistant à l'envie d'ajuster son bonnet, se remit en chemin à ses côtés.

— Vous ne m'avez toujours pas parlé de la leçon que vous destinez à Geoffrey, dit-il d'une voix plus ferme, comme s'il ne lui avait jamais parlé de torture et de mort, comme s'il ne l'avait jamais embrassée.

C'était pour cela qu'il parlait de Geoffrey, pour lui rappeler que ce n'était pas à Robert Carroway qu'elle avait décidé de donner des leçons. L'un d'eux au moins se souvenait des convenances.

— J'attendrai ce soir pour vous en parler.

— J'y vois un mauvais présage.

Il ne se trompait malheureusement pas.

— Ne dites pas de bêt...

— Sale traître !

Robert pivota d'un bloc vers la chaussée, ses larges épaules lui bloquant la vue. L'attelage qu'ils avaient entendu approcher fila devant eux comme une flèche.

— Qui donc était-ce ? demanda-t-elle.

— Sir Walter Fengrove et lady Daltrey, répondit-il d'un ton absent en regardant l'attelage disparaître au bout de la rue.

— Est-ce à nous qu'il s'adressait ? Pourquoi dirait-il une chose pareille ?

Il haussa les épaules et se remit en marche.

— Je ne sais pas, répondit-il.

Lucinda remarqua cependant que son teint avait viré au gris.

— Robert ?

— Tout va bien. Nous ferions mieux d'aller retrouver Georgie.

Lucinda eut la nette impression que tout était loin d'aller bien, mais se refusa à le perturber davantage.

— Vous avez raison, dit-elle. Allons retrouver Georgie.

14

Plus aucun espoir n'était permis, désormais.

Victor Frankenstein, *Frankenstein*

Robert avait levé un coin du voile sur son séjour au château Pagnon et il n'en était pas mort. Comme il l'avait dit à Lucinda, ce fait à lui seul était une victoire.

Du moins aurait-il pu le croire si Walter Fengrove n'était pas passé par là.

Il était arrivé quelque chose, quelque chose qui ne lui disait rien qui vaille, il le sentait dans ses os. Il n'en était d'ailleurs pas surpris. Tout se passait trop bien, il en était même venu à s'imaginer un avenir. Il se sentait revivre – certaines parties de lui plus que d'autres –, surtout quand il était avec Lucinda.

Dès qu'ils étaient rentrés, elle avait pris congé de Georgie et était repartie dans son attelage.

Robert se rendit au salon d'un pas hésitant. Georgie s'y trouvait toujours, cherchant désespérément une position confortable.

— Vous n'auriez pas dû faire cette promenade, dit-il après l'avoir regardée s'agiter un moment depuis le seuil du salon.

— Mais si, j'ai très bien fait, répliqua-t-elle. J'ai l'impression d'être un hippopotame quand je reste sans rien faire.

— Vous sentez-vous mieux, à présent ?

Elle fit une grimace.

— Au moins, je n'ai pas le mildiou.

Robert ne releva pas.

— Laissez-moi vous apporter quelques coussins.

— Lucinda avait l'air troublée lorsqu'elle est partie, dit Georgie en se redressant légèrement. Vous a-t-elle fait part d'un souci qu'elle aurait ?

Robert ne tenait pas surtout à inquiéter Georgiana.

— Un homme a crié quelque chose par la fenêtre de sa voiture alors que nous revenions. Un fou échappé de l'asile, sans doute.

— Il m'a semblé entendre quelque chose, en effet, répondit-elle, un sourire venant éclairer son regard vert. Cela vous embarrasserait-il si je vous disais que vous paraissez plus... heureux, ces derniers temps ?

Robert dut se forcer pour répondre à son sourire. Sir Walter avait-il passé toute la nuit à boire et traité de traître toutes les personnes qui se trouvaient sur sa route ? C'était possible, se dit-il. Lord Fengrove buvait plus que de raison.

— Je vais vous chercher des coussins. Voulez-vous que je vous apporte aussi un livre ?

— Je crois en avoir laissé un dans la salle à manger. Merci, Rob.

— Heureux de pouvoir vous rendre ce service, répondit-il avec un hochement de tête.

— Vous voyez, je vous disais bien que vous étiez plus heureux, gloussa-t-elle en le regardant sortir.

Sans doute l'était-il, en effet. Et, avec un peu de chance, peut-être arriverait-il à apprécier cela, au moins le temps que cela durerait. À en juger par la façon dont Lucinda l'avait embrassé, certaines choses se passaient encore mieux que dans ses rêves les plus fous.

Après avoir apporté coussins et livre à Georgie, il décida d'aller lire dans la bibliothèque. Sa belle-sœur avait beau lui avoir assuré qu'elle se serait sentie parfaitement bien si ses pieds ne l'avaient pas fait souffrir autant, il préférait rester à portée de voix.

Une heure plus tard, il se leva pour aller la voir et la trouva assoupie sur le canapé. Alors qu'il regagnait le couloir, il entendit la porte d'entrée s'ouvrir.

— C'est faux, claironna Edward en pénétrant dans le hall devant ses frères. J'aurais gagné dix livres si vous m'aviez laissé parier sur...

— Chut ! fit Robert en se précipitant vers lui pour plaquer une main sur sa bouche. Georgie s'est endor...

— Tristan ? s'enquit la voix de Georgiana. M'avez-vous rapporté un granité au citron ?

Tristan s'avança aussitôt.

— Oui, ma chère, répondit-il, posant la main sur le bras de Robert comme il passait devant lui. Va m'attendre dans mon bureau, lui murmura-t-il.

Robert eut aussitôt envie d'aller se terrer dans un endroit sombre et silencieux où ce que son frère avait à lui dire ne pourrait pas l'atteindre.

Edward s'était mis en devoir de raconter la course de bateaux à Dawkins, mais c'était bien le seul des frères Carroway à ne pas avoir remarqué que quelque chose n'allait pas. Bradshaw et Andrew affichaient une expression solennelle et courroucée, et aucun d'eux ne daignait tourner les yeux vers lui.

Le ventre noué d'angoisse, Robert se dirigea vers le bureau de Tristan. Se sentant incapable de rester en place en dépit de son genou douloureux, il se mit à aller et venir lentement devant la fenêtre.

Il entendit Tristan entrer quelques minutes plus tard, mais ne se retourna pas. Et quand il referma la porte derrière lui, Robert fut persuadé que la foudre allait s'abattre sur lui.

— Assieds-toi, Rob.

— Non.

Le vicomte soupira.

— À ta guise. Je voulais que tu saches qu'il est préférable que tu restes à la maison ce soir.

— Pourquoi ?

— Peux-tu au moins avoir l'obligeance de me regarder quand je m'adresse à toi ?

Robert prit une longue inspiration, se retourna et s'assit sur le large rebord intérieur de la fenêtre.

— Voilà trois ans que tu insistes pour me faire sortir, Tristan. Pourquoi m'empêcher soudain d'aller à Vauxhall ?

— C'est compliqué, répondit Tristan en s'asseyant de façon à faire face à son frère. Et je ne veux surtout pas te blesser. C'est pourquoi je te demande de rester à la maison ce soir.

— Tu ne peux pas me blesser, Tristan. Dis-moi de quoi il retourne. Cela me permettra peut-être de comprendre pourquoi sir Walter Fengrove m'a traité de traître en pleine rue, voilà une heure à peine.

Tristan pâlit.

— Il t'a... Malédiction !

— Bon, fit Robert avec impatience. Je vais tâcher de deviner. Des documents ont disparu chez les Horse Guards, et le bruit se répand que c'est moi qui les ai pris.

— Quelques rares personnes le pensent. Et elles ont tort.

— Je sais bien qu'elles ont tort, mais pourquoi croit-on que c'est moi ?

Tristan se leva et se mit à arpenter nerveusement la pièce.

— Parce qu'un imbécile est allé raconter que tu avais été emprisonné au château Pagnon et que chacun sait que les seuls officiers à être sortis vivants de cette forteresse avaient forcément parlé.

Robert regarda son frère, soudain incapable de penser. Le silence se mit à vibrer de façon palpable autour de lui, et il s'agrippa au rebord de la fenêtre pour éviter d'être soufflé par le choc. Il avait enfin réussi à parler du château Pagnon – et cela l'avait tué.

— C'est ridicule, cracha Tristan d'un ton d'authentique colère, et j'ai l'intention de découvrir celui qui est à l'origine de ce mensonge et de le lui faire amèrement regretter. Il ne sait pas ce qu…

— J'étais à Pagnon, l'interrompit Robert.

Tristan se figea.

— Non, dit-il. Non, tu n'y étais pas.

— Si je peux le reconnaître, répondit Robert, chaque mot heurtant douloureusement sa gorge, tu devrais pouvoir le faire aussi.

— Mais…

Tristan le regardait, à la fois blessé et horrifié.

— Je n'ai rien pris chez les Horse Guards.

— Bien sûr que non. Mais… même moi, je ne savais pas où… Comment quelqu'un d'autre pouvait-il savoir que tu avais été fait prisonnier ?

Dans les noirs replis de son cœur, Robert savait. Elle l'avait trahi. Alors qu'il commençait à lui faire confiance et à reprendre goût à la lumière du jour. Et elle avait feint l'innocence, avait semblé réellement inquiète et stupéfaite quand un homme l'avait insulté en pleine rue.

— J'ai ma petite idée, maugréa-t-il en se levant. Je te prie de m'excuser, une course urgente m'attend.

— Rob, non, dit Tristan en se plaçant devant la porte. Tu n'iras nulle part tant que tu ne m'auras pas donné d'explication. Qui pouvait être au courant alors que tu n'en as même pas parlé à ta famille ?

Gagné par la fureur, Robert écarta son frère.

— Plus tard.

— Rob !

Il ouvrit brutalement la porte et gagna le hall d'un pas résolu. Bradshaw et Andrew s'y trouvaient toujours. D'un seul coup d'œil, Brad comprit qu'il était d'humeur meurtrière et écarta Andrew de la porte juste avant que Robert ne l'ouvre.

Sa jambe hurla de protestation quand il remonta l'allée, mais il n'en fit aucun cas ; il était habitué à la douleur. La colère et la déception qui labouraient ses entrailles de leurs griffes, en revanche, engendraient une douleur jusque-là inconnue et infiniment plus cuisante.

Le général Barrett ouvrit lui-même la porte quand Lucinda rentra à la maison.

— Papa ! s'exclama-t-elle en voyant ses yeux qui lançaient des éclairs et son expression sévère. Que se passe-t-il ?

— Dans mon bureau, lâcha-t-il avant de tourner les talons pour s'engager dans le couloir.

De plus en plus inquiète, Lucinda le suivit tout en dénouant le ruban de son bonnet.

— La porte, ordonna le général en gagnant son fauteuil.

Il s'assit, le dos bien droit, aussi raide qu'une statue. Lucinda referma la porte et s'y adossa.

— Qu'est-ce qui ne va pas ?

— Je t'avais demandé de rester à la maison, ce matin, déclara-t-il sans préambule.

— Non, tu ne l'as pas fait. Tu m'as demandé de ne pas répéter ce que tu m'avais dit, et je t'ai obéi.

— Dans ce cas, comment se fait-il qu'en rentrant de déjeuner, j'aie été accosté par trois personnes différentes qui m'ont demandé s'il était bien vrai que Robert Carroway était l'auteur d'un vol commis chez les Horse Guards ?

Lucinda n'aurait pas été plus stupéfaite s'il l'avait giflée.

— Quoi ? Pourquoi quelqu'un irait-il dire que Robert a volé quoi que ce soit ? Et chez les Horse Guards, encore ! Il y a vraiment eu un vol ?

Il l'observa un moment, le torse gonflé du souffle qu'il retenait.

— Où es-tu allée ce matin ?

— Je suis allée voir Georgiana, répondit-elle. Et j'ai profité de cette visite pour demander à Robert ce qu'il savait à propos du château Pagnon.

— Tu es donc bien allée répandre des rumeurs, fulmina-t-il. Lucinda, je...

— Je n'ai rien fait de tel, déclara-t-elle fermement. Robert n'en a parlé à personne d'autre que moi, et je n'en ai parlé à personne d'autre que toi. Aucune rumeur n'a donc pu se répandre par ma faute, papa.

— Insinuerais-tu que c'est la mienne ? Je crois quand même savoir...

— Cesse de crier, dit-elle en levant la main, et dis-moi ce qui se passe. Nous arriverons peut-être alors à trouver une explication cohérente.

Le général se leva, alla se planter devant la fenêtre et regarda au-dehors.

— Ton bon sens est parfois très irritant, bougonna-t-il.

Lucinda faillit sourire en dépit de son inquiétude.

— Je sais.

Son père lui lança un coup d'œil par-dessus son épaule.

— Bon. Je suppose qu'étant donné les accusations que je viens de lancer contre toi, tu as droit à des explications.

— Je te remercie.

— Premièrement, oui, des documents ont été dérobés chez les Horse Guards. Des documents qui pourraient servir d'instruments à l'évasion de Napoléon et à un nouveau soulèvement en Europe.

— Mais c'est affreux ! s'écria-t-elle en s'écartant de la porte pour aller s'asseoir sur un des confortables fauteuils du bureau. Robert ne ferait jamais une chose pareille. Pourquoi l'accuse-t-on ?

— J'admire ta loyauté envers ton ami, Lucinda, mais je te suggère pour l'instant de la garder pour toi.

— Tu ne penses tout de même pas... Comment peux-tu ?

— Que t'a-t-il dit à propos du château Pagnon ?

Elle hésita, mais au vu des circonstances, disculper Robert lui parut plus important que de garder pour elle ses confidences. Elle lui expliquerait tout ce soir. Elle aurait tant de choses à lui expliquer...

— Papa, Robert Carroway n'a rien fait de mal. Il m'a dit que seuls des officiers britanniques étaient emprisonnés là-bas. Qu'ils n'avaient le droit de parler qu'à une personne et qu'ils étaient battus si on les surprenait à adresser un seul mot à quelqu'un d'autre. Il n'a pas dit de qui il s'agissait.

— Il voulait sans doute parler du général Jean-Paul Barrère. L'officier chargé des renseignements de Bonaparte. Un fou, mais un homme très... persuasif.

— Cela a dû être horrible, murmura-t-elle, à moitié pour elle-même. Mais je ne comprends toujours pas pourquoi on traiterait Robert de traître, sous prétexte qu'il a été emprisonné.

Traître. C'était précisément l'insulte qu'avait lancée sir Walter Fengrove.

— Rien n'est encore certain, sinon on l'aurait déjà arrêté. Pourtant, le...

— Tais-toi ! s'écria-t-elle en se levant. Tu ne peux pas être sérieux, papa.

— La vérité, c'est que je ne connais que trois officiers qui aient réussi à sortir vivants du château Pagnon. Le premier a tenté d'assassiner son supérieur, et le deuxième avait été assigné à l'île d'Elbe juste avant l'évasion de Bonaparte. Ce qui nous laisse avec Robert Carroway. Malheureusement, les Horse Guards ignoraient encore hier qu'il avait été le prisonnier de Barrère.

— Jusqu'à ce que je te le dise, souffla-t-elle en se rasseyant, gagnée par un léger vertige.

— Tu n'as pas à te sentir coupable, Lucinda. J'avais deviné. Tu as pour nouvel ami un ancien soldat, et voilà que tu m'interroges sur le château Pagnon. De nombreuses vies anglaises seront peut-être sauvées grâce à toi.

Elle ferma les yeux, souhaitant que le monde disparaisse autour d'elle.

— Mais tu n'as pas la certitude que c'est lui.

— Pas encore.

Le général vint se planter devant elle et posa une main sur chacun des bras du fauteuil.

— Et tant que cette affaire ne sera pas résolue, je tiens à ce que tu gardes tes distances avec lui et le reste de sa famille. Ils ne devront pas non plus venir ici. Est-ce clair ?

— Mais Georgiana est m…

— Georgiana est ton amie, je sais. Crois bien que je suis désolé. Mais celui qui a commis ce crime est une infâme… canaille et tu ne dois surtout pas être vue en sa compagnie, déclara-t-il avant de se redresser. Je suis au regret de t'annoncer que nous ne nous joindrons pas aux Carroway ce soir à Vauxhall. Ni où que ce soit d'autre dans un avenir proche.

Lucinda n'arrivait plus à penser. Elle avait seulement envie de hurler, de crier qu'aucun de ses amis n'était un traître. Deux des frères Carroway avaient risqué leur vie contre l'armée de Bonaparte. *Ô mon Dieu.* Bradshaw perdrait son poste dans cette affaire. Et Robert…

Le majordome frappa à la porte, la tirant de ses sombres pensées.

— Désolé de vous interrompre, sir, mais Mlle Lucinda a de la visite.

— De qui s'agit-il, Ballow ?

— D'un M. Robert Carroway, sir.

Il sait. Il savait qu'elle avait parlé alors qu'elle avait promis de ne rien dire. Il savait que c'était à cause d'elle qu'on l'insultait en pleine rue.

Son père s'avança vers la porte.

— Je m'en charge.

Elle se leva et saisit son bras.

— Papa, tu as dit que rien n'était encore sûr.

— Si c'est lui qui a pris ces documents, ta peine importera peu. Reste ici.

Lucinda obéit, tremblante, mais entrouvrit la porte du bureau, juste assez pour voir le couloir. *Mon Dieu, faites que ce soit un malentendu. Faites que ce soit une erreur.*

Robert était pâle, et son expression resta parfaitement impénétrable quand le général atteignit le hall.

— Ma fille ne reçoit pas de visite, dit-il d'un ton sec. Je vous suggère de partir.

Elle crut un instant que Robert allait frapper son père, mais il garda ses poings serrés le long du corps.

— C'est autant votre faute que la sienne, déclara-t-il finalement d'un ton sinistre qui la fit frissonner. Dire que j'ai presque cru que je pourrais vous pardonner.

— Me pardonner ? répliqua le général. Et quoi donc, au juste ?

— Bayonne, répondit Robert en regagnant la porte d'entrée. Tenez-la loin de moi. Tenez-vous tous les deux loin de moi.

Lucinda accueillit le claquement de la porte avec un long frisson. Elle avait déjà vu Robert amusé, agacé et mal à l'aise. Mais elle ne l'avait encore jamais vu vraiment en colère. Et cela l'effraya parce que c'était sa faute et parce qu'il lui en voulait.

Et le pire de tout, c'était qu'elle le méritait.

La funeste notoriété du château Pagnon était plus étendue que Robert ne l'avait cru. Il avait été stupide et naïf de penser qu'il lui suffirait de ne jamais en parler, de ne jamais croiser personne qui soit susceptible de l'évoquer, de s'imaginer que cela suffirait à faire disparaître cet endroit, comme si, par la force de sa seule volonté, il avait pu réduire en poussière ce lieu et ses souvenirs.

Il remonta Bond Street, conscient des regards accusateurs qui se posaient sur lui et des murmures qui s'élevaient sur son passage. Visiblement, il avait réussi à passer de l'obscurité à l'infamie en l'espace d'une seule journée. Une journée infernale.

De retour chez lui, il devrait affronter d'autres questions, l'examen scrupuleux de son passé et Dieu savait quoi encore. Alors que Carroway House était le seul endroit où il s'était cru à l'abri de tout cela. Sa famille ne s'était jamais inquiétée que de son état de santé et de ses besoins. Il avait donc aussi perdu cela – et les siens.

Il flatta l'encolure de son cheval.

— On va aller faire un tour, lui murmura-t-il à l'oreille.

Il prit la direction du nord, sortit de Londres, traversa la prairie où Lucinda et lui avaient passé une matinée de paix et continua encore plus loin. Il lui restait encore un havre de paix – Glauden Abbey, en Écosse, un vieux domaine à moitié oublié des Carroway dont Tristan lui avait fait don l'année précédente. Il trouverait sur place deux valets et une cuisinière. Il avait passé là-bas les deux hivers précédents à nettoyer, rénover et réparer les lieux, accomplissant tout seul le travail dans le plus parfait silence.

Il lui faudrait cinq jours pour arriver là-bas. Quatre s'il poussait Tolley. Il pourrait rester sur ces terres sauvages jusqu'à ce que les esprits s'apaisent à Londres, jusqu'à ce que l'on découvre qui avait dérobé ces satanés documents, jusqu'à ce que tout le monde oublie qu'il avait essayé de redevenir humain.

Le jour déclinait quand il s'arrêta au *Devil's Bow Inn* pour se restaurer et accorder un répit à Tolley. Les regards qu'il reçut furent ceux que reçoit n'importe quel voyageur bien mis, et il s'efforça de calmer le tourbillon de ses pensées.

Ne le voyant pas revenir, sa famille – Tristan, en tout cas – devinerait où il était allé. Edward serait fâché, mais les autres comprendraient... à moins que l'aveu de son emprisonnement au château Pagnon ne suffise à les convaincre, eux aussi, de sa culpabilité. Auquel cas il ne serait plus jamais à l'abri nulle part.

Il sentit les noirs contours de la panique menacer son esprit et descendit une pinte de bière avec son poulet rôti, puis en commanda une autre. Il ne fallait pas que cela se produise maintenant. Il ne le permettrait pas.

Habituellement, se concentrer sur quelque chose parvenait à l'aider, mais ce soir, c'était différent. C'était la première fois qu'il se sentait menacé par quelque chose de plus puissant que des cauchemars depuis que les combattants de la liberté espagnols l'avaient découvert. Et que faisait-il ? Il fuyait. Il renonçait. Il abandonnait tout espoir. Comme il l'avait déjà fait une fois.

Lucinda avait parlé, c'était évident. Il considérait cela comme une trahison – du moins était-ce le cas quand il avait quitté Barrett House, si furieux qu'il n'arrivait plus à réfléchir. Mais, à la réflexion, quelque chose clochait. Si elle avait estimé avoir eu raison d'agir ainsi, elle serait venue l'accueillir elle-même dans le hall. Et si elle avait parlé à contrecœur, il y avait forcément une raison à cela.

N'était-elle pas la femme qui lui rappelait qu'il existait d'autres endroits que l'obscurité ? Elle avait réussi à fendre la muraille qui l'entourait. Et elle était certes jolie, mais ce n'était pas son apparence qui l'avait convaincu de faire quelques premiers pas hésitants dans la lumière du jour, c'était son cœur.

Il ne pouvait pas s'être trompé sur ce point, ce n'était pas possible. Car si elle n'était pas celle qu'il avait cru, il n'y avait plus aucun espoir possible. C'était tout ce qu'il lui restait. Si elle avait parlé de ses secrets à son père, elle l'avait forcément fait pour une bonne raison. Il devait tâcher de découvrir laquelle.

Robert se leva, laissa quelques pièces sur la table et sortit dans la cour de l'auberge. Le général Barrett n'avait aucune certitude, sans quoi un escadron de soldats serait venu le réveiller le matin même à Carroway House.

Il récupéra Tolley et lui offrit la carotte qu'il avait mise dans sa poche pendant le dîner.

— Qu'en penses-tu, toi ?

Le hongre remua les oreilles. Cela faisait trois ans que Robert ne se souciait plus de l'opinion que les autres avaient de lui. La chose n'avait pas été difficile, puisqu'il se comportait comme une ombre et que personne ne lui accordait la moindre pensée. Il pouvait se flatter d'avoir l'attention de tous, désormais.

— Changement de plan, Tolley, marmonna-t-il en se remettant en selle. Nous retournons à Londres.

15

Je ne pus fermer l'œil, cette nuit-là.

Victor Frankenstein, *Frankenstein*

Il était plus de minuit quand les derniers crépitements des feux d'artifice s'estompèrent au loin, mais Lucinda ne parvenait toujours pas à trouver le sommeil. La dernière vision qu'elle avait eue de Robert la hantait, et elle savait qu'en s'endormant, ce serait cent fois pire.

Elle se demanda si les Carroway étaient allés à Vauxhall, si Saint et Evie s'étaient joints à eux. Elle l'espérait, car la pensée de Georgiana et de Tristan assistant seuls au spectacle la désolait. Robert avait dit qu'il s'y rendrait également, mais il avait dû se raviser. Elle se souvint soudain qu'elle avait aussi demandé à Dare d'inviter Geoffrey. Cette soirée aurait donc été un désastre complet.

Le thé qu'elle avait monté dans sa chambre avait refroidi, mais elle en sirota quand même une tasse tout en faisant les cent pas. Son père était à l'évidence parfaitement renseigné au sujet du château Pagnon, et le peu qu'il lui en avait dit n'avait fait qu'attiser sa curiosité. Avait-il deviné qu'elle irait voir Robert pour tâcher d'obtenir des réponses ? S'était-il servi d'elle comme d'un agent de renseignement ?

Un bruit s'éleva soudain de sa fenêtre. Lucinda se retourna et attrapa un vase en voyant le panneau remonter le long du châssis. Une silhouette sombre se glissa silencieusement à l'intérieur de la chambre. Retenant son souffle, Lucinda souleva son arme improvisée et chargea sur l'ombre.

Une main se referma sur son poignet, la fit pivoter sur elle-même, et son dos se retrouva plaqué contre un corps ferme. Elle voulut crier, mais une autre main recouvrit sa bouche avant qu'elle ait pu produire un son. Le vase tomba sur le tapis et roula sous le lit avec un bruit creux.

— Calmée ? murmura une voix familière à son oreille.

Robert. *Robert.* Le cœur battant si fort qu'il ne pouvait que l'entendre, elle hocha la tête.

— Ne criez surtout pas, Lucinda.

Il la libéra, ses mains se détachant d'elle si brusquement qu'elle vacilla en avant. Elle voulut parler, mais se rendit compte qu'elle ne contrôlait plus sa voix et préféra prendre le temps de respirer pour retrouver son calme. Elle savait qu'il n'avait rien volé, mais il était là, dans sa chambre, et elle ne put s'empêcher de se souvenir de ce que son père lui avait dit – que Robert ne se soucierait pas de lui faire du mal.

— Puis-je allumer la lumière ? demanda-t-elle.

Elle l'entendit fermer les rideaux.

— Un peu seulement.

Les mains tremblantes, elle tourna la molette de la lampe. Elle voulait lui parler, s'expliquer, mais quand la flamme jaune éclaira son visage tiré et ses yeux étincelants, elle douta qu'il ait la patience de l'écouter.

— Robert, commença-t-elle malgré tout, je ne voulais pas que les choses se passent ainsi. Je suis désolée.

— Vous avez parlé à votre père alors que je vous avais demandé de ne rien dire. Pourquoi ? s'enquit-il en se promenant dans la chambre, examinant chaque objet comme s'il essayait de découvrir quelque chose – de la découvrir, *elle*.

— J'ai seulement demandé à mon père où se trouvait le château Pagnon, répondit-elle d'une voix qui se brisa. Quand il a voulu savoir d'où je tenais ce nom, je lui ai dit que je ne m'en souvenais plus. Mais il a dit que c'était important. Il n'aurait pas dit cela si ce n'était pas vrai, ajouta-t-elle, sentant une larme rouler sur sa joue.

— Vous a-t-il expliqué en quoi c'était si important ?

Elle secoua la tête.

— Il a dit qu'il cherchait à résoudre un problème – il était très préoccupé, Robert. Mais je n'étais pas au courant de la disparition des documents et j'ignorais que le château Pagnon était une prison. Je ne l'ai appris qu'ensuite.

— À qui d'autre en avez-vous parlé ?

— À personne.

Il s'assit sur la chaise de sa coiffeuse.

— C'est donc le général qui a répandu la rumeur à mon sujet.

Il la croyait ; c'était un soulagement. Mais elle n'aimait pas le ton froid qu'avait pris sa voix pour parler de son père.

— Je le lui ai dit sous le sceau du secret.

— Vous aussi m'aviez promis de ne rien dire.

— Oui, mais pourquoi ? Pourquoi ne vouliez-vous pas que mon père le sache ?

— J'ai mes raisons, répondit-il. Des raisons qui n'ont rien à voir avec la disparition de documents aux Horse Guards. Quoi qu'il en soit, quelqu'un s'est chargé de faire circuler cette rumeur. Si ce n'est pas vous, j'aimerais savoir, précisément, à qui le général a bien pu parler.

Ils auraient pu passer la nuit entière à parler de l'intégrité du général sans tomber d'accord, mais ce dernier commentaire alarma Lucinda.

— Vous me demandez d'espionner le général pour votre compte ?

— Non, je veux savoir qui est à l'origine de cette rumeur. Qui que ce soit, je suis prêt à parier que cet individu n'a pas votre sens du bien et du mal.

Il s'était exprimé d'un ton aussi furieux qu'elle s'y était attendue après la façon dont il était sorti de chez elle ce matin-là. Fort heureusement, sa colère n'était plus dirigée contre elle.

Elle laissa échapper un soupir et ne put réprimer un frisson quand il ramassa la brosse à cheveux qui se trouvait sur sa coiffeuse pour la faire machinalement tourner entre ses mains élégantes. Elle l'imagina brossant sa chevelure, la légère traction qu'il exercerait sur son cuir chevelu, le doux passage... Elle se ressaisit vivement, chassant ces pensées.

— La rumeur est déjà en train de se répandre et le voleur a disparu dans la nature. Découvrir qui a lancé ce bruit n'y pourra rien changer.

Il resta silencieux pendant un long moment.

— Cela m'apaisera peut-être l'esprit, déclara-t-il avant de s'étirer. Vous étiez censée me parler de votre troisième leçon, ce soir.

— Vous voudriez que nous discutions de cela alors que des gens vous accusent de...

— De haute trahison ?

— Précisément. Vous ne pouvez pas prendre cela aussi calmement, Robert.

Il la regarda, ses yeux bleus semblant presque noirs dans la pénombre.

— Croyez-moi, je ne suis pas près de l'oublier. Mais nous sommes toujours amis, n'est-ce pas ?

Une nouvelle larme courut le long de sa joue.

— Ce serait plutôt à moi de vous poser cette question, Robert. Si vous le voulez, oui, nous sommes toujours amis.

— Alors, puisque vous êtes mon amie, je vous demande de me distraire. Racontez-moi de quoi traite cette leçon.

Ils paraissaient si puérils, subitement.

— Les leçons sont terminées.

— Vraiment ? Ou bien dites-vous cela pour vous débarrasser de moi ? Il ne fait pas bon être vu avec moi, après tout, ajouta-t-il, une ombre passant sur son visage.

— Non ! siffla-t-elle. Ce n'est pas cela. Il se trouve que j'ai eu une conversation avec Geoffrey. Rien de plus. Il veut décrocher une promotion qui lui permettra d'obtenir un poste de commandement aux Indes.

Le regard de Robert changea sans qu'elle puisse deviner ses pensées.

— Donc, si je comprends bien, Newcombe vous épouse et le général lui octroie une charge de major ?

— Oui.

— Et cela ne vous dérange pas qu'il ne se soucie pas de vous dans l'affaire ?

— Ce n'est pas cela.

Lucinda alla s'asseoir sur le rebord du lit puis se releva. Il croyait qu'elle aimait Geoffrey alors que personne ne... l'électrisait autant que Robert. Elle n'arrivait plus à penser clairement. Elle avait pourtant vingt-quatre ans. Elle n'était plus une petite jeune fille qui perd ses moyens sous prétexte qu'un bel homme s'est glissé dans sa chambre par la fenêtre à la nuit tombée.

— Mon père apprécie Geoffrey ; il sait qu'il prendra soin de moi, et ce mariage lui fera très plaisir. C'est aussi simple que cela.

— Vous vous rangez, dit-il d'un ton qui relevait à la fois de la déclaration et de l'insulte.

Elle n'y avait jamais pensé de cette façon, mais il avait raison. Parfaitement raison, même, mais cela ne le regardait pas.

— Qu'y a-t-il de mal à cela ? protesta-t-elle, soudain embarrassée. Ainsi, chacun est content. Tout le monde y trouve son compte.

— Vous ne pouvez pas faire cela, déclara Robert en se levant brusquement.

— Pourquoi pas ? N'est-il pas heureux que j'aie trouvé une solution simple et satisfaisante aux problèmes de chacun ?

Il marcha jusqu'à elle, la saisit par les épaules et la plaqua contre le mur.

— Simple ? répéta-t-il. Satisfaisante ? Avec toute la passion et la vie qui bouillonnent en vous, vous avez envie de faire un mariage « satisfaisant » ?

Elle arrivait à peine à respirer. Il était trop près d'elle, son cœur battait trop vite.

— Tout le reste est trop compliqué, murmura-t-elle.

— Et Dieu merci, tonna-t-il. Savez-vous ce que je serais prêt à donner pour...

Il ferma les yeux un moment. Quand il les rouvrit, son regard brûlait de colère et de quelque chose d'autre qu'elle ne sut identifier, mais qui avait le pouvoir d'enflammer sa peau.

— Robert ?

— Laissez-moi vous raconter une histoire, dit-il d'une voix mortellement douce. Avec une moralité et tout ce qui s'ensuit. C'est l'histoire d'un officier, capitaine dans l'armée. Alors qu'il effectuait avec son escadron ce qui aurait dû être une simple mission de reconnaissance, il se retrouva pris dans une embuscade. Tous ses hommes se firent tuer, et il ne resta que lui.

« Il comprit que les Français avaient une bonne raison de l'épargner et décida de se battre. Mais ils étaient trop nombreux et n'eurent aucun mal à l'assommer. Lorsqu'il revint à lui, il était dans une petite cellule avec une fenêtre à barreaux. Six officiers britanniques se trouvaient là avec lui. Dans la cellule voisine, il y en avait cinq ou six autres, il ne savait trop car ils ne pouvaient communiquer qu'en tapant discrètement contre la cloison.

— Je suis désolée, murmura-t-elle.

— Je n'ai pas encore fini, siffla-t-il. Sept mois durant, il vit et entendit ses amis, ses camarades officiers, se faire torturer jusqu'à ce qu'ils avouent tout ce qu'ils savaient. Une fois qu'ils l'avaient fait, ils étaient exécutés.

Il laissa fuser un rire plein de colère, totalement dénué de joie.

— C'était le choix qu'ils avaient : parler et mourir ou bien se taire et mourir sous la torture. Et le plus drôle de tout, c'est que l'officier dont je vous parle ne savait strictement rien, il n'avait rien à révéler.

— Robert...

— Croyez-moi, s'il avait su – si j'avais su quelque chose, je le lui aurais dit, à Barrère. Mais il ne voulait pas le croire, il était persuadé que je savais quelque chose. Je me trouvais donc là, à souhaiter la mort, sans personne pour m'y aider.

Lucinda voulut couvrir ses oreilles, mais il saisit ses poignets et les plaqua contre le mur, au-dessus de sa tête.

— Je vous en prie, cessez. Je ne supporte pas l'idée qu'on ait pu vous faire tant de mal que vous avez souhaité...

— Me tuer ? Je l'ai fait. Un jour, j'ai décidé d'en finir. J'ai attaqué un des gardiens alors qu'il me ramenait en cellule, je lui ai pris son couteau et j'ai couru vers le commandant pour les obliger à me tirer dessus. Ils l'ont fait. J'ai repris connaissance au pied du château. Ils avaient dû croire que j'étais vraiment mort et m'avaient jeté par-dessus le mur. J'ai rampé jusque dans la forêt pour qu'ils ne puissent pas me ramener à l'intérieur et j'ai attendu la mort.

Une nouvelle larme roula, tiède sur la joue de Lucinda, suivie d'une autre. Le visage de Robert, à quelques centimètres du sien, était tendu et gris, comme si les souvenirs le faisaient souffrir. Lucinda fléchit les poignets sous ses puissants doigts d'acier, puis se hissa sur la pointe des pieds et l'embrassa.

— Je n'ai jamais pensé que vous aviez volé quoi que ce soit, murmura-t-elle contre ses lèvres tandis qu'elle l'embrassait, encore et encore, luttant contre l'emprise de ses mains pour l'attirer plus près d'elle.

Il écarta vivement son visage et recula.

— Il ne s'agit pas de cela. Voilà trois ans que je suis mort, Lucinda. Puis j'ai cru que je pourrais vous aider et qu'en faisant cela, je m'aiderais moi-même. Je sais que ma famille souffre de me voir ainsi. Mais c'est que je suis censé être mort.

Cette déclaration l'épouvanta bien plus que tout ce qu'il venait de dire.

— Mais vous n'êtes pas mort.

— Non. Et chaque nouveau réveil est... une sorte de miracle. Et vous ne pouvez pas épouser Geoffrey sous prétexte que c'est une solution simple et satisfaisante. Ne comprenez-vous pas ?

— Je ne vois pas ce qu'il y a de mal à souhaiter une vie simple et paisible.

— Ce n'est pas la paix. C'est creux. Pour vous, « simple et satisfaisant » signifie que rien ne vous dérangera, ne vous troublera ni ne vous touchera.

— Non, répondit-elle en fronçant les sourcils. Cela signifie que...

Elle hésita. Il avait raison, mais elle ne voyait pas ce qu'il y avait de répréhensible à vouloir avancer dans la vie sans être noyé dans un océan de problèmes.

— J'aime la simplicité. C'est ce qui fait mon bonheur.

Robert fit glisser son regard le long de sa fine chemise de coton, puis le releva vers son visage.

— Menteuse.

— Je ne suis pas...

Il s'empara de sa bouche. Cette fois, le message était clair. Lucinda n'aurait pas réussi à l'arrêter si elle l'avait voulu, mais c'était bien la dernière chose qu'elle souhaitait. La mort avait bien failli emporter Robert – elle le poursuivait toujours, et cela donnait envie à Lucinda de s'agripper à lui, de lui montrer qu'il était vivant et qu'il la faisait se sentir vivante, elle aussi.

Son cœur se mit à battre plus vite quand elle sentit leurs bouches s'adapter parfaitement l'une à l'autre. Sa langue dansa contre ses dents, et elle s'ouvrit à lui tandis que ses doigts agiles dénouaient le ruban qui retenait sa chevelure et s'immisçaient avec une surprenante douceur parmi les boucles brunes qui cascadaient sur ses épaules.

Un flot de chaleur parcourut son corps jusqu'au bout de ses doigts lorsqu'elle glissa les mains sous les revers de son manteau pour le faire glisser sur ses épaules, puis le long de son dos. Il encercla sa taille de ses mains pour l'attirer vers lui, et elle prononça son nom d'une étrange voix de gorge qu'elle ne reconnut pas, une voix impudique, licencieuse qui ne lui appartenait pas. Mais quand Robert traça un chemin de baisers sur la peau nue de sa gorge, elle se sentit parfaitement impudique et licencieuse. Le confort et la simplicité pouvaient bien attendre.

Tirant sur les pans de sa chemise, elle glissa les mains dessous pour parcourir son ventre plat, son torse ferme et sentit ses muscles frémir sous ses doigts. Il recouvrit alors ses mains des siennes et les replaça au-dessus de sa tête.

Tout en embrassant sa bouche et sa gorge, il rassembla les pans de sa chemise et les fit lentement remonter jusqu'à ses genoux, ses hanches et plus haut encore. La fine étoffe murmura sur sa peau, et le courant d'air frais qui passa sur son corps lui fit l'effet d'une caresse. Robert découvrit sa taille, ses seins, ses épaules, fit passer la chemise par-dessus sa tête et le long de ses bras, puis la laissa tomber par terre.

Pendant un moment interminable, il ne la toucha pas. Les mains si près de son corps qu'elle sentait leur chaleur, ses paumes firent mine de parcourir ses courbes et de glisser le long de son dos. On eût dit qu'il cherchait à mémoriser sa silhouette, à la sculpter dans son esprit. Elle devint si brûlante qu'elle se mit à trembler, comme sous l'effet d'une fièvre.

— Dites quelque chose, murmura-t-elle, aussi haletante que si elle avait couru.

Son regard bleu croisa le sien.

— Vous êtes belle, murmura-t-il. Tiède, douce, tellement... réelle, et je...

Elle l'interrompit en posant l'index sur ses lèvres sensuelles.

— Vous êtes vivant, Robert. Vous avez le droit de vous sentir vivant. Touchez-moi. Je *suis* réelle.

Il baissa de nouveau les yeux, et ses doigts caressèrent délicatement sa peau depuis la courbe de ses épaules jusqu'à sa poitrine. Lentement, prudemment, comme s'il avait peur qu'elle disparaisse, il effleura ses mamelons de ses pouces.

Lucinda déglutit et se cambra vers lui. Il l'embrassa de nouveau, la pression de sa bouche et de ses mains sur ses seins la plaquant contre le mur.

— Il y a fort longtemps que je n'ai pas fait cela, dit-il d'une voix rauque, la caresse de ses pouces sur ses mamelons tirant un gémissement à Lucinda.

Ô mon Dieu. Il avait eu une réputation de débauché, autrefois. Mais depuis son retour, il avait été incapable de toucher qui que ce soit. Jusqu'à ce soir. Jusqu'à elle. Elle répondit passionnément à son baiser.

— Et je ne l'ai jamais fait, répondit-elle.

Une ombre inquiète passa sur le visage de Robert.

— Je veux que cela vous plaise. Si vous...

— Vous parlez trop, l'interrompit-elle.

Il eut un sourire si désarmant qu'elle sentit ses genoux sur le point de se dérober. Il la souleva dans ses bras et la porta jusqu'à son lit. Quand il l'y déposa délicatement, elle laissa ses doigts noués autour de son cou. Mais l'embrasser ne lui suffisait pas. Elle voulait bien plus. Elle voulait le sentir en elle.

Robert s'étendit auprès d'elle, détacha ses lèvres des siennes et les fit lentement glisser depuis sa gorge jusqu'à son nombril. Quand il prit son sein dans sa bouche et que sa langue caressa son mamelon, elle se pressa contre lui. Elle voulut glisser les mains sous sa chemise pour sentir de nouveau le contact de sa peau, mais il emprisonna ses mains pour les amener au niveau de son entrejambe.

Il suça son mamelon tandis qu'elle dégrafait sa ceinture et défaisait un à un les boutons de sa braguette. Ses mains tremblaient et elle avait l'esprit en déroute, mais elle savait qu'elle voulait le voir, le toucher. C'était cela, être en vie. Son cœur cognait dans sa poitrine, elle avait du mal à respirer, et elle espérait qu'il ressentait la même chose. Elle ferait tout ce qui était en son pouvoir pour qu'il se sente aussi… vibrant, électrisé et impatient qu'elle-même.

Elle tira sur son pantalon et son sexe jaillit. Long, érigé, impressionnant, il était définitivement dans le même état d'excitation qu'elle.

— Puis-je… puis-je vous toucher ?

— Il faut que j'enlève mes bottes, souffla-t-il en s'asseyant pour joindre le geste à la parole.

Il retira son pantalon, puis revint s'agenouiller près d'elle. Il approcha son visage du sien et ils échangèrent un baiser, plus ardent encore que les précédents.

— Le fait que vous m'autorisiez à être près de vous me touche déjà infiniment, murmura-t-il en prenant sa main pour la guider jusqu'à lui.

Elle replia délicatement ses doigts fuselés autour de la colonne de chair rigide, si douce au toucher, et le vit serrer les dents.

— Cela fait-il mal ?

Robert secoua la tête.

— Non, mais comme je vous l'ai dit, cela ne m'est pas arrivé depuis longtemps. J'ai envie de vous, Lucinda. Avez-vous envie de moi ?

Tellement qu'elle pouvait à peine respirer.

— Oui, réussit-elle à dire en cherchant à glisser la main sous sa chemise.

Une fois de plus, il l'en empêcha.

— Non.

— Robert, je sais que vous avez été blessé. Mais je veux vous voir. Je veux vous toucher.

Il déglutit et s'écarta légèrement. Lucinda craignit un moment qu'il ne change d'avis et ne s'en aille. Il saisit alors le bas de sa chemise et, d'un mouvement preste, s'en débarrassa.

Ses cicatrices blanches, deux sur l'abdomen et une à l'épaule, attirèrent aussitôt son regard. Pensait-il qu'elles l'enlaidissaient, qu'elles l'amoindrissaient par rapport à ce qu'il avait été autrefois ? Lucinda fit glisser ses mains sur son torse, touchant délibérément ses cicatrices en prenant soin toutefois de ne pas s'y attarder. Il restait assis très droit, les yeux fermés, comme s'il ne voulait pas qu'elle voie son visage.

Elle se redressa et l'embrassa avec passion.

— J'ai aussi une cicatrice, dit-elle en l'attirant sur elle. Derrière le genou droit. Je me suis blessée un jour que ma robe s'est retrouvée coincée dans la portière de la voiture.

Le souffle court, elle fit courir ses mains le long de son dos et sur ses fesses fermes. Seigneur, elle voulait qu'il… Elle avait envie de lui. Il rouvrit les yeux.

— Vraiment ? souffla-t-il en parcourant son buste de baisers. Une cicatrice ?

— Oui, murmura-t-elle comme ses lèvres franchissaient sa taille. J'ai eu très peur. La voiture m'a traînée sur la moitié de l'allée avant que le cocher n'entende ma gouvernante qui lui criait de s'arrêter.

Il embrassa sa cuisse, puis fit glisser ses lèvres plus bas, jusqu'à sa cheville. Ses baisers se lancèrent alors à l'assaut de l'autre jambe. Il s'arrêta au niveau de son genou, souleva sa jambe et pencha la tête.

— De ce côté-là ? demanda-t-il.

— Oui, juste là. Vous pouvez la sentir en y faisant… Ô mon Dieu.

La pointe de sa langue parcourut toute la longueur de sa cicatrice, puis remonta à l'intérieur de sa cuisse. Elle eut l'impression de fondre, de s'enflammer tout entière. D'autant que sa langue s'immisçait à présent entre ses cuisses…

— Robert ! gémit-elle en glissant ses doigts dans sa chevelure. Je vous en prie…

Il releva la tête, et son regard caressa son corps nu avant de croiser le sien. Son petit sourire secret avait refait son apparition.

— Vous avez envie de moi, murmura-t-il.

— Oui, j'ai envie de vous, dit-elle.

Elle commençait à se sentir à l'étroit dans sa propre peau, brûlante, exaspérée et impatiente tout à la fois. Robert ne dit rien, se contentant de baisser la tête pour recommencer à la tourmenter de ses lèvres, de sa langue et – *oh !* – de ses dents. Elle haletait et ne put réprimer un gémissement quand ses doigts agiles vinrent remplacer sa langue, écartant délicatement les replis de ses lèvres.

— Robert, je vous en prie, cessez. Je ne peux pas… Je crois que je vais prendre feu.

— Vous êtes le feu.

Elle n'en pouvait plus de cette sensation d'équilibre précaire, de cette impression d'être perchée au bord de l'extase. Elle saisit ses cheveux pour l'attirer vers elle. Il fit lentement remonter sa tête en la couvrant de baisers, laissa sa bouche s'attarder sur ses seins, puis s'empara de ses lèvres.

Lorsqu'il lui fit écarter les genoux et qu'elle le sentit se placer à l'orée de son intimité, déjà moite de ses savantes attentions, elle se cambra vers lui. Alors, lentement, très lentement, il la pénétra. La sensation était indescriptible. Plus bouleversante que tout ce qu'elle avait pu imaginer. Au moment où elle commençait à sentir une légère pression, il s'arrêta.

— Lucinda, souffla-t-il en se redressant sur ses bras, c'est votre dernière chance d'échap...

Il n'allait pas changer d'avis et l'abandonner ainsi, pantelante de désir, tout de même ? Elle souleva les hanches, retint son souffle et ferma les yeux jusqu'à ce qu'il la comble parfaitement. Elle avait déjà entendu Georgie et Evie en parler, mais ses amies n'avaient pas dit grand-chose. Elle ressentit un léger pincement de douleur, moins vif que ce à quoi elle s'était attendue. Robert ne bougeait pas. Elle rouvrit les yeux et découvrit qu'il l'observait attentivement.

— Je ne voulais pas vous faire mal, dit-il.

— Faites-le-moi oublier, dans ce cas, répondit-elle avant de l'embrasser.

Il s'anima enfin, ses hanches entamant un lent mouvement de va-et-vient qui lui arracha des gémissements et l'incita à nouer ses chevilles autour de ses cuisses et à le serrer dans ses bras. Ses doigts s'enfoncèrent profondément dans la chair de son dos.

— Robert, Robert, dit-elle en soulevant les hanches au rythme de ses poussées.

Elle eut l'impression que sa peau se rétrécissait de plus en plus, le bourdonnement de son esprit s'amplifia et, brusquement, elle eut l'impression de voler en éclats.

Il l'embrassa, sa langue caressant sa bouche au rythme de ses hanches, de plus en plus rapide, jusqu'à ce qu'il la serre soudain très fort dans ses bras, un long gémissement venant ponctuer l'aboutissement de son plaisir.

Bouleversée, Lucinda sentit ses membres se détendre. Le poids du corps de Robert sur le sien était merveilleusement réconfortant. Elle sentait son cœur battre dans sa poitrine, au même rythme que le sien.

— Était-ce comme dans vos souvenirs ? murmura-t-elle finalement.

— Mieux.

Ils restèrent allongés ainsi un moment, Lucinda luttant pour empêcher ses yeux de se fermer et garder son esprit engourdi loin du sommeil. Elle ne voulait pas manquer un seul instant de sa présence. Brusquement, il se redressa, se détacha d'elle et s'assit.

— Il faut que je parte, dit-il.

Elle fut sur le point de protester, mais il se pencha en avant au même moment, et la lampe qui éclairait son dos révéla une multitude de fines cicatrices blanches qui s'entrecroisaient depuis le haut de son dos jusqu'à ses fesses.

— Vous avez été fouetté, murmura-t-elle en faisant courir sa main le long de son dos.

Robert s'écarta, oppressé par ce contact intime. Il aurait aimé rester près d'elle, mais il avait besoin d'espace, de respirer. Tout avait été bouleversé, ce soir.

Il se redressa, cherchant à faire passer son mouvement de recul instinctif pour un geste qu'il aurait fait en voulant attraper son pantalon. Il le remit, puis enfila ses bottes.

— Entre autres choses, oui, répondit-il finalement.

Elle ne s'était pas évanouie, n'avait pas hurlé et ne s'était pas détournée de lui, mais il savait à quoi ressemblait son torse nu. Le valet que Tristan lui avait imposé pour l'aider à s'habiller quand il était convalescent et que ses plaies étaient encore à vif avait vomi. Robert n'avait plus voulu entendre parler de valet de chambre après cela. Personne ne l'avait plus jamais vu torse nu. Jusqu'à ce soir.

— Nous trouverons une solution, Robert. Ce qui se dit de vous, ce ne sont que des rumeurs, reprit-elle en s'asseyant derrière lui pour caresser ses épaules. Cela cessera quand les Horse Guards auront mis la main sur le véritable voleur.

Le problème était que, pour l'instant, tout le monde avait les yeux braqués sur lui.

— Dans un monde idéal, vous auriez raison. Les choses étant ce qu'elles sont, je crois que je vais devoir agir pour en arriver là.

— Vous n'êtes pas seul, Robert. Je peux vous aider.

Robert sentit son cœur se contracter douloureusement sous le coup d'une émotion qu'il n'avait pas éprouvée depuis longtemps.

— Je ne suis pas venu ici ce soir pour obtenir votre aide, répondit-il en enfilant sa chemise. Pas plus que je ne souhaite que le nom de ma famille soit souillé s'il venait à se savoir que j'ai cherché à attenter à ma vie. Vous ne devez pas dire un mot de cela à votre père, Lucinda. Promettez-le-moi.

— Je ne dirai rien.

— Tenez votre parole, cette fois.

— Je le ferai. Je vous le promets.

Elle se leva, souple et belle à la lumière de la lampe, sa longue chevelure sombre voilant à demi sa poitrine, telle la Vénus de Botticelli émergeant de son coquillage.

Le désir qu'il avait d'elle rejaillit soudain. S'il était resté plus longtemps, il se serait sans doute mis à bafouiller qu'elle était son phare, son espoir, son obsession, sa nouvelle raison de vivre. Il fallait qu'il parte. Mais elle lui avait rendu son humanité, et il ne pouvait pas complètement résister.

— Lucinda, murmura-t-il en caressant sa joue du dos de la main. La moralité de mon histoire est très simple, ajouta-t-il. La prochaine fois que vous verrez

Geoffrey, pensez à ce que serait le mariage avec lui. Et puis pensez à cela...

Il se pencha vers elle et l'embrassa, tendrement, langoureusement. Un vertige enivrant s'empara de lui quand il sentit sa bouche s'adapter parfaitement à la sienne. Seigneur, quelle joie et quelle souffrance elle avait le pouvoir d'éveiller en lui !

— Bonne nuit, Lucinda.

— Bonne... nuit, Robert.

16

Ainsi s'acheva pour moi une journée mémorable qui scella mon futur destin.

Victor Frankenstein, *Frankenstein*

Robert se glissa dans le hall de Carroway House et sentit aussitôt que quelqu'un s'y trouvait déjà. Une silhouette sombre posa soudain la main sur son épaule, et il leva les bras dans un geste défensif.

— Laisse-moi, gronda-t-il en reconnaissant le parfum du savon à barbe de Tristan.

— Andrew et Brad étaient sur le point de partir en Écosse, dit son frère aîné en s'écartant pour allumer une chandelle.

Il avait dit cela d'une voix douce, mais son visage était dur, tendu. Robert prit une inspiration.

— Je monte me coucher, annonça-t-il.

— Avant cela, tu dois d'abord venir avec moi rassurer Georgiana, répliqua son frère. Elle était inquiète. Nous l'étions tous.

— J'irai la voir demain matin.

— Non, tu y vas maintenant. Elle ne dort pas encore. Personne ne dort, dans la maison. Elle est avec sa femme de chambre qui s'efforce de la calmer.

La satisfaction qu'éprouvait Robert s'envola d'un coup. Sa visite à Lucinda n'avait pas fait disparaître ses problèmes. Et, dans sa quête d'échappatoire, il avait une fois de plus trouvé le moyen de meurtrir sa famille.

— Comment va-t-elle ?

— Bien, jusqu'ici. Mais ne t'avise plus jamais de disparaître sans un mot, ajouta Tristan d'un ton vibrant de colère et d'inquiétude.

— Je t'ai dit que j'avais une course à faire, répondit Robert en montant les premières marches de l'escalier.

— C'était il y a quinze heures, Rob. Si tu avais disparu pendant que ces rumeurs circulent sur ton compte, tu aurais été déshonoré.

— Et toi aussi, du même coup. À moins que tu n'aies déjà commencé à faire courir le bruit que je ne jouis plus de toutes mes facultés mentales depuis mon retour. Tu devrais essayer cela, tiens.

Tristan lui saisit l'épaule et le fit pivoter sur lui-même si brutalement qu'il faillit partir à la renverse dans l'escalier.

— Tu es mon frère, tempêta le vicomte. Personne ne m'éloignera de toi.

Robert considéra longuement son frère.

— Je n'ai rien fait de mal, dit-il finalement avant de reprendre son ascension.

— Je le sais. Nous le savons tous.

— Mais le Tout-Londres l'ignore. Je reconnais la noblesse de ton élan, Tristan. Mais pour ton bien, et particulièrement pour celui de Brad, il vaut mieux que vous gardiez tous vos distances avec moi. Je suis sérieux.

— Nous parlerons de cela plus tard. Pour le moment, ce ne sont que des médisances, dit Tristan avant de désigner la porte de sa chambre à coucher. Vas-y.

— Georgiana ? dit Robert en poussant la porte.

Sa belle-sœur était assise dans son lit, entourée d'oreillers, et lisait un livre pendant que sa femme de chambre raccommodait du linge près de la fenêtre.

La vicomtesse leva les yeux au son de sa voix, et son sourire chassa toute inquiétude de son visage.

— Rob. Dieu soit loué ! Comment allez-vous ?

— Je vais bien, répondit-il par habitude. Je vous demande pardon pour l'inquiétude que je vous ai causée.

— Venez là, ordonna-t-elle en tendant les bras.

Il s'exécuta en réprimant un frisson et se laissa enlacer. Georgiana l'embrassa sur la joue. Il constata avec surprise que ce contact intime ne le dérangeait pas et, une fois le premier choc passé, il déposa à son tour un léger baiser sur la joue de sa belle-sœur.

— Où étiez-vous passé ? demanda-t-elle.

Derrière lui, il entendit ses frères entrer dans la chambre. Andrew et Brad portaient leur tenue d'équitation, preuve qu'ils étaient bel et bien sur le point de partir en Écosse.

— Je suis allé chevaucher, répondit-il en se redressant.

Il ne pouvait pas décemment dire à Georgiana qu'il était allé trouver sa meilleure amie dans sa chambre à coucher, ni qu'il avait obtenu d'elle ce qu'il désirait – ce dont il avait besoin – pour la laisser ensuite contempler la perspective d'un mariage « satisfaisant » avec lord Geoffrey.

— Où es-tu allé chevaucher ? demanda Edward en avançant dans la chambre du pas mal assuré d'un enfant qui tombe de sommeil.

Brad passa son bras autour de ses épaules.

— Retourne te coucher, le Gnome. Tout va bien.

— Non, rétorqua l'enfant en se dégageant. Tu es parti sans nous dire où tu allais, déclara-t-il, pointant sur Robert un doigt accusateur. Nous étions inquiets.

Merveilleux ! Il se faisait tancer par un enfant de dix ans.

— Je sais. Et j'en suis navré.

— Où es-tu allé ?

Personne ne s'aviserait visiblement de faire taire Edward, qui posait tout haut les questions que chacun se posait tout bas. Tristan se contenta de hausser les sourcils en adressant à Robert un regard interrogateur.

— J'ai pris la route du nord. Je me suis dit que les choses seraient plus calmes à Glauden.

— Mais tu es revenu.

Robert haussa les épaules.

— Je n'ai rien fait de mal et je crois que je pourrai supporter quelques médisances. Si *vous* pensez pouvoir les tolérer, bien sûr.

Il tourna les yeux vers Brad, celui qui, après lui, avait le plus à perdre dans cette affaire. Son frère lui sourit, mais son regard demeura sombre.

— Si tu peux les supporter, je le peux aussi.

Robert perçut la mise en garde sous-jacente – s'il cherchait de nouveau à s'enfuir, les frères Carroway seraient contraints de jouer chacun pour soi.

— Cela me va, acquiesça-t-il.

Tristan se dandina sur le seuil.

— Bien, maintenant que tout le monde est là, j'aimerais pouvoir enfin me coucher, déclara-t-il. Va te reposer, ajouta-t-il à l'intention de Robert. S'il y a lieu de le faire, nous établirons une stratégie demain.

Chacun regagna sa chambre, et Robert se dit que Tristan avait raison. D'ici le lendemain, le vrai voleur de documents aurait peut-être été appréhendé, et l'estropié de la famille Carroway retomberait dans l'oubli. Cela lui conviendrait, à un détail près. Lucinda. Lucinda Barrett et son maudit projet de mariage simple et satisfaisant avec Geoffrey Newcombe.

Il aurait pu la vouloir pour lui seul, mais il n'était pas assez sot pour s'imaginer qu'elle lui accorderait autre chose d'elle qu'une sombre nuit de péché. Après cette nuit, cependant, veiller à ce que Newcombe ait bien compris les leçons de Lucinda relevait de son devoir. *Toutes* les leçons, quelles qu'elles soient.

Robert laissa échapper un petit sourire. Quelque chose ne tournait décidément pas rond chez lui s'il se souciait davantage des leçons de Lucinda que des rumeurs qui l'accusaient de trahison.

Il se déshabilla et se mit au lit. Le parfum de Lucinda flottait encore sur sa peau. Il allait devoir trouver comment faire, s'il survivait aux jours à venir, pour que personne ne comprenne ce que Lucinda Barrett représentait pour lui.

Contrairement à ses habitudes, Lucinda descendit au rez-de-chaussée avant son père et se dépêcha de prendre le petit déjeuner pour aller s'occuper de ses rosiers avant que le général ne la rejoigne. Elle n'avait eu aucun mal à se lever car elle n'avait pas dormi de la nuit, mais il était évidemment hors de question qu'elle parle de cela à son père ou à qui que ce soit d'autre.

Elle arracha quelques feuilles jaunies et des boutons flétris. Elle avait déjà reçu plusieurs demandes en mariage, ainsi que des propositions à s'engager sur la voie du péché, mais elle avait décliné les unes et les autres sans avoir besoin d'y repenser à deux fois. Mais Robert avait su l'intéresser, l'intriguer et troubler ses sens comme jamais aucun homme ne l'avait fait avant lui.

Une langoureuse vague de chaleur s'insinua en elle au souvenir de son corps, meurtri certes mais néanmoins très beau, étendu auprès d'elle. Sur elle.

Le général avait dit que celui qui avait volé les documents des Horse Guards était une canaille. Une infâme fripouille. Ce qui décrivait parfaitement la façon dont la société percevait Robert Carroway, même si le point de vue de Lucinda était radicalement opposé. Et, qu'il lui ait pardonné ou non, elle avait trahi sa confiance et permis aux rumeurs de se répandre. Le fait que le vol soit survenu alors même que les gens apprenaient son emprisonnement au château Pagnon relevait du plus cruel des hasards.

Robert aurait probablement pu dissiper le pire de la rumeur s'il avait avoué la façon dont son séjour au château Pagnon s'était achevé. Mais il avait raison de craindre que la vérité ne lui soit plus préjudiciable encore. Les circonstances qui l'avaient poussé à cet acte étaient extrêmes, mais la société ne comprendrait pas cela, ou ne s'en soucierait même pas. La seule partie de l'histoire que l'on retiendrait serait qu'un soldat issu d'une famille renommée avait cherché à se suicider plutôt que de se battre contre Napoléon.

Le général n'aurait jamais trahi sa confiance si cette affaire n'avait pas relevé de la sécurité du royaume. Logiquement, il avait donc dû en parler à un haut gradé des Horse Guards parce que cela relevait de son devoir. Or, si elle avait pleine et entière confiance en son père, Lucinda n'était pas dans la même disposition d'esprit vis-à-vis de ses collègues.

— Peste ! maugréa-t-elle.

— Tu t'es piquée à une épine ?

Lucinda sursauta et rougit tandis que son père la rejoignait dans la roseraie.

— Non, non. Je suis agacée par la brise qui dessèche les pétales. C'est tout.

— Ah.

Il la regarda un moment s'occuper des rosiers.

— As-tu seulement fermé l'œil, cette nuit ?

— Qu... quoi ? P... pourquoi me demandes-tu cela ?

Mon Dieu ! Se pouvait-il qu'il ait entendu Robert ?

— Tu sembles fatiguée.

Il se pencha, un peu gauchement, pour ramasser un rameau coupé et le jeter dans la corbeille.

— J'ai entendu les feux d'artifice de Vauxhall, hier soir. Je sais que tu te réjouissais d'y assister, et je suis désolé...

— Papa, je ne me soucie absolument pas des feux d'artifice, dit-elle en cisaillant un bouton de rose parfait. Sapristi !

— C'est à cause des Carroway que tu es préoccupée, n'est-ce pas ? Et de Georgiana. Nous allons tenir une nouvelle réunion pour tâcher d'établir la liste complète de ce qui a été volé et de rassembler des informations sur les sympathisants de Bonaparte à Londres. Cela pourra…

— Tu ne sais donc même pas avec certitude ce qui a été pris ? demanda-t-elle en se tournant vers lui. Et c'est en te basant sur cette information imparfaite et sur le fait que tu as entendu dire que Robert Carroway avait été fait prisonnier que tu…

— Je n'ai rien fait, Luce.

— Et je n'ai parlé qu'à toi. À personne d'autre. À quel point fais-tu confiance à tes hommes ?

Le général s'assit pesamment sur le banc de pierre qui jouxtait la roseraie.

— C'est donc de cela qu'il s'agit ? Tu m'accuses d'avoir trahi la confiance que tu as toi-même trahie ?

— Non ! Je ne sais pas. Peut-être. Je pensais pouvoir te faire confiance pour garder les secrets de mes amis. Il était si fâché.

Si fâché et si seul. Une larme roula sur sa joue, et elle la chassa d'un revers de main impatient.

— Tu l'as entendu dans le hall, n'est-ce pas ? Je me doutais que tu écoutais.

Quoi ? Oh, ça.

— Oui, improvisa-t-elle en déglutissant à l'idée qu'elle venait presque de se trahir.

— Cela vaut mieux, ma chérie. Vraiment. Il faut que cette enquête soit faite. Si Robert Carroway est innocent, il sera toujours temps de t'excuser. Ou de dire à Georgiana que tu n'es pas allée à Vauxhall parce que tu te sentais souffrante. Et s'il s'avère qu'il est coupable, tu n'auras aucune excuse à faire.

— Il n'est pas coupable. Pour l'amour du Ciel, papa, tu le connais.

— Pas bien. Moins bien que toi, toujours. D'ailleurs, ajouta-t-il en fronçant les sourcils, pourrais-tu m'expliquer ce qui lui a pris de me lancer Bayonne à la figure, hier ?

— Je n'en sais rien.

Et elle ne révélerait plus jamais aucune confidence de Robert au général. Elle avait compris la leçon.

— Qui était son commandant de régiment ?

— Je ne sais pas, papa. Et il y a peu de chances pour qu'il me parle de cela, à présent - d'autant que tu m'as interdit de le voir. Ne me pose plus de questions, je te prie. J'ai fait assez de mal comme cela. Je ne recommencerai pas.

Le général garda le silence pendant qu'elle faisait mine de s'occuper de ses rosiers. Sans s'en rendre compte, elle était devenue une sorte d'agent de renseignement pour l'armée. Pire encore, elle avait couché avec le suspect de l'enquête et pratiquement promis de lui fournir des informations.

— J'allais oublier, reprit son père en se levant, Geoffrey t'a adressé un message. J'imagine que tu ne l'as pas encore remercié pour ses chocolats ?

— Pas encore, non.

Elle avait complètement oublié, à dire vrai, et en eut un peu honte.

— Il sollicite néanmoins la permission de t'escorter ce soir au bal des Hesterfield.

— Je n'irai pas. Je n'ai pas envie d'entendre les commérages.

— Mais si, tu iras. Tu ne vas pas te changer en ermite sous prétexte qu'un de tes amis a mal agi... Parce qu'un de tes amis est soupçonné d'avoir mal agi, s'empressa-t-il de rectifier en levant la main quand Lucinda fit mine de protester.

— Papa, tu ne comprends pas. Georgiana et Tristan seront là. Tu m'as dit de rester loin d'eux ; ils ne comprendront pas.

— La rumeur leur est certainement déjà parvenue, et ils se douteront bien des raisons que tu as de garder tes distances. Ils comprendront. Ils ne sont pas sots.

— Tu m'as toujours dit de rester fidèle à mes convictions.

— Je sais. Et cette fois, rien que cette fois, je te demande d'être fidèle aux miennes. Celui qui a commis ce vol cherche à déclencher une guerre.

— Ce sont mes amis, dit-elle aussi calmement qu'elle put.

Il le savait aussi bien qu'elle. Certes, l'affaire était sérieuse, mais la confiance que Lucinda avait en l'innocence de Robert l'était tout autant.

— Lucinda, je ne vais pas te mentir. Cette affaire te fera peut-être perdre quelques amis. Je ne puis l'empêcher. Mais tu n'as rien fait de mal.

Si, elle avait manqué à sa parole. Mais le général était fin stratège et ne se souciait guère de la façon dont il – ou elle – obtenait des renseignements. En digne fille de son père, Lucinda savait elle aussi jouer à ce jeu-là.

— J'imagine que Wellington est au courant ?

— Il est conscient de la situation, mais seuls cinq officiers supérieurs participent à l'enquête.

Cinq hommes, dont son père, avaient donc su avant le reste de la capitale que Robert avait été emprisonné au château Pagnon.

— C'est affreux, murmura-t-elle.

— Le fait que quelqu'un cherche à libérer Bonaparte et à déclencher un nouveau bain de sang l'est encore plus. Allons, Lucinda, tu viens de passer quelques jours difficiles. Tu mérites de te divertir ce soir. Geoffrey semble être entiché de toi, et si je ne me trompe pas, il te plaît aussi. Pense un peu à toi, ma chérie. Tu verras, avec le temps, personne ne te reprochera cette affaire. Tu feras peut-être même figure d'héroïne.

— Je n'aspire pas à en devenir une, marmonna-t-elle. Tout le crédit te reviendra de droit. Maintenant, j'aimerais finir de m'occuper de mes roses.

— Je m'en vais faire savoir à Geoffrey que tu acceptes, annonça le général.

Lucinda acquiesça d'un bref hochement de tête sans même le regarder. Discuter n'aurait servi à rien. Le général attendait d'elle qu'elle se comporte en bon petit soldat qui accomplit sa tâche. Au pire, la compagnie de Geoffrey lui serait agréable, puisqu'elle ne pourrait pas profiter de celle de ses amis. Et, au mieux, elle pourrait voir Robert en cachette et lui faire savoir qu'il avait une alliée.

Lucinda arriva avec un léger retard au bal des Hesterfield. Lord Geoffrey s'était montré ponctuel, mais Lucinda avait mis plus d'une heure à descendre le rejoindre en compagnie de sa femme de chambre, qui leur tenait lieu de chaperon. Elle l'avait fait délibérément. S'ils arrivaient en retard, ils ne seraient pas annoncés, et elle pourrait se faufiler plus discrètement dans la salle.

— Nous avons raté les deux premières danses, dit Geoffrey en survolant du regard la foule des invités.

— J'en suis navrée, répondit-elle, agitant son éventail devant son visage de façon à scruter discrètement les bords de la salle. Ma femme de chambre ne retrouvait plus mes sandales vertes.

— Ne vous excusez pas, dit-il en faisant glisser son regard le long de sa silhouette. Je ne regrette pas d'avoir attendu. En outre, cela m'a permis de bavarder avec votre père.

— De quoi avez-vous parlé ?

— Il m'a informé des rumeurs qui vous embarrassent.

Lucinda réprima un froncement de sourcils. Son père tenait visiblement à ce que ce mariage se fasse, mais il l'avait habituée à plus de prudence en matière de confidences.

— Ah. Et vous a-t-il informé d'autre chose ?

— Il m'a seulement dit qu'il vous avait demandé de garder vos distances avec les Carroway.

De mieux en mieux.

— Il me l'a demandé, en effet, ce n'est pas moi qui le souhaite, déclara-t-elle. Je vous saurais gré de n'en parler à personne.

— J'allais vous faire la même suggestion, quoique l'étrange comportement de Robert Carroway depuis son retour aide sans doute ses proches à digérer l'annonce de ses nouvelles activités. Mieux vaut rester prudent, néanmoins.

— Rien n'a encore été prouvé, répliqua-t-elle. Pouvons-nous parler d'autre chose, je vous prie ?

— Mais certainement, Lucinda. En tant que fille d'un officier de l'armée respecté, vous n'ignorez cependant pas qu'il est préférable d'affronter les faits plutôt que de les ignorer.

— Je serais ravie d'affronter les faits, répondit-elle, irritée de l'entendre pérorer tel le perroquet de son père. Mais on ne m'en a pas présenté un seul, jusqu'ici.

— J'admire votre loyauté envers vos amis. Je ne saurais trop vous rappeler néanmoins de vous tenir loin d'eux.

Lucinda serra les dents.

— Oh ! Un cotillon ! Allons-y, voulez-vous ? s'exclama-t-elle en l'entraînant vivement vers la piste de danse.

La piste était très encombrée, ce qui était à la fois une bénédiction et une malédiction car si cela lui permettrait de se cacher parmi le tourbillon des robes, cela l'empêcherait aussi de voir qui était là.

— Les Carroway ne seront probablement pas là ce soir, déclara Geoffrey après une minute de silence. Ils n'étaient pas au feu d'artifice, hier.

— Vraiment ?

— Non. Si St. Aubyn et son épouse ne s'étaient pas trouvés dans le kiosque, j'aurais pu penser qu'on avait cherché à me jouer un tour.

Ô mon Dieu. Elle avait aussi oublié cela.

— Il s'est produit quelque chose, hier soir.

Beaucoup de choses, même, dont une particulièrement mémorable.

— Vous n'avez pas à vous expliquer, Lucinda.

Comme la danse s'achevait, elle aperçut Evie et Saint. Assis le long du mur, ils étaient absorbés par leur conversation. Aux yeux d'un étranger, Evelyn aurait semblé parfaitement à l'aise, mais Lucinda, qui la connaissait bien, nota l'inhabituelle crispation de ses mains et la pâleur de son teint. En tant que très proches amis des Carroway, ils devaient être préoccupés, eux aussi. Elle prit une longue inspiration et s'excusa auprès de Geoffrey.

— Lucinda ! s'exclama Evie en se levant pour étreindre ses mains. Tu es au courant, n'est-ce pas ?

— Oui, répondit-elle en s'asseyant près de son amie. Je suis navrée que papa et moi ayons été contraints de vous abandonner, hier. Il ne se sentait pas très bien.

— J'imagine qu'il a été très occupé, ces derniers jours, glissa le marquis, qui semblait toujours au courant de tout. Tiennent-ils déjà un suspect ?

— Voyons, Saint, intervint Evie. Même si Lucinda le savait, elle ne pourrait pas nous le dire, n'est-ce pas, Luce ?

— Non, je ne le pourrais pas. Tout ce que je sais, c'est qu'il fait son possible pour régler l'affaire.

— Quand l'annonce de ce vol a commencé à se répandre, Georgie aurait dû nous prévenir que Robert risquait d'être suspecté, poursuivit Evie à voix basse.

J'ai bien failli gifler Mélissa Milton hier, quand elle a cité son nom. Nous aurions pu minimiser les choses si nous avions été informés.

Lucinda s'efforça de contrôler son souffle.

— Les Carroway ne savaient peut-être rien, eux non plus. Robert n'est guère bavard depuis son retour.

— Il en a parlé à quelqu'un, apparemment, glissa Saint d'un ton suave en croisant le regard de Lucinda. Et s'il a vraiment été emprisonné au château Pagnon, je ne le blâmerais pas s'il s'avérait être le coupable.

— Ce n'est pas lui ! déclara-t-elle avec plus d'ardeur qu'elle n'en avait eu l'intention.

— Et je suis sûr que les Carroway apprécieront votre soutien, répondit Saint, dont le regard s'était porté au-dessus de l'épaule de Lucinda. Je me demandais s'ils allaient faire une apparition.

Lucinda ne put réprimer un battement de cils quand elle tourna la tête. Ils étaient venus au grand complet : Tristan et Georgiana, main dans la main, Andrew et Bradshaw fermant la marche, Robert se tenant au milieu.

Aucun d'eux ne semblait particulièrement heureux, et Lucinda, qui s'inquiétait pourtant sincèrement de la santé de Georgiana, se découvrit incapable de détacher les yeux de Robert. Son regard hanté lui serra le cœur, et elle pria pour que personne ne le connaisse assez bien pour le voir. Excepté ce regard, il semblait aussi stoïque qu'à son habitude, distant et imperméable au bourdonnement de voix qui enflait autour de lui.

Elle aurait voulu courir jusqu'à lui pour le prendre dans ses bras et se blottir contre lui. Sentir sa bouche sur la sienne et ses mains sur sa peau. Le rouge lui monta aux joues, et elle comprit qu'elle ne saurait pas garder ses distances. Elle ne pourrait pas se tenir à l'écart de lui, ni de ses amis.

Il tourna la tête à cet instant précis et croisa son regard comme s'il avait su depuis le début à quel endroit elle se trouvait. Avait-il révélé à sa famille que c'était elle qui l'avait trahi ? Il avait le pouvoir de détruire son amitié avec Georgiana et sans doute aussi avec Evie.

— Viens, dit justement celle-ci en quittant sa chaise, aussitôt imitée par Saint. Nous ne pouvons pas les laisser là tout seuls.

Lucinda leur emboîta le pas, puis se figea, surprise, quand Saint se retourna vers elle.

— Vous feriez sans doute mieux de rester là, murmura-t-il de façon à n'être entendu que d'elle et d'Evie. Votre père est directement mêlé à l'enquête, et votre présence auprès de Robert risquerait de la compromettre.

— Il a raison, approuva Evelyn. Reste là, Luce. Je parlerai à Georgie, elle comprendra.

— Non, répliqua Lucinda. Je ne perdrai pas mes amis pour une simple rumeur.

Une rumeur dont je suis responsable.

Elle se dirigea vers le coin de la salle derrière Saint et Evie, mais elle n'eut pas le temps de faire trois pas qu'une main l'attrapa par le coude.

— Ne faites pas cela, murmura Geoffrey en la guidant vers la table des rafraîchissements.

— Mon père vous a-t-il chargé de me surveiller ? s'enquit-elle en dégageant son bras aussi posément qu'elle le put.

— Il m'a demandé de garder un œil sur vous, oui, répondit-il. Mais, étant donné que je m'intéresse à vous ainsi qu'à l'influence de votre père, je tiens à ce qu'aucun d'entre vous ne se compromette.

Au moins, il était honnête. Lucinda soupira.

— Tout le monde sait que les Carroway et moi sommes amis. Le fait que je n'aille pas les voir ne fera que compliquer les choses. Ma présence auprès d'eux aidera, je l'espère, même si ce n'est qu'un peu.

— Jusqu'à ce que l'estropié se fasse arrêter. On racontera alors que c'est grâce à votre entremise, à vous et à votre père, qu'il a pu s'introduire chez les Horse Guards. L'enjeu va bien au-delà de votre tranquillité d'esprit, Lucinda.

— J'en ai parfaitement conscience, répondit-elle, oubliant presque de continuer à parler bas. Et il ne s'agit pas seulement de ma tranquillité d'esprit, Geoffrey. Il s'agit de loyauté et d'amitié.

— J'ai besoin de vous, Lucinda, dit-il en reprenant son bras. Ne vous mêlez pas de cette affaire.

— Je crains fort d'y être déjà mêlée.

— Mademoiselle Barrett ? s'enquit une voix grave et mélodieuse. Vous a-t-on déjà réservé cette valse ?

Robert se tenait à deux pas d'elle, comme s'il s'était matérialisé là par magie. Son expression était sereine, mais elle savait qu'il la mettait à l'épreuve, qu'il voulait savoir si elle était prête à l'éconduire publiquement.

— Je...

— Oui, elle est déjà retenue, Carroway, intervint Geoffrey. Rentrez chez vous, vous épargnerez ainsi à tout le monde l'indignité de votre présence.

Robert soutint tranquillement son regard courroucé.

— Je ne pense pas que Mlle Barrett vous appartienne, Newcombe, répondit-il. C'est à elle qu'il revient d'accepter ou de décliner mon invitation. Je suis certain qu'elle tiendra compte des promesses qu'elle vous a faites.

Le regard de Lucinda passa de l'un à l'autre de ces messieurs : l'adonis de salon face à l'ancien prisonnier sombre et tourmenté, l'ange opposé au diable.

— Je danserai cette valse avec vous, Robert, déclara-t-elle.

Il lui tendit la main, et elle la prit. Lucinda se rendit compte alors qu'un grand silence était tombé sur la salle de bal et qu'en dépit de sa voix assurée, les doigts de Robert tremblaient légèrement. Il avait été torturé par l'ennemi et subissait à présent le même sort de la part de son propre camp. Lucinda se félicita d'avoir décidé de rester à ses côtés ; elle n'aurait pas supporté d'assister à ce spectacle depuis les coulisses.

— Je suis surprise que vous soyez venu ce soir, dit-elle quand ils se mirent à danser.

Si d'autres couples les rejoignirent sur la piste avec un temps de retard, un grand cercle vide demeura tout de même autour d'eux. Son père allait être furieux, mais elle se soucierait de cela plus tard. Pour le moment, toute son attention était destinée à Robert.

— Je voulais danser avec vous, répondit-il. Je n'en ai pas eu l'occasion la dernière fois.

La main qu'il avait posée sur sa taille et les doigts qui enserraient les siens créaient un arc de chaleur qui traversait son corps.

— Avez-vous dit… Avez-vous…

— Vous voulez savoir si j'ai révélé à Georgiana la provenance de la rumeur ? demanda-t-il, croisant fugitivement son regard.

— L'avez-vous fait ?

— Non, je ne lui ai rien dit. Cela ne servirait pas mon objectif. Et je ne veux pas vous faire de mal, Lucinda. Pas tant que vous tiendrez votre promesse de ne pas blesser ma famille.

Lucinda sentit ses genoux faiblir de soulagement.

— Merci.

Il inclina la tête.

— Comment se porte votre simple et satisfaisant ami ?

— Ne commencez pas. Chacun a ses devoirs et ses obligations. Et je n'ai pas du tout envie de parler de cela, de toute façon. Je me soucie bien davantage de vous.

— Et moi de vous. J'ai réfléchi, ajouta-t-il d'un ton grave. Je ne peux pas vous demander de trahir les confidences que vous fait votre père. Ce serait… indigne de ma part.

Lucinda retint son souffle. Il lui offrait une échappatoire.

— Croyez-moi, Robert, répondit-elle, j'ai réfléchi aux conséquences. J'ai fait quelque chose qui vous a causé du tort et je tiens à m'amender.

Robert étudia un moment son visage tandis qu'ils dansaient. Il valsait bien, constata-t-elle, son pas était parfaitement souple et gracieux. Son genou le ferait souffrir le lendemain, mais c'était certainement le cadet de ses soucis.

— J'en viens à souhaiter devenir simple, murmura-t-il.

Lucinda déglutit car la même pensée lui était venue. Pourtant, ce qui l'attirait chez Robert, c'était la profondeur de son regard. Une profondeur que Geoffrey n'avait pas et ne percevait sans doute même pas.

— L'enquête dirigée par mon père est menée par cinq officiers supérieurs des Horse Guards, dont lui. Vous savez sans doute de qui il s'agit.

— Je le sais, oui, acquiesça-t-il.

— Ils comptent parmi les membres les plus fiables de l'armée.

— Je sais cela aussi.

— Pour une raison que j'ignore, ils ne connaissent pas la nature exacte des documents qui ont été volés, mais ils sont en train de dresser la liste des soutiens de Bonaparte à Londres.

— De dresser la liste ? répéta-t-il, une lueur passant dans son regard.

— Oui, répondit-elle, comprenant qu'elle venait de révéler quelque chose d'important. Vous pensez qu'ils devraient déjà la connaître, n'est-ce pas ?

— Je suis certain qu'ils en ont une, répondit-il en la gratifiant d'un bref sourire.

Elle grimaça.

— Cette liste fait donc partie des documents volés, dit-elle. Je n'aurais probablement pas dû vous dire cela.

— Trop tard, chantonna-t-il. Quoi d'autre ?

— Tiens, vous avez retrouvé le sens de l'humour ?

— Parfois. Le général a-t-il dit autre chose ?

— Il m'a recommandé de garder mes distances avec vous et avec votre famille tant que cette affaire ne serait pas réglée.

— Il me soupçonne donc vraiment, dit Robert en retrouvant tout son sérieux. Et vous allez avoir des ennuis. Vous auriez dû me le dire plus tôt. Je cherchais seulement à vous aider à donner des leçons à Geoffrey.

— Je n'aurai d'ennuis que si quelqu'un dit à mon père que nous avons dansé ensemble.

— Ah. Votre ami saura-t-il tenir sa langue, selon vous ?

Lucinda jeta un coup d'œil à Geoffrey, qui dansait avec lady Desmond tout en leur jetant des regards furieux.

— Non. Mais les colporteurs de ragots ne manquent pas, ce soir, de toute façon.

Elle détestait cela. Son instinct lui disait que Robert était innocent, mais le général l'était tout autant. Ils n'avaient rien fait de mal ni l'un ni l'autre, et pourtant l'un d'eux souffrirait forcément de sa décision.

La valse s'acheva trop tôt à son goût, et Robert fit glisser sa main autour de sa taille.

— Il va vouloir savoir de quoi nous avons parlé, dit-il en regardant par-dessus l'épaule de Lucinda.

— Je sais, soupira-t-elle. Je lui dirai que vous vous inquiétez de l'avancée de l'enquête menée par mon père.

— Ainsi vous ne mentirez pas, répondit-il, amorçant le geste de caresser sa joue avant de se ressaisir dans un léger sursaut. Je ne vous demanderai plus rien. Merci, Lucinda.

Elle sentit le souffle lui manquer à l'idée de se séparer de lui et dut se faire violence pour ne pas tenter de le retenir.

— Comment nous reverrons-nous ?
— Je pense que nous devrions nous en abstenir.
— Je ne suis pas de cet avis.
Elle faillit même lui suggérer de venir la retrouver dans sa chambre le soir même.
— Je rendrai visite à Georgiana demain, dit-elle à la place.
— Pas si votre père vous a demandé de garder vos distances.
— Mais...
— Elle comprendra, Lucinda. J'y veillerai.
— Dans ce cas, je rendrai visite à Evelyn demain midi. Vous n'aurez qu'à passer voir Saint.
— Très bien, répondit-il, incapable de dissimuler son sourire. Je m'arrangerai. Il faut aussi que vous sachiez que Georgiana a décidé de rester à Londres à cause de cette affaire.
— Vous n'avez pas à vous en blâmer.
— Je ne le fais pas. Je blâme celui qui a volé les documents.
Elle s'aventura à poser la main sur son bras.
— Nous le trouverons.
— C'est plus que souhaitable, en effet.

17

Vous avez décidé de vivre et j'en suis satisfait.

Le Monstre, *Frankenstein*

— À quoi diable songeais-tu ? siffla Tristan quand Robert rejoignit le petit groupe des Carroway. Qu'est-ce qui t'a pris de te montrer sur la piste ?

— J'ai songé que je pourrais danser, répondit-il.

— Rob, tu risques de mettre Lucinda et son père dans une situation difficile, dit Georgiana en posant la main sur son bras, comme venait de le faire Lucinda.

Robert fit passer son regard de l'un à l'autre.

— Vous avez raison sur ce point, Georgiana. Lucinda voulait nous manifester son soutien, ce soir, et venir vous rendre visite demain, Georgie. Je lui ai demandé de ne pas le faire. Le général lui a suggéré de garder ses distances avec nous, ajouta-t-il après un temps d'hésitation.

— Dans ce cas, nous devrions en faire autant, répondit aussitôt la vicomtesse. Êtes-vous parvenu à la convaincre ?

— Je le pense.

Ses frères faisaient cercle autour de Georgie, comme pour défier quiconque d'approcher d'elle, à moins d'avoir quelque chose d'aimable à lui dire. Le regard que Tristan promenait sur la foule était particulièrement menaçant.

— Tout cela commence à m'agacer prodigieusement, grinça-t-il.

Bradshaw fit signe à un valet d'approcher pour leur offrir à boire.

— Combien de temps pensez-vous qu'Hesterfield mettra avant de nous demander de partir ?

— Je n'ai encore jamais été mis à la porte d'une soirée. Je crois que cela m'amuserait assez, déclara Andrew.

— La chose m'est arrivée, dit Saint. Ce fut intéressant, mais je ne crois pas qu'une bagarre publique arrangerait nos affaires.

À l'autre bout de la salle, Geoffrey avait retrouvé Lucinda et lui offrait des chocolats dans l'espoir de la distraire. Robert lui souhaita bien du succès. Il avait proposé une échappatoire à Lucinda, mais elle n'avait pas voulu saisir l'occasion. Il sentit son cœur faire un bond dans sa poitrine. Elle avait clairement manifesté son désir de le soutenir et de le revoir au plus vite. Rien de meilleur ne pourrait se produire ce soir.

— Peut-être vaudrait-il mieux rentrer, suggéra-t-il.

— Quoi ? Et laisser gagner les commères ? rétorqua Brad, adoptant une posture encore plus belliqueuse, bras croisés sur le torse. Pas question que je parte d'ici avant d'avoir rossé quelqu'un.

Robert se sentait profondément reconnaissant envers sa famille pour le soutien qu'elle lui manifestait, mais cette affaire était la sienne. Il en était responsable, au bout du compte – son silence avait fini par se retourner contre lui. Il s'arrangerait pour régler cette histoire sans impliquer les siens davantage. Il aurait également préféré se passer de l'aide de Lucinda, mais celle-ci lui était précieuse et lui permettait de rester près d'elle.

Ils étaient seulement victimes de rumeurs, pour l'instant. Cependant, connaissant l'importance de l'enjeu – rassurer la population britannique –, Robert doutait des efforts que déploieraient les Horse Guards pour trouver le véritable coupable alors qu'ils disposaient déjà d'un bouc émissaire.

À l'idée de se retrouver en prison, même à la suite une erreur, même pour une courte durée – si, par quelque miracle, la vérité parvenait à éclater –, Robert se sentit sur le point de céder à la panique. Il ne pouvait pas se retrouver derrière des barreaux. Pas une seule minute.

— Robert, nous ne les laisserons pas rejeter le blâme sur vous, déclara tranquillement Georgiana.

— C'est un peu tard pour cela, répondit-il en se forçant à sourire. Mais laisser tout le monde nous regarder comme une horde de rhinocéros furieux n'aide pas vraiment. J'aimerais partir d'ici, mais si vous…

— Nous partons aussi, l'interrompit Tristan. Hesterfield semble sur le point de succomber à une attaque d'apoplexie, de toute façon.

Robert estimait avoir accompli ce qu'il était venu faire. Incapable de résister à la tentation de regarder Lucinda, il lui jeta un dernier coup d'œil pendant qu'ils attendaient l'étole de Georgiana près du vestiaire. Il avait déjà mémorisé la tenue qu'elle portait ce soir-là : une robe de soie vert pâle rehaussée de dentelle aux poignets et à l'encolure, de longs gants de soirée ivoire et une épingle d'émeraude qui retenait ses cheveux, parfaitement assortie à ses délicates sandales de danse.

Certains gentlemen la trouvaient trop grande à leur goût, trop hautaine, mais Robert connaissait la vérité. Elle était plus intelligente que la plupart d'entre eux, plus indépendante et plus honnête, et c'était cela qui leur faisait peur. Elle lui faisait peur aussi, mais pour une autre raison : il ne pouvait pas imaginer son retour à la vie, à l'humanité, sans elle.

— Rob, murmura Andrew en lui donnant un coup de coude. Nous partons.

— Oui, allons-y, répondit-il, se ressaisissant.

Lord et lady St. Aubyn restèrent afin de tenir compagnie à Lucinda et à Geoffrey, mais aussi pour veiller à ce que la rumeur n'enfle pas de façon disproportionnée dès qu'ils auraient le dos tourné. Les Carroway grimpèrent donc dans leurs attelages pour rentrer chez eux. Une fois à Carroway House, Brad et Andrew disparurent dans la salle de billard tandis que les autres gagnaient le petit salon. Après cinq minutes de silence, Georgiana proposa une partie de whist.

— Jouez sans moi, dit Robert, qui guettait un prétexte pour se retirer. Mon genou se rappelle à moi. Je vais l'envelopper dans une serviette chaude et me mettre au lit, si cela ne vous dérange pas.

— Ces bêtises finiront bien par cesser, Rob, déclara Tristan. Tout s'arrangera.

— Je sais.

Et tout s'arrangerait d'autant plus vite s'il mettait la main à la pâte. Dans sa chambre, il se débarrassa de sa tenue de soirée pour enfiler ses vieux vêtements de jardinage. Il ne dormait jamais beaucoup, de toute façon, et ce soir, avec le projet qui prenait forme dans sa tête, il était certain de ne pas fermer l'œil.

Il ouvrit la fenêtre et enjamba le rebord pour descendre par le treillis de vigne vierge jusqu'à la terrasse. Perché sur le rebord de la fenêtre, il hésita cependant. Sa belle-sœur était enceinte de huit mois, et sa famille se faisait un sang d'encre dès qu'il était hors de vue. Et il avait promis à Tristan de ne plus jamais partir sans prévenir. Poussant un long soupir, il repassa dans sa chambre. Il prit une feuille de papier dans son secrétaire et griffonna une note à la hâte pour indiquer le lieu où il comptait se rendre, puis la déposa sur son lit.

Il était à mi-chemin de la fenêtre quand quelqu'un frappa doucement à la porte et entra. *Malédiction.*

— Qu'est-ce que tu fabriques ? siffla Brad en le découvrant. Crois-tu que c'est ainsi que tu feras la preuve de ton innocence ? Je t'ai prévenu, Rob, nous t'avons tous prévenu, que si tu t'avisais de t'enf...

— J'ai laissé un message, l'interrompit Robert en désignant son lit du doigt. Parle plus bas, sinon tu risques de réveiller Edward.

Brad plissa les yeux, referma la porte et gagna le lit. Il ramassa la feuille, l'inclina vers la fenêtre, lut le message et le laissa retomber sur le lit avec une sorte de ricanement.

— Tu ne peux pas aller chez les Horse Guards, Rob. C'est de la folie.

— J'ai besoin de savoir s'il est facile d'y entrer et qui sont ceux qu'ils soupçonnent de soutenir Bonaparte.

— Et tu comptes apprendre cela en t'infiltrant en pleine nuit dans un lieu où tu risques de te faire prendre la main dans le sac ?

— Si je reste ici sans rien faire, les choses n'avanceront pas, Brad. Qui crois-tu qu'ils soupçonnent, excepté moi ? Personne. Et sais-tu pourquoi ? Parce qu'ils ont l'intention de m'accuser. Retourne donc te coucher. C'est mon problème, et je m'en occupe.

— Ce n'est pas *ton* problème. Tu as dit toi-même tout à l'heure qu'il s'agissait de simples rumeurs. Laisse l'armée faire son travail et essaie de ne pas aggraver ton cas.

— Je ne peux pas, Brad.

— Et pourquoi pas, pour l'amour du Ciel ?

Robert s'assit sur le rebord intérieur de la fenêtre et contempla ses mains. Comment pouvait-il expliquer quelque chose qu'il ne comprenait pas vraiment lui-même ? Il s'efforça d'ordonner ses pensées éparpillées.

— Si je n'étais pas revenu dans cet état, commença-t-il, si je ne m'étais pas caché pendant toutes ces années, personne n'aurait rien ignoré de ce qui m'est arrivé.

Brad s'assit sur le bord du lit.

— Tu n'as pratiquement pas desserré les lèvres, la première année, dit-il. Je m'en souviens. Cela ne ressemblait pas à un choix délibéré, ni à une volonté de ta part de nous tourmenter. C'était plutôt comme s'il t'était arrivé quelque chose d'indicible et que tu ne pouvais pas faire autrement que de garder le silence. Nous ne t'en avons jamais voulu.

Robert savait qu'il avait fait vivre un enfer à sa famille, mais entendre Brad le dire à voix haute le troubla profondément. Il déglutit.

— Merci.

— Mais je ne peux pas te laisser prendre un tel risque alors qu'aucune preuve ne peut être retenue contre toi. Si tu vas là-bas ce soir, ce dont on t'accuse deviendra réel.

Bradshaw avait entièrement raison. Mais l'idée de ne rien faire pendant que quelqu'un d'autre commandait son destin perturbait Robert jusqu'au tréfonds de l'âme. Cela lui était déjà arrivé, et il ne le tolérerait plus jamais. Pas alors qu'il venait enfin de retrouver l'espoir.

— Il ne me reste plus rien d'autre que mon nom, Brad.

— Tu as ta vie.

— J'ai appris, au château Pagnon, la différence qu'il y a entre vivre et survivre. Et, au cours des semaines passées, je me suis rendu compte que même si je marchais et respirais, je n'étais plus vraiment en vie depuis plusieurs années.

— Qu'est-ce qui a changé, dans ce cas ?

— Si tu répètes un seul mot de cela, Brad, j…

— Oh, je t'en prie. Tu n'as jamais dit à Tristan que c'était moi qui avais versé un pot de colle sur sa selle, n'est-ce pas ?

Ce souvenir tira un sourire à Robert.

— C'est vrai. Tu me dois un secret.

— D'où provient ton changement, Rob ? Nous l'avons tous remarqué.

— Lucinda Barrett.

Son frère l'observa un long moment.

— Elle a l'intention d'épouser Geoffrey Newcombe.

— Je sais.

— Tu n'es pas... amoureux d'elle, n'est-ce pas ?

Il n'aurait pas dû faire cet aveu.

— Ce n'est pas cela, répliqua-t-il, bien qu'il ne sût pas très bien si c'était vrai ou faux.

Elle l'obsédait, c'était certain. Et coucher avec elle n'avait rien arrangé à cela, au contraire.

— Je l'apprécie. Elle représente un espoir. Je ne sais pas trop comment l'expliquer.

— Très bien, mais qu'est-ce que cela a à faire avec le fait que tu sois prêt à risquer ta vie en t'infiltrant chez les Horse Guards ?

— Je veux qu'elle sache la vérité. Et je veux que son... que le général Barrett la connaisse aussi. Si je ne peux pas la faire surgir, il y aura toujours ce doute, ces regards, ces murmures m'accusant d'avoir commis un méfait, même si ce n'est pas celui qu'on m'impute aujourd'hui, qu'il suffit de me regarder pour s'en convaincre.

— Rob...

— Ne comprends-tu donc pas, Brad ? Je suis un objet de pitié, de dégoût. Un sous-homme.

Il prit une longue inspiration. Ils perdaient leur temps. Il devait faire avancer les choses.

— Je veux redevenir un homme à part entière, conclut-il.

— Et tu penses que ce que tu t'apprêtes à faire t'aidera ?

— Cela peut aider, oui.

Bradshaw se leva, laissa fuser un juron et se dirigea vers la fenêtre.

— Dans ce cas, allons-y. Je n'ai pas toute la nuit.

Robert cligna des yeux.

— Tu ne viens pas avec moi. Je t'ai dit que c'était mon problème. Je me charge de le régler. Seul.

— Je ne vais pas rester ici à affronter la colère de Tristan quand il découvrira que tu es parti. Viens, dépêche-toi.

Quelle que fût la raison pour laquelle Brad souhaitait l'aider, Robert ne pouvait pas nier que son aide lui serait utile. Il acquiesça donc, enjamba le rebord de la fenêtre et se laissa glisser le long du treillis.

Bradshaw le rejoignit sur la terrasse un instant plus tard.

— C'est bien pratique, dit-il en levant les yeux vers la fenêtre. Mais pourquoi ai-je l'impression que ce n'est pas la première fois que tu utilises ce chemin pour sortir ?

— Parce que c'est le cas. Et ne dis plus un mot. Tristan est toujours dans le petit salon.

— C'est vrai. Dans la marine, il n'est pas nécessaire de déployer de telles ruses, cependant. Il suffit d'avoir l'estomac bien accroché.

La nuit dissimulant son sourire, Robert contourna la maison pour gagner l'écurie. La présence de Brad le distrayait au moins de ses pensées.

— Et les valets ? souffla Brad quand ils s'arrêtèrent à l'ombre du bâtiment.

— Ils dorment tous, sauf Wiest qui est à moitié sourd. Nous sellerons les chevaux dans la cour.

Ils se dépêchèrent de faire sortir Tolley et Zeus, la monture de Brad. Habitué aux sorties nocturnes, Tolley remua à peine les oreilles quand Robert le sella, mais le pur-sang arabe de Brad souffla par les naseaux et refusa de prendre le mors.

— Malédiction, Zeus, tiens-toi donc un peu tranquille, tonna Brad.

Robert sortit un morceau de sucre de sa poche et le tendit à son frère. L'astuce opéra à merveille.

— La prochaine fois que j'aurai un rendez-vous de minuit avec lady Daltrey, je t'emmènerai avec moi, déclara Brad.

— Son mari est au courant de votre liaison. S'il ne dit rien, c'est parce que son épouse le laisse faire ce qu'il veut avec lady Walton.

— Je te demande pardon ? bafouilla Brad.

— Je sors souvent, à la nuit tombée, répondit Robert en enfourchant son cheval.

Ils remontèrent l'allée au pas et ne passèrent au trot qu'après s'être éloignés de la maison. Le bal des Hesterfield et toutes sortes d'autres soirées battaient encore leur plein, mais la plupart des carrioles des marchands ambulants avaient déserté les rues. Ils traversèrent Grosvenor Place, puis dépassèrent St. James Park avant de longer Whitehall, plus au nord. Enfin, ils s'arrêtèrent devant les bâtiments du Trésor.

— Allons-nous traverser directement le champ de parade ? demanda Brad.

— Des sentinelles seront postées à chaque extrémité, répondit Robert en regrettant de ne pas mieux connaître les lieux. Et les bureaux se trouvent aux premier et deuxième étages.

— Combien de bureaux y a-t-il ?

— Je n'en sais rien, répondit Robert en haussant les épaules. Trente ou quarante, j'imagine.

— Cela va nous prendre toute la nuit, alors, déplora Brad.

Robert descendit lentement de son cheval et s'approcha avec lui du grand édifice de pierre blanche. Quatre sentinelles montaient la garde au portail et le long des parapets, et il était prêt à parier qu'il y en avait au moins autant dissimulé dans l'ombre.

— Je n'ai pas apporté de corde, dit Brad. Comment comptes-tu t'y prendre ?

— Commençons par faire le tour du bâtiment. Voilà longtemps que je ne m'en suis pas approché.

Ils marchèrent quelques minutes en silence. Robert savait qu'ils avaient été vus, mais la nuit empêchait qu'on puisse les reconnaître. Avec les écuries au rez-de-chaussée et le véritable labyrinthe de bureaux situé au-dessus, naviguer dans le bâtiment ne serait guère aisé, même si la chance décidait de leur sourire. Chercher une preuve significative dans cette obscurité relevait *a priori* de la mission impossible.

— Te souviens-tu, Rob, de ces parties d'échecs où, après quatre mouvements, tu m'annonçais que j'avais déjà perdu ?

— Vaguement, oui.

— Tu as exactement la même expression qu'alors. À quoi penses-tu donc ?

— Je pense qu'entrer ici par effraction ne servira qu'à nous faire arrêter tous les deux, déclara-t-il alors qu'ils achevaient le tour complet du bâtiment et se retrouvaient à leur point de départ.

— Et donc ?

— Et donc, celui qui a dérobé ces documents a dû rester longtemps à l'intérieur, car même si je savais ce que je cherchais, il me faudrait des heures pour localiser la salle des archives et les documents qui m'intéressent.

— En effet, répondit Brad. Pouvons-nous rentrer, à présent ? Je commence à me sentir un peu trop visible.

— Oui, nous n'avons plus rien à faire ici.

Une fois de retour à Carroway House, Robert constata que personne n'était entré dans sa chambre pendant leur absence. Brad reparti, il alla s'asseoir dans son fauteuil de lecture près de la fenêtre. Depuis l'emprisonnement de Bonaparte, le besoin de soldats avait considérablement diminué, et les effectifs des Horse Guards s'étaient trouvés réduits en conséquence, ce qui faisait qu'une grande partie des bureaux servait désormais de réserve ou n'était plus utilisée.

Qui avait eu accès aux bureaux la semaine précédente ? Qui connaissait suffisamment les lieux pour prendre ce qu'il voulait et ressortir sans être inquiété ? Répondre à ces questions aurait été simple s'il avait connu quelqu'un qui travaillait aux Horse Guards.

Il connaissait bien Lucinda, qui semblait pressée de le revoir et de lui venir en aide, mais il ne voulait pas la mettre dans une position inconfortable.

Il alluma sa lampe et prit le livre qu'il avait laissé là en se demandant si elle était toujours au bal avec lord Geoffrey et si elle s'amusait. N'avaient-ils pas conclu un aimable arrangement ? Quand le Tout-Londres les aurait suffisamment vus ensemble et aurait tacitement approuvé leur union, il lui présenterait sa demande et ils feraient leur mariage simple et satisfaisant. Robert posa les yeux sur son livre ouvert sans en voir un seul mot. Les choses se seraient-elles passées autrement si Lucinda l'avait choisi, lui plutôt que Geoffrey, comme élève pour ses leçons ?

Il avait conquis son lit avant Geoffrey, mais face à son général de père, il était hautement improbable qu'il fasse le poids. S'il était revenu de la guerre fier, insouciant et plein de récits héroïques, le général Barrett aurait peut-être eu une meilleure opinion de lui, mais les choses étant ce qu'elles étaient, c'était *lui* qui n'avait pas une très haute opinion du général.

Lucinda lui redonnait espoir, et après quatre ans de souffrance, l'espoir était aussi difficile à ignorer que la lumière du soleil. Robert soupira. Comment aurait-il réagi aux rumeurs si elle ne l'avait pas tiré de l'ombre ? Il serait sans doute allé en Écosse faire avancer les travaux en attendant que l'armée britannique vienne le chercher.

L'idée de se faire tuer ne l'aurait pas vraiment dérangé, mais à présent, il avait trouvé une raison de vivre. Quant à ce qu'il ferait une fois que cette raison serait mariée à un autre… il n'en avait pas la moindre idée.

18

J'espère voir la paix dans votre manière d'être et découvrir que votre cœur n'est pas totalement dénué de confort et de tranquillité.

Elizabeth Lavinia, *Frankenstein*

— Heureusement, ils sont partis avant que quelqu'un ne juge nécessaire de les jeter dehors.

Lucinda s'arrêta devant la porte du bureau de son père et tendit l'oreille. Geoffrey était sans doute arrivé avant le petit déjeuner pour rapporter la nouvelle à son père. Qu'allait-il donc dire sur elle ?

— La situation est extrêmement embarrassante pour les Carroway. Après tout, le coupable n'a pas encore été officiellement désigné, répondit son père.

— Pas encore, répéta Geoffrey. Et je ne voudrais pas me montrer intrusif, mais il me semble qu'une discussion sévère avec Lucinda s'impose. Elle a insisté pour les saluer et a même dansé avec Robert. J'ai bien tenté de la mettre en garde, mais j'ai clairement senti que cela lui déplaisait.

De l'autre côté de la porte, Lucinda eut presque l'impression d'entendre son père froncer les sourcils et tapoter du bout des doigts sur son manuscrit.

— Elle est aussi entêtée que sa mère. Mais elle est très sensée, et je suis certain qu'elle comprend vos craintes. Le simple fait de présenter des excuses fonctionne assez bien, d'après mon expérience. Vous devriez peut-être lui parler de vos sentiments, mon garçon.

— Je crois que vous les connaissez, gloussa Geoffrey. Lucinda est merveilleuse, et je me plais à penser qu'elle se prend d'affection pour moi.

— Je crois que nous pouvons raisonnablement supposer qu'elle apprécie la cour que vous lui faites.

— Dans ce cas, j'aimerais solliciter la permission de lui demander sa main.

Lucinda sentit son estomac se nouer. Il avait dit cela d'un tel ton d'évidence ! Il ne s'agissait pas d'autre chose, en fait, que d'un simple arrangement, mais l'entendre dire ainsi était tellement... froid.

— Au vu des circonstances, je crois que le moment serait mal choisi. Lucinda ne doit pas approcher les Carroway, mais elle reste leur amie.

— Bien sûr. Mais une fois ce léger inconvénient dissipé, puis-je présumer que j'ai votre accord ?

— Vous le pouvez.

— Et l'affectation aux Indes ?

— Vous n'avez aucun souci à vous faire, mon garçon. J'ai assez d'influence pour vous garantir un poste de commandement. L'essentiel étant que vous respectiez le souhait de Lucinda : elle pourra décider de rester à Londres ou bien de partir avec vous.

— Bien sûr, répéta Geoffrey.

Signé, scellé et livré. Lucinda grimaça. Geoffrey ne semblait pas apprécier particulièrement Robert, mais l'entendre parler du possible emprisonnement de celui-ci comme d'un « léger inconvénient » reflétait un grand manque de cœur.

— Très bien, sir. Pensez-vous qu'elle descendra bientôt ?

— Elle ne saurait tarder. Avez-vous eu l'occasion de lire le deuxième chapitre ?

— Je l'ai presque terminé. C'est captivant. Vous avez su transcrire l'excitation et le chaos de la marche sur Ciudad Rodrigo avec une étonnante clarté.

Le général ricana.

— J'ai déjà accepté de vous donner ma fille, il n'est pas nécessaire de me flatter.

— Je suis tout à fait sérieux. De fait, je me proposais de revenir cet après-midi déposer votre manuscrit et emprunter le chapitre suivant, si cela vous convient.

— Il vous faudra l'apporter aux Horse Guards. Le troisième chapitre se trouve entre les mains du général Bronlin, mais il devrait l'avoir fini, aujourd'hui – à moins qu'un nouvel élément n'ait fait avancer l'enquête.

— Avez-vous entendu parler de quelque chose ?

— Non, rien de nouveau, soupira le général. Nous faisons fouiller tous les bateaux en partance et nous avons placé Carroway sous surveillance, au cas où il tenterait de quitter le pays ou de remettre les documents à un tiers.

Lucinda blêmit. Elle n'avait pas même envisagé que Robert puisse être placé sous surveillance. L'était-il déjà le soir où il était entré dans sa chambre ? Elle devait absolument l'en informer, mais la situation devenait de plus en plus délicate.

Même si elle appréciait les choses simples, l'art de la dissimulation n'avait aucun secret pour elle, et elle se sentait parfaitement disposée à y recourir. Il n'était pas question qu'elle abandonne ses amis, et elle n'était pas non plus disposée à se laisser manipuler.

Elle recula silencieusement de quelques pas, redressa le dos, puis s'avança vers le bureau de son père d'un pas résolu.

— Bonjour, pa... Lord Geoffrey, dit-elle en entrant. Je ne m'attendais pas à vous voir ce matin.

Geoffrey se leva, un bouquet de marguerites à la main.

— Elles sont pour vous ; je me suis dit que vous aviez déjà assez de roses.

Elle les accepta avec une petite révérence.

— Merci.

— Je me demandais s'il vous plairait de faire une promenade à cheval.

— J'espère que vous m'excuserez, Geoffrey, mais ce matin, je suis un peu distraite. Si l'on m'y autorise, j'aimerais écrire une lettre à Georgiana.

— Lucinda, dit son père en se levant, rien ne t'autorise à être impolie.

— Suis-je impolie ? Mon Dieu, pardonnez-moi. Je voulais seulement dire que mes amis me manquent et que je tiens à les assurer de mon soutien.

— Comment pourraient-ils te manquer, répliqua son père, quand tu leur as parlé seulement hier soir ?

Lucinda regarda Geoffrey.

— Rapportez-vous ainsi les histoires de tout le monde ou bien seulement les miennes ?

— Lucinda !

Geoffrey, lui, prit une mine contrite.

— J'agis ainsi dans votre intérêt, Lucinda. J'espère que vous le comprenez.

— Je crois, quant à moi, que vous vous souciez de *vos* intérêts. Si vous voulez bien m'excuser, ajouta-t-elle, je ne me sens vraiment pas bien, ce matin.

— Non, c'est à moi de prendre congé. J'étais seulement venu présenter des excuses. À l'évidence, j'ai mal choisi mon moment. Je vous en prie, ajouta-t-il en lui prenant la main, dites-moi que nous sommes toujours amis.

— Bien sûr que nous le sommes, dit-elle. J'ai simplement besoin de cette matinée pour moi-même.

Le général se leva pour raccompagner Geoffrey jusqu'à la porte, mais quand elle vit l'expression de son père, Lucinda préféra ne pas bouger. Oui, elle venait de se comporter de façon abominable, alors que Geoffrey s'était contenté de se faire l'écho des sentiments du Tout-Londres.

— Tu as dansé avec Robert Carroway, hier soir, dit son père lorsqu'il retourna s'asseoir à son bureau.

— Il me l'a demandé.

— Et moi, je t'avais demandé de ne pas le faire.

— Papa, je suis navrée, mais je ne choisis pas mes amis à la légère et il n'est pas question que je les abandonne à cause d'une rumeur.

Il la fusilla du regard, mais Lucinda soutint celui-ci sans ciller. Ils auraient pu rester longtemps ainsi, mais le majordome vint heureusement frapper discrètement à la porte, restée entrouverte.

— Vous avez reçu un message, monsieur, dit-il.

— Faites-moi voir cela.

Ballow le lui tendit et disparut de nouveau. Lucinda observa le visage de son père tandis qu'il prenait connaissance du bref message, et quelque chose dans son expression lui glaça soudain le cœur.

— Que se passe-t-il ? demanda-t-elle.

Le général plaqua le message sur son bureau avec une telle force qu'elle sursauta.

— Ton « ami » a été vu, hier soir, devant le bâtiment des Horse Guards.

— Ce n'est pas possible, c'est une erreur, souffla-t-elle en pâlissant.

— Les sentinelles avaient reçu de lui une description fidèle et l'ordre d'ouvrir l'œil. Lui et un autre gentleman sont venus à cheval vers 23 h 30. Ils ont fait le tour du bâtiment, puis sont repartis.

L'esprit en déroute, Lucinda chercha une explication plausible.

— On l'a accusé d'être entré dans ce bâtiment par effraction. Peut-être a-t-il voulu le voir de ses propres yeux.

— Ou peut-être souhaitait-il vérifier si la sécurité était aussi relâchée que la semaine dernière. Ce n'est pas le cas, je te l'assure, déclara-t-il en se levant. Je ne veux pas avoir à te le redire, Lucinda. Ne t'approche pas de lui.

Lucinda fut tentée pendant un bref instant de lui annoncer que Robert avait déjà passé une nuit dans son lit, mais elle se contenta d'un hochement de tête très sec.

— Comme tu voudras, papa.

— Où vas-tu ?

— Je vais lire à l'étage, puis j'irai déjeuner chez lady St. Aubyn. Ne t'inquiète pas, dit-elle en le voyant se rembrunir. Georgiana ne sera pas là.

— Quand tout sera terminé, tu verras que tu as agi au mieux, ma fille. Tous les bateaux qui lèvent l'ancre pour le continent sont fouillés. Si les documents se trouvent à bord de l'un d'eux, nous mettrons la main dessus.

— Je n'en doute pas.

— Et tu dois des excuses à lord Geoffrey. Il a fait tout son possible pour t'être agréable. Tu n'aurais pas dû te montrer aussi sèche avec lui.

— Oui, papa, répondit-elle en ouvrant la porte du bureau.

— Lucinda ?

Elle retint son souffle, et ses doigts se crispèrent sur la poignée de la porte.

— Oui ?

— En toute franchise et même sans tenir compte de cette malheureuse affaire, Geoffrey Newcombe vaut mieux que Robert Carroway. Geoffrey est attentionné, beau garçon, populaire et promis à une brillante carrière. Alors que Robert… est à peine capable d'aligner deux mots et n'a aucun avenir.

Lucinda se sentit gagnée par une soudaine envie de pleurer.

— Je te remercie de partager ton opinion avec moi, papa, marmonna-t-elle. C'est moi qui t'ai suggéré de faire venir Geoffrey, si tu veux bien t'en souvenir.

— En effet.

Lucinda remonta précipitamment à l'étage et s'enferma dans sa chambre. Elle détestait la tension qui était née entre son père et elle, alors qu'ils s'étaient toujours si bien entendus. Et elle détestait ne pas pouvoir s'empêcher de penser à Robert, alors que tout lui disait que Geoffrey était l'époux idéal pour elle. Mais ce qu'elle détestait par-dessus tout, c'était que personne ne voyait Robert tel qu'il était – y compris Robert lui-même.

Pendant l'heure qui suivit, elle passa bien plus de temps à arpenter sa chambre qu'à lire. Elle sonna finalement Helena pour qu'elle l'aide à s'habiller pour le déjeuner. Elle arriverait avec un peu d'avance, mais Evie ne lui en voudrait pas, et il y avait des choses que Robert devait impérativement savoir.

Elle se rembrunit soudain. Si Robert était surveillé, son père apprendrait forcément que celui-ci se trouvait à Halboro House en même temps qu'elle. Mais elle se soucierait de cela le moment venu, décida-t-elle. Robert et elle avaient besoin d'un petit peu de chance, et l'heure avait sonné de s'en remettre à elle.

Quand elle se présenta à Halboro House, Evie descendait justement l'escalier.

— Luce ! s'exclama-t-elle. Tu arrives à point nommé. Je comptais aller m'acheter un nouveau chapeau. Veux-tu m'accompagner ?

Lucinda songea un peu tard qu'il eût sans doute été bon de prévenir lord et lady St. Aubyn que Robert et elle s'invitaient à déjeuner chez eux.

— Je crois qu'il serait préférable de rester déjeuner ici, en fait, suggéra-t-elle avec un sourire penaud.

Evie, qui laçait le ruban de son bonnet, interrompit son geste.

— Crois-tu ?

— Oui, j'en suis convaincue.

— Y a-t-il une raison particulière à cela ?

Lucinda jeta un coup d'œil à Jansen, le majordome, qui se tenait discrètement près du portemanteau.

— Il fait un temps épouvantable, dehors.

Evie regarda les fenêtres qui se trouvaient de part et d'autre de la porte d'entrée, et la lumière du soleil lui fit plisser les yeux.

— En effet, déclara-t-elle en retirant son bonnet. Jansen, je vous prie, demandez à Mme Dooley de préparer des sandwichs au concombre et de la limonade.

— Bien, milady, répondit le domestique avant de disparaître dans les profondeurs de la maison.

Evie passa son bras sous celui de Lucinda et l'entraîna dans le petit salon.

— Eh bien, que se passe-t-il, mademoiselle Barrett ? Je t'ai trouvée fort distraite au bal, hier soir. Et maintenant... ceci ?

— Saint est-il là ? demanda Lucinda.

— Il est à l'écurie. Il s'occupe d'un cheval qu'il vient d'acheter à lord Mayhew. Pourquoi ?

— Il... euh... il risque d'avoir de la visite, lui aussi.

— Oh, c'est possible, en effet, répondit Evie en s'asseyant sur le canapé, lissant consciencieusement les plis de sa robe de mousseline jaune et rose tandis qu'un valet apportait le thé, puis repartait. Lucinda, tu seras peut-être surprise d'apprendre que je sais garder un secret mieux que n'importe laquelle de nos connaissances.

— Vraiment ? Pourquoi me dis-tu cela ?

— Laisse-moi te donner un exemple, répondit son amie en servant le thé. Te souviens-tu qu'à l'époque où je commençais à donner des leçons à Saint, il a disparu de Londres pendant toute une semaine ?

Lucinda s'assit face à Evie et prit une gorgée de thé, regrettant que ce ne soit pas du cognac ou quelque autre alcool fort.

— Oui, je m'en souviens.

— Eh bien, s'il avait disparu, c'est parce que je l'avais séquestré.

Lucinda, choquée, faillit recracher son thé sur le tapis persan du salon.

— Tu l'avais *quoi* ?

Evelyn eut un petit hochement de tête satisfait.

— Nous avions eu une dispute. Il m'avait annoncé son intention de faire démolir l'orphelinat que je m'efforçais de sauver, alors je l'ai enfermé pendant une semaine dans le sous-sol du bâtiment pour le faire changer d'avis.

Pendant un long moment, Lucinda ne put rien faire d'autre que contempler son amie, sidérée. Dire que Georgiana et elle étaient persuadées qu'Evie était la plus timorée des trois !

— Et le traitement a fonctionné, dit finalement cette dernière.

Elle sourit, parfaitement maîtresse d'elle-même, le regard pétillant de malice.

— Quoi qu'il en soit, si je te raconte cela maintenant, c'est pour t'assurer que, quoi qu'il t'advienne, tu peux me faire confiance.

— Je…

La porte du petit salon s'ouvrit sur ces entrefaites, et Saint entra, suivi de Robert. Comme la veille, Lucinda dut faire appel à toute sa volonté pour ne pas courir jusqu'à lui, le serrer dans ses bras et l'embrasser jusqu'à ce que la souffrance ait déserté son regard et que le désir brûlant qui s'était emparé d'elle ait été satisfait.

Saint appuya son épaule contre l'encadrement de la porte.

— Avez-vous demandé que l'on prépare des sandwichs ou autre chose, Evelyn ?

— Oui, c'est fait.

— Tant mieux. J'aurais aimé que vous me préveniez que nous recevions des amis à déjeuner.

— Je l'aurais fait si *eux* m'avaient prévenue.

— Bonjour, dit Robert, ignorant le jeu de scène secondaire qui se déroulait autour d'eux, trop occupé qu'il était à dévorer Lucinda des yeux.

Elle se sentit rougir sous le feu de son regard et un délicieux frisson passa sur sa peau, comme sous l'effet de la caresse d'une brise tiède.

— Nous avons oublié de prévenir Evie et Saint que nous leur rendrions visite aujourd'hui, dit-elle.

— Puisque vous êtes là, intervint Saint, asseyez-vous donc. À moins que vous ne préfériez que nous vous laissions seuls.

— Il n'est pas question que nous partions, objecta Evelyn. J'insiste pour que la bienséance soit respectée dans cette maison.

Robert cligna des yeux, comme s'il avait oublié que d'autres personnes se trouvaient dans la pièce.

— Il serait peut-être préférable que vous partiez, en fait, dit-il en se tournant à nouveau vers Saint. Je suis devenu une sorte de paria, ces derniers temps.

— Vous êtes déjà venu jusqu'à ma porte, répondit Saint. Je comprends que vous ayez besoin de vous retrouver en terrain neutre. Asseyez-vous donc, je vous en prie. Cognac ? ajouta-t-il en se dirigeant vers le cabinet à liqueurs.

Robert secoua la tête et s'assit à côté de Lucinda. Il ne semblait pas avoir dormi beaucoup ces derniers jours, mais elle n'avait guère fermé l'œil, elle non plus. Quelque chose d'autre que la fatigue hantait son regard bleu, cependant – l'inquiétude. Une inquiétude que Lucinda allait malheureusement devoir accroître.

— Quelqu'un vous a-t-il suivi jusqu'ici ? demanda-t-elle en baissant la voix.

— On a essayé. Deux hommes. Des soldats, je suppose ?

— Oui, répondit-elle en pâlissant. Il ne faut pas qu'ils apprennent que nous nous trouvons ici ensemble, Robert. Mon père...

Il prit sa main, et malgré ce contact rassurant qui déclencha un flot de chaleur dans tout son bras, elle sentit la tension de ses doigts.

— Ils croient que je suis à Piccadilly, Lucinda. Tout va bien. Je m'y attendais.

— À cause d'hier soir ?

— Hier soir ? répéta-t-il, surpris.

— Mon père a été informé ce matin d'une visite que vous auriez faite aux Horse Guards hier soir. En compagnie d'un autre homme.

— J'étais avec Bradshaw, confirma-t-il. Je voulais voir à quel point il était facile de pénétrer dans le bâtiment.

— Vous n'auriez pas dû y aller vous-même, intervint Saint en prenant place à côté d'Evie sur le canapé.

— Je pouvais difficilement demander à quelqu'un d'autre de le faire à ma place, répliqua sèchement Robert. Je n'avais d'ailleurs pas l'intention d'y aller avec mon frère, mais il m'a surpris en train d'enjamber la fenêtre.

— La fenêtre ? murmura Lucinda, surprenant alors une lueur amusée dans le regard de Robert – lui aussi avait repensé à la nuit où il était entré dans sa chambre.

— Puisque vous êtes là, déclara Saint, et étant donné que vous risquez de nuire à ma réputation – dont je ne me soucie guère –, j'aimerais que vous répondiez à quelques questions, Robert.

— Trop de gens en savent déjà plus qu'ils ne devraient, répliqua-t-il.

— Vous ne pouvez pas vous attendre…

— C'est ma faute, Robert, déclara Lucinda en se levant. Pas celle de Saint. Si je n'avais pas rapporté à mon père ce que vous m'aviez confié sous le sceau de la confidence, personne ne vous suspecterait davantage qu'on ne suspecterait… Wellington.

Robert se leva sans rien dire et gagna la fenêtre.

— C'était une mauvaise idée, lâcha-t-il finalement en contemplant le jardin.

Evie s'éclaircit la gorge.

— Je dois aller voir où en sont les choses en cuisine, annonça-t-elle. Michael, auriez-vous la bonté d'aller me chercher un châle ?

— N'étions-nous pas censés jouer les chaperons ? s'enquit le marquis d'un ton ironique.

Le regard de Lucinda passa de Saint à Robert, toujours planté devant la fenêtre.

— Rien que cinq minutes, je vous en prie.

— Bon, va pour cinq minutes, soupira Saint.

Une fois que les époux St. Aubyn eurent quitté la pièce en refermant la porte derrière eux, Lucinda se força à rire.

— Je ne vous cache pas que je vois moi aussi les inconvénients qu'il pourrait y avoir à impliquer Saint dans cette histoire.

Robert se retourna sans rien dire, marcha jusqu'à elle, prit son visage entre ses mains et l'embrassa avec une férocité désespérée qui la laissa à bout de souffle. Un flot de chaleur la submergea. Elle se pressa contre lui avec un gémissement, glissant ses mains sous sa veste pour les faire remonter dans son dos.

Elle ne comprenait pas ce qui lui arrivait, mais elle était comme gagnée par l'ivresse. *Il* l'enivrait – et elle savait que ce n'était pas censé se produire. Ses lèvres sur les siennes, elle se retrouva plaquée contre le dossier du canapé quand il intensifia leur étreinte.

— Ce n'est pas votre faute, souffla-t-il quand il interrompit leur baiser. Étant donné ce que je suis, cela devait forcément arriver.

— Non, Robert, ce que vous êtes n'a rien d'anormal. Bien des hommes seraient morts s'ils avaient dû traverser les épreuves que vous avez subies.

— Je suis mort, Lucinda.

— Vous ne l'êtes pas, répliqua-t-elle. Vous avez eu le dessus, Robert.

Un léger sourire effleura le coin de ses lèvres.

— À vrai dire, je commence à penser de plus en plus comme vous. Je me doutais que je pouvais avoir été vu, hier soir, ajouta-t-il en se rembrunissant. Mais j'avais besoin de savoir quelque chose.

— J'espère que c'était important, répondit-elle, résistant à l'envie soudaine d'enfouir ses mains dans ses cheveux.

— Oui. Je crois pouvoir dire sans me vanter que je suis assez doué pour me faufiler où je veux sans me faire remarquer...

— J'ai constaté cela, en effet.

Un éclair de satisfaction passa dans ses yeux.

— Le bâtiment des Horse Guards est aussi complexe qu'un terrier de lapin. Votre père vous a-t-il dit s'il manquait autre chose que la liste des sympathisants et les plans ?

— Non.

— Celui qui les a pris savait forcément où ces documents se trouvaient. Il s'agit donc de quelqu'un qui a facilement accès aux lieux. Je pense même...

— ...qu'il s'agit de quelqu'un de la maison ? termina-t-elle à sa place.

Elle réfléchit un instant.

— Je ne pense pas, Robert. Je m'y suis moi-même rendue de nombreuses fois. Cet endroit est un vrai moulin ; des hommes et des soldats vont et viennent sans arrêt.

— Existe-t-il un registre des visiteurs et du personnel ?

— Seulement des visiteurs. Il y a un registre à l'entrée principale que chaque visiteur doit signer à son arrivée.

— C'est toujours un début.

— Non, soupira-t-elle en se levant pour se verser un whisky. Cela ne servirait à rien. Et j'ai eu beau dire et répéter à mon père que vous n'étiez pour rien dans cette affaire, tout ce qu'il veut, c'est que je me tienne à distance de cette affaire et que je n'offense pas lord Geoffrey.

— Vous avez offensé lord Geoffrey ?

— J'ai décliné sa suggestion de me tenir à distance de mes amis afin de préserver ses chances de promotion.

— Et qu'a-t-il fait ?

— Il m'a apporté des fleurs ce matin. Mais je le soupçonne de faire davantage la cour à mon père qu'à moi.

— Quel genre de fleurs ?

— On vous accuse de haute trahison, et vous voulez savoir quelles fleurs il m'a offertes ?

Robert la regarda aller et venir, son verre à la main, une expression soucieuse assombrissant ses traits.

— Je pencherais pour des marguerites, dit-il.

— Comment diable pouvez-vous savoir cela ?

— Vous cultivez des roses ; il en aura donc conclu que vous aviez assez de roses, or les marguerites abondent, cette année.

— Vous voulez dire qu'elles sont moins coûteuses.

— Je veux dire qu'elles sont simples, rectifia-t-il. Faciles à trouver, facilement susceptibles de plaire.

— Je vois. Et quelles fleurs auriez-vous choisies, à sa place, je vous prie ?

— Des roses lavande, répondit-il sans hésiter.

Le cœur de Lucinda fit un bond.

— Pourquoi cela ?

— Parce que le bleu lavande est votre couleur préférée et que vos fleurs préférées sont les roses, répondit-il en se rapprochant d'elle pour caresser sa joue du dos de ses doigts.

Elle ne pouvait plus respirer, plus bouger. Elle aurait voulu qu'ils puissent rester éternellement ainsi, à se regarder, se touchant à peine.

— Comment savez-vous que le bleu lavande est ma couleur préférée ?

— Parce que je suis attentif, répondit-il tranquillement, se penchant vers elle pour l'embrasser de nouveau.

Son baiser fut cette fois très lent, doux, aussi léger qu'une plume, tel un souffle d'air tiède sur ses lèvres. Lucinda ferma les yeux et s'y abandonna tout entière.

— Lucinda ?

Elle rouvrit les yeux et se sentit happée par son regard bleu, tout près du sien.

— Oui ?

— Geoffrey vous a-t-il embrassée ?

Elle porta son verre à ses lèvres et en avala une longue gorgée. La morsure de l'alcool la fit tousser et ses yeux s'embuèrent de larmes.

La porte du salon se rouvrit.

— Les cinq minutes s...

Saint s'interrompit quand il aperçut Lucinda. Il se précipita aussitôt vers elle, lui saisit l'épaule et lui tapota le dos.

— Comment vous sentez-vous ?

— Je... je vais... bien, hoqueta-t-elle entre deux quintes de toux.

— Elle a bu du whisky, expliqua Robert.

— Je regrette d'avoir manqué cela. Allons, venez. Le déjeuner est servi.

Le marquis les conduisit le long du couloir qui desservait la salle à manger. Voyant que Robert ralentissait le pas, Lucinda l'imita.

— Pourquoi avez-vous jugé bon de me demander cela ? murmura-t-elle.

— Parce que si vous comptez l'épouser, vous devriez au moins essayer de l'embrasser, répondit Robert sur le même ton.

— Dans ce cas, j'imagine qu'il serait préférable que nous cessions de nous embrasser.

Il lui décocha un sourire éblouissant, puis retrouva aussitôt une mine sombre.

— Je ne crois pas pouvoir faire cela.

C'était bien là tout le problème. Lucinda ne pensait pas non plus en être capable.

19

Mes espoirs futurs et mes perspectives
sont entièrement liés à l'attente de notre union.

Victor Frankenstein, *Frankenstein*

Adossé à la porte d'une stalle, Robert regardait un garçon d'écurie brosser Tolley. Sa monture et lui avaient eu plus d'exercice que prévu, car il n'avait pas envisagé de devoir faire un détour de plusieurs kilomètres pour échapper aux hommes chargés de le surveiller. Mais il ne l'avait pas regretté, car cela lui avait permis de voir et de toucher Lucinda de nouveau.

En outre, elle lui avait appris l'existence d'un registre des visiteurs, ce qui signifiait qu'une personne étrangère aux Horse Guards avait très bien pu entrer par la grande porte pour dérober les documents, pour peu qu'elle soit déjà venue à plusieurs reprises.

— Qu'est-ce que tu fais ? s'enquit Edward en entrant dans l'écurie, Tristan sur les talons.

— Je me torture les méninges, répondit-il. Et toi ?

— Tristan m'emmène pêcher. J'étais censé monter à cheval avec William Grayson, mais il est malade. Ses parents ont envoyé un message pour m'avertir.

Tristan croisa le regard de Robert au-dessus de la tête du Gnome, et Robert comprit son message silencieux : la famille de William n'avait pas voulu que celui-ci soit vu en compagnie d'un Carroway.

— Je suis certain qu'il sera rétabli sous peu, dit-il en tâchant de ne pas s'étrangler sur ses mots.

— J'espère bien ! Brad a promis de nous emmener à Portsmouth la semaine prochaine pour admirer son vaisseau.

— Dis-moi, le Gnome, pourquoi n'irais-tu pas aider John à seller Tempête ? suggéra Tristan en lui donnant un léger coup de coude.

Mais Edward résista et croisa fièrement les bras.

— Je ne suis pas idiot, vous savez. Si vous devez parler de quelque chose et que tu ne veux pas que j'entende, il te suffit de dire : « Le Gnome, éloigne-toi cinq minutes, que je puisse parler avec Rob. »

Tristan sourit.

— Le Gnome, éloigne-toi cinq minutes, que je puisse parler avec Rob.

— Entendu. Mais, un jour ou l'autre, tu seras bien obligé de me dire ce qui se passe.

— Ouste, Edward.

Tous deux regardèrent l'enfant s'éloigner, puis Tristan se tourna vers Robert.

— Comment s'est passé ton déjeuner avec Saint ? C'est bien chez lui que tu es allé, n'est-ce pas ?

— Je t'avais prévenu, comme tu l'as exigé. Lord et lady St. Aubyn te transmettent leurs amitiés et te prient de faire appel à eux si tu as besoin de quoi que ce soit.

— Ce sont d'excellents amis.

— En effet, acquiesça Rob. Bonne partie de pêche.

— Attends, Rob, dit Tristan, voyant que son frère faisait mine de s'éloigner. Je sais que tu t'en veux pour ce qui arrive et...

— Comment le sais-tu ?

— Parce que je te connais. Et que j'ai des yeux. Mais tu n'as pas à te blâmer. L'avantage d'avoir une famille, c'est qu'on n'a pas à se défendre tout seul.

— Tristan, si je me reproche ce qui arrive, c'est parce qu'il y a trois ans, j'ai tenté de faire quelque chose qui l'aurait empêché et que j'ai échoué.

Le regard bleu pâle du vicomte l'étudia longuement.

— Qu'as-tu donc tenté de faire ?

— De me tuer. Ou d'obliger les Français à le faire, ce qui revient au même.

— Robert, souffla Tristan en blêmissant.

— Je ne voyais aucun autre moyen de sortir du château Pagnon et je ne supportais plus d'y rester. Je n'en pouvais plus, alors... je les ai incités à me tirer dessus. Mais des résistants espagnols m'ont découvert avant que je meure.

— Tu n'as tout de même pas l'intention de...

— Réessayer ? Non. Mais c'est pour cette raison que j'ai tu ma détention à Pagnon, et c'est pour cela que je dois me débrouiller seul. C'est *ma* faute, et je ne supporterais pas que l'un de vous se fasse arrêter pour avoir voulu m'aider. Pour l'amour du Ciel, Tristan, tu seras bientôt père.

— Je le sais bien, répondit le vicomte en lui saisissant le bras. Et je tiens à ce que mon enfant ait un oncle.

— Il en aura trois autres, répondit Robert, qui tentait vainement de dégager son bras.

— Certes, mais je tiens à ce qu'il ait celui qui a le plus de bon sens et d'intelligence – toi. Ne nous rejette pas, Rob, ajouta-t-il en relâchant son bras. C'est à nous qu'il revient de décider de ce que nous avons à faire.

— J'y songerai, biaisa-t-il. Il faut aussi que tu saches, Tristan, que les Horse-Guards m'ont d'ores et déjà placé sous surveillance.

— Comment ? Mais...

— J'ai réussi à les semer à Piccadilly, mais ils ont déjà dû revenir ici.

— Par Lucifer, jura Tristan. As-tu une autre nouvelle de ce genre à m'annoncer ? Parce que si c'est le cas, je préférerais boire un verre avant.

— Je n'en vois pas d'autre pour le moment.

Excepté Lucinda, bien sûr, mais Robert ne voyait pas comment il aurait pu expliquer cela, et il doutait que Tristan soit capable de comprendre son obsession pour elle.

Une fois les chevaux prêts, il hissa Edward sur sa selle et regarda ses frères s'éloigner au trot, suivis d'un valet à cheval chargé de transporter le matériel de pêche.

Il décida d'aller réfléchir dans son jardin de roses ; il y serait plus à son aise qu'à l'écurie. Les plantes l'étonnaient. Deux semaines auparavant, ce n'étaient que des tiges avec des feuilles et des épines, et elles auraient semblé mortes si les feuilles n'avaient pas été vertes. Mais de nouvelles pousses et de nouvelles feuilles étaient apparues sur tous les plants, et en les observant, il fut presque certain de déceler la promesse d'un nouveau bouton.

De nouvelles herbes folles avaient également réussi à sortir de terre, et il marcha dessus pour les écraser. Si seulement le voleur de documents avait été aussi facile à repérer que des mauvaises herbes parmi les roses !

Une métaphore s'imposa alors à son esprit : il allait redevenir la mauvaise herbe qu'on piétinait, tandis que Lucinda s'épanouirait telle une rose. Il l'avait tenue dans ses bras, lui avait confié le pire de ses secrets… et elle avait toujours l'intention d'épouser Geoffrey Newcombe.

Geoffrey Newcombe. Jusqu'alors, Robert ne lui avait pas particulièrement prêté attention, mais depuis que Lucinda l'avait choisi comme époux potentiel, son indifférence envers le fils de Fenley avait cédé le pas au déplaisir. Et avec le désastre qui s'annonçait et qui placerait Geoffrey dans le rôle du parfait patriote et Robert dans celui du traître, ce qu'il ressentait allait au-delà du déplaisir. Nettement au-delà, même, songea-t-il en arrachant à la main les dernières mauvaises herbes. C'était de la haine qu'il éprouvait pour Geoffrey. Il le haïssait avec une violence qui le surprit lui-même.

Robert frappa le sol du poing. Qu'était-il censé faire ? Rester assis par terre et laisser Lucinda épouser quelqu'un d'autre sous prétexte que c'était une solution simple et satisfaisante ? Mais avec qui d'autre que Geoffrey aurait-elle bien pu se marier ? Lui ? Il ricana. Lui, se marier ? Et pas avec n'importe qui, avec Lucinda Guinevere Barrett ! Comme s'il avait pu envisager une telle chose, avec la corde de pendu qu'on lui avait déjà pratiquement passée autour du cou pour haute trahison… Avant tout, il devait apporter la preuve de son innocence.

— Que faites-vous donc, Rob ? Vous battriez-vous contre des vers de terre ? s'enquit la douce voix de Georgiana derrière lui.

— Non, je réfléchis, répondit-il en détendant le poing avant de chasser la terre de ses mains.

— À quoi donc ?

— Au moyen d'obtenir un document auquel je n'ai pas accès et qui se trouve dans un lieu où ma présence n'est pas autorisée. Tout en étant surveillé par des hommes dont je suis censé ignorer qu'ils rôdent dans tous les buissons alentour.

— Oh. Demandez à quelqu'un d'obtenir ce document à votre place, dans ce cas.

Il se retourna pour la regarder.

— Cela supposerait d'impliquer une tierce personne.

Elle pinça les lèvres.

— Je pourrais énoncer l'évidence en vous répondant que d'autres personnes sont déjà impliquées, ou bien je pourrais vous suggérer de demander à l'un de vos proches de vous aider.

— Et comment pourrais-je demand…

— Ma foi, oui, j'aimerais beaucoup vous aider. De quel document s'agit-il ? l'interrompit-elle.

— Georgiana, vous ne pouvez p…

— Trop tard. Je me suis déjà portée volontaire.

Elle le gratifia d'un sourire malicieux et farouchement déterminé.

— Je n'aime pas voir les gens injustement accusés. Cela m'irrite. De quel document s'agit-il ?

Robert se leva. La vie de tous les Carroway avait changé depuis l'arrivée de Georgiana, celle de Robert peut-être plus encore que celle de Tristan. Parmi bien d'autres choses, sa venue avait amené Lucinda jusque dans son petit monde clos et obscur, qu'elle avait inondé de soleil.

— Il s'agit d'une page du registre des visiteurs des Horse Guards. J'ai besoin de savoir qui y est entré la semaine passée.

— Et où se trouve ce registre ?

— Juste à côté de l'entrée principale. Une sentinelle en est responsable.

— Croyez-vous qu'il s'y trouve encore malgré l'enquête en cours ?

— D'après ce que je sais, on suspecte un étranger aux lieux, pas un visiteur qui s'y rend régulièrement.

— Bien, dit-elle en portant le regard vers l'allée. Des hommes sont-ils vraiment cachés dans les buissons ?

— Ils sont revenus, oui. Je… tiens de source sûre qu'ils sont chargés de me surveiller.

— Quand cette affaire sera terminée, il faudra que j'aie une petite conversation avec le général Barrett, déclara-t-elle, les yeux étincelants de colère. Très bien. Restez dans le jardin jusqu'à ce que je sois partie.

— Partie ? Vous n'allez pas...

— Je n'aurais jamais cru devoir vous dire cela un jour, Robert, mais taisez-vous. Cette mission est une affaire de femme. Maintenant, je vais aller rédiger un message. Souvenez-vous de ne pas retourner dans la maison avant mon départ.

Stupéfait, Robert la regarda regagner la maison d'un pas décidé. Visiblement, cette histoire inquiétait sa belle-sœur davantage qu'il ne l'avait cru. Un valet sortit bientôt et s'empressa d'aller héler un cab. Robert prit un arrosoir et tourna délibérément le dos à la maison et à l'allée. Quoi que Georgiana ait prévu de faire, il n'avait pas l'intention de lui compliquer la tâche.

Dix minutes après la disparition du valet, une berline s'engagea en brinquebalant dans l'allée. Il jeta un coup d'œil dans sa direction tout en faisant mine de prélever un insecte sur une feuille. La portière de la voiture était frappée de l'écusson rouge et or de St. Aubyn. Quelle qu'ait été la teneur du message envoyé par Georgiana, celui-ci se révélait efficace.

Sa belle-sœur s'avança jusqu'à la voiture, se hissa à l'intérieur avec l'aide de sa femme de chambre et d'Evelyn, et le cocher fit claquer son fouet, emmenant toutes ces dames à bord de son attelage. Robert poursuivit tranquillement l'arrosage de ses rosiers, puis regagna la maison. Il ne pouvait plus rien faire d'autre qu'attendre le retour de Georgiana.

— Lucinda !

Lucinda sursauta et faillit trébucher en descendant de l'attelage de son père.

— Geoffrey ?

Le jeune homme descendit de cheval et s'avança vers elle.

— Il faut que je vous parle.

Lucinda jeta un regard vers la maison, où le majordome avait déjà ouvert la porte en prévision de son retour.

— Je rentre à peine d'un déjeuner, balbutia-t-elle.

Elle aurait dû se sentir coupable ; vingt minutes plus tôt, elle embrassait encore Robert Carroway. Pourtant, quand lord Geoffrey prit sa main, le premier sentiment qu'elle éprouva fut l'ennui. Elle voulait réfléchir au moyen d'entrer en possession de la liste des membres du personnel affecté aux Horse Guards sans que son père le découvre, elle n'avait pas de temps à consacrer à Geoffrey.

— Si vous voulez bien patienter dans l'antichambre un instant...

— Non, je vous en prie, marchez avec moi. Il faut que je vous parle de toute urgence.

Les doigts de Geoffrey se refermèrent sur son bras. Elle ne l'avait encore jamais vu habité d'une telle fougue. Vaguement alarmée, elle acquiesça et désigna sa roseraie, où ils n'auraient pas besoin de chaperon.

— Je ne puis vous accorder qu'un bref instant.

Leur pas, quand ils contournèrent la maison, évoquait plus le trot d'un cheval qu'une flânerie romantique. Lucinda tira sur le bras de Geoffrey pour l'inciter à ralentir, mais il s'obstina et ne s'arrêta que devant le banc de pierre, où il l'invita du geste à prendre place.

— Geoffrey, que se passe-t-il ?

— Asseyez-vous, je vous prie.

Elle s'exécuta, mais au lieu de s'asseoir près d'elle, il se mit à faire les cent pas devant le banc.

— Geoffrey, de quoi qu'il s'agisse, je vous prie de me le dire.

Il s'immobilisa soudain devant elle.

— Je vous ai suivie, déclara-t-il.

Lucinda sentit son sang se figer dans ses veines.

— Comment ?

— Je ne suis pas aveugle, Lucinda. J'ai vu avec quels yeux vous regardez ce… Robert Carroway. Et après la querelle que nous avons eue ce matin, je me suis dit que vous alliez peut-être… chercher à le revoir. Alors, je vous ai suivie jusqu'à Halboro House.

L'espace d'un instant, Lucinda eut l'impression que son cœur allait bondir hors de sa poitrine. Si son père apprenait qu'elle avait une fois de plus agi dans son dos, il ne le lui pardonnerait jamais.

— J'ignorais qu'il serait là…

— Peu importe. Vous êtes une femme. Je comprends votre penchant pour les chiens errants et les petits oiseaux blessés.

Il finit par s'asseoir auprès d'elle et prit sa main.

— J'ai dit à votre père que j'attendrais que cette histoire soit réglée, mais je n'ai pas cette patience.

Lucinda lutta contre l'instinct qui la poussait à s'enfuir en hurlant. C'était ce qu'elle souhaitait, se souvint-elle. C'était pour cela qu'elle avait choisi lord Geoffrey comme élève.

Il avança lentement sa main libre de son visage et lui fit relever le menton, puis il inclina la tête et effleura ses lèvres des siennes. Lucinda perçut le lointain bavardage des valets dans l'écurie, le passage d'un phaéton dans la rue et les croassements qu'échangeaient deux corbeaux, perchés sur le toit de la maison.

Geoffrey écarta son visage du sien, le sourire aux lèvres, visiblement apaisé.

— Vous voyez, nous sommes faits l'un pour l'autre.

Lucinda observa son visage, sa posture pleine d'assurance et se dit qu'il était tout de même étrange qu'elle ait été plus émue par un compliment que lui avait fait son père à propos d'une correction de son manuscrit que par le délicat baiser du beau Geoffrey.

Si c'était ce qu'avait voulu dire Robert en lui prédisant une existence creuse, elle n'était pas du tout sûre d'apprécier.

Geoffrey glissa souplement du banc et posa un genou à terre.

— Traitez-moi d'audacieux si vous voulez ou accusez-moi d'inconvenance, mais j'ai besoin de savoir, Lucinda... Accepteriez-vous d'être ma femme ?

— Mes amis font face à de graves ennuis, Geoffrey. Vous ne pouvez pas vous attendre que j'oublie cela en faveur de quoi que ce soit d'autre.

— Nous n'avons pas besoin de nous marier demain. Je veux seulement savoir si vous me ferez cet honneur.

Il lui suffirait de dire oui, et son père serait heureux. Elle aurait un avenir confortable assuré, et Geoffrey son poste de commandement aux Indes. Elle pourrait même aller y vivre avec lui ; le général serait certainement du voyage. Pourtant, elle n'arrivait pas à chasser le souvenir des yeux de quelqu'un d'autre, de la voix de quelqu'un d'autre, des caresses de quelqu'un d'autre.

— Je ne suis pas encore certaine, répondit-elle lentement. Mon esprit est... J'ai d'autres soucis en tête pour le moment.

Il l'observa longuement.

— Je viens de vous demander de m'épouser, et vous me dites que vous êtes trop occupée pour seulement y songer ?

— Non ! Pour l'amour du Ciel, non. Je veux simplement dire que nous pourrons parler de cela demain, ou la semaine prochaine, ou le mois prochain. En revanche, Robert Carroway a besoin d'aide de toute urgence.

— Je dois reconnaître que j'admire votre loyauté, murmura-t-il en se rasseyant près d'elle. Mais, n'ayant en tête que votre bien-être, je me permettrai cependant de vous demander si vous avez ne serait-ce que songé que Robert Carroway vous a peut-être menti.

— Il ne m...

— S'il avait pris ces documents, croyez-vous qu'il s'en vanterait ? Auprès de vous ? Vous êtes la fille du général Barrett. Il est fort utile pour lui que vous preniez sa défense. J'imagine que, depuis une semaine, il s'est montré particulièrement attentionné envers vous, Lucinda. Vous représentez son ultime espoir.

— Vous ne devriez pas parler ainsi, dit-elle, consternée de constater que sa voix était aussi tremblante que ses nerfs.

Geoffrey avait raison, elle le savait. Que Robert fût coupable ou innocent, elle représentait bel et bien son ultime espoir.

— Je le sais, et je ne veux pas vous troubler, déclara-t-il en se levant. Je vous ai posé une question et j'en resterai là pendant que vous réfléchissez à votre réponse. Sachez toutefois que, quel que soit le sort que connaisse votre ami, je ne vous abandonnerai pas.

— Merci, Geoffrey, répondit-elle en se forçant à sourire. J'ai besoin de réfléchir, en effet.

Que lui arrivait-il donc ? Elle venait de se voir proposer tout ce qu'elle souhaitait, mais elle voulait réfléchir ? Dire que l'on prétendait que c'était Robert, le fou...

— Prenez tout le temps que vous voudrez, ma chère.

Ayant prononcé ces mots, il la salua, se contentant cette fois de déposer un chaste baiser sur sa joue. Lucinda prit son visage entre ses mains. C'était un désastre. Sa relation avec Robert lui avait valu tout ce qu'elle avait souhaité éviter : embarras, remises en question, complications. Il lui aurait suffi de dire oui à Geoffrey, et comme sous l'effet d'un coup de baguette magique, sa vie serait aussitôt redevenue simple.

Elle poussa un long soupir. Heureusement, elle avait encore un peu de temps devant elle.

Une fois que Geoffrey fut hors de vue de Lucinda, il leva le genou et brisa rageusement sa cravache sur sa cuisse. Il en lança ensuite les morceaux dans un buisson et récupéra son cheval. Il avait horreur des complications. Et il ne portait décidément pas Robert Carroway dans son cœur.

La porte de Carroway House s'ouvrit. Avant même qu'elle se soit refermée, Robert avait jailli de la bibliothèque. Dans le hall, Andrew et Bradshaw remettaient leurs chapeaux à Dawkins.

— Malédiction, marmonna-t-il.

— Ravi de te voir également, ironisa Brad en tournant les yeux vers lui.

— Bonjour. Pardon. J'attends Georgie.

— Ah. Et saurais-tu quelque chose au sujet des deux hommes qui se cachent dans les buissons de l'autre côté de la rue ?

— Ils me surveillent, répondit-il.

— Ils ne sont vraiment pas discrets, je dois dire. Veux-tu que j'aille les rosser ?

— Inutile, je préfère qu'ils sachent où je suis.

Brad fronça les sourcils tandis qu'il laissait tomber ses gants dans son chapeau.

— Ma foi, j'ai quand même envie de battre quelqu'un à plate couture. Que dirais-tu d'une partie de billard ? ajouta-t-il en coulant un regard oblique vers Andrew.

— Très spirituel, répliqua Andrew en prenant le paquet de lettres que lui tendait Dawkins. Heureusement pour moi, j'ai encore quelques amis qui ne sont pas au courant de ce qui se passe à Londres.

Il adressa à Robert un sourire d'excuse.

— Bien, soupira-t-il, je dois aller répondre à ces messages si je veux avoir une chance que cela ne change pas.

— Cette remarque était déplacée, Andrew, déclara sèchement Brad.

— Laisse, intervint Robert. Cela l'affecte autant que toi.

— Ce qui n'équivaudra jamais au quart de la façon dont cela t'affecte, toi, rétorqua Brad en commençant à monter l'escalier. Que dirais-tu d'une partie de billard avec moi ?

Robert acquiesça. Il n'avait rien de mieux à faire, de toute façon. Il venait de relire neuf fois de suite la même page de *Frankenstein* sans en comprendre un traître mot.

— C'est drôle, dit-il en prélevant deux queues de billard sur le râtelier pour en passer une à son frère. Maintenant que je suis comme qui dirait assigné à résidence, j'ai plus que jamais envie de sortir.

— Tu n'iras pas en prison, Rob. Je ne le permettrai pas.

— C'est un peu prétentieux de ta part, tu ne crois pas ?

Brad secoua la tête tandis qu'il alignait les boules de billard.

— Je ne sais pas si tu t'en rends compte, mais tu ressembles de plus en plus au Robert d'il y a cinq ans. Cela me fait plaisir de te retrouver.

Il se courba en avant, ajusta sa queue et tira.

— Et au cas où cela t'intéresserait, sache que mon vaisseau sera fin prêt d'ici trois jours à Portsmouth.

Robert sentit son cœur se serrer.

— Tu n'auras pas pâti de cette histoire, c'est déjà cela.

— Tu ne m'as pas compris. Je prends encore quelques semaines de congé en attendant que cette sottise soit dissipée. Ce que je veux dire, c'est que j'aurai l'autorisation de naviguer jusqu'en Amérique sur un vaisseau que le président américain serait certainement heureux de faire figurer dans sa flotte.

Robert observa longuement son frère.

— Tu ne peux pas être sérieux, Brad.

— Je suis on ne peut plus sérieux. Personne ne te jettera en prison, Rob. Pas après ce que tu as enduré au château Pagnon. Tristan m'a tout raconté ce matin. Et ne t'inquiète pas, s'empressa-t-il d'ajouter, Andrew et Edward ne savent rien.

— Non, dit Rob en secouant la tête. Promets-moi que tu ne gâcheras pas ta carrière pour moi.

— Le Gnome répète sans cesse que je devrais me faire pirate, répondit son frère avec un grand sourire. Cela ne tient qu'à toi.

Avant que Rob ait pu déterminer si Bradshaw était sincère, un rire féminin s'éleva dans l'escalier. Dieu merci, Georgie et Evie n'avaient pas été arrêtées par sa faute. Tour à tour, tous les occupants de la maison étaient en train de devenir fous, et le fait qu'il soit le seul à garder la tête sur les épaules ne présageait rien de bon.

— Rob ?

— Nous sommes là, répondit son frère.

Les deux amies franchirent la porte de la salle de billard et se laissèrent aussitôt tomber sur les sièges alignés contre le mur. Toutes deux riaient, et lady St. Aubyn semblait même sur le point de céder au fou rire.

— Qu'avez-vous donc fait, toutes les deux ? demanda Brad, prenant appui sur sa queue de billard.

Georgie se calma un peu et regarda Robert.

— C'est un secret, répondit-elle, incapable de réprimer un gloussement.

— Vous pouvez parler devant lui, dit Rob en désignant son frère. Il vient de m'annoncer son intention de devenir pirate pour m'éviter d'aller en prison ; je crois que cela lui donne le droit de connaître la vérité. Avez-vous réussi à le subtiliser ?

— À subtiliser quoi ? s'inquiéta aussitôt Brad.

Georgiana s'éclaircit la gorge.

— Nous sommes allées chez les Horse Guards et j'ai demandé...

Brad laissa tomber sa queue de billard sur le plancher, et son visage prit soudain la couleur de la cendre.

— Qu'êtes-vous donc allées faire là-bas ?

— Oh, ne vous inquiétez pas. Nous avions un plan.

— Il faut que je m'assoie, souffla Brad en se laissant tomber sur la chaise à côté d'Evelyn, le regard rivé sur Robert. Tu étais au courant de cela ?

— Bien sûr qu'il était au courant, intervint Georgiana. Et ne vous méprenez pas : c'est la sécurité de Robert qui est en danger dans cette affaire, pas la nôtre.

— Poursuivez, dit Bradshaw d'une voix faible en agitant la main.

— Nous sommes donc allées chez les Horse Guards et j'ai exigé d'être reçue par le général Barrett. Evie a cherché à me retenir, mais j'étais indignée que le général ait interdit à Lucinda de me voir. La sentinelle a commencé par prétendre que le général n'était pas à son bureau, mais je n'ai rien voulu entendre.

— Elle s'est mise à hurler et s'est évanouie dans les bras de la sentinelle, dit Evie, prenant le relais. Elle a si bien joué son rôle que j'ai moi-même cru que le pauvre homme allait devoir mettre son enfant au monde.

— Ô mon Dieu, souffla Brad en cachant son visage derrière ses mains. Dare va tous nous tuer. J'espère que vous vous en rendez compte.

— Ç'a été le meilleur moment, dit Georgiana. Evie est devenue hystérique, et les employés ont commencé à sortir de leurs bureaux pour venir à notre secours. Elle a pris le registre des visiteurs pour éventer mon visage et, après une ou deux minutes, je me suis redressée et je me suis mise à pleurer en disant que je voulais rentrer retrouver Tristan. Ils tenaient à ce que nous restions jusqu'à l'arrivée d'un chirurgien de l'armée, mais face à mon insistance, ils nous ont aidées à remonter dans la voiture et nous sommes parties.

— Et alors ? demanda Robert. Vous n'avez pas fait tout cela uniquement pour rire, je suppose.

— Et alors, répéta Evie en écartant les plis de sa jupe, d'où elle tira quelques feuilles de papier froissées, voici.

Robert prit les feuilles et les lissa du plat de la main.

— Merci, dit-il à Georgie et à Evelyn, conscient du risque qu'elles avaient pris et des graves conséquences que leur geste risquait d'avoir.

Brad s'approcha pour lire par-dessus son épaule.

— De quoi s'agit-il ?

— Des signatures de tous les visiteurs qui se sont rendus chez les Horse Guards la semaine dernière, répondit Robert en parcourant la liste.

Lucinda avait raison. Plusieurs dizaines de visiteurs s'étaient présentés, à des heures et pour des durées très variables. La plupart des noms lui étaient au moins vaguement familiers, mais certains étaient si mal écrits qu'il ne parvenait pas à les déchiffrer.

— Sont-ce là tes suspects ? demanda Brad. Plus de cinquante noms différents, c'est beaucoup, Rob. Et ne crois-tu pas que quelqu'un finira tôt ou tard par faire le rapprochement entre la disparition de ces pages et la visite de deux femmes qui ont causé du scandale ?

— Je sais, répondit Robert sans vraiment prêter attention à ce que disait son frère.

Un nom revenait à plusieurs reprises sur cette liste, celui d'un homme qui précisait systématiquement son rang dans l'armée alors qu'il était en congé volontaire avec une demi-solde. Capitaine lord Geoffrey Newcombe.

— Voilà qui est intéressant, murmura-t-il.

20

Devais-je, par ma désertion, les laisser exposés à la malice du monstre que j'avais lâché parmi eux ?

Victor Frankenstein, *Frankenstein*

Assise dans sa chambre, Lucinda consacrait autant de temps à observer son reflet dans la vitre de la fenêtre que la cour de l'écurie, située en contrebas, tout en tâchant de se persuader qu'elle n'était pas devenue folle. Elle avait une excuse tout à fait légitime pour ne pas avoir accepté la demande de Geoffrey, après tout : elle ne lui avait infligé que deux leçons sur les quatre initialement prévues.

Elle soupira et déplia la feuille qu'elle tenait à la main. Quand elle avait rédigé cette liste, un peu plus d'un an auparavant, chacun des points lui avait paru important. Prêter attention à sa compagne, danser en société, ne pas s'intéresser qu'à soi et avoir l'honnêteté de dire que l'on ne partageait pas l'opinion de son interlocuteur, quel qu'il soit.

— Sornettes, dit-elle en repliant la feuille pour la mettre dans la corbeille à papier.

Si elle n'avait pas voulu donner de réponse à Geoffrey, ce n'était pas à cause de ses leçons, mais à cause de Robert. Quand elle imaginait passer une soirée paisible au coin du feu, c'était la voix de Robert qu'elle entendait, et les doigts tièdes qu'elle imaginait alors, frôlant sa peau, appartenaient à Robert.

Cette pensée était absurde. Son père n'accepterait jamais une telle union, pour commencer, et Robert ne lui ferait jamais sa demande. Et, à moins que quelqu'un ne s'accuse du crime de haute trahison qui lui était imputé, il n'aurait jamais l'occasion de le faire.

Sa gorge se serra quand elle imagina Robert enchaîné et jeté dans une minuscule cellule dépourvue de fenêtre. Cela ne devait pas arriver. Il suffisait de réfléchir un instant pour comprendre que Robert était l'homme le moins susceptible de souhaiter que la guerre contre Bonaparte recommence. Il était l'un des rares hommes de Londres, de toute l'Angleterre même, à avoir compris le coût véritable d'une guerre.

Qui donc, alors ? Qui avait volé ces documents ? Lucinda se leva pour arpenter sa chambre. Cela pouvait être n'importe qui – un soutien de Bonaparte, un mercenaire à qui toute guerre entre deux camps profitait forcément, ou quelqu'un qui estimait avoir quelque chose à gagner dans un nouveau conflit.

Un léger bruit s'éleva à la fenêtre, et elle se retourna aussitôt, portant la main à son cœur. Elle ne vit rien.

— Pour l'amour du Ciel, Lucinda, croyais-tu que c'était Robert qui revenait te voir ? marmonna-t-elle.

L'idée, certes, ne lui déplaisait pas. Alors qu'elle n'avait confié à personne ce qui s'était passé entre eux quelques jours plus tôt, l'idée de faire l'amour avec Robert une nouvelle fois occupait un espace étrangement vaste de son temps et de son imagination. Après le baiser et la demande en mariage de Geoffrey, elle s'était efforcée de s'imaginer entre ses bras. Il était beau garçon et son baiser s'était révélé techniquement sans défaut, mais hormis un léger frisson de nervosité à l'idée de partager l'intimité de quelqu'un d'aussi parfait, Lucinda n'avait rien ressenti.

Le tapotement s'éleva de nouveau à la fenêtre. Ce devait être l'étourneau qui avait fait son nid dans les branches de l'arbre, au-dessus de sa fenêtre. Elle s'en approcha et l'ouvrit.

— Ouste !

Levant les yeux, elle aperçut les petits yeux de jais de l'oiseau posés sur elle depuis l'abri de son nid. Son cœur se mit à battre plus vite, et elle baissa les yeux. Elle ne vit d'abord que la cour de l'écurie et la rangée d'arbres qui séparait celle-ci de la rue, jusqu'à ce qu'elle aperçoive un mouvement au pied d'un chêne. Robert.

— Que faites-v…

Il plaça un doigt sur sa bouche et lui fit signe de le rejoindre. Elle vit un léger sourire s'épanouir sur ses lèvres, et son cœur fit un bond.

Avant de changer d'avis, elle hocha la tête et referma la fenêtre. Son père se trouvait sans doute dans son bureau et ne risquait donc pas de l'intercepter. Préférant toutefois ne courir aucun risque, elle sortit de la maison par l'entrée de service.

— Vous ne devriez pas être là, Robert. Si mon père…

— Il ne me verra pas, dit-il en lui prenant les mains pour l'entraîner derrière l'écurie.

— Et les hommes qui vous surveillent ?

— Ils sont toujours à Carroway House. J'avais besoin de vous parler.

— Vous auriez dû me faire passer un message par Evie. Vous rendez-vous compte des dangers que vous courez ?

— Je sens déjà leur morsure, répondit-il en faisant glisser son doigt le long de sa joue. Vous en atténuez la violence. Je devrais souhaiter que ce ne soit pas le cas, par égard pour vous, mais j'en suis incapable.

Elle aurait aimé qu'il l'embrasse, mais il faisait visiblement des efforts pour se comporter en gentleman.

— Pourquoi teniez-vous donc tant à me voir ? demanda-t-elle, les doigts frémissants du désir de le toucher.

— J'ai pu obtenir la liste, dit-il en surveillant les alentours. La liste des visiteurs des Horse Guards.

Lucinda se figea.

— Mais comment ?

— On s'est chargé de la subtiliser pour moi, répondit-il avec un fin sourire.

Lucinda plissa les yeux. Des alliés ne seraient pas de trop, mais elle n'avait pas envisagé qu'ils puissent en avoir.

— Qui ?

— Georgiana et lady St. Aubyn.

— Georgie et Evie ? Mais com...

— C'est une longue histoire. Si la chance joue en notre faveur, elles pourront vous raconter tout cela en détail d'ici quelques jours.

— Cette liste vous a-t-elle appris quelque chose ?

Il hésita.

— Elle m'a appris que j'avais une bonne raison de vouloir me tenir loin de vous. Une raison plus forte encore que le fait que vous soyez presque fiancée.

Lucinda ne put retenir un vif froncement de sourcils.

— De vous tenir loin de *moi* ? Pensez-vous donc que c'est moi qui ai pris ces documents ?

— Non, mais... Soyez très prudente dans les jours à venir. Méfiez-vous de tout.

Lucinda sentit sa gorge se serrer.

— De quoi parlez-vous ?

— Je n'en suis pas encore sûr, répondit-il en scrutant son visage de ses si beaux yeux bleus. J'espère que ce n'est rien...

De nouveau, il regarda autour d'eux.

— Je n'aurais pas dû venir. J'avais juste envie de vous revoir. Soyez très prudente, Lucinda, ajouta-t-il en lui adressant un léger salut de la tête, disposé à partir.

Elle saisit son bras.

— Non. Je ne vous laisserai pas disparaître ainsi. Vous devez tout me dire.

— Je...

Lucinda connaissait un moyen de le faire parler. Ses doigts s'immiscèrent dans sa chevelure, et elle attira son visage vers elle pour s'emparer de sa bouche. Robert répondit à son baiser avec une telle fougue qu'une douce moiteur s'empara de son entrejambe.

Elle enlaça son cou et se plaqua le long de son corps ferme. Elle aurait pu se raconter qu'elle agissait ainsi pour le mettre à l'aise et l'inciter à parler, mais elle savait très bien que c'était parce qu'elle le désirait follement. Ils s'étaient vus quelques heures plus tôt, mais il lui semblait qu'une éternité s'était écoulée depuis. Et même lorsqu'il n'était pas auprès d'elle, toutes ses pensées étaient tournées vers lui – elle espérait qu'il allait bien, priait pour que personne ne soit venu l'arrêter, menait avec lui de longues conversations imaginaires à propos de tout et de rien. Il n'irait nulle part. Pas avant de l'avoir touchée.

Il bascula dans l'herbe avec elle, s'adossa au mur de l'écurie et l'attira entre ses cuisses. Ses mains pétrissaient ses seins à travers sa robe avec une telle passion que le désir de Lucinda se fit douloureux, lui coupant le souffle. L'après-midi touchait à sa fin et les domestiques étaient sans doute attablés dans la cuisine, mais il suffirait d'un seul bruit incongru pour attirer l'attention sur eux. Si quelqu'un s'avisait de contourner le mur de l'écurie, il n'y aurait qu'un tonneau et une charrette pour les protéger des regards.

Mais peu lui importait. Sous ses fesses, le membre durci de Robert tendait l'étoffe de son pantalon. Lucinda pivota sur elle-même et entreprit de le déboutonner, les mains tremblantes.

— Ô mon Dieu, gémit-elle en l'embrassant de toutes ses forces.

Robert la souleva dans ses bras, releva ses jupes jusqu'aux cuisses et la fit s'agenouiller de façon à l'empaler sur son membre engorgé. La sensation de plénitude qui s'empara d'elle fut si vive qu'elle dut s'agripper à lui. Il émit un gémissement presque douloureux, et ses mains enserrèrent ses hanches pour la faire coulisser le long de son sexe.

— Lucinda, dit-t-il d'une voix rauque en renversant la tête en arrière, ses hanches se soulevant pour aller à sa rencontre.

Mais Lucinda en voulait davantage.

— Encore, encore, scanda-t-elle en se balançant d'avant en arrière.

Son regard bleu captura le sien, et Lucinda cambra le dos sous l'effet d'une irrépressible tension qui s'accrut encore, puis se relâcha subitement.

Elle poussa un cri qu'il étouffa sous ses lèvres, et il gémit dans sa bouche quand il la rejoignit dans le plaisir. Haletante, elle laissa aller son front contre son torse.

Il fit lentement glisser ses paumes le long de ses cuisses, sous ses jupes.

— Je rêve parfois que nous faisons cela en ayant toute la journée devant nous.

Lucinda ferma les yeux et laissa cette pensée imprégner son esprit.

— Ou toute la nuit.

Elle déposa un baiser sur la ligne de sa mâchoire et enlaça ses épaules.

— Nous sommes dans la cour de mon écurie, dit-elle, en plein jour, à cinquante pas de la porte de service. Je dis cela pour illustrer toute la confiance que je place en vous, Robert. Quand vous déciderez de me faire confiance, vous aussi, vous me le direz.

Elle voulut s'écarter de lui, mais il laissa ses mains sur ses hanches pour l'en empêcher.

— Restez.

Le mot se répercuta dans son cœur. Elle l'embrassa de nouveau et il se laissa aller contre le mur, l'autorisant à l'explorer et à le caresser à sa guise. Sentir son sexe niché au creux de sa chair, savoir que c'était elle qui l'excitait et qu'elle était la seule femme qu'il ait désirée après les quatre ans d'enfer qu'il venait de traverser, l'emplissait d'un sentiment victorieux.

Ses mains caressèrent son torse ferme, et elle le regarda dans les yeux.

— Dites-moi ce que vous avez appris, murmura-t-elle.

— J'ai étudié les noms de la liste, dit-il, regrettant vaguement de ne pas avoir écouté son instinct, de ne pas être parti tant qu'il en était encore temps.

Il entendit s'ouvrir la porte de la cuisine et replia les jambes.

— Chut, souffla-t-il.

Ils entendirent le contenu d'un seau d'eau atterrir dans les buissons, puis la porte se referma. Ils n'avaient déjà que trop tenté le diable et, à regret, Robert la remit sur ses pieds. Les yeux noisette de Lucinda étincelèrent sous la lumière du soleil déclinant tandis qu'elle lissait ses jupes. Il se redressa à son tour et rajusta son pantalon, gagné par un sentiment de satisfaction qu'il n'aurait probablement pas dû ressentir étant donné les circonstances.

— J'ai reconnu presque tous les noms, et rien d'incongru ne m'a frappé jusqu'à...

Comme il s'interrompait, elle demanda :

— Jusqu'à quoi donc ?

Elle n'allait pas apprécier ce qu'il s'apprêtait à lui révéler, et il ne pouvait pas lui en vouloir. Mais elle avait le droit de savoir.

— Qu'est donc allé faire Geoffrey Newcombe chez les Horse Guards ?

— Que dites-vous ?

— Il y est allé quatre fois la semaine dernière. Savez-vous pourquoi ?

— Il... il relit le manuscrit de mon père. Je sais qu'il est allé lui rapporter les feuillets qu'il avait lus et qu'il en a reçu de nouveaux.

— Il en a reçu de nouveaux... répéta Robert.

Si tout le monde savait ce que Geoffrey venait faire chez les Horse Guards, qu'il reparte avec quelques documents de plus ou de moins n'aurait éveillé aucun soupçon.

— Oui, il est allé voir mon père, dit Lucinda en croisant les bras sur sa poitrine. Quels autres noms figuraient sur la liste ?

Robert sortit celle-ci de sa poche et la lui tendit.

— On ne tardera guère à s'apercevoir de la disparition de ces feuillets et on devinera aisément qui les a pris. Lucinda, si vous savez quelque chose, il est urgent que vous me le disiez.

Elle parcourut sommairement la liste, mais la lui rendit avant d'avoir pris le temps de la lire entièrement.

— Ce n'est pas Geoffrey, déclara-t-elle. Son avenir est tout tracé : il m'épouse, il est promu major et il part aux Indes, où l'attend la fortune. Pourquoi diable irait-il commettre ce vol, au risque d'être jeté en prison ou de déclencher une nouvelle guerre contre la France ?

— Je ne sais pas. À quel point est-il certain de vous épouser ?

Les joues de Lucinda s'empourprèrent.

— En quoi cela est-il lié à cette affaire ?

La réaction de Lucinda incita Robert à penser qu'il s'était passé quelque chose entre elle et Geoffrey. Il en eut même la certitude absolue.

— Vous épouser constitue la base de l'édifice de son projet, Lucinda. Si ce mariage n'a pas lieu, son plan s'écroule. Votre mariage est donc intimement lié à notre affaire.

— Cela ne me plaît pas, Robert. Ne trouvez-vous pas un peu facile de soupçonner Geoffrey pour vous débarrasser des soupçons qui pèsent sur vous ?

— Peut-être.

Il se tut un moment, écoutant les bruits qui provenaient de Barrett House.

— Vous disiez me faire confiance. Je me contente de vous donner mon opinion.

Lucinda scruta longuement son regard.

— Je vous crois sincère, dit-elle finalement, mais de la même façon, je n'ai aucune raison de soupçonner Geoffrey.

— Lucinda !

L'appel du général les fit tous deux sursauter.

— Vite, cachez-vous, siffla-t-elle.

Elle voulut partir pour se dépêcher d'aller à la rencontre de son père, mais Robert lui saisit le bras.

— Geoffrey vous a-t-il demandé de l'épouser ?

— Rob... Oui. Il me l'a demandé. Ce matin.

Le cœur de Robert se glaça.

— Que lui avez-vous répondu ?

Il ne pouvait plus respirer. Il fallait qu'il sache.

Ils venaient de faire l'amour, mais Lucinda semblait décidée à séparer ses sentiments de ses projets d'avenir – sans doute la méthode qu'elle avait trouvée pour que tout reste simple et satisfaisant. Mais, pour Robert, la façon dont il comptait agir dépendait justement de la réponse qu'elle avait donnée à Geoffrey.

— J'ai répondu... J'ai dit que j'avais besoin de temps pour réfléchir, lâcha-t-elle en repoussant son torse. Partez ! lança-t-elle en se sauvant.

Elle n'avait pas accepté d'épouser Geoffrey. L'espace d'un instant, plus rien d'autre ne compta. Il aurait préféré un refus clair et net, mais cet atermoiement était significatif.

Il entendit un pas lourd qui se rapprochait de lui et s'empressa de s'accroupir derrière un buisson, à l'ombre d'un grand orme.

— Je t'ai demandé ce que tu faisais derrière l'écurie, retentit la voix du général.

Robert le vit apparaître à travers le feuillage, les poings serrés et le teint empourpré. S'attendant visiblement à trouver là un des amis de sa fille, il pivota sur lui-même, fouillant les buissons du regard.

— Je t'ai dit que je réfléchissais, dit Lucinda en le rejoignant. Au nom du Ciel, que se passe-t-il ? Tu m'as fait une de ces peurs, à crier de la sorte !

Elle devait détester mentir à son père, et le fait qu'elle choisisse de passer sa visite sous silence était une grande marque de confiance à son égard.

Quelle que soit la raison de l'irritation du général, Lucinda réussit à le convaincre de rentrer à la maison. Robert répugnait à l'abandonner, mais il ne pouvait pas intervenir sans risquer d'envenimer encore les choses.

Il sortit dans la rue et héla une voiture de louage qui le ramena à Carroway House. Une fois qu'il eut regagné sa chambre en escaladant le treillis situé sur la façade arrière de la maison, il estima judicieux de redescendre arroser ses roses, pour le seul bénéfice des hommes qui le surveillaient depuis l'autre côté de la rue. Ainsi, s'il venait au général l'idée de vérifier que Robert Carroway se trouvait bien chez lui – et non derrière son écurie – cet après-midi-là, ses hommes ne pourraient-ils que le lui confirmer.

— J'aimerais que le Gnome s'intéresse autant à ses études que tu t'intéresses à tes roses, déclara Tristan en le rejoignant.

— Je ne fais cela que pour donner le change, répondit Robert en désignant ses espions d'un subtil coup de tête.

— Lucinda t'a-t-elle fourni des renseignements ?

Robert se redressa.

— Je n'avais pas l'intention de lui en demander, mais elle ne nous aidera pas, de toute façon. Elle dit qu'à partir du moment où elle me fait confiance, elle doit la même chose à Geoffrey.

Cette idée le rendait furieux, mais il préférait ne pas s'y attarder.

— Son raisonnement se tient.

— Je sais. Et c'est la raison pour laquelle je vais devoir employer les grands moyens.

— J'aimerais que tu arrêtes de voir les choses de cette façon, soupira Tristan.

— De quelle façon ?

— De dire « je ». Et oui, je sais que tu vas me répondre que c'est ton problème, que c'est à toi de t'en occuper et que nous ne devons pas nous attirer d'ennuis.

— Exactement.

— Eh bien, je ne tiendrai pas compte de cette réponse.

— Je te demande pardon ?

Le vicomte se rapprocha et posa la main sur l'épaule de son frère.

— Réfléchis, Rob. Où souhaites-tu te trouver demain ? La semaine prochaine ? Si tu ne t'en soucies pas, continue à agir seul. Dans le cas contraire, nous sommes là pour toi.

Sur ces mots, il tourna les talons et regagna la maison. Robert épousseta son pantalon et le suivit. Quelques semaines plus tôt, il n'aurait sans doute pas eu de réponse à la question que venait de lui poser Tristan. Comment aurait-il pu se projeter dans l'avenir alors qu'il était persuadé de n'en mériter aucun ?

Ces derniers temps, cependant, la question – et sa réponse – était devenue beaucoup plus compliquée.

Où voulait-il être le lendemain ? Avec Lucinda. Et la semaine suivante, et pour toujours ? Avec Lucinda.

Robert s'immobilisa au pied des marches du perron, sans prêter attention à Dawkins qui lui avait ouvert la porte.

Bonté divine. Il avait vingt-huit ans. Il avait servi trois années durant dans l'armée britannique et était en état de mort intérieure depuis quatre ans. Il avait senti qu'il allait légèrement mieux au cours des deux dernières années, même s'il avait davantage eu l'impression de ramper hors d'un puits que de réellement progresser. Mais, ces dernières semaines, les choses avaient vraiment changé. Il se sentait… vivant. Et les récentes accusations dirigées contre lui avaient fait resurgir sa colère et son instinct de survie, pourtant enfouies depuis longtemps.

Il avait aussi retrouvé le sens de l'humour et la passion, grâce à Lucinda. Mais ce n'était pas de la gratitude qu'il éprouvait pour elle en priorité. Le désir primait, évidemment, mais il voulait aussi la serrer dans ses bras, parler avec elle, la protéger et même tout simplement la regarder. Et ce qu'il ne pouvait absolument pas envisager, c'était l'idée qu'elle appartienne à un autre.

— Rob ? Qu'est-ce que tu fais ? Tu entres ? demanda Tristan.

— J'arrive.

Il avait donc bien une raison pour souhaiter que Geoffrey Newcombe soit coupable. Et il avait envie de dire quelque chose à Lucinda Barrett qu'il aurait eu beaucoup de mal à avouer, même avant d'être emprisonné au château Pagnon. Il avait envie de lui dire qu'il l'aimait. Et même si cela ne changeait pas ses projets d'un avenir simple et satisfaisant, il avait besoin de savoir s'il était possible qu'elle aussi l'aime un peu.

S'il voulait le savoir, il devait trouver le moyen de résoudre rapidement cette affaire. Et pour cela, il allait devoir faire une chose dont il aurait été incapable quelques semaines plus tôt : demander de l'aide.

Lucinda avait envie de s'arracher les cheveux. Mais elle était forcée de rester assise, les bras croisés devant elle, pendant que son père lui tenait un discours rageur au sujet de ses amis en arpentant son bureau.

— Et le rapport du lieutenant Sealey m'informe que trois pages ont été arrachées au registre des visiteurs ! Suis-je censé croire qu'il s'agit d'une coïncidence ?

Lucinda, qui savait qu'il n'en était rien et qui avait même vu ces pages un instant plus tôt, préféra garder le silence. Les cris de son père l'empêchaient de réfléchir. Parmi tous les noms qui figuraient sur ces pages, Robert avait choisi de suspecter Geoffrey. Se pouvait-il qu'il soit jaloux ? Elle frissonna, et un voile de chair de poule recouvrit ses bras.

— Il semblerait que ces maudits Carroway soient parvenus à entraîner lady St. Aubyn dans leur petit jeu. J'espère pour lui que lord St. Aubyn est plus sensé.

Quand elle regardait tout cela d'un point de vue logique, rien ne désignait ni Robert ni Geoffrey. Robert s'était échappé du château Pagnon trois ans plus tôt, et rien ne justifiait raisonnablement qu'il ait pu subitement décider de devenir un traître la semaine précédente. Quant à Geoffrey, le général l'avait invité à l'assister dans la rédaction du chapitre sur la bataille de Salamanque il y avait… bientôt quatre semaines, maintenant, et…

Et il était allé voir son père aux Horse Guards depuis cette date. Il s'agissait d'une coïncidence, tout comme le fait que la révélation de l'emprisonnement de Robert et le vol de documents aient eu lieu en même temps.

— Je pense que je n'ai plus le choix, disait son père. Jusqu'à présent, je lui ai accordé le bénéfice du doute, mais nous sommes maintenant en présence d'un vol commis pour son compte, en plein jour – et une fois de plus chez les Horse Guards ! Combien d'autres preuves te faut-il, Lucinda ?

Elle battit des cils.

— D'après ce que tu viens de raconter, une trentaine d'autres personnes se trouvaient dans le hall quand ces pages ont disparu, papa.

— Ah ! Il s'agit donc une fois de plus d'une coïncidence ? Crois-tu vraiment que je vais gober cela ?

— Je crois surtout que tu connais Georgiana et Evelyn presque aussi bien que tu me connais, répondit-elle. Ce ne sont pas des criminelles.

— Je n'ai pas dit qu'elles avaient agi pour elles-mêmes. C'est à cause de ce maudit frère de Dare, une fois de plus.

Il se laissa tomber sur le siège de son bureau en grommelant, ouvrit rageusement un tiroir et en sortit une feuille de papier.

— Il va devoir répondre à certaines questions. Officiellement.

— Tu vas le faire arrêter ? glapit-elle.

— Je vais le convoquer aux Horse Guards en vue d'un interrogatoire. Et s'il refuse de coopérer, je le ferai arrêter, oui.

— Non ! s'écria-t-elle en bondissant de sa chaise pour arracher la plume des mains de son père.

— Lucinda ! Serais-tu devenue folle ? Rends-moi cela immédiatement.

Oh, elle n'aurait jamais dû refuser d'aider Robert. Tout ce dont il avait besoin, c'était d'un peu de temps, pour résoudre cette affaire ou bien pour s'enfuir en Écosse ou outre-Manche. Une larme roula sur sa joue. Elle ne voulait pas qu'il s'en aille. Elle voulait qu'il reste ici, à Londres, avec elle.

— Lucinda !

— Donne-lui un jour de plus, papa, dit-elle d'une voix tremblante. Si tu refuses...

— Que feras-tu donc ? répliqua-t-il, ses joues s'empourprant.

— Si tu refuses, je ne t'adresserai plus jamais la parole, dit-elle tandis qu'une deuxième larme s'en allait rejoindre la première.

— Tu...

Il s'interrompit, et toute colère déserta son regard tandis qu'il étudiait attentivement l'expression de sa fille.

— Tu es sérieuse, comprit-il.

— Tout à fait.

Le général baissa la tête. Quand il la releva, il semblait vieux et fatigué.

— Il y a encore quelques années, je l'aurais fait jeter en prison et interroger sans me soucier des conséquences, dit-il d'un ton plus posé. Mais aujourd'hui, je place l'affection de ma fille avant ma carrière et mon devoir envers mon pays.

— Papa...

— Nous sommes mercredi. Je lui laisse jusqu'à vendredi midi, dit le général. Je te suggère de lui adresser un message pour le lui faire savoir. Il sera surveillé. Et s'il part, il ferait mieux de ne pas emporter ces documents avec lui. Si nous ne les trouvons pas à Londres, c'est *lui* qui sera recherché.

— Merci, papa, dit-elle en se levant.

— Et je te conseille de lui suggérer que la fuite est une bonne idée. Je ne veux pas de lui en Angleterre, qu'il soit ou non responsable de ce vol.

Lucinda regarda son père. La véhémence de son intervention l'avait amené à conclure que Robert était pour elle plus qu'un simple ami.

— Robert est innocent, répliqua-t-elle fermement.

— Je l'espère. Autant pour lui que pour toi.

Lucinda l'espérait aussi. Car s'il choisissait de fuir, elle n'était pas certaine de pouvoir le laisser partir seul.

21

Mon cœur s'emballa ;
l'heure du procès qui déciderait de mon espoir
ou qui concrétiserait mes peurs avait sonné.

Le Monstre, *Frankenstein*

Robert s'apprêtait à franchir le seuil quand un domestique de Barrett House se présenta. Le pli lui était adressé, et il en reconnut aussitôt l'écriture. Si Lucinda lui écrivait et qu'elle faisait porter le message par un valet de Barrett House, le général en était forcément informé. Son cœur se mit à cogner dans sa poitrine. Le père de Lucinda avait-il découvert que sa fille et lui…

Son écriture lui ressemblait, élégante, raffinée, quelques fioritures venant agrémenter les pleins et les déliés. Robert sourit en décachetant le pli, mais son sourire ne tarda pas à s'effacer.

Robert, mon père a appris la disparition des feuillets du registre des visiteurs. Il vous tient pour responsable des deux vols et veut vous soumettre à un interrogatoire dans les locaux des Horse Guards.

— Fâcheuse nouvelle ? s'enquit Bradshaw, qui descendait l'escalier. Tu fais une drôle de tête.

— Tais-toi, je lis, répliqua Robert sans tenir compte davantage de son interruption.

J'ai demandé, et obtenu, un délai jusqu'à vendredi midi pour vous permettre de faire ce que vous avez à faire. À cette date, si vous êtes toujours à Londres, il enverra chez vous une escouade de soldats, et je suis chargée de vous faire savoir que vous serez surveillé d'ici là.

— De qui cela provient-il ?

— De Lucinda.

Bradshaw tourna les talons et disparut dans le salon. Quand il réapparut, un instant plus tard, Tristan était derrière lui.

— Rob, que...

— Une minute, l'interrompit Robert, laissez-moi au moins finir de lire.

Je vous en prie, soyez prudent, Robert. Et sachez que les visites de Geoffrey aux Horse Guards ont seulement commencé il y a quatre semaines.

Bien à vous,

Lucinda

Il remit le message à ses frères qui, dès leur lecture achevée, se demandèrent si le général avait perdu la raison. Robert, quant à lui, réfléchissait à la formule d'adieu qu'avait employée Lucinda. « Bien à vous » signifiait-il qu'elle lui appartenait, ou ne devait-il y voir que la formule de politesse consacrée ?

— Pourquoi parle-t-elle de lord Geoffrey et des Horse Guards ? s'enquit Andrew, qui avait pris connaissance de la lettre par-dessus l'épaule de Tristan.

— Elle nous fournit un indice, répondit Robert.

— Un indice sur quoi ? demanda Edward, qui venait d'arriver à son tour, son précepteur sur les talons.

— Je croyais qu'elle ne voulait pas t'aider, dit Tristan en regardant Robert.

— Qui cela ? interrogea le Gnome.

— Quelque chose l'aura fait changer d'avis, répondit Robert avec un haussement d'épaules.

— Il ne t'accorde qu'un jour et demi, releva Brad. Comment pourrais-tu apporter la preuve de ton innocence en si peu de temps ?

— Je crois qu'il espère que j'aurai quitté l'Angleterre d'ici là, répondit Robert.

C'était l'explication la plus sensée. Quels qu'aient pu être les arguments employés par Lucinda pour convaincre le général de lui accorder un délai, ceux-ci avaient également convaincu Barrett de la nécessité d'éloigner Robert de sa fille.

— Tu ne peux pas quitter l'Angleterre ! s'exclama Edward. J'exige que quelqu'un m'explique enfin ce qui se passe, ajouta-t-il en tapant du pied.

— Edward ! s'exclamèrent ses frères en chœur.

— Non ! Tonnerre de tonnerre, je veux savoir !

Robert s'accroupit devant lui pendant que Brad faisait signe au précepteur de s'éloigner.

— J'ai de petits ennuis, expliqua Robert à son jeune frère. Et nous essayons d'arranger les choses avant qu'ils ne deviennent sérieux. Ce sera bientôt terminé.

— Je veux t'aider, déclara Edward.

Robert sourit et ébouriffa les cheveux du garçon.

— Tu m'aides déjà en étant mon frère.

Edward enlaça soudain ses épaules.

— Promets-moi que tu ne vas pas partir.

— Je te le promets, assura Robert en le serrant dans ses bras.

— Qu'allons-nous faire ? demanda Andrew tandis que Georgiana, qui venait d'arriver, prenait à son tour connaissance du message.

— Pour commencer, je crois que nous ferions mieux de nous replier au salon, déclara Robert en ouvrant la marche.

— Lucinda doit être terriblement perturbée par la tournure des événements, déclara Georgiana tandis qu'elle prenait place sur le canapé.

— Je le suis aussi, répondit Robert.

Il referma la porte du salon, puis se retourna vers sa famille.

— Très bien, déclara-t-il. J'ai besoin de votre aide.

— Dis-nous ce que nous devons faire, dit Tristan, qui avait pris la main de son épouse dans la sienne.

Robert se lança comme on se jette à l'eau.

— Pour commencer, il faudrait que quelqu'un s'entretienne avec Geoffrey sans éveiller ses soupçons.

— C'est-à-dire aucun de nous, trancha Brad. St. Aubyn, peut-être ?

— Il pourrait convenir, approuva Robert avant de se tourner vers Tristan. La vente aux enchères de Tattersall doit bien se tenir demain, n'est-ce pas ?

— Oui.

— Parfait. C'est l'endroit idéal – grand, rempli de monde. Je pourrai facilement l'observer sans qu'il me voie.

— Pourquoi ne pas charger Dare de le surveiller pendant que tu restes à la maison ? objecta Bradshaw.

— Parce que je suis déjà resté assez longtemps à la maison pour toute une vie, répondit Robert. Le problème, c'est que Saint tout seul risque d'éveiller les soupçons de Newcombe.

— Evie pourrait l'accompagner, intervint Georgiana. Son aide nous est tout acquise, elle me l'a elle-même affirmé.

— Ce serait préférable, en effet, opina Robert.

— Je demanderai à Evie d'envoyer un message à Lucinda, proposa Georgie. Nous devrions d'ailleurs proposer à Evie et à Saint de se joindre à nous dès maintenant, ajouta-t-elle en se levant pour passer dans le bureau.

Un valet quitta la maison peu de temps après qu'elle fut sortie de la pièce, et Robert entendit sa belle-sœur annoncer au majordome qu'il y aurait deux couverts de plus au dîner.

— Je ne comprends pas, dit Edward, dont le visage reflétait un sérieux qui n'était pas de son âge. Pourquoi devons-nous surveiller lord Geoffrey ?

— Le Gnome, dit Tristan, pourquoi n'irais-tu pas t'habiller pour le dîner ?

— Parce que je fais partie de cette famille et que je veux comprendre ce qui se passe. Je promets de ne pas vous déranger.

— Edward, il y a des choses que tu ne pourras savoir que lorsque tu seras un peu plus grand, lui dit Robert.

— Mais je peux aider, murmura le garçon, dont les grands yeux clairs s'embuèrent.

Robert ne put supporter de voir son plus fidèle soutien fondre en larmes.

— D'accord, dit-il d'un ton radouci. Nous voulons surveiller lord Geoffrey parce que nous pensons qu'il a volé quelque chose et qu'il s'est arrangé pour me faire accuser à sa place.

— Comment s'y est-il pris pour te faire accuser ?

— Cela ne nous aide pas vraiment, soupira Andrew.

— Attendez, intervint Georgiana. La question mérite que l'on s'y attarde. En effet, comment lord Geoffrey s'y est-il pris ?

Robert s'éclaircit la gorge.

— Avant le début de toute cette affaire, je n'avais révélé mon emprisonnement au château Pagnon qu'à une personne.

— Lucinda ?

— C'est elle qui en aura parlé à lord Geoffrey ! s'exclama aussitôt Edward. Il paraît qu'ils vont se marier, c'est vrai ?

— Non ! intervint aussitôt Robert. Je veux dire… Elle n'en a parlé qu'à une personne : le général.

— Alors c'est le général Barrett qui l'a dit à lord Geoffrey, insista Edward.

Le silence s'abattit sur la pièce. Depuis le début, Robert soupçonnait le général d'être à l'origine de la rumeur, mais, même s'il ne le portait pas dans son cœur, Barrett était le père de Lucinda…

— Barrett en a parlé aux officiers supérieurs des Horse Guards. La fuite pourrait venir de l'un d'entre eux.

— Des officiers supérieurs pourraient-ils répandre pareille rumeur sans même prendre la peine de vérifier sa véracité ? s'étonna Tristan.

— J'en doute fort, dit Bradshaw. Si les choses se passent aux Horse Guards comme dans l'Amirauté, il n'est pas question de lâcher un renseignement aussi juteux avant d'en avoir extrait toute la moelle et exploité toutes les possibilités d'avancement qu'il recèle.

Bradshaw apportait là un élément essentiel.

— Barrett est assez impatient de voir sa fille mariée à Geoffrey, et il a peut-être été tenté de le mettre dans la confidence. Malheureusement, nous ne pouvons pas espérer obtenir confirmation de cela auprès du général.

— Nous, non, mais Lucinda le peut, avança Georgiana.

— Non. Jamais je ne lui demanderai d'espionner son père.

— Rob, sois raison…

— Si elle nous aide à piéger Geoffrey à Tattersall, ce sera plus qu'assez.

— Je ne suis pas convaincu qu'il soit judicieux de l'inclure dans cette entreprise, intervint Andrew. C'est tout de même la fille de l'homme qui veut jeter Rob en prison.

Un débat s'ouvrit sur la pertinence de la participation de Lucinda, et Robert laissa parler sa famille car il avait besoin de réfléchir. Lucinda avait dit vrai quand elle l'avait accusé de vouloir que Geoffrey soit coupable. Il en était venu à détester l'adonis au charme ravageur qui se faisait passer pour un héros sous prétexte qu'une balle lui avait frôlé le bras. Et il le détestait d'autant plus que tout le monde – y compris Lucinda – estimait qu'il faisait un meilleur candidat au mariage que lui-même. Il voulait leur prouver à tous qu'ils avaient tort.

— Ce débat ne nous mène nulle part, finit par décréter Tristan. Le temps nous est compté. Et même s'il me déplaît d'obéir à l'ultimatum que le général a lancé à Rob, il n'en demeure pas moins que cette maudite rumeur autorise Barrett à faire ce qu'il veut.

— Ce qu'il nous faut, c'est une preuve, déclara Georgiana. Et un mobile. Pour le moment, nous n'avons ni l'un ni l'autre.

— Il faudra que nous les trouvions, parce que je n'ai pas l'intention de quitter l'Angleterre, déclara Robert. J'ai mis plus de quatre ans à revenir.

La porte d'entrée s'ouvrit alors.

— Tout le monde va bien ? s'enquit lady St. Aubyn en entrant au salon sans laisser le temps à Dawkins de l'annoncer.

Saint apparut derrière elle ; tous deux étaient vêtus pour assister à une soirée. Sans dire un mot, Georgiana leur tendit le message de Lucinda. Le marquis le lut par-dessus l'épaule de sa femme, puis leva les yeux vers Robert.

— J'imagine que nous sommes ici parce que vous avez besoin de notre aide ? commenta-t-il. Ou peut-être devrais-je dire d'une aide « supplémentaire », maintenant que mon épouse est devenue un vrai bandit.

— C'était pour la bonne cause, protesta Georgiana.

— Je n'ai pas dit que je m'en plaignais, répondit Saint avec un fin sourire. Elle m'a tout raconté, et j'ai particulièrement apprécié le moment où elle m'a confié à quel endroit elle avait eu l'idée de dissimuler le document.

— Assez, Saint, coupa Evie en rougissant. L'affaire est sérieuse.

Il acquiesça, l'escorta jusqu'à un fauteuil et s'assit sur l'accoudoir une fois qu'elle y eut pris place.

— Sommes-nous chargés de vous aider à quitter le pays, Robert ? demanda-t-il. Ou bien s'agit-il de faire inculper ce... Geoffrey Newcombe ? ajouta-t-il en jetant un coup d'œil au message de Lucinda.

— Lord Geoffrey, répondit Edward.

Chacun se mit à avancer ses idées et ses théories. Robert écouta un moment, captivé par cette éruption d'activité qui lui était dédiée. Dans le flot de la conversation, Tristan tâcha de s'emparer du commandement de leur petite troupe, mais Saint le défia aussitôt sur ce terrain. Il était temps de leur faire comprendre que cette partie de chasse – et son issue – relevait de sa seule responsabilité.

— Il incombera à Lucinda de convaincre Geoffrey de la rejoindre à Tattersall, dit-il, satisfait de constater que son intervention réduisait tout le monde au silence. Là, elle retrouvera Saint et Evie.

— Et nous, que serons-nous censés faire là bas ? demanda Saint.

— Vous serez venus admirer les chevaux et tâcherez de convaincre Geoffrey d'acheter une nouvelle monture.

— Pourquoi voulons-nous qu'il achète un cheval ? demanda Edward.

— Ce n'est pas ce que nous voulons. Nous voulons entendre ce qu'il a à dire à propos de ses finances. Et si possible, nous essaierons de lui faire dire quel est son projet de carrière au cas où il ne se marierait pas avec Lucinda.

— Envisagera-t-il encore que la possibilité existe ? intervint Georgiana. Lucinda est très directe et elle a...

— J'ai toutes les raisons de penser qu'il attend impatiemment sa réponse.

— Ma foi, cela me semble assez simple, répondit Saint en chassant une poussière imaginaire du revers de son habit bleu nuit. Et vous, Robert, que ferez-vous pendant ce temps ?

— Je tendrai l'oreille jusqu'à ce que je sente qu'il est pris par la conversation, et j'irai alors faire un tour à son domicile. Ce qui est une très vilaine chose, ajouta-t-il en regardant Edward, que personne ne devrait jamais faire.

— Et nous ? s'enquit Andrew.

— Je pensais vous demander de m'accompagner, répondit-il. Nous n'aurons pas beaucoup de temps pour fouiller les lieux et j'aimerais que quelqu'un puisse témoigner que ce n'est pas moi qui ai caché les documents volés chez lui.

— Dans ce cas, il vaut mieux que le témoin ne soit pas un membre de ta famille, releva Brad.

— Je crois pouvoir me charger de cela, déclara Tristan. À quoi cela servirait-il d'être le meilleur ami du duc de Wycliffe si vous ne pouvez pas le faire tremper de temps en temps dans vos affaires illégales ?

— Tant qu'il mesure et assume les risques... répondit Robert. Vous trois, ajouta-t-il en se tournant vers Saint, serez chargés de retenir Newcombe le plus longtemps possible.

— À quel point devrons-nous nous montrer courtois avec lui ?

— J'aimerais, autant que possible, qu'il ne se doute de rien.

Saint acquiesça.

— Que ferez-vous si vous ne trouvez rien chez lui ?

— Il vaudrait mieux que je trouve quelque chose, car je n'irai pas en prison et j'ai juré de ne pas quitter l'Angleterre.

Dawkins vint annoncer que le dîner était servi, et la petite troupe gagna la salle à manger. Voyant que sa belle-sœur restait en arrière, Robert ralentit le pas et attendit qu'elle arrive à sa hauteur.

— J'ai deux questions pour vous, dit la vicomtesse en prenant le bras qu'il lui offrait.

Robert devinait ce qu'elle allait lui demander, mais l'invita cependant du geste à poursuivre.

— J'aimerais savoir ce que vous ferez si vous trouvez bel et bien les documents que vous recherchez au domicile de lord Geoffrey.

— Je le livrerai aux autorités.

— Au général Barrett ?

Robert sentit un frisson lui parcourir le dos, mais il hocha la tête.

— C'est lui qui est chargé de l'enquête.

— Mais il doit aussi songer à sa réputation. Son amitié avec lord Geoffrey n'est un secret pour personne, dit-elle avant de ménager un bref silence. Et nul n'ignore l'aversion que vous lui inspirez.

— Un sentiment partagé, répondit-il sèchement. Je fais mon affaire de Barrett, ajouta-t-il en constatant que cette perspective le réjouissait plutôt qu'autre chose. Quelle était votre seconde question ?

— Comment savez-vous que Lucinda n'a pas encore accepté la demande de lord Geoffrey ?

— Parce qu'elle me l'a dit.

— Elle semble vous accorder une grande confiance.

— Je sais être à l'écoute des autres, répondit Robert en souriant.

La vicomtesse leva vers lui son chaleureux regard vert.

— Quelque chose me dit que ce n'est pas le seul de vos talents que Lucinda apprécie, Robert Sylvester Carroway.

— Le temps nous le dira, répondit Robert en l'invitant du geste à le précéder dans la salle à manger.

Avant qu'il ait pu s'asseoir, il sentit une petite main tirer le bas de son habit. Il baissa les yeux et vit Edward qui lui faisait signe de le suivre dans le couloir.

— Qu'y a-t-il donc ? demanda-t-il à son frère.

— Mon aide a-t-elle été utile ? s'enquit le garçon.

Robert s'accroupit devant lui.

— Tu nous as fourni ce qui se révélera peut-être être la clé de toute cette enquête, le Gnome. C'était plus qu'utile.

Edward battit des cils.

— De quoi parles-tu ?

— La pièce principale du puzzle consiste à savoir si le général a ou non parlé à lord Geoffrey de mon séjour au château Pagnon. C'est toi qui as suggéré cela.

— Je crois que j'ai de l'intuition, dit Edward. Mais je ne savais pas que tu avais séjourné au château Pagnon. Qu'est-ce que c'est ?

Robert serra son frère dans ses bras.

— Je te propose un marché. Si tu ne parles à personne de la conversation que nous venons d'avoir, pas même à ton précepteur, jusqu'à vendredi midi, je t'expliquerai ce qu'est le château Pagnon.

— J'accep...

— Attends. Je n'ai pas fini – je t'expliquerai ce que c'est dans sept ans.

Edward s'écarta de lui et le considéra d'un air dubitatif.

— Dans sept ans ?

— C'est le mieux que je puisse faire, le Gnome. Alors ? ajouta-t-il en tendant la main vers lui. Marché conclu ?

Edward soupira et lui serra la main.
— C'est d'accord, dit-il. Marché conclu.

— Tu vas déjà te coucher ? demanda le général, la main sur la poignée de la porte de son bureau.

Lucinda baissa les yeux vers lui depuis le palier du premier étage.

— Oui, je suis assez fatiguée.

— Veux-tu que je demande à Helena de te monter à dîner ?

— Non, je te remercie, je n'ai pas faim, dit-elle en commençant à s'éloigner.

— Lucinda ?

— Oui, papa ?

— Il faut que tu regardes les choses en face. Robert Carroway est probablement coupable. Tu dois te préparer au pire.

— Pourquoi le crois-tu coupable ? demanda-t-elle en s'efforçant de garder un ton égal. Parce qu'on l'a torturé et qu'il a survécu ? Imagine que je ne t'aie jamais parlé de cela, qui soupçonnerais-tu alors ?

Le général grimaça.

— Il se trouve que tu me l'as dit, Lucinda, ce dont je te remercie. Ce renseignement a grandement facilité l'enquête.

— As-tu découvert qui s'est chargé de rendre public ce renseignement ?

— Lucinda, je te l'ai déjà dit, c'est sans import…

— Si, c'est important, papa. Qui peut avoir intérêt à voir éclater une nouvelle guerre ? Qui aurait besoin de l'argent que peuvent rapporter ces documents ? Car Robert Carroway ne souhaite certainement pas la guerre et n'a nullement besoin d'argent, je crois que tu le sais. Et je crois que c'est également pour cette raison que tu as bien voulu lui accorder un sursis.

— J'ai fait cela pour toi.

Lucinda prit une inspiration et posa la question suivante comme on se jette à l'eau.

— Est-ce que tu aurais parlé de Robert et du château Pagnon à lord Geoffrey, par hasard ?

Son père ouvrit la bouche puis la referma.

— Tu soupçonnes Geoffrey ?

Lucinda s'empressa de secouer la tête et descendit précipitamment l'escalier. Si elle ne se dépêchait pas d'inverser le cours de ses pensées, son père se refermerait complètement. Et elle avait besoin de réponses qu'il était le seul à pouvoir lui donner.

— Non, non, non, pas du tout. Je crois que Geoffrey était jaloux de mon amitié avec Robert, au début. Et que raconter cette histoire lui est apparu comme un moyen ingénieux pour rendre Robert impopulaire, d'autant qu'il savait qu'elle était vraie, puisqu'il la tenait d'une source sûre. Si c'était Robert qui avait pris ces papiers, il ne se serait pas amusé à répandre cette rumeur, n'est-ce pas ?

— Lucinda, c'est ridicule. Si Robert Carroway est innocent, plus tôt il répondra à nos questions, mieux ce sera pour tout le monde.

— Pas pour Robert, répondit-elle tranquillement. Bonne nuit, papa.

— Bonne nuit, Luce. Et je suis certain que si Geoffrey était jaloux de ton amitié avec Carroway, comme tu le prétends, jamais il n'aurait répété cette histoire à personne. Ce garçon sait garder un secret, crois-moi.

Lucinda faillit trébucher dans les premières marches de l'escalier et fit mine d'ajuster sa pantoufle pour donner le change. Geoffrey savait. Son père venait de le reconnaître à demi-mot.

Il fallait impérativement qu'elle le fasse savoir à Robert. Cela ne voulait pas dire que Geoffrey était coupable du vol, mais cela signifiait qu'il était moins innocent qu'elle ne l'avait cru.

Dès le lendemain matin, elle trouverait le moyen d'informer Robert. Elle ne pouvait plus conserver une position neutre. Elle avait choisi son camp.

22

Que je sois mort ou vif, je suis seulement dévoué à sa destruction.

Victor Frankenstein, *Frankenstein*

Lucinda dormit très mal. Elle ne pouvait espérer trouver le repos tant qu'elle ne saurait pas avec certitude si Geoffrey avait agi par jalousie ou si ses intentions étaient plus néfastes. Dès le lever du soleil, elle quitta son lit et gagna son secrétaire. Parvenue à la moitié de la rédaction de son message pour Robert, alors qu'elle se demandait encore comment elle s'y prendrait pour le lui faire parvenir, elle fut interrompue par sa femme de chambre, qui lui apportait une missive d'Evelyn.

Lucinda, Saint et moi apprécierions que tu te joignes à nous à la vente aux enchères de Tattersall qui doit se tenir ce matin. Fais savoir au plus vite à lord Geoffrey que tu souhaites qu'il t'accompagne.

Ses amis avaient prévu d'agir. Robert avait donc bien compris le sens de son précédent message et savait qu'elle était disposée à l'aider. Dieu merci. Elle poursuivit la lecture du message, qui précisait les modalités du rendez-vous, mais Evie n'explicitait malheureusement pas l'objet de celui-ci. Cela valait sans doute mieux, d'ailleurs, au cas où son père aurait intercepté la lettre.

Lucinda fronça les sourcils. Son père avait désormais cessé d'être fiable. Ce n'était pas possible. Son cœur ne pourrait pas le supporter. Elle griffonna au bas du message sa réponse à Evelyn pour lui faire savoir qu'elle acceptait, puis en écrivit un autre à l'adresse de Geoffrey pour le convaincre de se joindre à elle.

— Lucinda ? demanda son père en frappant à la porte de sa chambre.

Peste.

— Entre, papa, répondit-elle en s'empressant de glisser les plis sous son carnet de rendez-vous.

— Je serai en réunion ce matin, annonça-t-il en passant la tête dans l'entrebâillement de la porte, son regard furetant sur le plateau de son secrétaire. Et je tenais à m'assurer avant de partir que rien de fâcheux ne surviendra en mon absence.

— Rien de fâcheux ? répéta-t-elle d'un ton indigné. Craindrais-tu que je ne décide de fuguer en compagnie d'un marchand de poisson ou quelque chose de ce genre ? Je n'en ferai rien, sois tranquille. J'allais justement écrire un message à Geoffrey pour lui proposer de l'accompagner à Tattersall ce matin. Je sais qu'il comptait y aller et... je pense avoir été un peu sèche avec lui, hier.

— Comment cela ?

— Il... il m'a demandé de l'épouser.

Le général eut un haussement de sourcils stupéfait.

— Vraiment ? Pourquoi ne me l'as-tu pas dit ? Comment... Que lui as-tu répondu ?

— Je lui ai répondu que je souhaitais attendre que l'affaire concernant Robert soit terminée, répondit-elle, soulagée de pouvoir dire la vérité. Je crois qu'il a pris cela pour un refus voilé, et je veux lui faire comprendre que ce n'est pas le cas.

— Je ne peux te reprocher ni ta loyauté ni ta compassion, dit son père, mais j'aimerais que tu sois plus sélective dans tes amitiés. Tu transmettras mes salutations à Geoffrey et tu lui demanderas s'il a fini le chapitre.

— Je n'y manquerai pas, papa.

Robert et Bradshaw arrivèrent à Tattersall quelques minutes avant Saint et Evie. Une petite foule d'amateurs se pressait déjà devant les enclos et sous les tentes ouvertes du marché, ce qui les aiderait à rester invisibles. Épier la conversation serait plus compliqué, mais Robert ne manquait pas de motivation.

— Où veux-tu que je me mette ? demanda Brad une fois qu'ils eurent laissé Tolley et Zeus aux bons soins d'un lad.

— Près de l'entrée et en hauteur, si possible. Dès que Geoffrey sera disposé à partir, il faudra que tu le devances chez lui, sinon je ne serai plus le seul à avoir des ennuis.

— Tu peux compter sur moi, assura Brad en posant une main sur son épaule. Et toi, que vas-tu faire ?

— Je vais rester ici en m'appliquant à n'être ni vu ni entendu, répondit Robert.

Il s'apprêta à s'éloigner, mais son frère le retint par le bras avant qu'il ait pu disparaître dans la foule.

— Attends, j'aimerais quand même que tu me dises où tu as déniché ces nippes.

— Au fond de l'écurie. Je ne voulais pas que l'on risque de me reconnaître.

— Tu n'as aucun souci à te faire de ce côté-là ! affirma son frère avant de disparaître parmi la foule des visiteurs.

Afin de ressembler aux employés des écuries de Tattersall, Robert avait vissé un vieux chapeau déformé sur sa tête, enfilé des vêtements déchirés et reprisés et emprunté les vieilles bottes couvertes de boue et de fumier de John, le maître palefrenier de Carroway House. Ces dernières étaient presque à sa taille, et son accoutrement lui permettrait d'aller et venir sans se faire remarquer. Il ne sentait pas très bon non plus, mais ce dernier point faisait également partie de son déguisement.

Une fois qu'il eut trouvé un emplacement d'où il pourrait attendre l'arrivée d'Evie et de Saint, il scruta les alentours et aperçut bientôt Brad, en poste sur un balcon, occupé à deviser avec une fort jolie jeune femme. Il sourit. Son frère trouvait toujours le moyen de tirer le meilleur parti de toutes les situations.

Lady et lord St. Aubyn ne tardèrent guère. Robert n'en revenait toujours pas de ce qu'ils étaient disposés à faire pour lui. Il avait visiblement de bien meilleurs amis qu'il ne le pensait.

Saint semblait parfaitement à l'aise, mais il était bien davantage versé dans l'art des jeux de dupes et du subterfuge que son épouse. Evie, elle, ne cessait de jeter des coups d'œil derrière elle, balayant la foule du regard, cherchant visiblement à les repérer, lui ou Bradshaw. Robert s'approcha et les rejoignit, non sans mal tant la foule était compacte.

— Bonjour, milady, milord, dit-il en contrefaisant sa voix et en soulevant son chapeau, sous prétexte de les saluer.

Evelyn recouvrit sa bouche de sa main.

— Qu... Pour l'amour du Ciel ! Vous m'avez surprise.

— Vous embaumez, mon cher, commenta Saint avec un grand sourire.

— C'est volontaire. Brad est là-haut, derrière mon épaule, ajouta-t-il en concentrant son regard sur Evie. Tâchez de ne pas faire attention à nous. Souvenez-vous que nous ne sommes pas censés être ici.

— Oui, répondit Evie. Lucinda m'a envoyé un message pour me faire savoir qu'elle tâchait de convaincre lord Geoffrey de l'accompagner, mais je n'ai pas eu d'autres nouvelles depuis. Je pense qu'elle arrivera à ses fins.

— Moi aussi.

Robert s'efforça de ne pas sourire comme un imbécile quand il se fondit de nouveau dans la foule, mais c'était plus fort que lui. Il avait envie de sourire, de chanter, de danser. Lucinda avait choisi son camp. Certes, cela voulait seulement dire qu'elle n'accordait plus toute sa confiance à Geoffrey, et non qu'elle le préférait à cet adonis des salons mondains. Elle aurait été folle de le faire.

Mais si elle soupçonnait Geoffrey, elle prenait des risques en acceptant de venir ici en sa compagnie. Si Geoffrey donnait signe de se douter de quoi que ce soit, Robert mettrait fin lui-même à cette mascarade – même s'il devait pour cela quitter l'Angleterre. Il ne permettrait pas que Lucinda souffre par sa faute.

Il la sentit arriver avant même de la voir. Un souffle de chaleur passa sur sa peau, telle une brise tiède, et quand il se retourna, elle était là. Avec *l'autre*.

Le décolleté de sa robe de mousseline attira son regard sur le galbe délicat de sa poitrine, et il sentit sa bouche devenir sèche. L'expression admirative de lord Geoffrey ne l'étonna guère et lui donna envie de marteler son visage à coups de poing, fût-il ou non le traître.

Ils échangèrent saluts et politesses d'usage avec les St. Aubyn, aussi aimablement que si tout le monde n'était venu là que pour assister aux enchères, et Robert en profita pour se rapprocher. Il observa attentivement Geoffrey, tâchant, à la lumière de ce qu'ils soupçonnaient, de déceler chez lui le moindre signe de culpabilité, mais l'éphèbe offrait seulement l'apparence du parfait gentleman anglais.

Si Robert avait eu l'allure – et le comportement – du parfait gentleman anglais, la bonne société aurait peut-être été moins prompte à le croire coupable. Il baissa les yeux sur son accoutrement grossier et malodorant. En le voyant ainsi vêtu, nul n'aurait eu de mal à le croire capable du pire. Il ne lui restait plus qu'à espérer que personne ne le reconnaisse.

— ... dans l'idée d'en trouver un pour l'anniversaire du général, mais vous savez à quel point il est difficile, disait Lucinda, le bras passé sous celui de Geoffrey.

— Connaître les bons éleveurs ne peut pas nuire, que vous l'achetiez aujourd'hui ou non, répondit ce dernier.

— Je ne sais pas trop, enchaîna Saint en offrant son bras à Evie avant d'ouvrir la marche vers le premier rang des enchérisseurs. Trouver un bon cheval chez un éleveur ne garantit pas que les autres le seront. Mais vous pourrez toujours le revendre si votre père n'en est pas satisfait. N'êtes-vous pas de mon avis, lord Geoffrey ?

— Je vous en prie, appelez-moi Geoffrey. Je comprends votre point de vue, mais j'aurais tendance à me montrer plus prudent face à un tel achat.

— Certes – vous êtes le quatrième fils, n'est-ce pas ? répondit Saint, adoptant un ton à mi-chemin entre la commisération et l'insulte. Je ne connais pas bien Fenley, mais on prétend qu'il a... Comment dire cela ? Des oursins dans les poches.

— Bien vu, gloussa Geoffrey. Sa philosophie consiste à dire que les cadets doivent veiller par eux-mêmes à leur entretien.

— C'est assez sévère, remarqua Lucinda en le gratifiant d'un sourire de compassion. J'espère qu'il est fier de ce que vous avez accompli.

Robert eut envie de l'embrasser. Elle jouait son rôle à la perfection. Geoffrey décocha son plus étincelant sourire à Lucinda et porta sa main à sa bouche pour l'effleurer d'un baiser.

— Il serait encore plus fier s'il me voyait marié et titulaire d'un poste qui me garantirait une longue carrière.

— Quel genre de carrière ? s'enquit Saint. Vous faites toujours partie de l'armée, n'est-ce pas ?

— Oui, répondit Geoffrey. Et il y a encore des postes intéressants. Je compte d'ailleurs en obtenir un, ajouta-t-il en adressant un nouveau sourire à Lucinda. Tout comme je compte obtenir la main de Lucinda.

Malédiction. S'il n'était pas coupable, Robert devrait trouver un moyen de se débarrasser de lui. Il se rapprocha encore, se plaqua contre la roue d'une carriole et rabattit le bord de son chapeau sur ses yeux.

— Je parie que les Carroway regrettent que Robert ait choisi de faire carrière dans l'armée, fit Saint d'un ton perfide.

— Saint ! s'exclama Evie en rougissant. Georgiana est mon amie. Ce ne sont pas des choses à dire.

— C'est pourtant vrai, répliqua son époux.

— Je dois reconnaître que cette affaire a causé plus qu'assez de tracas au général, renchérit prudemment Lucinda.

Robert leva les yeux... et croisa le regard de Lucinda, directement braqué sur lui. Son cœur cessa de battre l'espace d'un instant. Elle se tourna alors délibérément vers Geoffrey.

— Robert est mon ami, je ne l'oublie pas. Mais il serait absurde de dire que nous sommes heureux de ce qui arrive.

— La vente des chevaux d'attelage touche à sa fin, annonça Saint.

— Déjà ? répondit Lucinda, surprise, avant de dégager son bras de celui de Geoffrey. Si vous voulez bien m'excuser un instant...

— Mais certainement. Vous ne devriez pas circuler toute seule, cependant. Souhaitez-vous que j'aille chercher votre femme de chambre dans la voiture ?

— Je viens avec toi, Luce, annonça Evie. J'aimerais me rafraîchir, moi aussi.

Robert s'écarta de la carriole et s'avança jusqu'au bâtiment le plus proche. L'allée qui le bordait était déserte, et il s'y engagea. Accompagnée d'Evie, Lucinda ne tarda guère à le rejoindre, et Robert ne put s'empêcher de sourire lorsqu'il la vit se diriger vers lui.

— Comment diable saviez-vous où je...

Mais elle saisit les revers de sa vieille veste crasseuse et le fit taire d'un baiser. Robert aurait aimé la serrer contre lui, mais ses vêtements repoussants ne l'y autorisaient vraiment pas – il entendit d'ailleurs Lucinda retenir son souffle.

— Lucinda, souffla-t-il en s'écartant. Faites attention, quelqu'un pourrait nous voir.

— Moi, je vous ai vus, lâcha Evie, les yeux encore écarquillés de surprise. Depuis combien de temps cela dure-t-il ?

— Je ne crois pas que nous ayons le temps de parler de cela, répondit Lucinda sans le quitter des yeux.

Ce qu'il lut dans son doux regard noisette l'emplit de plus d'espoir et de terreur que tout ce qu'il avait pu voir au cours des cinq années précédentes. Il effleura sa joue du bout des doigts.

— Je suis désolé de vous infliger tout cela. Je sais que vous ne vouliez pas vous impl...

— J'ai changé d'avis, l'interrompit-elle avant de le détailler du regard. Votre tenue ne manque pas d'intérêt.

— Hum, excusez-moi, mais si vous n'avez pas le temps de m'expliquer ce qui se passe, vous n'avez pas non plus le temps pour cela, intervint Evie. Nous ne pouvons pas nous attarder davantage. En avez-vous assez entendu pour être convaincu, Robert ?

— Presque, répondit-il. Evie, j'aimerais m'entretenir encore un instant avec Lucinda.

Lady St. Aubyn fit la grimace.

— Évidemment. Je serai un peu plus loin, annonça-t-elle en gagnant l'entrée de l'allée, où elle croisa les bras en leur tournant ostensiblement le dos.

— Que voulez-vous savoir ? demanda Lucinda.

— Est-ce à vous que je dois ce répit ? murmura-t-il en la dévisageant.

— J'espère que cette entreprise nous donnera raison, Robert, murmura-t-elle en retour. Sans quoi, je devrai beaucoup d'excuses à mon père. Mais j'ai découvert quelque chose d'important. Mon père avait parlé de vous et du château Pagnon à Geoffrey. Il a dû le faire avant que je lui confirme que c'était bien vous qui m'aviez parlé de l'endroit. Il l'avait déjà deviné.

Un vif soulagement s'empara de Robert. Ils avaient vu juste. C'était forcément Geoffrey. Il ne put s'empêcher de sourire, même s'il savait que ce n'était guère convenable.

— Merci, Lucinda.

— J'aime cela, murmura-t-elle.

— Quoi donc ?

Elle leva la main et effleura ses lèvres du bout des doigts.

— Quand vous souriez, répondit-elle avant de l'embrasser de nouveau, savourant apparemment autant que lui leurs baisers. Nous devons y aller.

— Oui, je vais me mettre en route. Pensez-vous pouvoir l'occuper ?

— Oui. Soyez prudent, Robert. Et si vous devez quitter le pays pour vous protéger, faites-le. Je compte sur vous pour me faire savoir où vous serez.

Il lui caressa la joue.

— C'est grâce à vous que je souris, murmura-t-il avant de disparaître.

23

Quand je découvris le stupéfiant pouvoir
que j'avais entre les mains, j'hésitai longuement
quant à la façon de l'employer.

Victor Frankenstein, *Frankenstein*

— Il n'est pas chez lui, Tristan. C'est tout ce qui compte, bon sang !

Robert désigna le masque de léopard que Tristan tenait à la main.

— Et nous avons des masques. Allons-y !

Leur troisième compagnon était adossé contre un orme, mais il ne regardait pas la maison. Cela faisait trois bonnes minutes qu'il observait Robert sans rien dire. Celui-ci finit par s'en agacer.

— Quoi ? s'enquit-il sèchement.

Le duc de Wycliffe pencha la tête sur le côté.

— Je tente simplement de m'accoutumer à un certain nombre de choses, répondit-il. À commencer par votre tenue.

— Je vous l'ai déjà dit, tonnerre de Dieu. C'est un déguisement.

— Votre vocabulaire fleuri, ensuite.

— Vous vous y habituerez plus tard, répliqua Robert. Moi, j'y vais. Restez ici à bavarder jusqu'à ce que mort s'ensuive si cela vous chante, mais ne vous attendez pas que je vous écoute.

Il rabattit en grommelant un masque de tigre sur son visage et traversa la rue. Un instant plus tard, il entendit Tristan et Wycliffe qui se décidaient enfin à le suivre, et il pressa le pas en veillant à ne pas trop boiter – sa claudication le rendait facilement identifiable.

— Prêts ? murmura-t-il en levant la main vers le heurtoir de la porte. On commence par le bureau, ensuite la bibliothèque et enfin la chambre. Si nous ne trouvons rien, nous mettons tout à sac.

Les deux autres acquiescèrent, et Robert actionna le heurtoir. Le majordome, un vieil homme à l'air très digne, leur jeta un coup d'œil et pâlit aussitôt.

— À l'aide ! glapit-il.

Il recula dans le hall d'un pas chancelant tandis que Robert marchait sur lui, mais l'autre eut la présence d'esprit d'attraper une canne au passage et tenta de porter un coup avec. Robert para celui-ci de son bras et lui confisqua son arme de fortune.

— Entrez là-dedans, admonesta-t-il en ouvrant la porte d'un placard qui jouxtait l'antichambre.

— Mais…

— Là-dedans, répéta Wycliffe en le soulevant à demi du sol pour le pousser dans le placard.

Deux valets surgirent depuis le couloir de service. Pointant la canne vers eux tel un pistolet, Robert marcha sur eux.

— Vous deux, là-dedans, avec le majordome.

— Il y a six domestiques en tout, annonça Wycliffe en relâchant le col du majordome.

— Et vous n'êtes que trois, dit le plus grand des valets en serrant les poings.

— Nous ne venons rien voler, nous venons récupérer quelque chose, déclara Robert. Et nous ne voulons faire de mal à personne, mais ne cherchez pas à vous interposer.

— C'est ce qu'on va voir, rétorqua le grand valet en s'apprêtant à lui flanquer son poing dans la figure.

Robert avait vu venir le coup, et sa canne heurta la tempe du domestique avant que celui-ci ait pu achever son geste. Le grand gaillard tomba comme une pierre.

Robert regarda l'autre valet.

— Dans le placard ou par terre, c'est toi qui choisis.

L'homme leva les mains en l'air et gagna la penderie d'une démarche de crabe. Tristan s'accroupit pour saisir le grand valet sous les aisselles et le traîna jusqu'au placard.

— La prochaine fois, conseilla-t-il à son frère d'un ton haletant, assomme plutôt le fluet.

— Il en reste trois, déclara Robert en s'engageant vers les cuisines par le couloir de service. Allez voir à l'étage.

Il entendit Tristan gravir l'escalier quatre à quatre pendant que Wycliffe restait dans le hall pour surveiller le placard.

Dans la cuisine, Robert trouva la cuisinière et son aide occupées à nettoyer des casseroles et n'eut aucune difficulté à les convaincre d'aller rejoindre leurs collègues dans le placard. Tristan redescendit au même moment, précédé d'une gouvernante à la mine paniquée. Une fois tous les domestiques enfermés, Wycliffe verrouilla et barricada la porte du placard.

— Parfait, marmonna Tristan. Tâchons de trouver ces satanés documents, à présent.

— Ce cheval bai n'est vraiment pas vilain, dit Geoffrey en se penchant si près de l'oreille de Lucinda qu'elle sentit son souffle passer sur sa joue.

— Oui, il est même très beau, acquiesça-t-elle en résistant à l'envie de s'écarter de lui. Mais j'ai l'impression de l'avoir déjà vu lors d'une précédente vente aux enchères.

— Vous avez bonne mémoire, ma chère, approuva Saint. Il a fait chuter lord Rainburne la semaine dernière, et avant cela, il avait mordu le fils de Totley, l'automne passé.

— Hum. Il sera sans doute trop forte tête au goût de papa, dans ce cas.

Un instant plus tôt, elle avait aperçu Bradshaw au balcon, en compagnie d'une demi-douzaine de jeunes femmes à la réputation douteuse. Entre lui et Saint qui se tenait juste derrière elle, elle aurait dû se sentir en sécurité. Pourtant, elle ne pouvait s'empêcher de penser que l'homme qui l'escortait était entré chez elle, avait raconté Dieu sait combien de mensonges à son père et avait poussé l'audace jusqu'à l'embrasser et à la demander en mariage.

— Ce qu'il y a de plaisant avec une forte tête, dit Geoffrey, c'est justement de trouver le moyen de la mater.

Lucinda ne put s'empêcher de se demander s'il n'était pas en train de lui adresser indirectement un message.

— Lord Geoffrey, vous espérez un poste aux Indes, n'est-ce pas ? s'enquit brillamment Evie.

— Tout à fait. Wellington a servi là-bas, et cela lui a été très profitable.

— Et souhaiterez-vous que votre épouse vous y rejoigne ?

Les beaux yeux verts de Geoffrey se posèrent sur Lucinda.

— Je m'attends qu'elle désire rester auprès de moi.

Le général lui avait pourtant clairement fait savoir que la décision de le suivre ou non aux Indes reviendrait entièrement à Lucinda. Mais, évidemment, elle ne pouvait le rappeler à Geoffrey sans révéler par là même qu'elle avait épié leur discussion. Heureusement, cette conversation amicale n'était qu'une comédie. Elle se força à sourire.

— J'ai entendu tant de récits enchanteurs à propos des Indes. Les épices, la musique – tout cela paraît si exotique ! Je suis certaine que le général aimerait beaucoup vivre là-bas, lui aussi.

Une lueur passa dans les yeux d'émeraude de Geoffrey, mais de façon si fugitive que Lucinda n'eut pas le temps de l'analyser.

— Le général Barrett ? dit-il. Il serait le bienvenu, évidemment. Mais je doute qu'il trouve cela intéressant. Il serait désemparé, séparé de ses vieux compagnons d'armes qui apprécient pleinement la saveur de ses récits.

— Certes, mais nous serions là, vous et moi.

— Oui, évidemment. Et la présence d'un officier supérieur dans notre maison serait une marque de prestige, mais il ne rajeunit pas, Lucinda. Pensez-vous qu'il trouverait ses aises, là-bas ? La traversée en elle-même serait éprouvante.

— Éprouvante, dites-vous ? Ma foi, je ne sais pas si je trouverais mes aises, en ce cas, répondit-elle. Je ne suis pas même sûre de survivre à la traversée.

Le sourire de l'adonis se crispa légèrement.

— Je crois que ce n'est ni le lieu ni le moment d'une telle conversation, murmura-t-il.

— J'ignore à peu près tout de vos projets, répondit-elle. En fait, je me rends compte que vous ne m'en avez donné que les grandes lignes. Si nous devons nous marier, il me semble que je devrais avoir le droit de savoir où je serai amenée à vivre, par exemple.

— Vous êtes fille de général. Vous êtes par conséquent habituée à la vie militaire.

— Chaque fois que mon père est allé se battre sur le continent, je suis restée avec ma tante ou dans un pensionnat. Il n'a jamais voulu que je le suive avec sa garnison.

Geoffrey la toisa d'un regard froid.

— Votre hésitation à me répondre n'avait donc rien à voir avec les ennuis de Robert Carroway, déclara-t-il lentement. Vous n'avez tout bonnement pas envie de m'épouser.

Peste. Les soupçons qu'elle entretenait vis-à-vis de lui l'avaient incitée à détester chacune des phrases qu'il avait prononcées, et elle était allée trop loin.

— Ce n'est pas ce que j'ai dit. Je souhaite simplement avoir tous les renseignements possibles avant.

— Regarde, Lucinda, intervint Evie. Ce cheval isabelle est superbe !

— Et c'est ici que vous choisissez d'avoir cette conversation ? répondit Geoffrey sans se soucier de l'interruption d'Evelyn.

— N'est-ce pas vous qui avez parlé de mater les fortes têtes ? répliqua aussitôt Lucinda sans prendre le temps de réfléchir. Comment suis-je censée l'interpréter ?

La main de Geoffrey se referma soudain sur le haut de son bras.

— Répondez à cette question, Lucinda : une fois que l'affaire qui concerne votre cher ami sera terminée, avez-vous l'intention d'accepter ma demande ? Ou bien ne faites-vous que m'appâter pour amuser vos amis et me faire perdre mon…

Cette fois, Lucinda choisit de ne pas interpréter la lueur qui traversa son regard. Geoffrey referma la bouche et tourna les talons.

— Geoffrey ! lança-t-elle dans son dos. Où allez-vous ?

— Peste, siffla Saint. Vous avez été un peu dure avec lui, non ?

— Si j'avais flirté et gloussé, il se serait douté de quelque chose, répliqua-t-elle en s'empressant de lever les yeux vers le balcon où se tenait Bradshaw.

Il ne s'y trouvait plus. Pourvu qu'il soit allé prévenir Robert de l'arrivée imminente de Geoffrey !

— J'ai tout gâché. Je suis trop sotte.

— Mais non, objecta Evie. Tu as raison, il allait bien finir par comprendre que nous le retenions ici sans motif. Et c'est bien pour cela que Bradshaw guettait depuis le balcon.

— Brad est à cheval, dit Saint. Il devrait arriver cinq ou six minutes avant Geoffrey, si celui-ci est reparti dans son attelage.

— Mon Dieu, ma femme de chambre était restée dedans à nous attendre ! Il ne lui fera pas de mal, n'est-ce pas ?

— Je ne pense pas. Mais il aura encore perdu du temps à la faire descendre.

— Qu'allons-nous faire ? demanda Lucinda en se maudissant de n'avoir pas su tenir sa langue.

Et si Robert n'avait pas eu le temps de trouver les documents ? Sa sottise venait peut-être de le condamner.

— Vous avez dit que votre père avait une réunion ce matin, je crois ? dit Saint.

— Aux Horse Guards, oui.

— Dans ce cas, allons le chercher là-bas. Si Robert a trouvé des preuves, il faudra qu'il les montre à quelqu'un.

— Rien ici non plus, grommela Robert en remontant son masque sur son front.

Ils avaient trouvé le bureau dans un ordre impeccable, comme si personne ne l'utilisait jamais, et l'avaient laissé dans un état nettement moins impeccable. De la même façon, dans la bibliothèque, les livres donnaient l'impression de n'avoir jamais été ouverts – et s'entassaient à présent sur le sol. Robert n'éprouvait aucun remords à déranger ainsi la demeure de lord Geoffrey, car ce traître n'avait pas hésité à bouleverser sa vie bien davantage.

— Rien non plus dans le placard, annonça Tristan en se relevant de sa position accroupie.

Le duc de Wycliffe, qui inspectait les livres et papiers entassés sur une petite console de chêne, secoua la tête à son tour. Robert laissa échapper un juron.

— Ces documents sont forcément ici. Ils sont trop importants pour qu'il prenne le risque que quelqu'un les trouve. Il a dû les cacher dans un endroit où ses domestiques n'iront pas fouiller... Un endroit où il est parfaitement naturel qu'il se rende sans éveiller les soupçons.

— Cela laisse beaucoup de possibilités, remarqua Tristan.

Robert se mit à marcher de long en large, repassant la disposition des lieux dans sa tête. La maison n'était pas grande, et Geoffrey aimait passer pour un héros de guerre... Un héros de guerre prêt à se marier pour obtenir de l'avancement ou à déclencher une nouvelle guerre pour avoir l'occasion de recevoir une promotion sur le champ de bataille.

— Son uniforme, dit-il en quittant la pièce pour gagner l'escalier. Où pensez-vous qu'il garde son uniforme ?

— Son uniforme ? répéta Tristan. Pourquoi...

— Il est toujours dans l'armée, répondit Robert pardessus son épaule. Il doit le garder bien rangé quelque part, au cas où une occasion de le porter se présenterait, et interdire à quiconque d'y toucher. C'est sa fierté et sa joie ; le symbole de son avenir, aux Indes ou sur un champ de bataille.

— Mais ces documents le désignent comme traître, objecta son frère en le suivant jusqu'au couloir qui menait aux appartements privés de Geoffrey. Les conserver près de son uniforme ne serait-il pas un peu étrange ?

— Pas à ses yeux. Ils sont la clé de sa promotion.

Wycliffe laissa échapper un sifflement.

— Votre raisonnement se tient si bien que je vous crois alors même que nous n'avons encore rien trouvé.

— Cela fait un moment que je réfléchis à la question, répondit Robert en poussant la porte de la chambre à coucher.

Pour un homme jouissant de revenus plus que modestes, les dimensions de la garde-robe de Geoffrey étaient impressionnantes. Visiblement, c'était là que passait la plus grande partie de son argent.

— Dire que je reproche à Georgiana d'avoir trop de vêtements, soupira Tristan en commençant à inspecter le contenu d'une première armoire.

Robert ouvrit celle qui se trouvait à côté. Elle contenait des vestes, des gilets et des pantalons, les chemises étant rangées dans une troisième armoire. Il s'accroupit et ouvrit le tiroir du bas, où il trouva les bas et les cravates, mais pas le moindre uniforme.

Dans le silence de la maison, le bruit que fit la porte d'entrée en s'ouvrant retentit comme un coup de pistolet. Robert se redressa d'un bond et s'engagea dans le couloir.

— Y a-t-il des cambrioleurs dans cette maison ? s'enquit la voix de Bradshaw depuis le rez-de-chaussée.

Robert se pencha par-dessus la rambarde du palier.

— Nous sommes en haut.

— Geoffrey vient de quitter Tattersall, et il est de fort méchante humeur.

— Et Lucinda ?

— Il l'a laissée là-bas, répondit Brad en s'engageant dans l'escalier. J'ai eu l'impression qu'ils se disputaient, et puis brusquement, il est parti. Je l'ai vu remonter dans son attelage. Il sera là dans moins de cinq minutes.

— J'ai trouvé quelque chose ! s'exclama le duc de Wycliffe.

Robert s'empressa de regagner la chambre. Le duc tirait à lui une petite malle en bois qu'il venait de découvrir sous le lit.

— Elle est verrouillée, observa-t-il. Et je doute que nous trouvions la clé dans la maison.

— Si cette malle renferme son uniforme, il aura la clé sur lui, dit Robert en s'agenouillant pour examiner le cadenas.

Celui-ci était d'excellente qualité, bien plus coûteux que la malle elle-même.

— C'est là-dedans, j'en suis sûr.

Il le fallait.

— Peux-tu crocheter le cadenas ? suggéra Brad, qui les avait rejoints.

— Je suis un reclus, pas un voleur, répondit Robert avec un demi-sourire.

À dire vrai, il aurait sans doute pu le faire, mais avec Geoffrey sur le point d'arriver, le temps pressait. Il sortit son pistolet de sa poche.

— Robert, dit Tristan d'un ton grave, pourquoi as-tu apporté cela ?

— Pour parer aux imprévus, répondit-il en armant le pistolet.

Il fut satisfait de constater qu'il ne tremblait pas. Ses mains avaient tremblé, pourtant, quand il avait subtilisé l'arme dans la chambre de Brad et qu'il l'avait chargée.

— Gare à vos oreilles, prévint-il avant de presser la détente.

La détonation fut assourdissante et le fit cligner des yeux. Cela faisait quatre ans qu'il ne s'était pas servi d'une arme à feu, mais il n'avait pas perdu la main : le cadenas avait été pulvérisé.

— Par tous les diables, Rob ! s'exclama Brad. Vraiment remarquable de discrétion, ajouta-t-il d'un ton sarcastique.

— Le temps presse, rétorqua Robert en soulevant le couvercle de la malle.

À l'intérieur, seulement endommagé du côté gauche par la brûlure de la balle, reposait, parfaitement plié et repassé, un uniforme de capitaine.

— Excellent tir, commenta Wycliffe. En plein dans le cœur.

Il sortit la veste de la malle, la déploya devant lui, et une liasse de papiers pliés se répandit en voletant sur le plancher. Robert ferma les yeux un bref instant. Il avait vu juste.

— Vérifiez-les, aboya-t-il avant de plonger les mains dans la malle.

Des cartes avaient également disparu, et ils devaient tout retrouver, pas seulement pour inculper Geoffrey, mais pour éviter à l'Angleterre de s'engager dans une nouvelle guerre contre Bonaparte.

— Que je sois damné, fulmina Tristan d'un ton chargé de colère. Ce sont des listes. Les noms des Anglais sympathisants de Napoléon.

— Ils peuvent sympathiser avec qui bon leur semble tant qu'ils ne cherchent pas à déclencher une nouvelle guerre, répondit Robert en continuant à inspecter le contenu de la malle.

Ses doigts rencontrèrent un rouleau de parchemin niché dans un angle et dissimulé par l'épée d'apparat de Geoffrey. Il le sortit et le déplia sur le couvercle de la malle. La carte de l'île de Sainte-Hélène se révéla à ses yeux, accompagnée d'indications d'altitude et de distance ainsi que du plan détaillé de la forteresse.

— Les cartes, dit Tristan en posant la main sur l'épaule de Robert. Tu les as trouvées.

— Et maintenant, levons le camp, si cela ne vous fait rien, dit Bradshaw. Je veux bien passer pour un héros, mais je préfère ne pas être arrêté pour vol avec effraction, sans compter que je ne sais pas ce que vous avez fait des domestiques.

— Nous les avons enfermés dans le placard du hall, lui apprit Tristan en ramassant les documents pour les caler sous son bras.

Ils descendirent l'escalier et franchirent la porte d'entrée. Geoffrey n'avait toujours pas donné signe de vie, mais il n'allait pas être content à son retour. Ils avaient laissé Tolley et les autres chevaux au coin de la rue, mais Robert arrêta Tristan avant qu'il monte en selle.

— J'ai besoin de ces documents, dit-il en tendant la main.

— Ne t'inquiète pas, je vais les porter chez les Horse Guards, répondit le vicomte.

— Ils ne doivent pas aller chez les Horse Guards.

Wycliffe s'immobilisa.

— Je vous demande pardon ?

— Geoffrey a obtenu ces documents en se servant de sa relation avec le général Barrett. La carrière du général pourrait être gravement compromise si nous allions directement annoncer à son quartier général que son futur gendre est le traître que tout le monde recherche.

— Hum... Robert, j'avais l'impression que tu ne portais pas précisément le général dans ton cœur.

— C'est exact, répondit-il en prenant les documents des mains de Tristan pour les ranger dans sa veste. C'est sa fille qui est chère à mon cœur.

Tout ce qui blesserait le général blesserait forcément Lucinda, et Robert ne pouvait laisser une telle chose arriver. De plus, l'animosité qu'il éprouvait envers le général était d'ordre personnel, et il commençait à comprendre qu'il n'avait aucun désir de nuire à un homme que chacun s'accordait à trouver honorable et honnête.

— Nous allons donc à Barrett House ?

Robert enfourcha Tolley.

— Non, *je* vais à Barrett House. Vous, vous retournez à Carroway House. Et tenez-vous prêts à confirmer aux autorités soit que je suis parti pour l'Amérique, soit que j'ai bien trouvé ces documents dans une malle appartenant à Geoffrey.

— Entendu, Robert, à toi de jouer, répondit Tristan. Mais, pour l'amour du Ciel, sois prudent.

— Je le serai, promit-il avant de faire claquer sa langue à l'intention de Tolley.

Sa vie dépendait à présent de la façon dont le général accueillerait la nouvelle, mais il était prêt à prendre ce risque. Ce qui était en jeu était bien plus important que l'avenir de Geoffrey ou le sien. Il s'agissait de celui de Lucinda, et de s'assurer qu'elle serait heureuse.

24

L'histoire que je viens de raconter serait incomplet sans son merveilleux et ultime désastre.

Robert Walton, *Frankenstein*

À l'expression des sentinelles, Lucinda comprit sans peine qu'elles n'étaient guère enchantées de voir Evie se présenter à la porte des Horse Guards, fût-elle escortée de la fille du général Barrett. La présence du marquis de St. Aubyn accrut sans doute leur nervosité, et Lucinda apprit avec un certain soulagement que son père était déjà reparti. Lui non plus n'aurait probablement pas apprécié la compagnie dont elle était entourée.

— Il doit déjà être rentré à la maison, dit-elle à Saint, en acceptant la main qu'il lui offrait pour remonter en voiture. Ce n'est pas plus mal, d'ailleurs. Je pourrai plus aisément lui faire entendre raison.

— Crois-tu que ce soit une bonne idée de l'affronter seule ? s'enquit Evie, la mine soucieuse, quand l'attelage s'ébranla.

— Je n'ai pas l'intention de l'affronter à proprement parler, simplement de m'assurer qu'il garde l'esprit ouvert, répondit Lucinda.

— Vous prenez un risque, Lucinda, dit Saint. Une fois que vous aurez porté une accusation contre Geoffrey, vous ne pourrez plus revenir en arrière.

— Es-tu certaine de ne pas vouloir que nous restions avec toi ? insista Evie.

— Oui, tout à fait certaine, répondit Lucinda comme la voiture ralentissait à l'approche de Barrett House.

— Si Robert a trouvé ce qu'il cherchait chez Geoffrey, il risque de filer tout droit chez les Horse Guards avec ses frères et le duc, observa Saint. Et on appellera votre père pour qu'il voie les preuves.

Lucinda acquiesça, puis descendit de voiture, suivie de sa femme de chambre.

— Peut-être pourrai-je le préparer quelque peu à cette éventualité.

— Bonne chance, dans ce cas. Nous allons à Carroway House. La suite des événements se déroulera là-bas, annonça Saint avant d'ordonner au cocher de redémarrer.

Ballow ouvrit la porte alors que Lucinda l'atteignait.

— Le général se trouve dans son bureau, annonça-t-il quand elle lui remit son étole. Il semblerait... qu'un événement soit survenu.

Ô mon Dieu. Rien n'aurait dû encore arriver. C'était trop tôt. Rassemblant ses jupes, elle gagna le bureau d'un pas vif... et trouva la porte verrouillée.

— Papa ? appela-t-elle en frappant. Papa, il faut que je te parle.

Le pas lourd de son père s'approcha de la porte, la serrure cliqueta et la porte s'ouvrit. L'expression du général – dure, fermée, rageuse – laissa un instant Lucinda stupéfaite.

— Moi aussi, il faut que je te parle, dit-il d'une voix rauque en s'écartant pour la laisser entrer.

— Que se passe-t-il ? demanda-t-elle avant de retenir son souffle.

Geoffrey se trouvait là, assis sur le rebord intérieur de la fenêtre, le regard braqué sur elle.

— Geoffrey ? dit-elle. Pourquoi m'avez-vous abandonnée à Tattersall ? Et que faites-vous ici ? Papa, que se passe-t-il ?

— J'allais justement partir, déclara Geoffrey avant de la saluer d'un bref hochement de tête en passant devant elle pour gagner la porte.

La première chose à laquelle elle songea fut que Robert avait bénéficié de plus de temps pour fouiller la maison de Geoffrey.

— Ai-je dit quelque chose qui vous a offensé ? demanda-t-elle.

Arrivé sur le seuil, il se retourna vers elle.

— Je suis déçu, murmura-t-il. J'avais une plus haute opinion de vous.

Perplexe, Lucinda le regarda s'éloigner dans le couloir. Quand elle se retourna, elle découvrit son père qui l'observait.

— Tu as tenté d'agir dans mon dos, déclara-t-il posément. Après m'avoir demandé un délai, tu as mis celui-ci à profit pour blesser quelqu'un que je considère comme un ami. Quelqu'un dont j'espérais qu'il était plus qu'un ami pour toi.

— Que diable t'a-t-il donc raconté ?

— Il m'a dit que tu avais conspiré avec tes prétendus amis pour détourner de Robert Carroway le blâme du vol chez les Horse Guards, répondit le général en haussant le ton, sans même prendre la peine de fermer la porte. Et que tes amis et toi aviez décidé de faire de lui votre bouc émissaire.

— Je...

— Geoffrey m'a même dit que Carroway projetait de dissimuler de fausses preuves chez lui !

Lucinda devait reconnaître que Geoffrey ne manquait pas d'un certain cran. Et que son histoire avait un tel parfum de vérité que la réfuter était extrêmement délicat.

— Papa, cette histoire est bien plus compliquée que tu ne le crois.

— Que *je* ne le crois ? tonna son père. Oui, j'imagine que trente années au service de Sa Majesté ne font pas le poids face aux petits jeux auxquels tu te livres avec tes amis.

— Ce ne sont pas…

— Je vous prie de m'excuser, monsieur, mais vous n'êtes pas autorisé à entrer dans cette maison ! glapit le majordome d'un ton désespéré depuis le hall.

Lucinda se retourna juste à temps pour voir Robert repousser Ballow contre la porte et s'engager dans le couloir d'un pas martial. Elle sut aussitôt, à la flamme qui faisait étinceler son regard, qu'il avait réussi. Son cœur fit un bond. Mais l'appréhension succéda aussitôt à l'allégresse à l'idée qu'il était allé livrer les preuves chez les Horse Guards.

— Robert, dit-elle d'une voix tremblante. Que faites-vous ici ? Vous n'avez pas…

— Lucinda, la salua-t-il en regardant le général droit dans les yeux. Je dois m'entretenir avec votre père. Seul à seul.

— Je veux que vous partiez immédiatement, maudit insolent. Ne prenez pas ma patience pour de la bienveillance.

— Luce, murmura Robert. Ayez la bonté d'aller patienter dans la bibliothèque.

Elle acquiesça, et il attendit qu'elle ait quitté la pièce pour regarder de nouveau le général. Celui-ci le toisa.

— Je vous accorde deux minutes, déclara-t-il d'un ton très sec.

Robert entra et referma la porte derrière lui.

— Rien de ce que vous pourrez dire ne saura me convaincre que vous n'êtes pas un traître, Carroway. Vous feriez donc mieux de partir. Pas seulement de chez moi, mais d'Angleterre. C'est l'unique faveur que je suis disposé à vous accorder, et pour le seul bien de Lucinda.

— En avril 1814, commença Robert en s'asseyant face au général, vous étiez en charge d'une des divisions qui encerclaient Bayonne.

— En effet, répliqua le général. Vous n'avez pas besoin de me le rappeler.

— Je crains que si, au contraire. Bonaparte avait été défait ; les deux camps avaient appelé au cessez-le-feu.

— Je sais...

— Mais vous saviez que le général Thouvenot tenait toujours Bayonne et qu'il ne lâcherait pas. Des déserteurs de l'armée française vous avaient également appris que Thouvenot projetait de vous attaquer.

— Cette information n'était pas fiable.

— Ah. C'est donc pour cette raison que vous avez envoyé une patrouille effectuer un relevé des tranchées en pleine nuit – parce que vous saviez que personne n'allait changer de position.

— C'est correct. Comment...

— Cette patrouille était la mienne, général, déclara Robert en serrant les poings pour éviter de hausser le ton. Un millier de soldats français contre quinze troupes anglaises. La plupart de mes hommes sont morts avant d'avoir pu lever leur arme. Moi, ils m'ont roué de coups, car ils avaient ordre de ramener un officier anglais pour le soumettre à la question.

Le visage du général semblait s'être pétrifié, et son teint fleuri avait viré au gris.

— Il nous a été rapporté, dit-il au bout d'un moment, que tous les hommes de la patrouille d'éclaireurs étaient morts.

— Tous, sauf un. Et, vingt jours plus tard, Thouvenot a fini par accepter l'abdication de Bonaparte et la guerre s'est terminée. Mais pas pour moi, ajouta-t-il en soutenant le regard du général. Le château Pagnon ne s'est jamais rendu. L'armée anglaise n'a jamais essayé de le prendre. Ils m'ont questionné sur vous et votre famille, parce que vous étiez mon commandant de division et qu'ils cherchaient un moyen d'assassiner ou de faire chanter les chefs de l'armée britannique.

— Vous…

— Je n'ai pas dit un mot, général. Et, après sept mois, quand j'ai senti que je ne pourrais plus en supporter davantage, après avoir vu… des choses que je ne parviendrai jamais à oublier, je les ai incités à me tirer dessus pour en finir. Me croyant mort, ils ont balancé ma dépouille par-dessus la muraille du château. Des résistants espagnols m'ont trouvé deux jours plus tard et m'ont enveloppé de bandages pour m'éviter de me disloquer complètement.

Ce n'était pas toute l'histoire, mais Robert voulait seulement convaincre le général qu'il n'était pas un traître. Le reste de ses mésaventures ne concernait que lui-même.

— Vous me tenez donc pour responsable de ce qui vous est arrivé, dit le général d'une voix rauque. Est-ce pour cela que vous…

— Oui, je vous tiens pour responsable, coupa Robert, mais je ne cherche pas à me venger. Et je ne tiens surtout pas à ce qu'une nouvelle guerre éclate, ajouta-t-il en frissonnant. Je ne souhaite à personne de connaître le sort qui m'a été réservé.

— Dans ce cas…

— J'aimerais maintenant que vous m'écoutiez attentivement. Ne m'interrompez pas jusqu'à ce que j'aie fini, est-ce clair ?

Le visage du général retrouva son expression bougonne.

— Si c'est le seul moyen que j'ai d'être débarrassé de vous, dit-il d'un ton qui manquait de conviction.

— Pour commencer, j'aimerais savoir depuis combien de temps les documents avaient été volés quand l'affaire a commencé à s'ébruiter.

Le général plissa les yeux.

— Une journée, lâcha-t-il finalement.

— Et combien de temps s'est-il écoulé entre le moment où vous avez révélé à lord Geoffrey mon emprisonnement au château Pagnon et celui où la rumeur s'est répandue ?

— Je n'ai pas...

— Répondez à la question.

Le général réfléchit.

— Douze heures. Peut-être même moins.

— Je fais un bon bouc émissaire, murmura Robert. Mais ce n'est pas moi qui ai commis ce vol.

— Vous pensez que c'est Geoffrey.

— Je *sais* que c'est Geoffrey, répondit Robert en tirant les documents de sa veste pour les étaler sur le bureau du général. Je les ai trouvés il y a quelques minutes dans la malle où Geoffrey conserve son uniforme. Le duc de Wycliffe peut en attester, au besoin.

— C'est vous qui les avez placés là. Il m'a prévenu que vous tenteriez de lui faire endosser votre crime.

— Pourquoi ? Quel intérêt aurais-je eu à voler ces documents, en premier lieu ?

Le général lâcha un juron.

— Et Geoffrey ? Quel serait son intérêt ?

— Il veut un poste de commandement aux Indes. Pour l'instant, c'est un pauvre soldat qui n'a pas d'autre fortune que son nom. Il peut obtenir cette promotion en épousant Lucinda, mais encore faut-il qu'elle accepte. Il a besoin d'une garantie : ces papiers. Soit il les vend contre une belle somme, soit il s'en sert pour déclencher une nouvelle guerre contre Bonaparte, deux effets qui lui permettront d'obtenir ce qui lui est si cher.

— Pourquoi chercher à vous impliquer ?

Robert haussa les épaules.

— C'est commode et je ne suis pas très populaire. De plus, il me voit comme un rival vis-à-vis de Lucinda. Mais la vraie question, général, c'est pourquoi chercher à *vous* impliquer ?

Le général bondit sur ses pieds.

— Essayez-vous de m'accuser de...

— Non. Mais c'est grâce à vous que Geoffrey a pu pénétrer chez les Horse Guards, et il a veillé à faire savoir autour de lui qu'il vous considérait comme son mentor. Ses actes se répercuteront forcément sur vous.

— Il était ici il y a un instant, dit Barrett presque pour lui-même. Newcombe. À me dire que Lucinda et ses amis avaient décidé de jeter le discrédit sur lui afin de vous innocenter. J'étais furieux, mais je me rappelle avoir pensé que les amies de Lucinda ont épousé des débauchés notoires – Dare et lord St. Aubyn, pour être précis – et je me suis demandé ce qui pourrait les inciter à détester Geoffrey. Lucinda l'apprécie, vous savez. Elle l'appréciait, du moins.

— Oui, elle l'appréciait, répondit-il en se levant. Vous voilà donc en possession des documents retrouvés et de mon histoire, que je vous laisse libre de confronter à celle de Geoffrey. Sans oublier de prendre en compte votre réputation. Je serai dans la bibliothèque quand vous serez parvenu à une décision sur la marche à suivre.

— Vous aurez alors tout loisir de nous discréditer, Geoffrey et moi.

— Non, je ne le ferai pas parce que cela blesserait Lucinda, déclara-t-il avec le plus grand sérieux. Je me plierai à la décision que vous prendrez, quelle qu'elle soit. La seule chose que je vous demande, au cas où vous décideriez de me tenir pour coupable, c'est de faire en sorte que ma famille n'ait pas à en pâtir.

Il quitta le bureau et referma la porte derrière lui. Il trouva Lucinda assise dans la bibliothèque, les mains sagement croisées sur les genoux, le regard tourné vers la fenêtre. Les jointures de ses mains étaient blanches et tout son corps vibrait de tension contenue, mais aux yeux d'un inconnu, elle serait apparue comme la patience personnifiée.

— Lucinda, murmura-t-il en entrant dans la pièce.

Elle se leva aussitôt.

— Que s'est-il passé ? demanda-t-elle en le rejoignant, ses mains se refermant sur ses bras. Avez-vous trouvé les documents ? Geoffrey était ici à mon retour. Je ne sais pas tout ce qu'il a raconté à papa, mais il a tenté de rejeter...

Robert se pencha et la fit taire d'un baiser. Elle était si tiède, si vivante – si différente du sombre récit qu'il venait de faire à son père.

— J'ai trouvé les documents, annonça-t-il posément en repoussant une mèche de ses cheveux cuivrés derrière son oreille.

Lucinda l'enlaça de ses bras et se serra étroitement contre lui.

— Dieu merci, soupira-t-elle, tremblante. J'étais si inquiète ! En découvrant Geoffrey ici, j'ai pensé... je ne savais plus quoi penser.

Il s'écarta légèrement pour regarder son visage. Il commençait à avoir du mal à se souvenir de la grisaille qui emplissait sa vie avant qu'il se rapproche de Lucinda. Sa compassion et sa beauté mettaient de la couleur partout. Si cette affaire de documents était survenue un an plus tôt, il serait tout simplement parti. Plus rien ne comptait, alors, plus rien ne semblait réel – jusqu'à ce qu'il parle avec Lucinda et qu'il soit touché par son espérance. Il avait beau la serrer dans ses bras, ce n'était pas assez. Elle semblait si fragile, comme si elle risquait de disparaître s'il avait le malheur de fermer les yeux. Et pourtant, il savait à quel point elle était forte, attentionnée et honnête.

Soudain, il eut envie de le lui dire. De lui dire à quel point il l'aimait. Mais il ne pouvait pas. Elle voulait épouser quelqu'un de simple et d'aimable, quelqu'un que son père approuverait, quelqu'un d'autre que lui.

— Robert, murmura-t-elle. Que se passe-t-il ?

Il se força à sourire.

— Rien. Je viens de laisser mon sort entre les mains de votre père. Tout dépend de lui, à présent.

— Que lui avez-vous dit ?

— Nous avons parlé entre soldats, Lucinda. Je ne peux rien dire.

Le général Barrett s'éclaircit la gorge.

Tous deux se retournèrent et le découvrirent qui les observait – les mains de Robert encerclant la taille de Lucinda, et celles de Lucinda enlaçant les épaules de Robert. Il fut tenté de s'écarter, mais elle noua ses doigts sur sa nuque pour l'en empêcher.

Le général tenait la liasse des feuillets dérobés et restitués à la main.

— Lucinda, Robert et moi devons aller quelque part.

Son cœur se figea et elle sentit les muscles de Robert se crisper sous ses doigts, mais il ne bougea pas. De quoi avaient-ils parlé ? Qu'avait décidé son père ? Elle redoutait de laisser Robert s'éloigner. Elle avait la désagréable impression qu'elle ne pourrait plus jamais le serrer contre elle.

— Où cela ? demanda-t-elle.

— Chez les Horse Guards et...

— Non, papa ! Robert n'a rien fait !

— Je sais cela, à présent, répondit son père, son regard passant de Robert à sa fille. Lucinda, veux-tu me rendre un service ?

Pour la toute première fois, Lucinda fut tentée de lui demander de quel service il s'agissait avant d'accepter. Puis elle se souvint qu'elle avait toujours pu lui faire confiance.

— Bien sûr.

— Je suppose que les autres membres de cette conspiration sont rassemblés à Carroway House ?

— C'est le point de ralliement, oui, acquiesça Robert.

— Bien. Lucinda, j'aimerais que tu ailles à Carroway House et que tu demandes aux gentlemen qui sont là-bas de trouver Geoffrey Newcombe. Ils ne doivent rien faire d'autre que le localiser. Robert et moi vous rejoindrons sous peu.

— Tu me le promets ?

— Je te le promets. J'ai sans doute mis du temps à y voir clair, ajouta-t-il après s'être éclairci la gorge, mais je tiens à agir dignement, désormais.

— Je vais chercher mon bonnet, annonça Lucinda en s'empressant de gagner le couloir.

— Agir dignement, répéta Robert. Vous savez les conséquences que cela peut avoir sur vous.

— J'assume les conséquences de mes actes, affirma le général. Il n'est pas question que je laisse Geoffrey s'en tirer pour sauver la face.

Robert ne s'était pas attendu à cela. Au mieux, il avait espéré que Geoffrey partirait pour l'Australie ou pour l'Amérique et qu'on retrouverait les documents comme par magie chez les Horse Guards. Peut-être avait-il jugé le général trop sévèrement...

Lucinda réapparut sur le seuil de la bibliothèque, essoufflée et toujours vibrante de tension.

— Je prends le phaéton et j'emmène Helena avec moi, annonça-t-elle.

— Soyez prudente, Lucinda, dit Robert.

Lucinda, déjà au milieu du hall, s'arrêta, se retourna, courut jusqu'à lui, attira son visage vers le sien et déposa un baiser sur ses lèvres.

— C'est à vous, surtout, d'être prudent, murmura-t-elle avant de disparaître.

Le général laissa échapper une toux discrète. Robert se retourna et se retrouva confronté à son regard d'acier, qu'il soutint sans ciller. Le général pouvait bien tirer les conclusions qu'il voulait, ce qui s'était passé entre Lucinda et lui n'appartenait qu'à eux.

Le général fit seller son cheval, et ils se mirent en route pour les Horse Guards. Ils ne dirent pas un mot ; Robert n'en avait pas envie et le général avait visiblement bien des choses en tête.

— Nous avions reçu des informations contradictoires, déclara soudain Barrett, le regard braqué devant lui. On nous avait dit que Thouvenot allait tenter une percée par Saint-Étienne le lendemain. C'est pour cette raison que je voulais des renseignements sur le déplacement des troupes et l'emplacement des canons. Si j'avais su, je n'aurais jamais envoyé une seule patrouille.

Ce n'étaient pas des excuses, mais Robert ne les aurait pas acceptées, de toute façon. Il hocha la tête.

— Ce que je vous ai dit sur la façon dont je suis sorti du château Pagnon... j'aimerais que cela reste entre nous.

— Entendu. Il... il vaut peut-être mieux que vous restiez sous le porche. Vous n'êtes guère populaire entre ces murs, en ce moment.

— Cela n'a jamais fait partie de mes intentions. Je vous attendrai ici, répondit Robert en descendant de cheval sous le regard méfiant des sentinelles.

Le général pénétra dans le bâtiment, les documents restitués par Robert glissés sous son bras. Robert ne l'aurait avoué à personne, mais il était heureux de rester près de Tolley, au cas où il devrait prendre la fuite. Avec son terrain de parade enclos de murailles, cet endroit ressemblait trop à une prison à son goût.

25

Je veux bien mourir pour la rendre heureuse.

Victor Frankenstein, *Frankenstein*

— Rob est allé chez les Horse Guards ? demanda Tristan. De son propre chef ?

Lucinda s'efforçait de retrouver son souffle. Jamais encore elle n'avait conduit aussi vite, mais si les chevaux de son attelage avaient eu des ailes, elle les aurait trouvés encore trop lents. Robert et son père avaient besoin de son aide et lui avaient donné une mission.

— Mon père a promis qu'ils seraient là dès que possible. Je vous en prie, nous devons localiser Geoffrey.

Evie et Saint étaient là, ainsi que le duc de Wycliffe et tous les frères Carroway. Ils s'étaient rassemblés dans le petit salon des tantes, qui donnait l'impression d'être plein à craquer.

— Je propose que nous formions des équipes de deux personnes, suggéra Bradshaw. Ainsi, si nous le localisons, l'un des deux pourra revenir ici en aviser les autres, tandis que son coéquipier surveillera l'oiseau.

— Bonne idée, approuva Tristan. Wycliffe et moi, Brad et Andrew, Saint et...

— Pas question que je reste à l'écart, intervint Lucinda en croisant résolument les bras sur sa poitrine. Moi aussi, il y a des endroits où je peux le chercher.

— Oui, *nous* pouvons aider, renchérit Evie.

— Je veux aider ! glapit Edward.

— Je vous prie de m'excuser, milord, fit Dawkins depuis le seuil du salon, mais si je puis faire quoi que ce soit d'utile, j'aimerais également me porter volontaire. Et je parle ici au nom de tout le personnel de la maison.

— Nous devons nous dépêcher, déclara Wycliffe. Sitôt rentré chez lui, Geoffrey saura que nous avons mis la main sur les documents. Il est peut-être en route pour Bristol à l'heure où nous parlons.

— Je ne pense pas, répondit Lucinda. Il semblait convaincu d'avoir réussi à retourner la situation à son avantage. Il ne tentera pas de s'enfuir, car cela donnerait l'impression qu'il est coupable. Je l'imagine plutôt en train de répandre son venin, ajouta-t-elle avant de pâlir. À moins qu'il ne s'efforce de convaincre les autorités de Bow Street que Robert est coupable et doit être abattu.

— Ne tirons pas de conclusions hâtives, intervint Tristan. Très bien, Dawkins, vous resterez ici pour collecter et transmettre les renseignements qui vous parviendront. Les valets seront nos messagers, mais je pense que Georgie devrait rester ici.

— J'irai avec Evie et Lucinda, décréta la vicomtesse.

— Et je prends Edward dans mon équipe, déclara Saint en ébouriffant les cheveux du garçon.

— Où allons-nous ? demanda celui-ci.

— Je me charge du *White's*, proposa Wycliffe, puisque la moitié des Carroway en sont bannis. Et du *Society*.

— Nous nous chargeons du reste, approuva Tristan en posant une main sur le bras d'Andrew. Et de son domicile, au cas où il y serait encore.

— Bond Street ? suggéra Evie.

Lucinda acquiesça. Geoffrey était tout à fait capable de se mettre en quête d'une babiole à lui offrir pour se faire pardonner une fois que Robert serait définitivement reconnu coupable. De plus, à cette heure de la journée, la moitié de la population féminine de Mayfair s'y trouverait, disposée à prêter une oreille attentive aux commérages fielleux de Geoffrey.

— Piccadilly, suggéra Saint.

— Je me charge de Covent Garden, déclara Brad en enfilant ses gants.

Ils gagnèrent l'écurie, et pendant que Tristan l'aidait à grimper à bord de son phaéton, Lucinda jeta un coup d'œil au jardin de roses de Robert. Une des boutures fleurissait déjà. Elle sourit. Depuis qu'elle connaissait Robert, elle avait l'impression de s'épanouir, elle aussi.

— Soyez très prudentes, toutes les trois, leur dit le vicomte. Geoffrey était prêt à trahir son pays. Je suis certain qu'il n'hésiterait pas à vous blesser.

— Ah, mais nous ne nous laisserons pas faire, assura Lucinda en secouant les rênes et en claquant de la langue pour inciter les chevaux à se diriger vers le portail. Je suis bien contente que nous fassions quelque chose plutôt que de rester assises à attendre, ajouta-t-elle après quelques minutes à l'intention de ses amies.

Evie, qui avait pris place à l'arrière, se pencha entre Lucinda et Georgiana.

— Georgie, tu ne devineras jamais ce que j'ai vu, à Tattersall…

— Evie, nous sommes en mission, dit Lucinda en rougissant.

— Qu'as-tu vu ? demanda Georgiana.

— J'ai vu deux personnes s'embrasser. Et elles n'échangeaient pas un chaste baiser… Elles s'enlaçaient étroitement, chavirées de passion.

— Nous n'étions pas du tout chavirés, répliqua Lucinda en rougissant davantage.

Georgie la considéra, surprise, puis comprit de quoi il était question.

— Toi et… Robert, dit-elle lentement.

— Je… je ne sais pas comment cela s'est produit, bafouilla Lucinda. Il… il est admirable. Bien plus qu'il n'en a conscience.

— Tu aurais pu me le dire, répondit Georgie. Et… est-ce sérieux, entre vous ?

Si sérieux qu'il ne se passait pas une nuit sans qu'elle rêve de lui, pas un jour sans qu'elle pense à lui toutes les deux minutes. Si sérieux que, s'il devait quitter l'Angleterre, elle s'enfuirait avec lui.

— Je crois que cela ne regarde que Robert et moi, répondit-elle.

— Luce, tu ne peux pas…

— Regardez, nous y sommes ! s'exclama-t-elle, ravie de la diversion. Ouvrez l'œil. Geoffrey a quitté Barrett House sur Hercule, son alezan. Commençons par remonter la rue, nous la redescendrons ensuite à pied.

Elles arrivèrent en haut de la rue sans avoir aperçu le cheval de Geoffrey – mais il y avait tant de ruelles où il aurait pu se trouver ! – et mirent pied à terre.

Tous ses sens en alerte, Lucinda ouvrit la marche, bien décidée à être celle qui retrouverait Geoffrey. Il avait essayé de détruire Robert ; il l'avait courtisée, embrassée et lui avait demandé sa main tout en projetant de vendre des documents secrets à la France afin de déclencher une nouvelle guerre. Une guerre au cours de laquelle des hommes auraient risqué de souffrir autant que Robert avait souffert.

— Tu marches trop vite, Luce, lui reprocha Evie, qui donnait le bras à Georgie et peinait à la suivre.

— Je ne veux pas qu'il nous échappe, répondit-elle en leur jetant un coup d'œil par-dessus l'épaule.

Quand elle se retourna, elle s'arrêta si brusquement que ses amies faillirent la percuter.

— Là ! souffla-t-elle.

Les pans de la redingote de Geoffrey venaient de disparaître à l'intérieur d'une boutique de friandises.

Les trois amies reculèrent et se réfugièrent dans la ruelle la plus proche.

— Es-tu certaine que c'était lui ? demanda Georgie.

— Oh oui.

— Bien, déclara Evie. Vous deux, restez là pendant que je me charge d'avertir Dawkins. Je reviens le plus vite possible, ajouta la marquise avant de disparaître.

— Si nous le perdons de vue, nous serons obligées de tout recommencer depuis le début, soupira Georgie.

— Pourquoi ne resterais-tu pas ici pendant que je le suis ? suggéra Lucinda.

— Pas question. Je viens avec toi.

— Pourquoi ne pas faire une petite promenade tous ensemble ? s'enquit Geoffrey, dont la silhouette venait de s'encadrer à l'entrée de la ruelle.

Oh non. La première inquiétude de Lucinda fut pour Georgiana, mais un coup d'œil à son amie lui apprit que celle-ci éprouvait bien plus de colère que d'effroi. Cela ne la surprit pas vraiment. Robert occupait une place à part dans le cœur de Georgie, et Geoffrey avait commis l'erreur de le menacer.

— Geoffrey, dit-elle d'une voix qui, par bonheur, ne tremblait pas. Dieu merci. Georgie ne se sent pas très bien. J'espère que, même si vous êtes fâché contre moi, vous voudrez bien nous apporter votre aide.

Il hocha la tête et s'avança vers elle.

— Volontiers, répondit-il. Où donc s'en est allée votre amie, lady St. Aubyn ?

— Elle est partie chercher Dare, répondit Lucinda. Nous avons pensé qu'un trajet en berline serait plus confortable pour Georgie.

— Sage décision. Que diriez-vous de prendre place au *Dulcé Café* ? Nous serions au moins assis en attendant les renforts.

Le ton sur lequel il avait émis cette suggestion déplut à Lucinda, mais elle se dit que tant qu'ils seraient dans un lieu public, il ne tenterait rien. Il offrit son bras à Georgiana et les conduisit jusqu'à l'artère principale.

Elle savait qu'il ne l'avait pas crue, mais il pensait avoir du temps, et c'était justement ce dont elle avait besoin. D'ici quelques minutes, sept gentlemen au moins seraient en route pour venir les rejoindre, à moins, bien sûr, qu'il ne se soit produit quelque chose de fâcheux chez les Horse Guards. Sa gorge se serra à l'idée que Robert ait pu être arrêté et jeté dans une sombre cellule.

Mais, quoi qu'il ait pu dire au général, celui-ci l'avait cru. « Mon Dieu, faites que Robert s'en tire », songea-t-elle sans quitter Geoffrey du coin de l'œil. Il fallait que tout le monde sorte indemne de cette affaire – excepté, bien sûr, lord Geoffrey Newcombe.

Geoffrey les escorta jusqu'au café et s'assit entre elles deux à une des tables situées à l'extérieur. Aux yeux des passants, ils devaient avoir l'air d'un couple de fiancés accompagnés d'un respectable chaperon. Pourtant, quand Geoffrey rapprocha discrètement sa chaise de la sienne, Lucinda dut faire un violent effort pour ne pas bouger et continuer à feindre d'être ravie qu'il leur soit venu en aide. Quelque chose de dur toucha alors son flanc. Elle baissa les yeux et distingua nettement la forme du pistolet qui se trouvait dans la poche de Geoffrey.

— Restez bien tranquille, Luce, susurra-t-il. Nous sommes ici entre amis.

— Que faites-vous donc ? murmura-t-elle en retour, devinant aux yeux écarquillés de Georgiana que son amie avait compris qu'il était armé.

— J'attends de voir qui vient vous chercher. Un homme se doit de protéger ses intérêts.

— Avec un pistolet ?

De sa main libre, Geoffrey fit signe à un serveur d'approcher.

— Nous aimerions du thé et des biscuits, dit-il.
— Tout de suite, milord.
— Geoffrey, c'est ridicule. Hier encore, nous parlions mariage.
— *Je* parlais mariage. Vous vous êtes apparemment bien divertie à mes dépens. Figurez-vous que ma maison a été cambriolée pendant que nous étions à Tattersall.
— Vraiment ? Mais c'est affreux ! En avez-vous informé les autorités ?
— Je l'ai fait. Fort heureusement, mes domestiques ont pu donner une description très précise d'un des voleurs. Je suis navré de vous dire, déclara-t-il en s'adressant à Georgiana, qu'il s'agit de votre beau-frère Robert. Il a visiblement complètement perdu l'esprit. J'espère seulement qu'il se laissera appréhender sans opposer de résistance. Je détesterais apprendre qu'on a été obligé de l'abattre comme un chien enragé.
La peur de Lucinda s'envola, et elle n'eut plus envie que de le rouer de coups pour effacer de ses lèvres son petit sourire suffisant.
— Si vous lui faites le moindre mal, vous ne vivrez pas assez longtemps pour connaître la prison, déclara-t-elle posément.
— Les gens comme moi ne vont jamais en prison, ma chère. Le prince régent nous remercie pour service rendu à la Couronne, nous nous voyons offrir une promotion et nous partons faire fortune aux Indes, comme prévu.
Lucinda vit alors son père franchir le coin de la rue, encadré de Tristan et de Bradshaw. Mais où était Robert ? Que lui était-il arrivé ?
— Voilà qui est intéressant. Pas de berline pour cette chère lady Dare.
— Ils n'ont pas dû comprendre.
— Newcombe ! tonna son père. Écartez-vous de cette table !

— Général Barrett, que vous arrive-t-il ? répondit Geoffrey en haussant les sourcils. Calmez-vous. Je me contente de bavarder avec votre fille, en tout bien tout honneur.

Les clients des tables voisines se mirent à murmurer, mais Lucinda garda les yeux rivés sur son père, souhaitant qu'il comprenne que Geoffrey était armé. Dare semblait fâché mais pas alarmé et n'avait d'yeux que pour son épouse pâlissante.

— Juste Ciel, papa, dit Lucinda avec un sourire contraint, on croirait que vous vous attendez à un échange de coups de feu. Comme l'a dit Geoffrey, nous ne faisons que bavarder.

Dare pâlit et le général crispa la mâchoire. Dieu soit loué, ils avaient compris.

— Geoffrey, vous n'avez rien à gagner à vous comporter ainsi, dit son père d'une voix contrôlée. Pourquoi ne viendriez-vous pas avec nous ? Nous souhaitons seulement parler.

— Je suis très bien ici, je vous remercie. Où est donc votre traître de frère, Dare ? Il a répandu de vilains mensonges sur mon compte.

— Les Horse Guards l'ont arrêté à cause de vous, répondit Tristan. Quelqu'un l'accuse apparemment de s'être introduit chez vous par effraction. J'aimerais que vous veniez réfuter cela.

— Mais il est bel et bien entré par effraction chez moi. Sans doute dans l'espoir d'y cacher les documents qu'il avait volés chez les Horse Guards.

— Geoffrey, lâchez ce pistolet, que nous puissions parler, dit le général en tendant les mains, comme pour lui montrer qu'il n'était pas armé.

Autour d'eux, les clients quittaient précipitamment leur table. Bientôt, il n'y eut plus qu'eux trois à se trouver assis là, avec le pistolet de Geoffrey. Heureusement que c'était elle qu'il visait et non Georgiana, se dit Luce.

Tuer une vicomtesse enceinte était trop affreux, même pour un traître comme Geoffrey.

— Laissez partir Georgiana, murmura-t-elle. Je vous promets de rester.

— J'aime être assis entre deux jolies femmes. Vous n'êtes pas bien auprès de moi, lady Dare ?

— Je crains que l'air chaud qui émane de vous ne me donne un léger vertige, répliqua-t-elle. Lâchez votre maudit pistolet. Si vous faites le moindre mal à l'une de nous, vous remercierez le Ciel de ne pouvoir mourir qu'une fois.

— Les politesses ne sont donc plus de mise ? Quel dommage. Nous passions un moment si plaisant.

— Et il l'est davantage de minute en minute, déclara la belle voix grave de Robert, juste derrière eux.

La tête de Geoffrey plongea soudain vers l'avant. Lucinda tourna les yeux et comprit que sa posture de contrition trouvait son explication dans le canon de l'arme que Robert pointait sur son crâne.

— Je vais la descendre, Carroway, grinça Geoffrey d'un ton mauvais.

— Tu peux aller en prison ou tu peux aller en enfer, Newcombe, répondit Robert d'un ton glacial. Tu ne pourras jamais espérer t'échapper que de prison, mais le choix te revient.

Lucinda sentit le poids du métal s'écarter lentement de son flanc.

— Georgiana, viens avec moi, souffla-t-elle à voix très basse.

Elle contourna la table, prit la main de son amie pour l'aider à se relever et s'éloigna aussitôt avec elle. Dare les protégea aussitôt du rempart de son corps, et la main du général étreignit fermement l'épaule de Lucinda.

— Comment te sens-tu, ma chérie ? Es-tu blessée ?

— Non, tout va bien, répondit-elle sans cesser d'observer Robert et Geoffrey, aussi figés que des statues de pierre. Nous allons bien toutes les deux, répéta-t-elle plus fort à l'intention de Robert.

— Pose ton arme, ordonna Robert sans desserrer les dents.

Geoffrey s'exécuta.

— C'est entendu, Carroway, vous avez gagné. Réglons cela entre gentlemen.

— Je ne crois pas la chose possible, répondit Robert, qui ne semblait pas estimer en avoir fini avec lui.

— Ne fais pas cela, Rob, souffla Dare.

Lucinda saisit alors l'ampleur du danger qui planait sur Geoffrey. Il avait commis le pire des péchés en menaçant des êtres auxquels Robert tenait.

Oh non. Elle avança d'un pas, mais son père affermit l'étreinte de sa main sur son épaule.

— Reste ici, dit-il.

Lucinda se dégagea et fit un autre pas en avant. Robert n'avait pas bougé. Le canon de son arme touchait toujours le crâne de Geoffrey, et il serrait si fort la crosse que ses phalanges étaient blanches.

— Robert, dit-elle d'une voix douce en avançant jusqu'à la table, sur laquelle elle posa les mains. Il va aller en prison, comme vous l'avez dit. Vous avez réussi.

— Il a menacé de vous tuer, répondit-il.

— Je ne suis même pas blessée.

— Elle n'est même pas blessée, Carroway. Pour l'amour du Ciel !

— Taisez-vous, Geoffrey, ordonna-t-elle tranquillement. Il va payer pour tout ce qu'il a fait, Robert. Si vous le tuez, c'est vous qui irez en prison. Et je ne veux pas que vous alliez en prison, je veux vous garder près de moi.

Geoffrey émit une sorte de son étranglé, mais il prenait la menace au sérieux et comprit qu'il valait mieux qu'il se taise s'il tenait à garder la vie sauve. Un muscle de la mâchoire de Robert tressauta, et Lucinda se rendit compte soudain qu'un silence absolu régnait autour d'eux.

— Nous sommes tous avec vous, Robert, dit-elle en posant la main sur son épaule.

Elle fit lentement glisser la main le long de son bras jusqu'à ce que sa main recouvre la sienne.

— Je sais. Je sais.

Il se détendit dans un soupir, souleva la main et la retourna de façon qu'elle puisse prendre son arme.

Alors même qu'il accomplissait ce geste, Geoffrey fit brusquement basculer sa chaise en arrière. Ils s'écroulèrent au sol tous les trois en même temps, et le pistolet vola dans les airs. Paniquée, Lucinda recula. Geoffrey se mit à quatre pattes et bondit sur Robert dans un ricanement. Lucinda hurla.

Robert se pencha sur le côté, de façon à rester entre elle et Geoffrey, puis, d'un coup net et vif du tranchant de la main, il fit de nouveau s'écrouler Geoffrey. Sans marquer de pause, il s'élança sur lui, le plaqua au sol et le martela de coups de poing au ventre, dans les côtes et au visage.

— Tu ne sais pas ce que c'est que de se battre pour sa vie, hein ? siffla-t-il en soulevant Geoffrey par les revers de sa veste. Tu ne vas pas tarder à le découvrir ! cracha-t-il en le repoussant violemment en arrière.

Geoffrey retomba comme une chiffe molle au pied de la table.

— Assez, Robert !

Dare et Brad se placèrent de part et d'autre de Geoffrey et le traînèrent hors de portée de Robert. Lucinda se releva et entoura Robert de ses bras. Les gens parleraient, cancaneraient, mais elle ne s'en souciait guère. Robert, qui tremblait de tous ses membres, finit par la prendre dans ses bras pour la serrer contre lui.

— Je suis prêt à mourir une nouvelle fois pour vous, Lucinda, murmura-t-il.

— Je ne veux pas que vous mouriez pour moi. Je veux que vous viviez.

Elle attira son visage et l'embrassa, encore et encore, jusqu'à ce qu'il réponde à ses baisers avec une ferveur grandissante et que son corps cesse de trembler.

— Je vous aime, murmura-t-elle contre sa bouche, sachant qu'il ne voudrait pas – qu'il ne pouvait pas – le dire lui-même.

— Je vous aime, Lucinda, murmura-t-il en retour. Je voudrais pouvoir être digne de vous.

Elle plongea le regard au fond de ses beaux yeux bleus.

— Vous êtes tout ce que je désire, Robert. Vous l'étiez avant même que je m'en rende compte.

— Je ne peux pas... être comme les autres, dit-il, son regard s'animant d'une passion qui enflamma le cœur de Lucinda. Je peux essayer, mais je...

— La troisième leçon consistait à avoir d'autres centres d'intérêt que des sujets superficiels, dit-elle en écartant les cheveux de Robert de son visage. Et la quatrième à se comporter franchement vis-à-vis de mon père. Je sais que vous ne l'aimez guère, mais vous lui avez manifesté plus de respect que Geoffrey n'aurait jamais su le faire. C'est vous que je cherchais. Ce n'est pas la simplicité que je veux, c'est vous.

— Vous me voulez, répéta-t-il, la tension disparaissant de son visage tandis qu'un doux sourire apparaissait sur ses lèvres. Vous êtes bien folle.

— Non, j'ai justement cessé de l'être.

Il déposa sur ses lèvres un baiser aussi doux et léger qu'une plume.

— En êtes-vous bien sûre ?

— Certaine.

Il prit une inspiration, et ses yeux étincelèrent.

— Voulez-vous m'épouser, Lucinda ? Resterez-vous avec moi ?

— Oui, je veux vous épouser et je resterai avec vous, Robert. Je ne saurais être heureuse autrement.

— Je n'arriverais pas à respirer sans vous, du moins je ne crois pas.

La tête de Tristan surgit près de l'épaule de Robert.

— Et il aurait tué ces roses, sans votre aide, dit-il d'un ton léger.

— Oui, il y a cela, aussi, approuva Robert en enlaçant sa taille pour l'aider à se redresser. Vous m'avez ramené à la vie.

Lucinda essuya une larme qui coulait sur sa joue. C'était idiot. Pourquoi pleurait-elle alors qu'elle était heureuse, soulagée et pleine d'espoir entre ses bras ?

— Je crois que vous m'avez enseigné ce que c'est qu'être vraiment vivant, alors nous sommes quittes.

Le reste de la troupe les avait rejoints, Saint tenant fermement le bras d'Edward pour l'empêcher de donner des coups de pied à Geoffrey. Les expressions de leurs visages allaient de la surprise à l'approbation. Le général lui-même ne semblait pas plus perturbé que cela. Quoi que Robert et lui aient pu se dire dans son bureau, il avait été favorablement impressionné.

Le sourire de Robert s'élargit.

— Qu'y a-t-il ? demanda-t-elle en souriant largement, elle aussi.

— Mon genou ne me fait plus souffrir. Vous accomplissez des miracles.

— Je vous le rappellerai quand je vous ferai danser à notre mariage.

Il rit. C'était la toute première fois qu'elle l'entendait rire, et le son lui plut. Il avait dit qu'il ne pouvait pas être comme les autres, mais Lucinda voyait plutôt cela comme une qualité. Ses mauvais souvenirs continueraient à le hanter, elle en avait conscience, mais ils les affronteraient ensemble. Elle voulait l'aider et elle voulait être avec lui quand il serait enfin capable d'émerger complètement à la lumière du soleil. En tournant la tête, elle aperçut Evie et Georgiana. Ses amies se tenaient par la main, moitié riant, moitié pleurant.

Elles avaient toutes trois réussi. Elles avaient dispensé leurs leçons et trouvé l'amour. L'idée avait pris racine dans l'agacement, germé un jour de pluie et, pour finir, s'était magnifiquement déployée. Lucinda leva de nouveau les yeux vers Robert, qui l'embrassa doucement de ses lèvres qui souriaient toujours. Oui, se dit-elle, elles avaient vraiment eu une idée merveilleuse.